Martin Schüller, Jahrgang 1960, kam über die Musik zum Schreiben. Im Emons Verlag erschienen seine Romane »Jazz«, »Killer«, »King«, »Kunstblut«, »Verdammt lang tot«, »Tod in Garmisch« und »Die Seherin von Garmisch« sowie die Tatort-Romane »A gmahde Wiesn«, »Die Blume des Bösen«, »Moltke« und »Tempelräuber«.
www.schuellerschreibt.de

Dieses Buch ist ein Roman. Handlungen und Personen sind frei erfunden. Ähnlichkeiten mit lebenden oder toten Personen sind rein zufällig.

MARTIN SCHÜLLER

Tod in Garmisch

OBERBAYERN KRIMI

emons:

Mix
Produktgruppe aus vorbildlich bewirtschafteten Wäldern und anderen kontrollierten Herkünften
www.fsc.org Zert.-Nr. GFA-COC-001223
© 1996 Forest Stewardship Council
FSC

Umschlagzeichnung: Heribert Stragholz
Umschlaggestaltung: Tobias Doetsch, Berlin
Druck und Bindung: CPI – Clausen & Bosse, Leck
Printed in Germany 2010
Erstausgabe 2009
ISBN 978-3-89705-656-5
Originalausgabe

EINS

Als der erste Sonnenstrahl durch die karierten Vorhänge des kleinen Fensters drang, war Magdalena schon wach. Sie lauschte auf die Stimmen der Vögel, das einzige Geräusch an diesem Morgen.

Nur Großvaters alter Lada hatte die Stille unterbrochen, als er vor Sonnenaufgang zur Jagd gefahren war. Nun waren bloß noch die Vögel zu hören. Die Ruhe hier oben war immer wieder aufs Neue ein Genuss für sie, auch wenn sie wusste, dass Hias bald den Traktor anlassen und eine Wolke aus rußigen Abgasen durch das offen stehende Fenster blasen würde.

Magdalena stand mit einem Lächeln auf. Sie zog die Vorhänge zur Seite. Tatsächlich sah sie Hias bereits über den Hof zur Scheune stapfen. Die Gipfel des Wettersteingebirges strahlten golden in der Morgensonne. Auch nach Jahrzehnten war ihr der Anblick der mächtigen Gipfel nicht gleichgültig.

Die Amerikaner mochten behaupten, in *God's own country* zu leben, dachte sie. Sie waren zumindest nicht die Einzigen.

Sie goss die Emailleschüssel halb voll, warf sich wohlig das kalte Wasser ins Gesicht und rubbelte es anschließend trocken. Das Aufstehen fiel ihr hier auf dem Hof viel leichter als in ihrer Wohnung im Hotel. Aber sie konnte es nur selten einrichten, bei ihrer Mutter auf dem Meixner-Hof zu übernachten, und wenn sie ganz ehrlich war, wusste sie ja auch, dass der Aufenthalt hier nicht nur aus angenehmem Aufstehen bestand.

Sondern zum Beispiel auch aus dem Frühstück mit ihrer Mutter.

Magdalena liebte ihre Familie; ihre Mutter Reserl und ihren Großvater Melchior, den alle nur Maiche nannten; ihren jüngeren Bruder Wastl, obwohl sie wusste, dass er sein Studium in Frankfurt nur als Vorwand für das Leben eines Taugenichtses nutzte – ständiger Quell des Streites mit ihrer Mutter, die an ihrem Jüngsten einfach nicht zweifeln wollte. Immer noch sah sie in ihm das Ebenbild ihres geliebten Ehemannes, den ihr ein hinterhältiger Krebs binnen weniger Wochen geraubt hatte. Nach dem plötzlichen Tod des Vaters vor acht Jahren waren Magdalenas Gefühle für ihre Mutter noch intensiver geworden.

Aber leider machte das die Anstrengung nicht wett, die es sie kostete, vor ihrer zweiten Tasse Kaffee eine konzentrierte Unterhaltung zu führen. Und leider hatte ihre Mutter nie die Sensibilität aufgebracht, sie mit ihren Vorträgen zu verschonen, nur weil sie ein Morgenmuffel war.

Nach dem Zähneputzen öffnete Magdalena die Tür und stieg die steile Treppe zur Stube hinunter, in der Reserl bereits werkelte. Großvater und Knecht Hias hatten ihr Frühstück natürlich längst beendet.

»Endlich, du Langschläfer«, sagte ihre Mutter, ohne sich zu Magdalena umzudrehen. Sie war dabei, das gespülte Geschirr in den alten Schrank aus hellem Eichenholz zu räumen.

Ihre Stimme hatte diesen müden Klang, den sie häufig hatte seit Vaters Tod. Meist lag ein Vorwurf darin, als wäre Magdalena für ihre Situation verantwortlich. Magdalena hatte lange gebraucht, sich diesen Klang nicht mehr zu Herzen zu nehmen. Aber gerade morgens fiel es ihr schwer. Sie brummte irgendwas zur Begrüßung.

»I wollt gestern Abend ned drüber redn, weil der Maiche dabei war«, sagte Reserl, während sie Kaffee in einen Becher schenkte und ihn Magdalena hinstellte.

Magdalena setzte sich auf die Bank vor dem Fenster und griff nach dem Becher. Seine Wärme war angenehm und der Duft vielversprechend.

»Ärger?«, fragte sie und nahm einen Schluck.

»Maiche hat an Schedlbauer Berni im Wald gtroffn.«

»Wohin?«, fragte Magdalena und verfluchte sich sofort für diese dumme Bemerkung.

Reserl fuhr zu ihr herum. »Des is überhaupt ned witzig, Lenerl«, sagte sie scharf. »I woaß ja a ned, was er da gsucht hod. Woaßt, was der Maiche getan hod? Mit der Flintn hod er eam aus seim Wald gjagt. Mit der Flintn! Hoffentlich fängt jetzt ned alles von vorn an!«

Magdalena stöhnte auf. Das war starker Tobak für diese Uhrzeit. Die Fehde der Meixners und der Schedlbauers gehörte fast schon zur Folklore. Alle Meixners waren froh, dass die Geschichte irgendwann eingeschlafen war – oder besser: fast alle, denn Großvater Maiche hatte sich nie wirklich abgefunden mit dem, was er für eine Niederlage hielt. Berni war einer der Söhne von Sippenoberhaupt Rosemarie Schedlbauer, die jeder nur als Mirl kannte. Und nun waren ausgerechnet die beiden härtesten Kerle der beiden Familien aneinandergeraten.

Tatsächlich lagen die Ursprünge dieser Fehde so weit zurück, dass die verschiedensten Versionen davon im Umlauf waren. Magdalena neigte zu der ihres Vaters, wobei es dafür keinen konkreten Grund gab außer dem, dass eben ihr Vater sie erzählt hatte.

In dieser Fassung hatte Maiches Schwester Leni einen Antrag von Berni Schedlbauers Großonkel Max mit so drastischen Worten abgelehnt, dass der beleidigte Max die körperliche Auseinandersetzung mit Maiches älterem Bruder Edi gesucht hatte. Der Kampf war dann derartig unentschieden ausgegangen, dass er bei jeder Gelegenheit zwischen allen Mitgliedern der beiden Familien fortgesetzt wurde, auch nach dem Ableben aller direkt Beteiligten. Maiche war damals erst vierzehn gewesen.

Magdalena hatte aber auch schon die Version gehört, dass Edi Meixner dem Schedlbauer Max eine kaputte Dreschmaschine verkauft und sich geweigert hatte, sie zurückzunehmen.

Magdalenas Vater jedenfalls hatte es geschafft, die Fehde in eine Art Waffenstillstand zu verwandeln, indem er den verblüfften Schedlbauers das Wegerecht für die Zufahrt zu einer ihrer Skischulen zugestand – gegen den heftigen Widerstand seines Vaters Maiche. Die Schedlbauers bekamen eine direkte Zufahrt zu ihrer neuen Geldquelle, und im Gegenzug sagte Konrad Schedlbauer Magdalenas Vater zu, den Streit zu begraben – gegen den Protest seiner Gattin Mirl Schedlbauer, die Maiche Meixner in puncto Sturheit in nichts nachstand.

Das war jetzt neun Jahre her, und die Friedensstifter von damals waren leider beide mittlerweile verstorben.

Magdalena nahm noch einen Schluck Kaffee. Die Schedlbauers waren aber auch ein wirklich unangenehmer Haufen geblieben. Außer Vinzenz, dachte sie.

»De Schedlbauers san aber a wirklich furchtbare Leut«, sagte Reserl und schnitt eine Scheibe von dem gekümmelten Brot ab. »Außer dem junga, dem Vinz, vielleicht.«

»Ja. Aber wenn Großvater in Zukunft jede furchtbare Person mit der Flinte bedroht, kriegen wir eine Menge Spaß«, sagte Magdalena. Sie nahm die Brotscheibe, strich dick Butter darauf und säbelte ein Stück vom Speck ab.

»Der wird aber a immer noch sturer«, sagte Reserl. »Des hab i ma ned vorstelln kenna, dass des geht. Und beinah jeden Tag in sein Wald. Sakra, der is fünfundachzge ... Wenigstens hat er den Hund dabei. Aber der Sento werd ja a ned jünger.«

Magdalena lachte leise und biss in ihr Speckbrot. Natürlich war Großvater über die Jahre langsamer geworden und die Brille dicker, aber körperlich war er noch sehr gut beieinander. Von seinem Wald würde er jedenfalls nicht lassen, solange sein alter russischer Geländewagen ihn hintrug.

»I woaß a gar ned, was der Berni da zum Sucha ghabt hätt«, sagte Reserl. Sie hatte das Geschirr weggeräumt und nahm nun den Korb Kartoffeln heraus, um sie für das Mittagessen vorzubereiten.

»Vielleicht will er *noch* eine Skischule aufmachen und sucht nach einer günstigen Zufahrt«, sagte Magdalena. Sie schloss die Augen und nahm einen Schluck aus ihrem Becher.

»Da is der beim Maiche aber grad an den Rechten gratn. Bis heut woaß i ned, wia dei Vater des angstellt hat, dass der Oide den Schedlbauers des Wegrecht geben hat. Muass mi ja a schon zsammreißn, wenn mia de Mirl untn im Ort übern Weg laft. I grüaß immer artig, aber mei Freundin werd die nimmer. Und die Nanni, die Tochter ...« Reserl brach ab. Mit einem Kopfschütteln nahm sie die erste Kartoffel aus dem Korb und begann, sie auf ihre ruhige, sorgfältige Art zu schälen.

Magdalena sagte nichts. Nanni war wirklich eine grauenhafte Person. Snobistisch, arrogant und dumm. Und geldgierig. Sie achtete sehr darauf, dass man im Ort genau über sie informiert blieb. Seit einigen Monaten war ihre Verlobung mit Ludwig Allensteiner das eingehend diskutierte Thema. Ludwig war der Sohn von Leopold Allensteiner, dem Besitzer der Kunststofffabrik in Kaltenbrunn, und eigentlich hatte jeder Mitleid mit dem armen Viggerl. Nicht nur, dass er mit seinen neunundvierzig Jahren mehr als zwanzig Jahre älter war als seine Verlobte, er litt auch an einer fast krankhaften Schüchternheit und würde seiner zukünftigen Gattin wohl hilflos ausgeliefert sein. Niemand, der die beiden kannte, zweifelte daran, dass sie ihn nur wegen seines Geldes nahm.

»Du hast ja verzählt, der Vinz sei a ganz a Netter«, sagte Reserl. »Obwohl man sich des kaum vorstelln kann. Wo sei Bruder, der Berni, so a Fieser ist. Den hams ja sogar mal verhaftet.«

»Großvater auch«, sagte Magdalena.

»Ach, was redst denn da! Des is so lang her!«

Magdalena griff nach der Thermoskanne und schenkte sich Kaffee nach. Maiche hatte einen der Schedlbauers derart vermöbelt, dass die Polizei eingeschritten war. Es war wirklich lange her, aber es war passiert. Zwei Generationen später war jetzt Berni Schedlbauer der Mann mit dem schlechten Ruf.

Sein jüngerer Bruder Vinzenz war von ganz anderem Charakter. Magdalena war in der Schule zwei Klassen unter ihm gewesen und hatte ihn still angehimmelt, immer mit schlechtem Gewissen ihrer Familie gegenüber. Aber er hatte so schöne Augen. Später hatte sich ihre Mädchenverliebtheit zwar gelegt, aber als sie sich ein paar Jahre später in einer Kneipe über den Weg liefen, in Tübingen, wo Magdalena ihre Freundin Daggi besucht hatte, da waren sie am Ende des Abends tatsächlich auf seiner Studentenbude gelandet, wo dann passierte, was in solchen Situationen eben zu passieren pflegt.

Aber das musste ihre Mutter nicht unbedingt erfahren.

Sie hatten ein schönes Wochenende verlebt, hatten sich lustig gemacht über die sturen Köpfe in ihren Familien, die nicht in der Lage waren, mal über ihren Schatten zu springen. Ein Wochenende, mehr nicht. Er war einfach zu klein, dachte Magdalena. Oder sie war zu groß mit ihren einsachtundsiebzig. Aber sie hatten immer Respekt füreinander gehabt, auch später. Sie telefonierten noch miteinander, dann und wann. Als Magdalena vorletztes Jahr ihr Hotel eröffnet hatte, war Vinz zur Einweihungsparty gekommen, vorsichtshalber erst spät, als Maiche und Reserl schon gegangen waren. Ein paar Mal hatte sie sogar Gleitschirmunterricht für Hotelgäste bei ihm gebucht.

Sie sah auf die Uhr. Es wurde Zeit. Sie trank ihren Becher leer und stand auf.

»Ich muss los, Mutter.« Sie küsste sie aufs Haar und ging zur Tür.

»Dass d' dir den Tag ned schwer werdn lasst«, sagte ihre Mutter und lächelte auf ihre traurige Art.

»Wird schon«, antwortete Magdalena, zog ihre Windjacke über und winkte noch mal, bevor sie aus der Stube trat.

Draußen blinzelte sie in die Frühlingssonne.

Hias trug gerade den Eimer mit dem Hühnerfutter aus der Scheune. Er grüßte sie mit einem respektvollen Nicken. Sie ging zu ihm und wurde dabei von etlichen Hühnern überholt, die sich auf ihre Mahlzeit freuten.

Wie alt ist er eigentlich jetzt?, dachte Magdalena. Auf die siebzig musste er zugehen. Aber seine Konstitution war erstaunlich. Er war mit sechsundzwanzig als Knecht auf den Hof gekommen. Über vierzig Jahre sind das, dachte Magdalena. Natürlich hatte der Großvater nicht mehr so viele Kühe wie vor fünfzehn Jahren, als sie noch den Stall ausgebaut hatten, aber für zwei alte Männer gab es immer noch mehr als genug zu tun. Vor allem wenn einer der beiden sich ständig im Wald rumtrieb.

»Wie geht es dem Großvater?«, fragte Magdalena.

»Nimmt mi nimmer mit auf d' Jogd«, sagte Hias. »Sogd, i schnauf z' laut. Dawei triffd der nur nimmer, mit der neien Bruilln.« Hias verzog den Mund zu seinem typischen schiefen Grinsen. »Mochd nix. Ko i länga schlafa.«

»Was war denn das mit dem Schedlbauer Berni?«, fragte Magdalena.

Hias zuckte die Achseln. »Wos treibt der se da rum da drobn? Is Meixner-Woid. Des woaß der a.«

»Hat der Maiche ihn wirklich mit der Flinte bedroht?«

»So hod er's gsogt.«

Magdalena nickte ihm zum Abschied zu. »Pfüati«, sagte sie und ging zu ihrem Minivan.

So verliefen die Unterhaltungen mit Hias. Er sprach halt nicht gern. Schon gar nicht, wenn er es für unnötig hielt.

Als sie gerade einsteigen wollte, rollte Maiches alter Lada auf den Hof. Magdalena sah auf die Uhr; es wurde Zeit für sie, sie musste um acht im Hotel sein. Aber natürlich wollte sie ihren Großvater begrüßen, bevor sie in den Ort fuhr.

Als Maiche aus seinem Wagen stieg, war Magdalena sofort klar, dass etwas passiert war.

Sie ließ die Tür ihres Wagens wieder zufallen und ging zu ihm hinüber. Ihr Großvater öffnete die Heckklappe, und Sento sprang heraus. Maiche nahm seine Jagdflinte und seinen alten Rucksack aus dem Kofferraum.

»Was schaust du so bös?«, fragte Magdalena. Sento, der sonst immer freudig auf Magdalena zugesprungen kam, schien von der düsteren Stimmung seines Herrn angesteckt. Die Rute zwischen den Hinterläufen schlich er sich außer Sicht.

Maiche sah Magdalena nicht an. »Wilderer«, knurrte er nur und stapfte auf Hias zu.

Magdalena lief neben ihm her. »Wilderer? Und?«, fragte sie.

Er zuckte die Schultern. »Naufbrennt hab i eam eine.«

»Was?« Magdalena blieb fassungslos stehen. »Du hast auf einen *Menschen* geschossen?«

»A Wuildara«, wandte Hias ein. Für ihn schien das ein Unterschied zu sein.

»In *meim* Wald«, fügte ihr Großvater noch hinzu. »Und *der* hod zerscht gschossn. Koane zwoa Meter neben mir hat's eigschlagn.«

»Notwehr«, sagte Hias.

Maiche brummte nur verächtlich. »I lass ned auf mi schiaßn, scho gar ned in meim Wald.«

»Hast du ihn denn getroffen?«, fragte Magdalena.

»Glaub scho«, sagte Maiche. »Wissn kann i's fei ned. Is den Hang nunter, zur Klamm. Glebt hat er scho no, glaub i.«

Magdalena ließ entgeistert die Schultern sinken. »*Glaubst* du?«, sagte sie kopfschüttelnd.

»Der is nunter *glaufa*. Und dann hod er si hinter am Fels versteckt.«

»Und jetzt?«

Maiche winkte ab. »Was scho? Meinst, der geht zur Polizei? Dass sie eam wegn Wilderei drankriegn?«

»Wenn er verletzt ist und zum Arzt geht, muss der das melden mit der Schusswunde.«

»Schaun mer mal.«

Hias trat näher an ihn heran. »Recht hod's scho«, sagte er leise mit einem Seitenblick zum Haus, als wolle er sichergehen, dass sie nicht von Reserl gehört wurden. »Besser war's, wannst nachste Zeit wos anders trogst ois a Flintn.«

Der alte Bauer und sein Knecht sahen sich in die Augen, und schließlich wurde Maiches sturer Blick einsichtig.

»Da«, sagte er und hielt Hias das Gewehr hin. »Pack's aber gscheit ei.«

Hias nahm die Waffe wortlos an sich und ging zur Scheune.

Magdalena ging ihm nach. Er kletterte die Leiter zum Heuboden hinauf.

»Wo tust du es hin?«, fragte sie.

»In d' Wand an der oidn Heiklappn«, antwortete Hias, ohne zu zögern.

»Gut«, sagte Magdalena nur. Dort hätte sie das Gewehr auch versteckt. Ein Stück hohle Wand, das damals durch den Stallausbau entstanden war.

»Des passt dem Baurn grod goar ned«, hörte sie Hias von oben sagen, wo er außer Sicht an der Klappe herumhantierte.

»Weiß ich auch«, antwortete Magdalena.

Eigentlich hatte sie etwas sagen wollen wie »Außergewöhnliche Situationen erfordern außergewöhnliche Maßnahmen«, aber sie wusste, dass solche Feinheiten von Hias nicht gewürdigt wurden.

»Achtest du mit drauf, dass er sie da nicht wieder rausholt?«, fragte sie noch und erhielt als Antwort ein Knurren, das sie als Zustimmung erkannte. »Ich muss jetzt wirklich los«, sagte sie dann. »Und sag Mutter besser nichts davon.«

Ihre letzte Bemerkung verdiente sich bei Hias nicht mal mehr ein Knurren, so selbstverständlich war es für ihn, Reserl da rauszuhalten.

Großvater war im Haus verschwunden, und sie verzichtete darauf, sich extra von ihm zu verabschieden. Sie stieg in ihren Subaru und fuhr vom Hof die schmale Straße hinab ins Tal.

***

Balthasar Schwemmer unterdrückte ein Kopfschütteln.

»Burgl, müssen wir das *un*bedingt beim Frühstück besprechen?«, fragte er leidend und begann den Artikel im Sportteil des Tagblatts noch einmal von vorn.

»Wann denn sonst, Hausl?«

»Später am Tag«, brummte Schwemmer in seine Kaffeetasse.

»Hast du schon mal versucht, einen Ersten Kriminalhauptkommissar tagsüber ans Telefon zu kriegen? Oder auf seinen Anruf gewartet?« Burgl lachte.

»In der Mittagspause. Ich versprech's dir«, seufzte Schwemmer, aber er wusste natürlich, dass seine Frau recht hatte. Es kam immer etwas dazwischen, wenn er Burgl gerade anrufen wollte. Und wenn er dran dachte, war sie nicht da.

Natürlich hätte sie ihn auf seinem Handy anrufen können, aber sie wusste und respektierte, wie sehr er es hasste, vor Kollegen private Gespräche zu führen.

Also musste die Entscheidung über das Abendessen eben beim Frühstück fallen. Bis zum letzten Jahr hatte es dieses Problem nicht gegeben, da hatte Burgl ihre Praxis betrieben und war froh gewesen, dass er so gern kochte. Aber nun hatte sie die Psychotherapie aufgegeben und lebte das abenteuerliche Leben einer Hausfrau, und ihr liebstes Abenteuer war eben das Kochen.

So musste er also jetzt schon beim Frühstück seine festgefügten Vorstellungen von bayerischer und internationaler Küche gegen die frisch erweckte, vorwärtsstürmende kulinarische Entdeckungslust seiner Gattin verteidigen.

»Heute Fisch, Hausl?« Burgl hatte es zwar als Frage formuliert, aber wenn sie ihn Hausl nannte, wusste Balthasar Schwemmer, dass sie ohnehin nicht mit Widerworten rechnete.

Warum auch?, dachte er. Spricht ja nichts gegen Fisch.

»Passt schon«, antwortete er also, ohne den Blick vom Sportteil zu heben.

»Schön. Also Fischpflanzerl. Und was dazu?«

»Fisch... *was*?« Jetzt sah er doch auf. »Bin ich ein Hamburger?«

»Hamburger sind aus Fleisch«, antwortete Burgl.

»Nein, Hamburger sind aus Hamburg. Und essen Fischfrikadellen. Ständig.«

Er hatte im Autoradio auf einer Fahrt zur Staatsanwaltschaft nach München mal ein Stück von einer Hamburger Gruppe gehört, und die Stelle »Dann ess ich auf die Schnelle noch 'ne Fischfrikadelle« war ihm nie mehr aus dem Kopf gegangen. Seitdem stellte er sich vor, dass der Hamburger sich von nichts anderem ernährte. Er hatte allerdings seit seiner Bundeswehrzeit keinen Hamburger mehr kennengelernt.

»Was schönes Gebratenes! Forelle! Wie wär's mit Forelle?«, schlug er betont munter vor.

»Forelle hatten wir neulich schon«, erhielt er zur Antwort. An »neulich« hatte Schwemmer nur noch eine vage Erinnerung. Und Burgl setzte noch einen drauf. »Wie wär's mit Lauchgemüse zu den Pflanzerln?«

Schwemmer gab auf. Er trank seinen Kaffee aus und faltete die Zeitung zusammen. »Schon recht«, sagte er.

»Fein!«, freute sich Burgl. »Lauchgemüse süßsauer. Das passt prima.«

Schwemmer schaffte es, nicht aufzustöhnen. Von süßsauer war natürlich nicht die Rede gewesen, aber er war um diese Tageszeit einfach noch nicht in der Form, die nötig gewesen wäre, Burgls offensichtlich schon stehende Planung zu ändern.

»Wunderbar«, sagte er also, während er aufstand. Er ging zu Burgl und küsste sie auf den Mund. Er sah das Blitzen in ihren Augen, und er wusste, dass sie genau wusste, was sie getan hatte. Und dass er das wusste. Es war einer dieser Momente, in denen sie ihren Humor teilten und in denen er sie wirklich liebte. Er sah ihr in die Augen und lachte, und sie lachte zurück.

»Du darfst den Wein aussuchen«, sagte sie lächelnd.

»Ja, ja. Und mitbringen«, brummte er.

Er küsste sie zum Abschied in den Nacken und ging aus dem Haus.

Von gegenüber grüßte ihn die alte Frau Schmitt aus ihrem Küchenfenster, er winkte zurück. Er sah die Straße entlang. Frühlingssonne auf der Zugspitze, ein milder Wind. Erstes Grün und Gelb auf den Büschen in den ordentlichen Vorgärten der schmucken Einfamilienhäuser. Ein paar Kinder schleppten ihre Ranzen zur Schule.

Schwemmer grinste in sich hinein. Lauchgemüse süßsauer, dachte er, *la vie est dure*.

***

Magdalena stand an dem unbeschrankten Bahnübergang, während der Acht-Uhr-Zug nach Mittenwald an ihr vorbeirauschte. Dass dieser Zug sie hier aufhielt, bedeutete, dass sie zu spät ins Hotel kommen würde.

Immer wieder schüttelte sie den Kopf. Wie konnte Maiche nur auf einen Menschen schießen?

Inständig hoffte sie, dass er nicht getroffen hatte.

Er schießt nicht mehr gut, das hatte Hias doch eben noch gesagt, ermutigte sie sich.

Maiches Sturheit war immer schwierig gewesen, aber langsam ging sie über das Maß hinaus, mit dem seine Mitmenschen noch umgehen konnten.

Altersstarrsinn war das Wort, das ihr einfiel.

Ärger mit der Polizei war etwas, für das sie nun überhaupt keine Zeit hatte.

Das Hotel kostete sie mehr Kraft, als sie sich eingestehen mochte, und sich um Mutter und Großvater zu kümmern war dann fast mehr, als sie zu leisten imstande war.

Sie schalt sich sofort heftig für diesen Gedanken, denn natürlich waren die beiden wichtiger als jedes Hotel, aber dennoch dankte sie dem Herrgott, dass die zwei noch so gut beieinander waren. Und sie wusste: Das konnte sich schnell ändern.

Der Zug war vorbei, und sie fuhr zur Bundesstraße hoch. Die Wagenkolonnen an diesem Morgen waren in beide Richtungen schier endlos. Sie hatte das Gefühl, minutenlang an der Einmündung zu stehen, ohne dass sich eine genügend große Lücke auftat. Schließlich verlor sie die Nerven und zwängte sich zwischen zwei ortseinwärts fahrende Autos, was ihr prompt eine gleißende Xenon-Beschimpfung durch einen dunklen 3er-BMW eintrug.

Sie fluchte lauthals und nicht druckreif auf dessen Fahrer – eine Möglichkeit, die sie am Autofahren sehr schätzte und ausgiebig zu nutzen pflegte. In den seltenen Fällen, in denen sie Beifahrer hatte, war es dabei schon zu peinlichen Situationen gekommen. Auch deshalb fuhr sie lieber allein. Sie steuerte ihren winzigen Bus durch Partenkirchen, wechselte immer wieder die Spur, aber jeder Wagen, den sie überholte, tauchte bald darauf wieder neben ihr auf. An der Hindenburgstraße bog sie nach Garmisch ab, unterquerte die Bahn und umrundete den Kurpark.

Als sie den Wagen auf dem engen Hotelparkplatz abstellte, sah sie, dass sie wirklich zu spät gekommen war. Der Mercedes aus Stuttgart war schon weg. Der Mann hatte ausgecheckt, und sie war nicht da gewesen. Dabei hatte sie sich vor dem Einschlafen am Vorabend noch ein paar kleine Bemerkungen ausgedacht, damit ihr Hotel zusätzlich in guter Erinnerung blieb. Immerhin war der Mann Betriebsratsvorsitzender bei einem Werkzeugmaschinenhersteller. »Betriebsrat bedeutet Gewerkschaft, Gewerkschaft bedeutet Tagung«, hatte ihr der Chef in dem Augsburger Vier-Sterne-Hotel eingebläut, in dem sie ihr erstes Praktikum gemacht hatte. Es war einer dieser Sprüche, die man nie vergaß, egal, wie falsch sie sein mochten.

Sie hatte jedenfalls schon davon geträumt, wie die Spitze der IG-Metall im »Lenas« mit den Chefs von Daimler verhandelte, auch wenn ihre zwölf Zimmer wahrscheinlich nicht einmal für die Sekretärinnen und/oder Geliebten der Herren gereicht hätten.

Jetzt war der Mann jedenfalls weg.

Natürlich würde Andi alles fehlerlos erledigt haben. Noch ein Getränk anbieten für die Wartezeit, in der er die (längst fertige) Abrechnung hervorholte. Mit freundlichem Lächeln die Kreditkarte entgegennehmen. Eine Tafel Schokolade für die Fahrt zusammen mit der Quittung überreichen. Das Gepäck zum Wagen bringen und im Kofferraum verstauen. Eine gute Fahrt wünschen.

All das würde Andi ohne Grund zur Beanstandung getan haben.

Aber so ein kleiner, lockerer Spruch, eine kleine, außergewöhnliche Freundlichkeit zum Abschied, das bekam er einfach nicht hin. Andi Weidinger war seit dem Tag der Eröffnung bei ihr im »Lenas«, und Magdalena wusste, dass sie eher auf die Zentralheizung verzichten konnte als auf ihn, aber seine unsichere, nervöse Art konnte sie manchmal auf die Palme bringen.

Außerdem hatte er ein wirklich beklagenswert unglückliches Händchen, wenn es um die Zusammenstellung seiner Kleidung ging. Natürlich war Andi immer gepflegt gekleidet und anständig frisiert, wobei ihr gerade seine Frisur immer ein wenig *zu* gepflegt vorkam. »Altmodisch« wäre das Wort ihrer Wahl gewesen. Aber speziell seine Hemd-Jacke-Krawatte-Kombinationen erwartete Magdalena jeden Tag aufs Neue mit Schaudern.

Aber andererseits war Andi Weidinger eine Seele von Mensch, und sie hatte es bei einem ersten misslungenen Versuch belassen, ihn zu einem Wechsel des Herrenausstatters zu bewegen, zumal sie den Verdacht hegte, dass es sich bei diesem um seine Mutter handeln könnte.

Na gut, dachte Magdalena. Dann eben keine Gewerkschaft. Immerhin war noch die Proktologin aus Zürich da. Und Ärztekongresse waren die Steigerung von Gewerkschaftstagungen.

Tatsächlich lächelte sie, als sie aus dem Subaru stieg.

Das Lächeln erstarb allerdings, als ein Polizeiwagen forsch neben ihr hielt und zwei uniformierte Beamte ausstiegen.

Oh Gott, der Wilderer!, dachte sie. Großvater hat ihn erwischt, und jetzt holen sie mich als Mitwisserin.

Aber die beiden Beamten beachteten sie kaum. Der an der Beifahrerseite ausstieg, grüßte sie beiläufig, dann marschierten die beiden ins Hotel.

Polizei in *ihrem* Hotel! Magdalena schüttelte die Erstarrung ab und folgte den beiden.

Der hintere hielt ihr höflich die Glastür zum Foyer auf. Sie bedankte sich hastig und eilte zum Tresen, hinter dem ein aschgrauer Andi stand und bei ihrem Anblick nicht zu wissen schien, ob er in Tränen ausbrechen sollte oder nicht.

»Polizeiobermeister Kurtmann«, stellte sich der erste der beiden Polizisten vor. »Sie hatten angerufen? Wegen dem Zechpreller?«

»Zechpreller?« Magdalena sah Andi konsterniert an, aber der nickte bloß.

Polizeiobermeister Kurtmann zog einen Notizblock heraus. »Na, dann erzählen Sie mal«, sagte er.

»Moment!« Magdalena drängte sich an dem Beamten vorbei hinter den Tresen.

»Dein Handy war aus«, sagte Andi kleinlaut.

»Das kann ja gar nicht ...« Magdalena zerrte ihr Handy hervor. Tatsächlich, das Display war erloschen. »Keine Ahnung, warum ...«, murmelte sie und drückte heftig den Einschaltknopf des Gerätes.

»Sind Sie hier die Chefin?«, fragte Polizeiobermeister Kurtmann.

»Ja«, antwortete Magdalena. »Aber ich weiß von nichts.«

»Ihr Name ist also Hase«, frotzelte der andere Polizist, und Polizeiobermeister Kurtmann lachte freundlich.

»Darf *ich* dann mal die Fragen stellen?«, fragte er mit einem mitleidigen Lächeln. »Obwohl es natürlich *Ihr* Geld ist?«

Magdalena ließ ihm mit einer Geste den Vortritt und lauschte Andis umständlichen Antworten auf die ebenso umständlichen Fragen des Polizeiobermeisters.

Der Werkzeugmaschinenherstellerbetriebsratsvorsitzende hatte in der Früh um fünf beim Nachtportier – also Andi – nach der diensthabenden Nachtapotheke gefragt und auf Andis Angebot, ihm zu besorgen, was immer die Apotheke liefern könne, geantwortet, er fahre lieber selbst. Andi hatte ihm dann die Adresse der Dreitorspitzapotheke genannt, und der Mann war in seinen Mercedes gestiegen und losgefahren.

»Und das war's dann auch«, endete Andi. »Dann war er weg.«

»Und das Gepäck?«, fragten Magdalena und Polizeiobermeister Kurtmann wie aus einem Mund.

»Deswegen hab ich mir ja nichts dabei gedacht«, sagte Andi. »Aber sehen Sie selbst ...«

Er führte Magdalena und die beiden Beamten die Treppe hinauf in das Zimmer des Gewerkschafters. Es war leer. Mit einem Blick ins Bad stellte Magdalena fest, dass sogar die Handtücher fehlten. Der Schrank und das gartenseitige Fenster standen offen.

»Da unten ...«, sagte Andi. Magdalena und Kurtmann sahen hinaus. Auf dem noch taufeuchten Rasen waren Einschlagspuren zu sehen.

»Die Koffer hat er aus dem Fenster hinaus, dann ums Haus herum und dann ins Auto«, sagte Andi auf seine unbeholfene Art.

»Und was schuldet der Mann Ihnen?« Zum ersten Mal mischte sich der andere Beamte ein.

Und stellt die erste wichtige Frage, dachte Magdalena.

»Viertausenddreihundertachtundfünfzig Euro«, antwortete sie.

»Und dreiundvierzig Cent«, setzte Andi hinzu.

Die beiden Polizisten sahen sich an und nickten respektvoll.

»*Das* ist eine Zahl«, sagte der zweite, der nicht Kurtmann hieß, sich aber auch noch nicht vorgestellt hatte.

»Der hat aber auch alles gebucht, was wir anbieten«, sagte Magdalena. Bergführer, Hüttenaufenthalte, Gleitschirmunterricht – was immer gewünscht wurde, organisierte das »Lenas« für seine Gäste und ging dabei in Vorleistung.

Normalerweise rechnete sich das am Ende. Aber nur normalerweise.

Plötzlich hörte Magdalena durch die offene Tür das entfernte »Dingdong« der Tresenglocke im Foyer. Hier oben im ersten Stock war es kaum hörbar, aber seit ihrer Ausbildung war dieser Ton für sie immer so laut wie die Alarmsirene auf einem U-Boot.

»Entschuldigen Sie mich«, sagte sie und eilte die Treppe hinunter. Auf dem mittleren Absatz bremste sie ab, fuhr sich kontrollierend durch die Haare und schritt dann gesetzt weiter.

Vor dem Tresen stand ein Mann.

Wenn Magdalena während der Arbeit etwas durch den Kopf ging, dann waren es professionelle Gedanken. Anderes ließ sie nicht zu.

(»Genau wie dein Großvater«, hatte ihre Mutter gesagt, als sie ihr einmal davon erzählt hatte.)

Aber dieser Mann lehnte in einer derart lässig-coolen Art am Empfangstresen, dass ihre professionellen Gedanken ihn sofort zu einem Zechpreller stempelten. Sie wusste ja jetzt, wie die aussahen. Obwohl der vorletzte, mit dem sie es zu tun gehabt hatte, ganz anders ausgesehen hatte als der Betriebsratsvorsitzende.

Der Mann am Tresen sah ihr freundlich entgegen. Aber in seinem Blick stand zugleich die Botschaft, dass er Freundlichkeit eigentlich nicht nötig hatte.

Der Mann konnte auch anders.

Er war schlank und einen Kopf größer als Magdalena, was ihr grundsätzlich immer gefiel. Er hatte dichtes, kurz geschnittenes dunkles Haar und trug zu ihrem Bedauern eine sehr dunkle Sonnenbrille. Sie schätzte ihn auf Ende dreißig. Sein Anzug wirkte schlicht, aber umwerfend: Der dunkelgraue, leicht grobe Stoff fiel elegant und dabei wie unabsichtlich an ihm herab. Und er trug einen Gehrock, was sie bei den meisten Männern affig fand; aber der Mann machte den Eindruck, als trage er selbstverständlich nie etwas anderes.

»Grüß Gott«, sagte Magdalena und trat hinter den Tresen. »Was können wir für Sie tun?«

Eigentlich hatte sie diesen Satz wegen übergroßer Abnutzung aus ihrem Repertoire gestrichen. Aber nach einem frühen Vormittag mit einem schießwütigen Großvater und einem Zechpreller hatte sie gerade keine bessere Phrase parat.

»Ein Maximenü mit 'ner Cola«, antwortete der Mann denn auch prompt, und Magdalena musste sich zu einem Lächeln zwingen, das weit verkrampfter ausfiel als beabsichtigt.

Aber dann nahm der Mann seine Sonnenbrille ab.

Als Magdalena in die braunen, von goldenen Sprenkeln durchsetzten Augen blickte, war es ihr egal, ob er ein Zechpreller oder ein Proktologe war.

»Entschuldigen Sie den schlechten Scherz bitte; er ist mir so rausgerutscht«, sagte er. »Kant. Jo Kant. Ich hatte reserviert.«

»Ja … natürlich … Herr Kant aus Düsseldorf.« Magdalena tippte auf dem Tresen-Laptop rum, als brauche sie eine Bestätigung, dabei konnte sie die Reservierungen der nächsten vierzehn Tage im Schlaf daherbeten. »Wir ... hatten Sie so früh nicht erwartet. Ihr Zimmer ist auch schon frei, wir müssen nur noch ... neue Handtücher aufhängen«, sagte sie. »Mögen Sie vielleicht vorher ein Frühstück?«

»Gern. Kaffee, Orangensaft, zwei Rühreier mit Schafskäse, Roggenbrot, Butter und eine F.A.Z.« Kant legte seinen Schlüsselbund auf den Tresen. »Und kümmern Sie sich bitte um mein Gepäck. Mein Wagen steht auf dem Parkplatz. Ist nicht zu verfehlen, steht direkt neben dem Streifenwagen. Es ist nicht der Subaru.«

***

EKHK Balthasar Schwemmer schloss die Seitentür der Polizeiinspektion an der Münchener Straße auf und stieg auf seine ruhige Art die Treppe in den ersten Stock hinauf. Er grüßte freundlich eine entgegenkommende Kollegin von den Uniformierten, die ihm respektvoll Platz machte. Oben im Flur wäre er fast mit Oberkommissar Schafmann zusammengestoßen, der aus seinem Büro stürmte und offenbar etwas sehr Wichtiges zu tun hatte. Schafmann warf ihm nur ein flüchtiges »Grüß Gott!« zu und lief den Gang entlang. Schwemmer blickte ihm mäßig interessiert hinterher und sah ihn in der Herrentoilette verschwinden.

Er betrat sein Büro. Nachdem er seinen Mantel aufgehängt hatte, öffnete er die Tür zum Vorzimmer und begrüßte Silvia Fuchs, die Sekretärin.

»Kaffee?«, fragte Frau Fuchs mit ihrem thüringischen Zungenschlag, und Schwemmer nickte.

»Und Schafmann soll mal reinkommen, falls er wieder auftaucht ...«

Er schloss die Tür und setzte sich an seinen Schreibtisch. Er hatte seinen Stuhl noch nicht richtig zurechtgeschoben, als schon das Telefon klingelte.

Es war Hauptkommissar Dengg von den Uniformierten, der einen Fall von Zechprellerei übergeben wollte, da es sich um einen erheblichen Betrag handelte und der Verdächtige bereits bundesweit zur Fahndung ausgeschrieben war. Er hatte seinen Mercedes mit einer gestohlenen Kreditkarte angemietet und nie zurückgegeben. Schwemmer bat darum, ihm das Protokoll zu bringen.

Dann blätterte er die seit gestern angefallenen Akten durch, die sich mit wenig Schlimmerem als Marihuanahandel in kleinen Mengen befassten. Um diese Jahreszeit gab es in Garmisch nicht mal Skidiebstähle, und auf den versprochenen Anstieg der Kriminalität durch die Grenzöffnung zu warten hatte er aufgegeben.

Schwemmer nickte zufrieden. Die Kollegen vom Dauerdienst hatten mal wieder alles richtig gemacht.

Frau Fuchs brachte den Kaffee, und Schwemmer lehnte sich entspannt zurück. Der Tag fing gut an, wenn er von der Aussicht auf süßsaures Lauchgemüse absah.

Es klopfte, und ein recht graugesichtiger Werner Schafmann betrat das Büro.

»Irgendwas mit dem Magen«, sagte er und ließ sich auf den Besucherstuhl fallen.

»Soll Frau Fuchs dir einen Kamillentee machen?«, fragte Schwemmer, und Schafmann nickte dankbar. Schwemmer griff zum Telefon und gab seine Bestellung auf.

»Ich hoffe, das legt sich im Lauf des Tages«, sagte Schafmann. »Ich muss den Kleinen heute Abend von der Soloprobe abholen. Da kann ich nicht alle fünf Minuten rennen müssen.«

Schafmanns Sohn sang beim Tölzer Knabenchor, und das erforderte von seinen Eltern eine logistische Flexibilität, die Schwemmer immer wieder bewunderte. Ob der Junge am Wochenende in Augsburg oder in Berlin singen oder zu Hause den Eltern auf die Nerven gehen würde, erfuhr Schafmann oft genug erst am Donnerstag. Vom finanziellen Aufwand ganz zu schweigen, der die Familie Schafmann veranlasst hatte, das Dachgeschoss ihres Hauses als Ferienwohnung zu vermieten.

»Geh doch zum Arzt«, sagte Schwemmer. »Lass dich krankschreiben.«

Schafmann winkte ab. »Und dann? Zu Hause rumhängen und meiner Frau im Weg sein? Lass mal ... Das geht schon wieder weg.«

Frau Fuchs trug eine Tasse herein, aus der der Faden eines Teebeutels hing. Der Duft von Kamille erfüllte den Raum, und jetzt erst kam Schwemmer der Kollege so richtig krank vor. Er selbst trank Kamillentee ausschließlich, wenn er krank war. Ansonsten blieb er bei Kaffee. Er nahm einen Schluck aus seinem Becher.

»Ruhig zurzeit«, sagte er dann.

Schafmann nickte. Es klopfte, und ein Kollege reichte die Protokolle von der Zechprellerei herein. Schwemmer überflog sie. Als er den Namen des Hotels und den Betrag las, verzog er das Gesicht. Er kannte das Meixner Lenerl. Burgls Mutter war mit Lenerls Großmutter befreundet gewesen, man grüßte sich, wenn man sich sah. Und er wusste, dass Magdalena mit dem »Lenas« ein wirkliches Risiko eingegangen war. Es war ein zwar kleines, aber ganz außerordentliches Hotel, dessen Service vielleicht fünf Sterne verdienen mochte, aber die baulichen Gegebenheiten ließen so eine Bewertung nicht zu. Es gab keinen Aufzug, und einige der Zimmer waren schlicht zu klein. Auch Parkraum war nicht gerade reichlich vorhanden am Loisachufer. Magdalena Meixner hatte also bewusst auf eine Einstufung verzichtet und setzte auf Individualisten, die etwas Besonderes wollten und es sich leisten konnten.

Schwemmer war mit Burgl im vorletzten Jahr bei der Einweihung gewesen und hatte die liebevoll und völlig unterschiedlich eingerichteten Zimmer bewundert. Allein die Badausstattungen mussten ein Vermögen gekostet haben, und auch die schicke kleine Hotelbar hatte Schwemmer sehr gefallen. Natürlich hatte das Lenerl zu kämpfen, doch langsam, aber sicher hatte sie sich einen Ruf in Garmisch erarbeitet. GAP bräuchte mehr von diesen Unternehmern, hatte Burgl damals gesagt, solche, die nach vorne blickten, statt sich damit zu begnügen, schöne Berge und Deutschlands einzigen olympischen Wintersportort zu besitzen.

Schwemmer kannte keine konkreten Zahlen, aber es lag auf der Hand, dass Magdalena bis über beide Ohren in Schulden steckte, und mehr als viertausend Euro, das musste ihr wirklich wehtun. Und selbst wenn der Zechpreller irgendwann und irgendwo erwischt wurde, das Geld würde sie doch nicht zurückbekommen, einfach weil der Mann es nicht hatte.

Schwemmer konnte nicht helfen, und das ärgerte ihn.

»Was Dringendes?«, fragte Schafmann.

»Nicht wirklich.« Schwemmer reichte ihm die Papiere. »Zechprellerei. Der Täter war schon über alle Berge, als das Hotel angerufen hat.«

Schafmann nickte und stand auf. »Ich geb's ans K2«, sagte er und öffnete die Tür.

»Sag mal … Welchen Wein würdest du zu Fischpflanzerln mit Lauchgemüse süßsauer trinken wollen?«, fragte Schwemmer.

Schafmann sah ihn entgeistert an. »Das fragst du einen Mann mit Magenproblemen?« Er schüttelte den Kopf und ging hinaus.

***

Magdalena führte Kant die Treppe hinauf in sein Zimmer. Die Jungs vom Service hatten den Koffer auf dem dafür vorgesehenen Gestell abgelegt und die beiden Anzugetuis in den Schrank gehängt. Auf dem Beistelltisch stand ein frischer Strauß Frühlingsblumen in einer chinesischen Porzellanvase, daneben ein kleiner Teller mit Petit Fours. Das Bett hatte zwei mal zwei Meter und war mit schneeweißem Leinen bezogen, darüber hing eine teure Mark-Rothko-Reproduktion.

Das Fenster bot den Blick über die von der Schneeschmelze wild reißende Loisach auf die Kramerspitz.

Kant öffnete das Fenster, und das Rauschen des Flusses drang herein.

»Ganz schön laut«, sagte er und schloss das Fenster wieder.

»Die Zimmer nach hinten haben nicht diese Aussicht«, sagte Magdalena freundlich, »aber wenn Sie möchten ...«

»Danke«, sagte Kant. »Oder: Passt schon. So sagt man doch bei Ihnen?«

Sie wusste das Lächeln in seinen Mundwinkeln nicht zu deuten. Entweder war Kant ein Riesensnob, oder er nahm sie auf den Arm. Beides konnte sie nicht besonders leiden, obwohl ein sehr großer Prozentsatz ihrer Gäste zu der ersten Kategorie zählte.

»W-LAN?«, fragte Kant.

»Selbstverständlich«, antwortete Magdalena. »Wenn Sie Probleme haben sollten, wenden Sie sich jederzeit an den Empfang.«

Kant nickte einigermaßen wohlwollend.

»Frühstück gibt es, wann immer Sie mögen, aber leider verfügen wir über kein eigenes Restaurant.«

»Welches können Sie empfehlen?«

»Wir haben eine Liste, damit Sie nach Ihrem Geschmack auswählen können. Ich werde sie Ihnen bringen.«

»Lassen Sie mal ... Einen Stern werde ich hier wohl nicht finden, oder?« Wieder lächelte Kant sie auf seine undurchsichtige Art an.

»Da müssten Sie ins St. Benoît nach Oberammergau. Das ist

nicht besonders weit. Wenn Sie möchten, reservieren wir Ihnen dort einen Tisch.«

Kant nickte zufrieden. »Ein andermal gern. Heute werde ich mir erst mal Garmisch anschauen.«

»Wenn Sie keine weiteren Wünsche haben …« Mit einem Nicken zog Magdalena sich zurück und schloss die Tür hinter sich. Sie blieb, die Klinke in der Hand, einen Moment stehen und runzelte die Stirn. Aus dem Mann wurde sie nicht schlau.

Plötzlich bewegte sich die Klinke in ihrer Hand, und die Tür öffnete sich. Magdalena merkte, wie ihr das Blut in die Wangen schoss, aber Kant sah sie an, als sei es völlig selbstverständlich, dass sie immer noch vor seiner Tür stand.

»Noch etwas«, sagte er. »Es wäre schön, wenn mein Name Außenstehenden gegenüber nicht erwähnt würde.«

»Das werden wir einrichten«, sagte Magdalena und ließ sich keine Verwunderung anmerken. »Wenn der Kunde gestiefelte Maiglöckchen will, bekommt der Kunde gestiefelte Maiglöckchen«, hatte ihr Chef in Augsburg immer gesagt, und sie hatte oft genug gestiefelte Maiglöckchen geliefert.

Kant ließ ein Lächeln aufblitzen und schloss die Tür wieder.

Magdalena ging die Treppe hinunter. Unten an der Rezeption stand immer noch Andi. Er sah sie an, als laste alle Verantwortung für den Zechpreller auf seinen Schultern. Gernot, der die Tagschicht machte, tippte mit betretener Miene auf dem Laptop herum und versuchte, nicht aufzufallen.

Magdalena lächelte Andi traurig an und hob dann theatralisch hilflos die Arme. Andi sah betreten zu Boden.

»Jetzt komm mal mit«, sagte sie und ging in die Bar. Andi trottete hinter ihr her.

»Mach die Tür zu.«

Andi gehorchte. Um diese Tageszeit war die Hotelbar leer. Magdalena trat hinter den Tresen. Sie nahm eine Flasche Fernet-Branca aus dem Kühlschrank, schenkte zwei Doppelte ein und reichte Andi einen.

Er sah sie zweifelnd an. »Ist das nicht was früh? So am Tag, meinte ich. Also noch morgens. Wegen Alkohol?«

Magdalena stieß mit ihm an. »Pfeif drauf«, sagte sie und stürzte den Bitter hinunter. Andi tat es ihr nach, und beide schüttelten sich in dem wohligen Schauer, den das Zeug ihre Rücken hinunterjagte.

»Es gibt so Tage ...«, sagte sie.

»Alles Scheiße, was?« Andi sah sie von unten her an wie ein Hund, den man in den Regen geschickt hat.

»Andi, vergiss es einfach. Du kannst nichts dafür. Ich bin doch selber auf ihn reingefallen. Der Mann war gut. Ein Profi.« Magdalena stellte die Flasche in den Kühlschrank zurück und spülte die Gläser.

»Ich kann mich ja beteiligen. Also an dem Schaden, mein ich«, sagte Andi leise.

Magdalena sah ihn kurz an, dann bückte sie sich und holte die Flasche wieder hervor. Eigentlich wollte sie gar nicht trinken, aber sie wusste nicht, wie sie anders aus Andis Blick kommen konnte, um die Träne fortzuwischen, die ihr urplötzlich in den Augenwinkel geschossen war. Sie drehte sich von Andi weg, nahm geräuschvoll neue Gläser aus dem Regal und zog dabei kurz und heftig die Nase hoch.

»Einen nehmen wir noch«, sagte sie.

Andi sah sie zweifelnd an.

»Du hast doch sowieso längst Feierabend«, sagte sie und schenkte ein. Sie starrten beide auf ihre Gläser. Magdalena war drauf und dran, Andis Angebot anzunehmen. Es waren zwar noch vierzehn Tage bis zum Monatsende, aber wie es aussah, würde sie jeden Euro gut brauchen können, wenn die Gehälter fällig würden.

Aber dann siegte ihr Stolz. Andi arbeitete wie ein Pferd, und eigentlich war er unterbezahlt. Es ging keinesfalls an, dass er jetzt auch noch ihre finanzielle Verantwortung übernahm.

Sie griff nach dem Glas. Andi folgte nur zögernd ihrem Beispiel.

»Auf die zahlenden Gäste dieser Welt. Mögen sie niemals aussterben«, sagte sie und stürzte das Glas hinunter. »Puuh«, stieß sie dann hervor.

Auch Andi hatte getrunken und verzog das Gesicht.

»Tolles Auto hat dieser Kant«, sagte er. »Maserati.«

Magdalena lächelte, dankbar über den Themenwechsel.

»Er möchte nicht mit Namen angesprochen werde, wenn jemand in der Nähe ist«, sagte Magdalena. »Sag das bitte auch den andern.«

Andi zeigte keinerlei Verwunderung. »Geht klar«, sagte er nur.

»Irgendwie ist das ein komischer Kerl«, sagte Magdalena.

»Sieht gut aus«, sagte Andi. »Also glaub ich. Für 'nen Mann und so.«

»Und ein verdammt schicker Anzug«, sagte Magdalena.

»So?« Andi zuckte die Achseln, als sei es ihm nicht aufgefallen. »Ich geh dann mal heim«, sagte er.

»Schlaf gut«, sagte Magdalena. »Und träum was Schönes.«

»Das wird wohl nichts heute«, sagte Andi. Er schüttelte den Kopf und ging mit müden Schritten aus der Bar.

***

»Schwierig«, sagte der Krois Ferdl. »Wer kommt denn auf so was?«

»Meine Frau halt«, sagte Schwemmer.

Ferdl kratzte sich am Kopf. »Man müsste wissen, wie süß und wie sauer dieses Süßsauer werden soll.«

»Wie's werden *soll*, ist nicht so wichtig. Wie es *wird*, das ist interessant.«

»Ich lehn mich jetzt mal aus dem Fenster«, sagte Ferdl und ging entschlossen zu einem der hinteren Regale. Schwemmer folgte ihm auf dem Fuß.

»Mittelrhein …« Ferdl griff ins Regal und reichte Schwemmer eine Flasche. »2003er Bopparder Hamm Feuerlay, Riesling halbtrocken.«

»Mittelrhein? Nie gehört«, sagte Schwemmer.

»Wenn Burgl experimentieren darf, musst du das auch dürfen«, sagte Ferdl.

»Recht hast du. Dann gib mir mal zwei mit«, sagte Schwemmer bestimmt, was er an der Kasse ein wenig bereute.

Als er die Tür aufschloss, umgab ihn sofort der süße Duft von karamellisiertem Zucker. Er ging in die Küche.

»Wo bleibst du? Ich brauch den Wein zum Ablöschen«, sagte Burgl und gab ihm einen schnellen und doch liebevollen Kuss.

Schwemmer ging zum Küchenschrank und holte den Korkenzieher aus der Schublade. Er öffnete eine Flasche und reichte sie Burgl.

»Eigentlich zu teuer, um damit zu kochen«, murmelte er.

»Man soll mit dem Wein kochen, den man dazu trinkt«, sagte Burgl und warf einen Blick auf das Etikett. »*Halb*trocken?«, fragte sie und schaute ihn konsterniert an.

»Wenn du experimentieren darfst, darf ich das auch«, antwortete Schwemmer.

Burgls Mund verzog sich zu einem unterdrückten Lachen. »Wo hast du *den* Spruch denn her?«

Aber als sie an der Flasche roch, zog sie anerkennend die Augenbrauen hoch. Sie löschte den karamellisierten Puderzucker mit Wein und einem kleinen Löffel Essig ab und reichte ihm die Flasche zurück.

»Krieg ich ein Glas?«, fragte sie, während sie in der Kasserolle rührte.

Schwemmer nahm zwei Gläser aus dem Schrank und schenkte jeweils einen Schluck ein. Dann stellte er die Flaschen in den Kühlschrank.

»Ist glaub ich noch ein bisserl zu warm«, sagte er und reichte Burgl das Glas. Sie stießen an und rochen aufmerksam, bevor sie tranken.

»Respekt«, sagte Burgl. »Der ist gut. Hoffentlich passt er auch.«

»*Ich* kann ja kochen, dann darfst *du* den Wein aussuchen.«

Burgl ging nicht auf diesen Versuch einer Provokation ein. »Du kannst Knoblauch schälen«, sagte sie nur.

Schwemmer bewaffnete sich gehorsam mit einem Küchenmesser und begann, die nun anfallenden niederen Arbeiten auf die Kommandos seiner Frau hin auszuführen.

Als sie ihn für einen Moment in der Küche allein ließ, nutzte er die Gelegenheit und probierte das in Brühe, Wein und Zucker vor sich hin köchelnde Gemüse, dem allerdings noch der Lauch fehlte. Er verzog überrascht das Gesicht.

Das war lecker.

Er schloss schnell den Deckel und probierte den Riesling. Für seinen Geschmack passte er perfekt. Er nahm noch einen Schluck auf den Krois Ferdl und beschäftigte sich mit den Frühlingszwiebeln.

»Deck doch schon mal den Tisch«, sagte Burgl, während sie die Fischpflanzerl in Weißbrotbröseln rollte.

Schwemmer ging ins Esszimmer und hatte gerade die Teller in der Hand, als das Telefon klingelte.

Als er auf dem Display die Handynummer des Kollegen vom Dauerdienst erkannte, ahnte er, dass der angenehme Teil des Abends vorüber war.

***

Magdalena saß hinter ihrem Empfangstresen und machte die Buchhaltung. Sie lächelte Kant professionell an, als er durch die Eingangstür trat.

Er nickte ihr höflich zu. »Ist Ihre Bar offen?«, fragte er.

»Selbstverständlich«, antwortete sie und wies zu der offenen Tür, aus der leise Jazzmusik drang.

Sie stand auf und ging vor. Jemanden nur für die Bar einzustellen ging beim besten Willen nicht, also musste der dienstschiebende Portier den Service mit übernehmen. Vom Zeitaufwand war das leicht zu schaffen, allerdings machte es die Personalauswahl schwer. Jemand, der ein erstklassiger Portier *und* ein erstklassiger Barmann war, ließ sich kaum beeindrucken von dem Gehalt, das Magdalena zu zahlen in der Lage war.

»Was darf ich Ihnen anbieten?«, fragte sie.

»Einen Fernet-Branca. Gekühlt, wenn möglich«, antwortete Kant. Es versetzte ihr einen kleinen Schlag, als sei sie bei etwas Verbotenem ertappt worden. Sie sah ihn an, aber sein Blick streifte durch den Raum. Als er das große, schwarz gerahmte Porträtfoto sah, erschien eine steile Falte auf seiner Stirn.

»Ist das von William Claxton?«, fragte er.

»Ja«, antwortete Magdalena.

»Ich erkenn ihn nicht«, sagte er mehr zu sich selbst und starrte auf den hinter dem Rauch seiner Zigarette versteckten, gedankenverlorenen Saxofonspieler. »Wer ist das?«, fragte er endlich.

»Zoot Sims«, antwortete Magdalena.

»Ah ja … Schönes Foto.«

Magdalena kannte den Namen Zoot Sims nur, weil das Foto so teuer gewesen war. Sie hörte den Jazz ganz gern, den Andi auf dem MP3-Player für die Bar zusammengestellt hatte, aber sie wusste fast nichts darüber. Kant schien sie aber beeindruckt zu haben.

Er setzte sich auf einen der Hocker und griff nach seinem Fernet.

»Zum Wohle«, sagte er und kippte das Glas hinunter. »Das Beste nach einem misslungenen Tag«, sagte er und lächelte kurz. »Haben Sie auch ein Bier für mich? Wein geht nach diesem Zeug natürlich nicht mehr.«

Sie zählte die Biere im Angebot auf, und er entschied sich für ein Weißbier.

Der Kölner aus Suite 2 und seine »russische Ehefrau«, wie er sie nannte, kamen herein und bestellten wie immer zwei Vodka Martini.

»Pfurztrocken«, fügte der Mann hinzu und brach in Gelächter über seinen Witz aus, so wie er es bis jetzt an jedem der vier Abende getan hatte, die die beiden im »Lenas« zu Gast waren.

»Ihr Name ist Meixner, habe ich das richtig verstanden?«, fragte Kant.

»Ja«, antwortete Magdalena und beschäftigte sich mit dem Shaker. Sie schenkte die zwei Martini ein und servierte sie.

»Geschüttelt, nicht gerührt«, sagte der Mann, ebenfalls wie jeden Abend, und prostete seiner Frau mit einem »Cheerio, Miss Sophie« zu, auch das wie immer.

»Sind Sie zufälligerweise verwandt mit Melchior Meixner?«, fragte Kant.

Magdalena sah ihn überrascht an. Sein Blick war kühl und fragend. Es stand nichts darin, was irgendwie bedrohlich gewesen wäre, aber sie bemerkte, wie sich die Härchen auf ihren Unterarmen aufrichteten, als sei Gefahr im Anzug.

»Das ist mein Großvater«, antwortete sie. »Kennen Sie ihn?«

»Nicht persönlich. Ich hab nur von ihm gehört.«

»So? Was denn?«

Kant nahm einen Schluck Bier und lachte in sich hinein.

»Er soll einen starken Charakter haben«, sagte er dann.

»Da haben Sie recht.«

Magdalena sah ihn forschend an. Was will dieser Kerl?, dachte sie.

Kant schenkte ihr wieder ein Lächeln. »Andere nennen ihn stur«, sagte er.

»Und? Ist das schlimm?«

Was geht dich das an, du arroganter Preiß?, war das, was sie eigentlich gerne gesagt hätte. Ruhig bleiben, Lenerl, sagte sie sich stattdessen und schaltete ihr Profilächeln an.

Der Mann aus Suite 2 erzählte seiner Frau einen sehr alten Witz und lachte sich darüber halb tot.

»Er soll ein harter Kerl gewesen sein«, sagte Kant.

»Was meinen Sie damit?« Ihr Profilächeln erlosch. Es gibt Grenzen, dachte Magdalena.

»Nun, während der alten Geschichte mit der Familie Schedlbauer –«

»*Was* geht *Sie* das an?«, fiel Magdalena ihm heftig ins Wort, und das kölnisch-russische Paar drehte die Köpfe. In freudiger Neugier starrten die beiden herüber und hofften auf einen unterhaltsamen Streit, aber Magdalena lächelte sie in Grund und Boden, bis der Mann anfing, seiner Frau den nächsten Witz zu erzählen, den Magdalena auch schon kannte.

»Verzeihen Sie bitte«, sagte Magdalena leise zu Kant. »Aber ich trenne gern Privates und Berufliches.«

»*Ich* muss mich entschuldigen«, sagte er. »Das war rücksichtslos und unhöflich von mir. Darf ich Sie zu etwas einladen, als Zeichen des guten Willens?«

Magdalena wollte schon ablehnen, doch dann sagte sie: »Na schön. Ich hatte auch einen misslungenen Tag.«

Sie schenkte zwei Fernet-Branca ein.

»Vielleicht können wir uns ja einmal woanders unterhalten«, sagte er. »Zum Beispiel in dem Sterne-Restaurant in Oberammergau.«

Er nahm sein Glas und stieß es gegen ihres. »Cheerio, Miss Sophie«, sagte er so leise, dass der Kölner es nicht hörte, und Magdalena musste tatsächlich lachen.

Sie tranken.

»Wie wär's mit morgen Abend?«, fragte Kant.

Magdalena begann, die Gläser zu spülen, um seinem Blick auszuweichen. Er ist ein Gast, du blöde Kuh!, dachte sie.

»Tut mir leid. Ich muss morgen arbeiten.« Sie sah ihn nicht an.

»Wie schade«, sagte Kant und nahm einen Schluck von seinem Weißbier.

Sie wurde aus dem Mann nicht schlau, und sie bekam den Verdacht, dass er nicht zufällig im »Lenas« abgestiegen war.

Was wollte er?

Zugleich musste sie sich eingestehen, dass er sie anzog. Weit mehr, als Männer das gemeinhin taten. Oder gar Gäste.

»Ja«, sagte sie. »Wirklich schade.«

Kant stellte das Glas ab, in dem sich noch ein erheblicher Rest befand, und stand auf.

»Ich darf mich empfehlen«, sagte er freundlich und ging hinaus. Ihr Blick folgte ihm. Kant ging nicht auf sein Zimmer. Er verließ das Hotel.

***

»Was macht dein Magen?«, fragte Schwemmer.

»Kohletabletten«, sagte Schafmann nur.

Der Abendhimmel war sternenübersät, und der Wind trug den Duft des Frühlings von Süden heran.

Schwemmer zog die Gummistiefel an und streifte die lange Öljacke über. Einen blöderen Fundort konnte er sich für diese Jahreszeit kaum denken. Und eine blödere Uhrzeit.

»Warum können Leichen nicht mal tagsüber auftauchen? Früher Nachmittag, das wär doch mal was«, maulte er. »Aber nein! Dunkel muss es sein. Und irgendwas vor sollte man haben.«

»Zum Beispiel seinen Sohn von der Soloprobe abholen«, sagte Schafmann. »Jetzt muss Bärbel das machen, und die Kleine muss im Kindersitz schlafen.«

»Warum tut ihr euch das bloß an?«, fragte Schwemmer.

Schafmann brummte irgendwas, das sich wie »Auch mal Opfer bringen« anhörte. Schwemmer fragte nicht nach.

»Wie weit müssen wir rein?«

»Bis in die Mitte.« Schafmann reichte ihm eine große Stablampe. »Einer von der Gemeindeverwaltung hat ihn gefunden. Sie kontrollieren kurz vor Sonnenuntergang noch mal die Stollen, da hat er ihn entdeckt.«

Sie stapften auf den Eingang der Klamm zu. Die Partnach tobte neben ihnen, das Ufer und der Pfad waren bis zur Pitznerhütte hin überschwemmt. Ein Kollege wies ihnen den Weg über den Hang darüber.

»Die Gummistiefel sind nett gemeint«, sagte er, »aber bis zu den Knien geht's schon rein.«

»Na toll«, sagte Schafmann.

Sie erreichten den Stollen und schalteten die Stablampen ein. Schafmann konnte aufrecht gehen, aber Schwemmer musste ständig darauf achten, sich nicht den Kopf an dem rohen Fels aufzuschlagen. Das Wasser stand knöchelhoch. Die Kälte drang durch das Gummi der Stiefel, aber Schwemmer beschloss, sich nichts daraus zu machen.

Am Ende des ersten Stollens ließ er den Strahl seiner Lampe über den tosenden Fluss und die Felswände gleiten. Überall tropfte und strömte Wasser, Gischtvorhänge und fassdicke Wasserfälle stürzten frei von oben, rauschten und rannen die Wände herab, quollen aus Felsspalten. Sie gingen durch ständigen intensiven Nieselregen. Schwemmer verknotete die Bändel seiner Kapuze, aber das feine Wasser drang in jede noch so winzige Spalte. Schon bald begann der nächste Stollenabschnitt. Ihre Stiefel tauchten bis zur Wade ein. Ein Lichtschein kam ihnen entgegen.

»'tschuldigung«, brüllte jemand gegen das Getöse des Wassers an. Ein Uniformierter drängte sich an ihnen vorbei.

»Wie weit ist es noch?«, schrie Schwemmer.

»Schon noch ein Stück«, erhielt er zur Antwort.

»Danke«, brüllte Schwemmer ihm nach und ging weiter – und lernte so, dass es ein Fehler war, hier einfach weiterzugehen, ohne vorher nach oben zu gucken.

Schafmann hinter ihm verstand Wortfetzen wie »Zefix«, »Glump varreckts« und »am Oasch«, bis Schwemmer mit den Worten »Kopf gestoßen« weiterging.

Der Weg ging ständig auf und ab, und entsprechend stieg und fiel das Wasser darauf. An einigen Stellen war es trocken, an anderen lief es ihnen, wie der Kollege am Eingang angekündigt hatte, in die Gummistiefel.

»Na servus«, sagte Schafmann.

Sie kamen aus einem Stollen und fanden sich hinter einem veritablen Wasserfall, dessen Gischt noch den letzten trockenen Faden ihrer Kleidung fand und durchnässte.

Sie patschten weiter.

Endlich erreichten sie die Stelle. Auf dem schmalen Weg drängte sich eine Menge Leute. Es war nicht auszumachen, wie viele es genau waren, auf jeden Fall war der gesamte Dauerdienst da. Schwemmer entdeckte Dräger vom Erkennungsdienst. Er presste gerade sein Funkgerät an ein Ohr und einen Finger in den Gehörgang des anderen. Dann sagte er etwas hinein und schaltete es mit resigniertem Kopfschütteln aus.

Schwemmer stieß ihn an, um auf sich aufmerksam zu machen. Er hatte den Eindruck, der junge Kommissar fühlte sich von ihm ernsthaft bei der Arbeit gestört.

»Und?«, schrie Schwemmer.

»Alles Scheiße!«, brüllte Dräger zurück. Er wies über den Fluss, der an dieser Stelle etwa sieben Meter breit war. Etliche Stablampen waren auf eine bestimmte Stelle gerichtet, auch Schwemmer leuchtete hin.

Die gegenüberliegende Wand war halbkreisförmig eingebuchtet. Hier bildete die Strömung einen Strudel, und in diesem Strudel trieb ein menschlicher Körper.

Er wurde hinuntergesogen und wieder ausgespien, ein ums andere Mal, dabei vollführte er wilde Tanzbewegungen, immer wieder im Kreis, in einer rasenden Geschwindigkeit.

Die vielen beweglichen Lichtstrahlen warfen unruhige Schatten und machten es unmöglich, etwas Genaues zu erkennen. Schwemmer war sich sicher, einen Arm gesehen zu haben, aber als er meinte, den Kopf auftauchen zu sehen, konnte er nichts erkennen, was wie ein Gesicht aussah.

Die Kälte kroch aus seinen nassen Stiefeln den Körper empor, und er merkte, dass die Hand mit der Lampe zu zittern begonnen hatte.

Er ließ den Strahl die Felswand hochklettern. Ein paar Meter über ihnen verengte sich die Klamm und entwand sich immer schmaler werdend dem Licht.

Drägers Blick folgte dem seinen.

»Hab ich auch schon überlegt«, schrie er. »Einer von der Bergwacht ist hierher unterwegs. Der wird sich bedanken! Scheißjob!«

Schwemmer nickte zur Antwort.

»Was ist mit Tauchern?«, brüllte Schafmann, und wie als Kommentar schoss ein Baumstamm an ihnen vorbei durch die Klamm. Schwemmer sah Schafmann an, der hob entschuldigend die Hände. Er sagte etwas, was sich für Schwemmer durch den Lärm wie »War halt 'ne Idee« anhörte.

Er winkte Dräger zu sich heran. »Mehr Licht«, sagte er ihm ins Ohr.

Dräger wies klammabwärts. »Kollege ist unterwegs. Batterieleuchten.«

Schwemmer sah wieder zu dem tanzenden Körper. Es waren nicht mehr als vielleicht fünf Meter, die der Tote an der nahen Seite des Strudels von ihnen entfernt war.

Ein Mann in durchnässter roter Bergjacke kam aus dem Stollen auf sie zu. Er schüttelte Schwemmer kurz die Hand, dann richtete er seine Stablampe auf den Strudel und die Wand hinauf. Er zuckte die Schultern und beugte sich zu Schwemmers Ohr.

»Wir werden einen Mann vom Rand aus abseilen«, sagte er.

»Hubschrauber?«, brüllte Schwemmer zurück.

»Geht hier nicht. Wollen Sie 'nen Tipp?«

Schwemmer antwortete mit einer auffordernden Geste.

»Warten Sie einfach ein bisschen. Über kurz oder lang kommt er aus dem Strudel frei, dann können Sie ihn unten am Kraftwerk einfach rausklauben.«

Schwemmer verzog das Gesicht. Diesen Gedanken versuchte er schon seit seiner Ankunft zu verdrängen.

»Aber wir können ihn auch rausholen, wenn Sie wollen.«

Schwemmer nickte. »Bereiten Sie es vor. In aller Ruhe.«

***

Magdalena saß müde hinter dem Empfangstresen und war noch immer mit ihrer Buchhaltung beschäftigt.

Die Bar war seit Stunden leer, der Kölner hatte sich schlecht gelaunt ins Garmischer Nachtleben verabschiedet, nachdem seine Frau mit Kopfschmerzen in der Suite verschwunden war.

Herr Kant hatte sich nicht mehr blicken lassen.

Es ging auf elf in der Nacht zu, als Andi Weidinger hereinkam. Magdalena sah ihn an und schüttelte den Kopf.

»Andi …«, sagte sie nur.

»Was denn?«, fragte er.

Er war noch so blass wie heute Morgen. Ein kleiner roter Punkt zwischen Unterlippe und Kinn zeigte, dass er sich beim Rasieren geschnitten hatte. Er trug ein beiges Hemd mit einer dunkelroten Krawatte.

Und er kam eine ganze Stunde zu früh.

»Ich konnte nicht schlafen«, sagte er.

»Na dann ...« Magdalena machte eine Sicherungskopie und schloss die Datei.

»Wie war der Abend?«, fragte Andi.

»Ruhig. Aber nach *dem* Morgen kam es mir vielleicht auch nur so vor. Soll ich dir einen Espresso machen?«

»Nein, nein. Ich hab so viel Kaffee heute. Mein Magen.«

»Du siehst eigentlich nicht aus, als würdest du die Nacht durchstehen. Es hat keiner was davon, wenn du zusammenklappst. Geh nach Hause, Andi.«

Aber Andi Weidinger sah zu Boden und bewegte den Kopf hin und her wie ein trotziger kleiner Junge. Magdalena lächelte, aber er sah es nicht.

»Na schön. Wahrscheinlich wird es ruhig bleiben. Also: Wenn du einschläfst, mach dir keine Vorwürfe.«

»Tu ich nicht«, sagte Andi, und sie wusste, dass er das Einschlafen meinte und nicht die Vorwürfe. Eigentlich gehörte es zum Konzept des »Lenas«, den Gästen einen echten Vierundzwanzig-Stunden-Service zu bieten, aber das ging mit nur einer Person am Empfang nicht wirklich, und es war keine leichte Entscheidung für Lena gewesen, auf eine zweite Kraft zu verzichten. Aber es wäre bei zwölf Zimmern einfach nicht zu finanzieren, selbst bei den deftigen Preisen, die ihre Klientel zu bezahlen bereit war.

Und es würde wohl kaum ein Schaden entstehen, wenn Andi während der Nachtschicht mal einduselte. Magdalena war sich sicher, dass seine Kollegen das regelmäßig machten. Aber Andi war eben Andi.

»War was mit dem ... diesem Düsseldorfer?«, fragte er.

»Wieso?« Sie sah auf. »Wie kommst du darauf?«

»Ich hab nachgedacht über den heute. Irgendwie komisch, weiß nicht, der Mann.«

»Ja ... Und stellt komische Fragen.«

»Fragen?« Andi nestelte an seiner Krawatte.

Magdalena griff nach dem Knoten und richtete ihn. »Hab ich dir mal von der alten Fehde zwischen den Meixners und den Schedlbauers erzählt?«, fragte sie und ärgerte sich sofort, das Thema überhaupt angerissen zu haben.

»Nein«, antwortete Andi. »Du nicht. Aber andere haben.«

Sie runzelte die Stirn. Klar, wenn ein Auswärtiger hier für eine Meixner arbeitete, bekam er viel zu hören. Und nicht besonders viel Wahres. Den Angestellten der Schedlbauers dürfte es ähnlich gehen, nur eben andersherum.

»Dieser Herr Kant weiß jedenfalls davon«, sagte sie. »Ich meine, bis Düsseldorf sollte sich das doch eigentlich noch nicht rumgesprochen haben.«

Andi stieß ein kleines Lachen aus. »Dahin nicht«, sagte er. »Vielleicht kennt er wen hier.«

»Bestimmt sogar. Aber keinen Meixner. Er muss irgendwas mit den Schedlbauers zu tun haben.«

»Ist doch alt, die Geschichte, oder?« Andi sah sie mit seinen traurigen Augen an.

»Ja«, seufzte Magdalena. »Alt genug hoffentlich.«

»Und?«, fragte Andi.

»Was, und?«

»Ich meine: Er weiß davon, der Düsseldorfer. Und?«

»Ach so. Ja … Ich konnte ja schlecht an der Bar darüber reden, ich weiß also nichts Genaues … Er wollte mich morgen Abend zum Essen einladen. Ins St. Benoît.«

Andi senkte unstet den Blick.

»Aber morgen hab ich Spätschicht«, sagte sie.

»Die haben einen Stern«, sagte Andi, ohne sie anzusehen.

»Ich weiß.«

»Und du bist doch neugierig …?«

»Aufs St. Benoît? Schon. Aber das rennt ja nicht weg.«

»Nein, auf *ihn*. Den Düsseldorfer.«

»Ich wüsst halt gern, wieso er nach der Schedlbauer-Geschichte gefragt hat.«

»Dann geh doch«, sagte Andi, den Blick immer noch gesenkt.

»Spät-schicht«, wiederholte sie singend.

»Kann *ich* doch«, sagte Andi.

»Klasse, und wer macht die Nacht?«

»Ich eben.«

»Andi, hör auf«, sagte sie ärgerlich. »Guck mal in den Spiegel. Du kannst keine Doppelschicht fahren.«

»Doch«, sagte er. Trotzig hob er den Blick und sah sie an. »Er hat nur für drei Tage reserviert. Dann ist er weg.« Er sah wieder zu Boden und kaute auf der Unterlippe. »Chancen nutzen. Sagst du doch immer«, sagte er leise.

Magdalena sah ihn irritiert an, aber Andi starrte weiter auf seine Füße.

»Na schön«, sagte sie. »Wenn du unbedingt willst.«

Andi grinste schief, als wisse er selbst nicht, was ihn zu diesem Angebot veranlasst hatte.

Magdalena lächelte, aber plötzlich riss es sie in die Höhe.

»Aber ich hab nichts anzuziehen!«, sagte sie.

***

Ein halbes Dutzend Batteriescheinwerfer erhellte den Grund der Klamm, als sich der Mann von der Bergwacht langsam hinabseilte.

Schwemmer wusste nicht, wohin mit seinen Händen. Er hasste tatenloses Zusehen, aber es gab schlicht nichts, was er hätte tun können. Neben ihm stand der Chef der Bergretter. Manchmal brüllte er Kommandos in sein Walkie-Talkie.

Der Mann am Seil ließ sich bis zu den Hüften in die eiskalte Partnach hinab und wurde sofort von der Strömung erfasst und ins Schwingen gebracht. Er versuchte ein ums andere Mal, den treibenden Körper zu greifen, aber immer wieder entglitt er ihm. Eine schier endlose Minute versuchte er vergeblich, ihn zu packen, dann endlich, als die Leiche auf dem Rücken schwimmend an ihm vorbeitrieb, erwischt er mit zwei Fingern den unteren Rand eines Hosenbeins, aber es gelang ihm nicht, seinen Griff zu stabilisieren. Der träge Körper zog den Mann am Seil in die Richtung, die der Strudel vorgab. Er versuchte, das Bein auch mit der anderen Hand zu greifen, doch bevor er es richtig zu fassen bekam, drehte sich der Körper auf den Bauch. Das schmale Stück Stoff entwand sich seinem Griff.

Doch nun war die Route des Leichnams in dem Strudel gestört, und am Ende der nächsten Runde schien der Körper sich nicht sicher, welchen Weg er nehmen sollte. Und dann ergriff ihn das Wasser und zog ihn einfach weg.

Der tote Körper trieb in weniger als zwei Metern Entfernung an Schwemmer vorbei, und genau in diesem Moment drehte die Strömung ihn auf den Rücken. Die Gliedmaßen standen in absurden

Winkeln von ihm ab, und als sein Gesicht in das Licht der Scheinwerfer geriet, sah Schwemmer, dass er keines mehr hatte.

Der Chef der Bergretter sah Schwemmer an und zuckte die Achseln.

***

Es überraschte Schwemmer immer wieder, dass seine Frau menschenleere Räume dazu bringen konnte, schlechte Laune auszustrahlen.

So wie die Küche, die er nun betrat. Das Haus war dunkel, Burgl war im Bett, die Küche war aufgeräumt bis auf die eine Spur zu auffällig platzierte leere Rieslingflasche.

Schwemmer sah an sich hinunter. Schuhe und Socken hatte er an der Haustür liegen lassen. Seine feuchten Füße hinterließen Spuren auf dem Steinboden, und es war bezeichnend, dass der ihm nicht kalt vorkam. Die Hosenbeine waren voller Schmutz und Schlamm, das Hemd an den Ärmeln durchnässt, und die Feuchtigkeit auf dem Rücken fühlte sich nach Schweiß an.

Er zog sich aus, warf die Sachen in den Flur und stellte sich unter die heiße Dusche.

In seinem dicken Bademantel, mit Filzpantoffeln an den Füßen, ging er ins Wohnzimmer und öffnete den Schrank, der ihren Schnapsvorrat enthielt. Es war nicht viel, ein paar nicht angebrochene Geschenke, wie eine Flasche Cointreau oder der Tequila, den ihm ein mexikanischer Kollege auf einem Polizeikongress in München überreicht hatte. Schwemmer griff nach dem Chantré, der einzigen Flasche, aus der ab und zu getrunken wurde. Er nahm einen Schwenker, dann, nach kurzem Zögern, einen zweiten. Er schenkte ein und stieg mit den beiden Gläsern die Treppe hoch.

Leise öffnete er die Schlafzimmertür.

»Bist du wach?«, flüsterte er und erhielt ein Brummen zur Antwort.

Burgl schaltete ihre Nachttischlampe an. »Im nächsten Leben heirate ich einen Finanzbeamten«, sagte sie.

»Schade«, antwortete Schwemmer. »Im nächsten Leben wollte ich Steuerbetrüger werden. Hier …« Er reichte ihr einen Chantré.

Burgl sah ihn besorgt an. »So schlimm?«, fragte sie und richtete sich halb auf. Weinbrand für sie gab es nur in Ausnahmefällen.

Schwemmer setzte sich auf den Bettrand und stieß mit ihr an. »Schwierig und unschön«, sagte er. »Und kalt und nass.«

Er trank, sie benetzte nur ihre Lippen.

»Möchtest du drüber reden?«

Er lächelte. Er machte sich oft lustig über ihre PsychologInnenphrasen, wie er es nannte, aber hier und jetzt war es genau die richtige Frage.

»Morgen«, sagte er. »Beim Frühstück ... Wie waren die Fischpflanzerl?«

»Nicht so gut wie der Riesling«, sagte Burgl.

Er glaubte ihr kein Wort.

»Ich mach's wieder gut. Morgen gehen wir richtig gut essen.«

»Und wo?«

»Schaun mer mal.« Er gab ihr einen Kuss, dann trank er seinen Chantré aus. Sie stellte ihr fast volles Glas auf dem Nachtisch ab.

»Weißt du was?«, fragte sie, als er im Bett lag.

»Hm?«, brummte er.

»Das mit dem Finanzbeamten wär glaub ich Quatsch. Aber Steuerbetrüger hört sich gut an.«

Sie löschte das Licht und ließ Schwemmer allein mit dem Gedanken, wie er jemals so viel verdienen könne, dass sich Steuerbetrug lohnte.

Am Ende verschob er das Problem ins nächste Leben.

ZWEI

Schwemmer und Schafmann standen auf der Eisernen Brücke und starrten in die Klamm hinunter. Die Sonne war gerade erst aufgegangen. Das angekündigte Gespräch mit Burgl war mitsamt dem Frühstück ausgefallen, weil Dräger schon um kurz nach sechs angerufen und ihn herbestellt hatte. Ein Dutzend Spezialisten von der Bundespolizei suchte die Ränder der Klamm oberhalb der Fundstelle ab. Die Leute hingen in Gurten gesichert und bewegten sich langsam und kontrolliert am Rand der Klamm entlang nach Süden.

»Was wollen die da eigentlich finden?«, knurrte Schwemmer.

Schafmann schwieg taktvoll. Schwemmer war ein toller Chef, so ab halb zehn. Vorher eher nicht.

»Die zertrampeln mehr Spuren, als sie entdecken. Am liebsten würd ich die abziehen.«

»Dräger weiß schon, was er tut«, sagte Schafmann diplomatisch und erhielt ein »Jaja« zur Antwort.

Für acht Uhr hatte sich die Staatsanwaltschaft angesagt. Auch das war kein Grund, Schwemmers Laune zu heben.

»Vielleicht ist der Tote ja gar nicht hier reingefallen. Er kann ja auch in die Klamm hineingetrieben sein«, meinte Schafmann.

»Richtig«, sagte Schwemmer nur. »Was macht der Magen?«

»Frag mich nicht«, antwortete Schafmann. »Und die Fischpflanzerl?«

»Waren nie besser. Und der Riesling erst …«

»Als Bärbel mit den Kindern wieder da war, hat die Kleine kein Auge mehr zugetan. Und wir auch nicht«, sagte Schafmann. »Manchmal ist das alles …« Er brach den Satz ab.

Eine Weile starrten sie schweigend in die Schlucht.

»Als ich noch in Ingolstadt war«, sagte Schwemmer, »da haben wir mal eine Frau aus der Altmühl gezogen. Erstochen.«

»Aha«, sagte Schafmann ergeben. Hier kam eine der berüchtigten Schwemmer-Geschichten.

»Zehn Wochen hat die Sonderkommission gearbeitet. Einhundertsiebenunddreißig Spuren. Nix. Absolut nix. Dann haben sie die Kommission erst reduziert und dann zugemacht … Herrschaftszeiten, was machts ihr denn da drüben!«, brüllte Schwemmer, als eine junge Polizistin am Hang ausrutschte und ein paar Meter abwärtsglitt, bevor sie wieder Halt fand. Sie war natürlich mit einem Gurt gesichert, aber Schwemmer hatte sich erschreckt. Als Grund zu brüllen reicht das alleweil, dachte er und starrte wieder in die Klamm.

»Und weiter?«, fragte Schafmann.

»Was, weiter?«

»Die Frau aus der Altmühl.«

»Ach so. Nach einem Jahr kam ein Mann in mein Büro. Ihr Liebhaber. Hat gestanden.«

»Einfach so?«

»Einfach so. Schlechtes Gewissen, hat er gesagt.«

»Und?«

»Ich hab ihn festgenommen.«

»Toll«, sagte Schafmann. Kein Plot und keine Pointe, dachte er. Er hätte schon gern mehr erfahren, die Details des Geständnisses etwa, das Urteil vielleicht; aber wenn eine Schwemmer-Geschichte zu Ende war, war sie eben zu Ende.

Das machte sie ja so berüchtigt.

Etwas bewegte sich den östlichen Hang hinab. Staatsanwältin Isenwald kam auf unangemessenem Schuhwerk vom Forsthaus Graseck herabgestiegen. Schafmann sah verstohlen zu Schwemmer, dessen Gesicht noch eine Spur finsterer wurde.

»Was hab ich nur getan? Dieses Energiebündel um diese Uhrzeit. Warum schicken die nicht den Felbermayr? Der wär vor Mittag garantiert nicht hier aufgetaucht … Ach was, der wär *gar* nicht aufgetaucht.«

»Guten Morgen, meine Herren«, klang es da bereits fröhlich vom Ende der Brücke, und Frau Isenwald stöckelte forsch auf sie zu.

»Einen wunderschönen«, antwortete Schafmann.

Schwemmer murmelte ein »Grüß Gott« vor sich hin.

Frau Isenwald lehnte sich vor und warf einen respektvollen Blick in die Klamm. »Das ist ja direkt gruselig …«

»Kriminalistisch normalerweise eher unergiebig«, sagte Schafmann. »Aber heute machen wir eine Ausnahme.«

»So? Aha …« Frau Isenwald sah Schwemmer gut gelaunt an.

»Dann bringen Sie mich doch bitte auf den letzten Stand, Herr EKHK.«

»Der Tote ist ein Mann«, antwortete Schwemmer grantig. »Dunkelhaarig, nicht sehr groß. Schusswunde im Gesicht. Schrot.«

»Also erschossen?«

Schwemmer zuckte die Schulter. »Das müssen Sie die Medizinmänner fragen.«

»Und wo ist er in den Fluss gestürzt?«

Schwemmer wies in großer Geste klammaufwärts.

»Da«, sagte er.

Die Staatsanwältin nickte ernst. Dann trat sie nah an ihn heran und legte ihm sanft eine Hand auf die Schulter.

»Herr Schwemmer … haben Sie etwa schlechte Laune?«, fragte sie guttural und mit unschuldigem Gesichtsausdruck.

»Wie kommen Sie *da*rauf?«, brummte Schwemmer.

»Ich plane eine Eingabe beim Justizministerium, Leichenfunde in Zukunft nur noch nachmittags zu gestatten. Wäre Ihnen das recht?«

Schafmann drehte sich beiläufig weg und zog eine Grimasse, um nicht loszuprusten.

»Passen tät's schon.« Sogar Schwemmer konnte jetzt ein Lächeln nicht mehr unterdrücken. »Entschuldigen Sie bitte«, sagte er ernst. »Also: Das Gesicht des Mannes ist völlig entstellt, und zwar durch einen Schrotschuss und stumpfe Verletzungen, wie sie zum Beispiel durch einen heftigen Sturz verursacht werden. Sämtliche Gliedmaßen scheinen gebrochen. Was aber letztlich die tatsächliche Todesursache ist …«

»… muss ich die Medizinmänner fragen«, ergänzte Frau Isenwald.

»Genau.« Schwemmer atmete demonstrativ erleichtert auf.

»Es ist bisher nicht feststellbar, in welcher Reihenfolge das Opfer die Verletzungen erlitten hat«, ergänzte Schafmann. »Theoretisch kann er sogar ertrunken sein.«

»Warten wir's also ab«, sagte Frau Isenwald und lächelte strahlend. »Können wir im Moment irgendwas ausrichten?«

»Nicht bevor Dräger uns bittet«, antwortete Schwemmer. Seine Laune sank sofort wieder. Warum muss ich hier rumstehen, wenn es eh nichts zu tun gibt?, dachte er.

»Ich hab eine Idee«, sagte Frau Isenwald fröhlich. »Ich bin auf dem

Weg hierher da oben an einem netten Restaurant vorbeigekommen. Ob wir da trotz der frühen Stunde schon einen Kaffee bekommen?«

»Da werd ich schon für sorgen«, sagte Schwemmer und stapfte sofort los in Richtung Forsthaus.

»Und zwar mit aller Schärfe des Gesetzes, nehme ich an«, sagte Frau Isenwald.

Schafmann drehte wieder den Kopf zur Seite, und Schwemmer tat so, als habe er nichts gehört.

***

Magdalena stellte die Milch in den Kühlschrank und spülte die Müslischüssel aus. Vor dem Spiegel an der Tür zupfte sie noch mal Frisur und Bluse zurecht, dann verließ sie ihr kleines Dachgeschossapartment und ging hinunter ins Foyer des »Lenas«. Andi schien in der Nacht wohl doch eine Mütze Schlaf bekommen zu haben, zumindest sah er jetzt besser aus als gestern am späten Abend.

Er wünschte ihr einen guten Morgen und zeigte ihr beiläufig die leere Seite der Merkkladde. Keine besonderen Vorkommnisse.

»Nur der Kölner war was laut«, sagte Andi. »Und dein Bruder, er hat angerufen.«

»Wastl? So spät noch?«

»Nein, nicht spät. Eben erst.«

»*Eben?*« Magdalena sah ihn ungläubig an. Wastl? Am frühen Morgen! »Was wollte er?«

»Weiß nicht. Nix gesagt hat er.« In Andis Miene spiegelte sich mal wieder die Sorge, etwas falsch gemacht zu haben.

»Ich ruf ihn gleich zurück«, sagte Magdalena.

»Er ist woanders«, sagte Andi. »Also, nicht zu Hause. Und irgendwas ist mit dem Handy.«

»Tja«, sagte Magdalena.

»Ist sechs früh genug?«, fragte Andi.

»Für was?«

»Du wolltest doch … also wegen dem Düsseldorfer. Essen gehen … dachte ich.«

»Ach so …« Sie zuckte die Achseln. »Ich weiß ja gar nicht, ob der Herr nicht inzwischen was anderes vorhat. Immerhin hab ich ihm ja abgesagt.«

»Was soll er schon vorhaben in Garmisch-Partenkirchen?« Andi grinste sie schief an und zog dann seine Windjacke über.

»Tabledance-Bar vielleicht«, sagte Magdalena. »Und jetzt schlaf gut.«

»Mal sehen«, antwortete Andi und ging hinaus.

Magdalena ging in die Küche und überprüfte die Kaffeemaschine. Dafür kassierte sie einen beleidigten Blick von Phong, dem Vietnamesen, der in der Küche für das Frühstück zuständig war.

Sie grüßte Phong mit gefalteten Händen, was alle im »Lenas« machten, ohne sich je erkundigt zu haben, ob man das in Vietnam tatsächlich so machte.

Kurz nachdem er angefangen hatte, hatte sie ihn mal danach gefragt, und Phong hatte in seinem rheinischen Tonfall gesagt: »Dies ist nicht Vietnam. Hier gibt es Regeln.«

Sie hatte das für eine konfuzianische Weisheit gehalten und fast ein Jahr gebraucht, um herauszufinden, dass er sie veralbert hatte.

Seitdem tat sie es erst recht.

Die Lieferungen von Bäcker, Metzger, Feinkost- und Zeitungshändler waren kontrolliert und in Ordnung, wie immer, wenn Andi Nachtschicht hatte. Sogar die Asahi Shimbun war gekommen, mit nur einem Tag Verspätung. Die Uhr an der weiß gekachelten Wand zeigte Viertel nach acht.

Wastl hatte vor acht angerufen. Wastl! Acht war eine Zeit, die es für ihren Bruder eigentlich nur einmal am Tag gab, und zwar nicht morgens. Und wieso rief er im Hotel an? Wieso nicht auf ihrem Handy? Sie zog das Gerät aus der Tasche und stellte fest, dass es schon wieder ausgegangen war. Es musste irgendeinen Defekt haben. Als sie den Schalter presste, ging es problemlos an. Sie gab die PIN ein und rief Wastl an. Es meldete sich die Mailbox. Sie hinterließ eine Nachricht, versuchte es dann in seiner Wohnung, aber wie Andi gesagt hatte: Auch hier sprang nur der AB an.

Wenn es wichtig ist, wird er sich schon melden, sagte sie sich und steckte das Handy wieder ein.

Dann zupfte sie ihr Dekolleté zurecht und setzte ihr Profi-Lächeln auf. Die ersten Gäste kamen zum Frühstück.

***

Gesetzliche Maßnahmen waren nicht nötig gewesen, um im Forsthaus für ein Frühstück zu sorgen. Aber auch wenn man dort nicht ohnehin auf die Hotelgäste eingerichtet gewesen wäre, Schwemmer hätte ein Frühstück nur aufgrund seines Gesichtsausdruckes bekommen.

Nach einem Leberkäs mit zwei Spiegeleiern und einem großen Becher Kaffee waren seine Lebensgeister so weit in Fahrt, dass Frau Isenwald es für tunlich hielt, mit dem Dienstlichen anzufangen.

»Mein lieber Herr Schwemmer«, sagte sie, und Schwemmer verzog das Gesicht, »wollen wir uns nicht mal anschauen, was die Bundespolizei uns übrig gelassen hat?«

»Nicht mit *Ihren* Schuhen«, sagte Schwemmer.

»Nun ...«, Frau Isenwald warf einen Blick unter den Tisch auf ihre dunkelblauen Pumps, »das ist ein vernünftiger Einwand.« Ohne ein weiteres Wort stand sie auf und verließ das Restaurant.

»Das war ja einfach«, sagte Schafmann, aber Schwemmer machte eine vage Handbewegung.

»Warten wir's ab«, sagte er.

Er sah der Staatsanwältin nach und entdeckte sie vor der Glastür in Verhandlung mit einer der Kellnerinnen. Nach einigen Minuten kam sie wieder herein. Ihr Gang passte nicht mehr so ganz zu ihrem meergrünen Kostüm, und das lag an den schweren Bergschuhen, die sie trug.

»Meine Herren, wir können«, sagte sie, als sie den Tisch erreicht hatte.

»Wie sind Sie jetzt *da* drangekommen?«, fragte Schafmann.

»Weibliche Solidarität überwindet manches Hindernis, Herr Oberkommissar«, erhielt er zur Antwort.

»Hör immer drauf, was die Frau Staatsanwältin sagt«, meinte Schwemmer. »Im Zweifelsfall hat sie nämlich recht.«

»Ein großes Wort, gelassen ausgesprochen. Auf und mir nach.« Frau Isenwald marschierte hinaus.

Schafmann und Schwemmer blieb nichts, als ihr zu folgen. Zumindest Schwemmer war in erheblich konstruktiverer Stimmung als zuvor an diesem Morgen. Schafmann aber tastete vorsichtig seine Magengegend ab und sah aus, als bereue er, nicht prophylaktisch die sanitären Einrichtungen aufgesucht zu haben.

***

Neben der japanischen Familie und der Frau des Kölners saßen noch die beiden schwulen Amerikaner und die Proktologin im Frühstücksraum. Phong und die Servicehilfen rotierten in der Küche, während Magdalena servierte und dabei die Stimmung zu erfassen und zu optimieren versuchte.

Der japanische Familienvater bedankte sich jedes Mal, wenn er ihrer ansichtig wurde, für die Tageszeitung, und sie verbeugte sich immer ein bisschen tiefer als er.

Die Frau des Kölners war sehr zufrieden mit dem Samowar und den französischen Modezeitschriften, und die beiden Amis waren so frisch ineinander verliebt, dass sie eh nichts gestört hätte.

Die Proktologin hatte Müsli gewählt und trank die Kräuterteemischung, die sie selbst mitgebracht hatte.

Es läuft wirklich gut, dachte Magdalena, und dann läutete das Telefon.

»›Lenas Hotel‹, Meixner, grüß Gott«, meldete sie sich an dem Wandapparat neben der Küchentür. Sie hoffte, es sei Wastl.

Aber es war ihre Mutter.

»Lenerl, du muasst sofort kimma«, sagte sie, und Magdalenas Herz sank wie ein Stein.

»Mutter, bitte: Ganz ruhig! Was ist los?« Das »Ganz ruhig« hatte gar nicht ihrer Mutter gegolten, sondern nur ihr selbst.

Von der Küche her tönte das energische »Ping« der Essensglocke. Das war die große Portion Quiche Lorraine für die Amerikaner.

»Sento! Sento ist krank!«, klagte Reserl.

»Sento?«

»Der Hund! Großvaters Jagdhund!«

»Mutter …« – »Ping« – »… Was kann ich da tun? Ruf den Tierarzt an. Was hat er denn?«

»I glaub, der stirbt. Der muass was gfressen ham …« Reserl begann zu schluchzen. »Das arme Tier …«

»Ping, ping«.

»Wo ist denn der Großvater? Und der Hias?«

»Die san zamm fort zum Landhandel, i woaß ned, wanns wiederkomma. Mein Gott, wenn da Hund stirbt, und da Großvater kommt hoam, was soll i dem sagn?« Nun brach Reserl endgültig in Tränen aus.

»Ping, ping. Ping!«

»Herrschaftszeiten, nun bringts das Zeug halt selber raus, Zefixnochamol, ich muss telefoniern!«, rief sie in die Küche und erhielt für ihren scharfen Ton einen sehr verblüfften Blick von Phong. Aber er nickte. Erleichtert sah sie, dass er sich eine saubere Schürze anzog, bevor er die Teller in den Frühstücksraum trug.

»Mutter …«, sagte Magdalena, aber das Meixner Reserl schluchzte nur noch in den Hörer. Magdalena legte auf.

Sie rieb sich konzentriert die Stirn und dachte nach. Schließlich tippte sie schnell und entschlossen die Privatnummer von Gernot Lörracher ein, dem zweiten Portier. Doch sein Telefon läutete durch. Es war Gernots freier Tag, kein AB sprang an, und Magdalena wusste, dass sie an seiner Stelle auch nicht drangegangen wäre.

Das gleiche Resultat erzielte sie bei Martine Leclerc, der Praktikantin aus Lille, und bei Pino Lafranca, der ohnehin als Barmann erheblich besser war als am Empfang.

Nein, sie war ihnen nicht böse. Sie konnte sie verstehen. Aber sie war verzweifelt.

Das kannst du nicht machen, dachte sie, aber sie tat es doch. Sie tippte die letzte verbliebene Nummer ein.

»Weidinger«, meldete sich eine verschlafene Stimme.

»Andi, es tut mir so leid, aber …« Ihr stiegen Tränen in die Augen. Sie zog die Nase hoch. »Aber …«

»Jetzt?«, fragte Andi nur.

»Ja, leider«, antwortete Magdalena, wieder beherrscht.

»Okay.«

»Es ist mir so unangenehm, aber ich weiß nicht, wie ich sonst …«, sagte Magdalena noch, bevor sie merkte, dass Andi schon aufgelegt hatte.

***

Der Einsatzleiter der Bundespolizei zeigte ihnen, wo Dräger und seine Leute waren. Sie tasteten sich den Hang entlang, Frau Isenwald in ihren geliehenen Bergschuhen locker vorweg.

»Der Felbermayr wär da nicht langgegangen«, sagte Schafmann und wunderte sich, dass Schwemmer lachte. Er hatte es ernst gemeint.

Frau Isenwald schüttelte Dräger die Hand.

»Wir haben beide Seiten über der Klamm absuchen lassen«, sagte Dräger, »und ich bin selber beim ersten Lichtstrahl unterwegs gewesen, aber Sie sehen: Schneeschmelze. Hier fließt überall Wasser, spült alles weg. Selbst wenn hier was war ...« Er hob die Hände. »Wir wissen nicht, was wir suchen, nicht, wo wir suchen sollen, nicht mal, wann es passiert ist.« Der junge Kommissar grinste sie an, als fühle er sich mit dieser Aufgabenstellung so richtig wohl. »Wir werden tun, was wir können.«

Frau Isenwald nickte verständnisvoll.

»Was haben wir denn?«, fragte Schwemmer.

Dräger zog sein Notizbuch aus der Jackentasche. »Abdrücke von sieben verschiedenen Paar Schuhen ...«

»Sieben?«, fragte Schafmann.

»Touristen«, sagte Schwemmer.

»Ein gebrauchtes Kondom«, fuhr Dräger fort.

»Hier?«, quietschte Schafmann.

Schwemmer sah den Hang zur Klamm hinunter. »Am Rande des Abgrunds. Das muss aufregend gewesen sein«, sagte er.

Frau Isenwald gab sich unbeeindruckt. »Es gibt nichts, was es nicht gibt, meine Herren. Aber wem sag ich das?«

Schwemmer sah sie von der Seite an. Sie mochte fünfundzwanzig Jahre jünger sein als er, und er nahm ihr die abgebrühte Masche nicht ab. Aber sie war gut in ihrem Job. Frühmorgens vielleicht zu energisch, für Schwemmer jedenfalls. Aber sie war gut.

»Ein Schweizer Messer, stark verschmutzt, liegt augenscheinlich schon seit Jahren hier, eine Sicherheitsnadel, ein Fernglas, neunzehn leere Getränkedosen und eine Stimmgabel«, vervollständigte Dräger seine Aufzählung.

»Eine Stimmgabel«, echote Schafmann.

»Wie ich es sagte.«

»Nun ja«, sagte Frau Isenwald.

Schwemmer sah nachdenklich den Westhang hoch, an dem sie standen. Schafmann folgte seinem Blick. Er konnte dort oben nichts von Interesse entdecken. Schafmann sah seinen Chef von der Seite an, was der nicht bemerkte, weil ihm offenbar irgendeine Idee gekommen war, die dort oben auf dem Hang ihren Ursprung hatte. Und Schafmann kannte Schwemmer gut genug, um zu wissen, dass man ihn dann und wann alleine lassen musste.

»Frau Dr. Isenwald«, sagte er also.

»Herr Kriminaloberkommissar Schafmann«, antwortete die Staatsanwältin mit einem sehr breiten Lächeln.

»Falls Ihr Wagen unten an der Graseckbahn steht, könnten Sie mich dann mit zurücknehmen?«

Frau Isenwald wirkte einigermaßen verblüfft, und Schafmann hoffte sehr, dass sie nicht den dankbaren Blick bemerkt hatte, den Schwemmer ihm zugeworfen hatte.

»Ich dachte, Sie führen mit Herrn Schwemmer zurück«, sagte Frau Isenwald.

»Ich muss zum Arzt.«

Frau Isenwald war sofort ganz Mitleid. »Was haben Sie denn?«, fragte sie besorgt.

»Magen«, antwortete Schafmann und wurde daraufhin von der Staatsanwältin umgehend abgeführt. An der Brücke drehte sie sich noch einmal um und winkte freundlich.

Schwemmer winkte zurück.

»Nicht vergessen: morgen acht Uhr bei den Medizinmännern!«, rief sie.

Schwemmers winkende Hand erstarrte. »Um acht? In München?«

»Genau! Pfüat Eane!«

»Servus«, murmelte Schwemmer.

Um acht, dachte er. In München. Na toll.

»Darf ich jetzt da rauf?«, fragte er Dräger, als die beiden weg waren.

Der Spurensicherer nickte. »So einen Mist hab ich selten erlebt. Da haben wir mal einen echten Fall, und ich stochere hier in einem Heuhaufen herum.« Er sah aus, als freue er sich darauf.

»Dann will ich mal mitstochern«, sagte Schwemmer und begann den Hang hochzuklettern. Nach ein paar Dutzend Metern hielt er an und suchte den Boden ab.

Er hoffte, es sah glaubhaft aus, denn in Wahrheit rang er nur nach Atem. So ging es weiter, und es dauerte fast eine halbe Stunde, bis er das Ende des Steilhangs erreicht hatte.

Hier wollte er hin.

Schwemmer ließ sich auf einen Baumstumpf sinken und wischte sich mit dem Jackenärmel den Schweiß von der Stirn.

Ich sollte wohl mehr Sport machen als immer nur Eishockey,

dachte er. Zumal sein Eishockey aus zwei seit vierundzwanzig Jahren gültigen Sitzplatzdauerkarten für die Weiß-Blauen bestand.

Es dauerte eine Weile, bis er wieder zu Atem gekommen war, aber dann ging er südwärts, dabei konzentriert auf jedes Detail achtend. Er genoss die Ruhe um sich herum, hörte einen einsamen Vogel zwitschern, dann in der Ferne eine Motorsäge. Seinem Blick entging nichts.

Die vielfachen Brüche und Verletzungen des Toten machten es wahrscheinlich, dass er nicht in die Partnachklamm hineingeschwemmt worden, sondern hineingestürzt war. Vermutlich mehrfach auf- und angeschlagen an beiden Wänden der Schlucht. Unten am Grund dann auch noch. Und im Strom geendet.

Aber wo war der Schuss abgegeben worden?

Würde ich mit einer Schrotflinte in der Hand einem Mann diesen steilen Hang hinunterfolgen, ihn stellen und ins Gesicht schießen?, dachte Schwemmer.

Die Antwort: Eher nicht.

Ein Schuss in den Rücken wäre vorstellbar gewesen: Der Mann flieht den Hang hinab, der Täter feuert hinter ihm her.

Aber würde das Opfer anhalten und sich dem Verfolger zuwenden? Auf einem Steilhang?

Möglich. Aber nicht wahrscheinlich.

Wahrscheinlich war, dass der Schuss weiter oben, auf flacherem Gelände, abgegeben worden war.

Nächste Frage: Welche Seite?

Würde ich mit der Schrotflinte in der Hand einen Mann verfolgen, ihn stellen und ins Gesicht schießen, wenn in der Nähe ein ziemlich großes Hotel ist?

Eher nicht.

Also oben auf der Westseite.

Diese Überlegungen hatten ihn hier hinaufsteigen lassen. Aber das hieß natürlich nicht, dass er sich sicher war. Deshalb war er froh, dass Schafmann ihn gut genug kannte und sich von der Isenwald hatte zurückchauffieren lassen.

Schwemmer musste in Ruhe nachdenken.

***

Magdalena versorgte die Gäste im Frühstücksraum mit gleichbleibender Freundlichkeit, während sie mit einem Auge das Foyer im Auge behielt. Zu ihrer gelinden Überraschung sah sie Herrn Kant in Laufkleidung hereinkommen. Sie hatte ihn nicht hinausgehen sehen, was ihr ungewöhnlich vorkam.

Ich kann die Augen eben nicht überall haben, dachte sie.

Als Andi das Foyer betrat, wäre sie vor Verlegenheit am liebsten im Boden versunken. Das Grau seines Gesichtes hatte nun einen unübersehbaren Stich ins Gelbgrüne und kontrastierte aufs Unangenehmste mit seinem hellblauen Hemd und der braunen Krawatte. Er ging ohne Weiteres in die Küche und band sich seine Servierschürze um. Erst dann kam er zu ihr.

»Was Besonderes?«, fragte er.

Magdalena schüttelte den Kopf. »Ich weiß nicht, wie ich dir danken soll.«

»Wann kommst du wieder?«

»So schnell es geht.« Magdalena zog ihre Schürze aus. »Mein Autoschlüssel ...« Sie sah sich suchend um.

»Hängt am Haken. Hinterm Tresen«, sagte Andi. »Fahr vorsichtig.« Er lächelte kurz, dann ertönte ein »Ping«, und Andi setzte sich in Bewegung.

Magdalena griff sich den Autoschlüssel und ging eilig hinaus zu ihrem Kleinbus.

Die Ampelphasen kamen ihr noch länger vor als gewöhnlich, aber sie zwang sich zur Ruhe. Der Verkehr floss normal, und sie rollte mit, aber es gab ihr ein Gefühl der Erleichterung, als sie von der Bundesstraße abbiegen konnte und ihr die schmale Straße allein gehörte.

Der Asphalt hatte eine Menge Löcher vom Frost des vergangenen Winters davongetragen. Die Straße kreuzte die Eisenbahnschienen, wand sich ins Bachtal hinunter, querte die kleine Brücke und kletterte dann steil den Hang hinauf und in den Wald hinein.

Magdalena stieß einen kleinen Fluch aus, als eine rote Warnleuchte am Armaturenbrett aufleuchtete. Sekunden später erstarb der Motor. Sie drehte den Zündschlüssel, aber es passierte nichts, kein Anlasser, keine Kontrolllampe, der Wagen war tot.

Magdalena hätte fluchen und brüllen können, aber sie blieb einfach stumm sitzen und schloss die Augen.

Atmen, dachte sie. Tief und ruhig atmen. Sie konzentrierte sich nur auf ihre Atmung, bis sie ihre innere Spannung weit genug abgebaut hatte, um aussteigen zu können, ohne sofort eine Delle in den Wagen zu treten.

***

Schwemmer ging langsam zwischen den Eichen, Fichten und Kiefern hindurch. Er bewegte sich in einem großzügigen Zickzackkurs Richtung Süden, bis er sich über dem Anfang der Klamm befand, wo die Partnach in die schmale Schneise hineinfloss, die sie über die Jahrmillionen in den Kalk des immer weiter aus der Erde gepressten Bergrückens gefressen hatte.

Schwemmer hatte nichts entdeckt. Er kehrte um und ging zurück, etwas weiter oben und wieder im Zickzack, in dem Bemühen, mit seiner Route ein möglichst großes Areal abzudecken. Hier stieß er streckenweise auf dichtes Buschwerk. Er umkreiste das Unterholz, ein Durchkommen war nicht möglich.

Und tatsächlich wurde er fündig.

Oberhalb der Büsche entdeckte er an einem Baum einen Einschuss.

Eine Schrotladung hatte einen Teil der Rinde abgefetzt, in etwa zwei Metern Höhe. Etliche Körner steckten im Baum. Der Einschuss schien nicht sehr alt zu sein. Er nahm sein Handy und rief Dräger an.

Der Kollege war einerseits erfreut über die neue Spur, andererseits meinte Schwemmer Ärger in seiner Stimme zu hören, darüber, dass Schwemmer und nicht er den Einschuss entdeckt hatte.

Schwemmer beschrieb ihm möglichst exakt seinen Standort und hoffte, dass Dräger fitter war als er selbst und er nicht ewig auf ihn warten musste.

Er sah sich den Einschuss noch einmal genau an. Ein Teil der Schrotladung war an dem Baum vorbeigegangen, an der linken Seite des Stammes war Rinde abgerissen, nur ein kleiner Teil der Ladung steckte im Stamm. Schwemmer versuchte, daraus den ungefähren Einschusswinkel abzuleiten. Der Schuss war auf jeden Fall von der Talseite gekommen.

Es mochte der fehlgegangene Schuss eines Jägers gewesen sein, aber natürlich mussten sie jede Spur auswerten.

Schwemmer sah sich um. Die Büsche erschwerten den Blick Richtung Tal. Er ging weiter um das Gehölz herum und stieß nach wenigen Metern auf zwei leere Schrothülsen, die auf dem nadelbedeckten Waldboden lagen.

Er runzelte die Stirn. Das sieht ja fast nach einer Schießerei aus, dachte er.

***

Magdalena überlegte, welche Warnlampe da wohl geleuchtet hatte, und tippte auf Batterie. Schon als Kind hatte sie Hias zugesehen, wenn er an den Maschinen auf dem Hof herumschraubte, später hatte sie ihr Motorrad selbst gewartet, bis sie dann zur Hotelfachschule ging und für Motoren nicht mehr viel Zeit geblieben war.

Wo war bei diesem Wagen eigentlich die Batterie? Bisher hatte es für diese Frage nicht den geringsten Grund gegeben, was klar für das Auto sprach. Sie musste irgendwo unter den Sitzen sein.

Sie fummelte so lange unter dem Fahrersitz herum, bis sie ihn nach hinten klappen konnte. Tatsächlich fand sie die Batterie, aber es gab nichts, was daran verdächtig aussah.

Als sie ein Auto aus dem Tal kommen hörte, unterbrach sie ihre Fehlersuche und sah ihm hoffnungsvoll entgegen. Egal, wer es war, er konnte sie wenigstens zum Hof bringen. Aber als sie den schwarzen Maserati erkannte, stutzte sie.

Herr Kant hielt hinter ihrem Wagen an und stieg aus.

»Na so was«, sagte er. »Ich dachte nicht, dass Garmisch-Partenkirchen so klein ist.«

»Ich auch nicht«, antwortete Magdalena. Was hatte der Mann hier zu suchen? Und ausgerechnet jetzt?

Herr Kant trug einen Anzug aus grobem sandfarbenem Stoff mit dezenten Lederapplikationen, die ihm einen Touch ins Rustikale gaben und ihn doch elegant wirken ließen.

Er kam auf sie zu und nahm die Sonnenbrille ab. »Probleme?«, fragte er.

Magdalena versuchte, ihm nicht zu direkt in die braunen, mit goldenen Punkten gesprenkelten Augen zu starren. Also sah sie zu ihrem Auto.

»Er ist einfach ausgegangen«, sagte sie. »Was machen Sie hier?«

»Ich schau mir die Gegend an. Ich fahre gerne kleine Straßen.«

Er sah sich die Batterie an, wackelte an den Kabeln, dann ging er in die Hocke und sah unter den Wagen.

»Wollen Sie zu unserem Hof?«

»Der Meixner-Hof? Der ist da oben? Das wusste ich nicht. Und der Motor ist einfach ausgegangen?«

»Ja. Erst ein Warnlicht, und dann tat sich gar nichts mehr.«

Kant ging zu seinem Wagen und öffnete den Kofferraum. Als er hinter der geöffneten Klappe wieder auftauchte, hatte er das Jackett abgelegt und trug einen recht großen Aluminiumkoffer in der Hand.

»Haben Sie vielleicht eine Decke?«, fragte er.

»Eine Decke? Nein … tut mir leid.«

»Schade.« Er öffnete den Koffer. Magdalena hob die Brauen, als sie das fein säuberlich sortierte, saubere Werkzeug sah, das von der Feinmechanikerzange über elektrische Messgeräte bis hin zu einem Steckschlüsselsatz reichte. Kant zog zielstrebig eine kleine Taschenlampe heraus und legte sich auf den Asphalt neben ihren Wagen.

»Aber Ihre Sachen …«, sagte Magdalena unsicher.

»Ich bin in einem guten Hotel. Die werden das reinigen.«

Er leuchtete unter das Auto, angelte dann mit dem Arm nach etwas.

»Der junge Mann am Empfang ist aber ein fleißiger Bursche«, sagte er. »War der nicht schon die Nacht über da?«

»Ja, Sie haben recht. Aber es ist ein Notfall …«

»Notfall? Ist auf dem Hof was passiert?«

»Wie kommen Sie darauf?«

»Sie sind doch dahin unterwegs, oder schauen Sie sich auch die Gegend an? Ah, dacht ich's mir doch. Das zentrale Massekabel ist ab.«

»Den Verdacht hatte ich auch schon. Können Sie das reparieren?«

»Eigentlich kein Problem, nur ist die Schraube weg … Warten Sie mal.« Kant stand in einer flüssigen Bewegung vom Boden auf und sah in den Innenraum ihres Wagens.

»Ja, es ist etwas passiert. Mit dem Hund«, sagte Magdalena leise, aber Kant schien sie nicht zu hören.

»Die Knarre mit der 13er Nuss bitte«, sagte er.

Magdalena bückte sich und reichte ihm ohne zu zögern die Ratsche aus dem Werkzeugkoffer.

Kant grinste sie fröhlich an. »Ich war ein bisschen gespannt, was ich kriegen würde.«

»Ein paar Vorteile haben wir Bauerntrampel eben auch«, sagte Magdalena.

Kant lachte. »Vorteile ja, Trampel nein.« Er drehte eine Schraube aus der Batteriehalterung. »Die müssen Sie natürlich umgehend ersetzen.«

Er legte sich wieder auf den Boden und schraubte unter dem Wagen herum. »Starten Sie mal«, sagte er.

Magdalena klappte den Sitz wieder runter und drehte am Zündschlüssel. Der Wagen sprang ohne jedes Murren an, wie sie es gewohnt war.

»Danke«, sagte sie.

»Gern geschehen. Ich fahr Ihnen vorsichtshalber hinterher, falls noch etwas passieren sollte.«

»Das ist nicht nötig …«, sagte Magdalena, aber Kant war schon bei seinem Wagen.

Sie fuhr routiniert den steilen, schmalen Weg hinauf, im Rückspiegel das breite Grinsen des italienischen Sportwagens.

Der Mann war heute Morgen draußen, dachte sie. Dann hat mein Wagen die erste Panne, seit ich ihn besitze. Dann taucht der Mann völlig überraschend hier auf. Er findet sofort den Fehler. Und jetzt fährt er mir hinterher zum Hof.

Sie bog vom Weg ab auf den Meixner-Hof und parkte vor dem Wohnhaus. Großvaters Lada war nicht zu sehen. Ihre Mutter kam aus der Haustür, die Augen rot verweint. Irritiert sah sie, wie Kant aus dem Sportwagen stieg.

»Wer ist denn das?«, fragte sie Magdalena.

»Ein Hotelgast.«

»Was bringst denn den mit?«

»Ich hatte eine Panne. Er hat mir geholfen.«

Kant kam auf sie zu. »Guten Tag«, sagte er, was Reserl Meixner mit einem kühlen »Grüß Gott« beantwortete.

»Einen schönen Hof haben Sie hier oben«, sagte Kant.

»Wollns den habn?« Reserl sah ihn feindselig an.

Kant lachte. »Nein, nein. Kein Bedarf. Dass ich zum Bauern tauge, glaube ich nicht.«

»I a ned«, sagte Reserl.

»Vielen Dank, Herr Kant«, sagte Magdalena. »Aber meine Mutter und ich haben etwas Wichtiges zu besprechen. Ich möchte nicht unhöflich sein, aber …«

Kant hob in einer verständnisvollen Geste die Hände. »Dann möchte ich mich empfehlen«, sagte er mit einem freundlichen Lächeln. Er nickte ihnen zum Abschied zu und ging zu seinem Auto.

»Solche Leut könna ma wirklich gstohln bleim«, sagte Reserl, als der Maserati vom Hof rollte.

»Ich lebe von solchen Leuten«, sagte Magdalena. »Also was ist mit Sento?«

»Da Tierarzt war drobn. Der hat ihn mitgnommen. Er woaß ned, ob er'n durchbringt.«

»Was hat er denn nun?«

»A Vergiftung. Wahrscheinlich hat er a Rattngift gfressn.«

»Der Arme. Wo habt ihr es denn ausgelegt?«

»Wir?« Reserl sah sie empört an. »Glaubst, wir ham unsern Hund vergiftet?«

»Es passiert doch genug mit dem Zeug. Weißt noch? Auf dem Auhuber-Hof hat's auch der Hund gefressen. Den musstens einschläfern.«

»Seit Monaten ham mir koa Rattngift mehr ausglegt!« Reserl brach in Tränen aus. »Wenn da Maiche heimkimmt, was soll i eam denn sagn?«

Magdalena nahm ihre Mutter sanft in den Arm. »Ich bin ja da«, sagte sie leise. »Ich werd schon mit ihm reden.« Sie spürte das heftige Beben des schmalen Körpers an ihrer Brust und strich Reserl zärtlich übers Haar.

»Des wird immer schlimmer mit eam. Weißt, was der gestern dem Aschenbrenner Loisl verzählt hat? Er hätt an Wilderer angschossn! Mit der Schrotflintn! Und heut verzählt's die Aschenbrennerin mir am Telefon. Und wenn *die* des weiß, weiß es bald des Werdenfelser Land. Und wenn die Polizei des rauskriegt! Die sperrn eam no ei.«

»Ach Mutter … Das wird alles nicht so heiß gegessen, wie es gekocht wird.«

»Was soll denn des heißn?« Sie löste sich aus Magdalenas Umarmung. »Weißt was davon?«

Magdalena sah zur Seite. »Er hat es mir erzählt. Gestern Morgen, als er von der Jagd gekommen ist.«

»Und warum sagst mir nix davon?« Ihre Mutter sah sie wütend an. »Geht mi des nix an? Ach, des Reserl kann sich ruhig um den altn Deppn kümmern und eam hinterherwischn, deshalb muass es no lang ned wissn, was im Haus vorgeht! Des hätts es wohl gern. Machts ruhig so weiter, und i schmeiß eich des ganze Glump vor die Füß!«

»Mutter, bitte …«, sagte Magdalena schwach, aber das Meixner Reserl war in Fahrt gekommen.

»Seit dei Vater tot is, arbeit i mi da krumm auf dem damischen Hof, der kaum gnua einbringt, dass ma übers Jahr kimmt. Und du machst auf feine Dame drunten im Ort und lasst di von Herrschaftn im Sportwagn hofieren. Und i? Schufte und schufte und schufte und niemals wird des nirgendswo hinführn!«

Noch nie hatte Magdalena ihre Mutter so reden hören. Langsam ging sie zu der geschnitzten Bank, die neben der Haustür unter dem Küchenfenster stand, und setzte sich.

Reserl starrte zur Hofeinfahrt.

Für eine lange Zeit schwiegen die beiden. Schließlich drehte sich Reserl zu ihrer Tochter und setzte sich neben sie auf die Bank.

»'s tut mir leid«, sagte sie leise.

Magdalena nickte.

»Habts was wegn am Gwahr unternomma?«

»Der Hias hat's in der Scheune versteckt.«

»Hm.« Wieder schwiegen sie.

»Weißt, was i mir gwünscht hätt«, sagte Reserl dann endlich. »Dass mir hier an Gasthof draus gmacht hättn. Mit am Blick aufn Wetterstein hier, der müsst doch laufn wia von selbst. Und du tatst ihn leitn.«

Magdalena stieß ein müdes Lachen hervor und schüttelte den Kopf. Das hatte nicht einmal ihr Vater bei Maiche durchsetzen können, und Reserl wusste das. Fast alle Nachbarn im Tal hatten Ferienwohnungen oder Fremdenzimmer auf ihren Höfen. Aber Melchior Meixner hielt nix davon. Lieber schuftete er sich als Bauer den Buckel krumm, bevor er fremde Leut in sein Haus ließ.

Reserl stand auf. »Kimm«, sagte sie. »Lass uns a Kerzerl anzündn. Damit da Sento gsund werd.«

***

Aus Richtung Klamm kam das Krachen von Unterholz. Es war Dräger, der leichtfüßig den Hang heraufkam, im Gefolge, schon deutlich zurückgefallen, sein Assistent.

Schwemmer rief und winkte, und Dräger steuerte auf ihn zu. Schwemmer bedeutete ihm, in einem Bogen zu ihm zu kommen, weil er hangabwärts noch Spuren vermutete.

Dräger zeigte sich angemessen beeindruckt von Schwemmers Funden und begann nach einem kurzem Durchschnaufen mit dem Fotografieren und Vermessen des Einschusses, während sein Assistent die Schrothülsen mit einer Pinzette in einen kleinen Plastikbeutel steckte.

Schwemmer umkreiste noch einmal das Gebüsch, dann stieg er langsam weiter hinunter Richtung Steilhang, der etwa fünfzig Meter von dem Baum entfernt begann. Eine kleine Gruppe schroffer Felsen markierte den Übergang. Er suchte nach weiteren Einschüssen, fand aber keine. Als er zwischen den Felsen hindurchkletterte und sich dabei mit der Hand abstützte, bemerkte er einen verschmierten dunklen Fleck auf dem hellen Fels, direkt neben seiner Hand. Auf dem Boden entdeckte er einen weiteren, größeren Fleck.

Er rief Dräger herbei, und der bestätigte ihm, was er schon wusste.

Es war Blut.

Schwemmer sah hinunter zur Kante der Klamm. Während Dräger das Blut konservierte, kletterte er vorsichtig abwärts. Eine kleine Quelle spuckte Schmelzwasser den Hang hinunter. Das Wasser sammelte sich in einer flachen Stelle in einer Pfütze, aus der es dann, jetzt schlammfarben, in Richtung Klamm abfloss. Am Rand der Pfütze fand Schwemmer mehrere Fußspuren, alles Abdrücke desselben Paares stark profilierter Bergschuhe mittlerer Größe. Gipsreste um sie herum zeigten an, dass sie auch von der Bundespolizei bemerkt und dokumentiert worden waren.

Was Schwemmer auffiel, war, dass einige der Abdrücke erheblich tiefer waren als andere.

Er fand einen Stein, auf den er sich setzen konnte. Immer wieder ging sein Blick den Hang hinauf und wieder herunter.

Ein Schuss bergan, mindestens, zwei bergab, möglicherweise. Eine Person oben an den Büschen. Eine verletzte Person bei den Felsen. Oder doch nur ein Tier? Eine Person hier unten, die möglicherweise etwas ziemlich Schweres gehoben hatte.

Jetzt reim dir das mal zusammen, dachte er.

Aus der Klamm stieg der Dunst der fallenden Wasser auf und reflektierte in Regenbögen die höher steigende Sonne. Auf den Almen gegenüber, oberhalb Grasecks, lag noch Schnee.

Sein Handy läutete. Eine Münchener Nummer. Münchener Nummern auf dem Diensthandy waren immer lästig.

»Von Pollscheidt«, meldete sich eine fröhliche Stimme mit fränkischem Tonfall. Von Pollscheidt war einer der »Medizinmänner«. Eigentlich ein sympathischer Mensch, aber seine penetrant gute Laune konnte anstrengend werden.

»Mein lieber Herr Schwemmer! *Da* haben Sie mir ja mal was auf den Tisch gelegt! *So* macht die Arbeit Spaß! Soll ich Ihnen sagen, was wir wissen?«

»Ich bitte darum.«

»Halten Sie sich fest! Wir wissen: *nichts*! Ist das nicht großartig?«

»Äh, wie meinen?« Schwemmer hatte den Verdacht, man mache einen Scherz auf seine Kosten.

»Also ›nichts‹ ist nicht *ganz* richtig. Auf Ihren Mann wurde zweimal geschossen. Und zwar mit verschiedenen Schrotladungen. Eine traf ihn peripher am Arm, die andere voll im Gesicht, Letzteres wussten Sie glaub ich schon.«

»Ja. Und?«

»Und dann kann ich Ihnen mitteilen, dass er *nicht* ertrunken ist.«

»Das überrascht nicht wirklich. Sondern?«

»Ja, das ist ja gerade das Tolle: Ich habe *keine* Ahnung. Also *noch* nicht. Die Organe sind durch den Sturz *so* komplett zerstört, dass er an so ziemlich allem gestorben sein könnte. Was ich sagen will, Herr Schwemmer: Das ist eine richtige Herausforderung. Da hab ich noch eine ganze Weile zu tun!«

»Soll das heißen, dass Sie morgen früh noch nicht fertig sind, Herr Doktor?«, fragte Schwemmer hoffnungsvoll.

»Morgen früh? Aber Herr Schwemmer! Morgen früh kann ich Ihnen viel mehr sagen! Wir sehen uns ja! Und grüßen Sie Ihre reizende Gattin von mir.«

»Gattin, ja …«, sagte Schwemmer, aber der Doktor hatte schon aufgelegt.

Mit dem Wort »Gattin« hatte von Pollscheidt allerdings einen Knopf bei Schwemmer gedrückt, und er rief sofort im Büro bei Frau Fuchs an.

Nein, es gab keine dringenden Vorfälle, sie hatte alles eigenverantwortlich an die Kommissariate weiterverteilt. Und Kollege Schafmann war gegen ihren Rat nicht zum Arzt gegangen, sondern saß in seinem Büro.

»Ich habe eine kleine private Bitte, Frau Fuchs. Ich habe gehört, in Oberammergau gäb es seit einiger Zeit ein neues, besonders gutes Restaurant. Kennen Sie das?«

»Nein«, war die nüchterne Antwort.

»Nun, liebe Frau Fuchs, dann aktivieren Sie bitte Ihren dienstlich-kriminalistischen Spürsinn und eruieren Sie, wie es heißt, wenn möglich.«

»Meinen dienstlich ... was?«

»Ich meinte, gucken Sie mal bei Google nach oder so was. Und wenn Sie es gefunden haben, reservieren Sie bitte einen Tisch für zwei Personen, für heute Abend.«

»Aber Herr Schwemmer!« Frau Fuchs kiekste begeistert. »Ist das Ihr Ernst?«

»Wie bitte?« Schwemmer fühlte plötzlich einen Kloß im Hals. »Äh ... einen Tisch für mich und meine Frau.«

»Oh ...« Frau Fuchs räusperte sich mehrmals heftig. »Selbstverständlich, Herr Kriminalhauptkommissar«, nuschelte sie, dann legte sie auf.

***

Im Herrgottswinkel der Küche brannte eine Kerze. Reserl Meixner saß auf der Bank und betete mit geschlossenen Augen.

Magdalena hatte den Kopf in die Hände gestützt und schaute ihre Mutter an. Sie sah älter aus als die sechzig, die sie war, wirkte verhärmt. Sie trauerte immer noch um ihren Mann. Und litt immer noch unter ihrem Schwiegervater. Magdalena hatte versucht, ihr Alternativen aufzuzeigen, damals, nach dem Tod ihres Vaters, aber es war für Reserl selbstverständlich gewesen, bei Maiche auf dem Hof zu bleiben. Der Gedanke an ein eigenes Leben, vielleicht sogar an einen neuen Ehemann war ihr völlig abseitig vorgekommen.

Doch nun schien es selbst ihr zu viel zu werden, und Magdalena hatte keine Ahnung, was sie ihr raten sollte.

Reserl schlug ein Kreuz und öffnete die Augen.

»Der arme Hund …«, sagte sie.

»Hast du was zu trinken?«, fragte Magdalena.

»Schnaps«, antwortete Reserl.

»Ich dachte an Saft oder so.«

Reserl stand auf und ging zum Kühlschrank. Sie nahm eine Kanne heraus und schenkte ihr ein Glas Milch ein.

»Frisch von heit«, sagte sie.

»Danke«, sagte Magdalena.

Reserl stellte die Kanne zurück in den Kühlschrank und holte dann eine Flasche ohne Etikett aus dem Küchenschrank.

»Oh Gott«, sagte Magdalena. »Brennt der Aschenbrenner das Zeug immer noch selbst?«

Reserl schenkte sich ein Stamperl ein und trank es im Stehen aus. Sie schenkte nach, stellte die Flasche in den Küchenschrank zurück und setzte sich mit dem Glas wieder an den Tisch.

»Wastl hat se lang ned gmeldet«, sagte sie. »Der hod so viel z' tun.«

»Ach Mutter …« Magdalena nippte an ihrer Milch.

»Der sitzt an seina Diplomarbeit«, sagte Reserl.

»Er sitzt in Frankfurt und lässt die Mutter eine gute Frau sein«, sagte Magdalena.

»Was hast nur immer gegn dein Bruder?« Reserl nahm einen Schluck aus ihrem Stamperl, zögerte eine Sekunde und kippte dann den Rest hinunter.

»Ich hab nichts gegen Sebastian. Ich lass mich nur nicht gern …«

»Ja was?«

»Verarschen halt.«

»Veroarschen. Ha.« Reserl schüttelte den Kopf und starrte zur Tür.

Von draußen kam das kratzende Röhren eines alten Dieselmotors. Reserl schüttelte resigniert den Kopf. »Da kimmens. Dann schaug, wos dem Großvater verzählst, über den Hund.«

Magdalena stand auf und ging hinaus. Ihr Großvater und Hias standen an der Heckklappe des Lada. Maiche Meixner lud dem Knecht gerade einen Sack Parasitenvertilger auf den Rücken. Hias trug ihn in die Scheune, und Maiche drehte sich zu ihr um.

»Was machst scho wieder do? Nix z' tun im Hotel?«, fragte er mit seinem derben Spott. Dann sah er sich forschend um. »Wo isn da Hund?«

»Sento ist krank«, sagte Magdalena.

Ihr Großvater wandte ihr ganz langsam den Kopf zu. Sie kannte diese Bewegung. Sie wirkte, als drohe der groß gewachsene Mann im Stehen einzuschlafen. Aber Magdalena wusste, dass er in diesen Sekunden alles bedachte, was zu bedenken war.

»Was?«, fragte er.

»Er hat Rattengift gefressen, sagt der Tierarzt. Er hat ihn mitgenommen. Er kümmert sich um ihn.«

»Gift.« Mehr sagte der Großvater nicht.

Hias kam aus der Scheune.

»Hol mir mei Gwahr«, sagte Maiche.

Hias zögerte ein paar Sekunden, doch dann drehte er sich um und ging zurück in die Scheune.

»Das kommt nicht in Frage«, sagte Magdalena.

»Des hast ned du zum Bestimmen.«

»Doch, das habe ich! Ich werde nicht mit ansehen, wie du diesen alten Mist wieder ausgräbst! Es geht auch um mich. Du bist ein alter Mann! Und ich will hier in Frieden leben!«

Ihr Großvater wandte sich wortlos ab und ging in die Scheune. Magdalena lief ihm hinterher. Hias kam die Leiter herab, das Gewehr über der Schulter.

»Du weißt doch gar nicht, was passiert ist. Alles Mögliche kann er gefressen haben. Ich will diesen Quatsch nicht mehr! Auf wen willst du denn los mit dem Gewehr?«

»I lass mir ned den Hund vergiftn«, sagte ihr Großvater nur.

Hias stieg von der Leiter. Er stellte sich vor Maiche Meixner auf und nahm langsam das Gewehr von der Schulter.

»'s is aus, Maiche«, sagte er. »'s is lang vorbei.«

Dann gab er Magdalena die Waffe.

Sie fuhr langsam ins Tal hinunter. Im Radio lief ein melancholisches Lied, das sie nicht kannte, es war italienisch, und sie verstand den Text nicht, aber die Melodie machte es zu ihrem Lied. Sie summte mit und ließ den Wagen einfach rollen. In ihrer Handtasche waren die beiden Schlüssel zu Großvaters stählernem Waffenschrank. Den Blick, den ihr Maiche zugeworfen hatte, als er ihr die Schlüssel gab, würde sie nicht mehr vergessen. Sie hatte Angst, die Liebe ihres Großvaters verloren zu haben.

Sie hatte das Gewehr weggeschlossen und die Schlüssel eingesteckt. Ihr Großvater hatte ihr den Rücken zugewandt und war in die Küche gegangen. Dort hatte er die Milchkanne aus dem Kühlschrank genommen, seinen Becher vollgeschenkt und in einem Zug leer getrunken. Dann war er die Treppe hochgestiegen, ohne ein Wort zu Reserl oder zu Magdalena.

Auf einmal stand ihr Kleinbus auf dem Parkplatz des Hotels, und sie konnte sich nicht erinnern, wie sie ihn dort hingebracht hatte.

Langsam stieg sie aus und schloss den Wagen ab. Dann ging sie ins Foyer.

Der Empfangstresen war nicht besetzt. Sie entdeckte Andi hinter der Bar, vor der Herr Kant entspannt mit einem Cocktail auf einem Barhocker saß.

Die beiden sahen sie an und lächelten, jeder auf seine Weise. Sie wollte weiter, hinauf in ihr Apartment, ging auf die Treppe zu, aber dann hielt sie inne, drehte um und ging zur Bar.

»Was trinken Sie da?«, fragte sie Herrn Kant.

»Hat mir Herr Weidinger empfohlen. Sehr lecker.«

»Gib mir auch einen, Andi«, sagte sie.

»Ich muss Sie warnen«, sagte Kant. »Das Zeug enthält keinen Tropfen Alkohol.«

»Schade. Dann eben nicht«, sagte Magdalena.

»Schon wieder ein misslungener Tag?«

Sie senkte den Kopf und lächelte. Eine Antwort konnte sie ihm nicht geben. Er war ein Gast.

»Ich glaube, sie möchte einen Fernet-Branca«, sagte Herr Kant.

»Geht klar«, sagte Andi.

Er stellte ihr das Glas vor die Nase, aber sie schob es weg.

»Ich muss noch arbeiten«, sagte sie.

»Wie steht's denn mit heute Abend? Meine Einladung gilt noch«, sagte Herr Kant.

»Tut mir leid«, sagte sie.

»Aber *ich* wollte doch«, sagte Andi. »Übernehmen, mein ich.«

»Ja, ich weiß. Die Spät- und die Nachtschicht. Nachdem du die halbe Tagschicht gemacht hast. Schon klar.«

Andi warf einen Blick auf die schwarze Designerwanduhr über der Theke.

»Wenn du jetzt übernimmst, bin ich um sechs wieder da«, sagte Andi und zog seine Schürze aus.

»Ich übernehme jetzt, und du bist morgen Mittag wieder da, würd ich sagen.«

»Tun Sie ihm doch den Gefallen«, sagte Herr Kant.

»*Ihm?* Ich glaube, da liegt ein Missverständnis vor.«

»Möglich«, sagte Kant.

Magdalena rutschte von ihrem Hocker, ging hinter die Bar und griff nach dem Shaker.

»Was trinkt der Herr denn?«, fragte sie Andi.

»Florida Bitter. Also bis gleich.«

»Tschüss. Und danke«, sagte Herr Kant, als Andi hinausging.

»Haben Sie ihn bestochen?«, fragte Magdalena.

»Aber nein. Dazu gab es keinen Anlass. Aber es wird sich positiv aufs Tip auswirken.« Er trank seinen Cocktail aus und stand auf. »Ich muss *auch* noch arbeiten. Wir sehn uns. Ist sieben Uhr recht?«

»Ja. Das passt …«, hörte Magdalena sich sagen.

Dann war Kant verschwunden.

***

»Ich meine ja, vier Augen hätten mehr gesehen als zwei«, sagte Schafmann.

»Möglich.« Schwemmer stellte die Rückenlehne seines Bürostuhls nach hinten und lehnte sich entspannt zurück. »Als ich noch in Ingolstadt war«, sagte er, und Schafmann verdrehte die Augen, »da haben wir mal nach einem Raubüberfall den Tatort abgesucht, einen Parkplatz. Wir hatten den Mann, aber die Waffe war weg, und die brauchten wir, sonst wär er womöglich davongekommen. Mit zwölf Mann haben wir gesucht. Am helllichten Tage. Und nichts haben wir gefunden. Am Abend ruft mich eine Dame an. Ihr Wagen hat beim Starten komische Geräusche gemacht. Sie guckt unters Auto, auf einmal fällt ein Revolver auf die Straße. Der Kerl hatte ihn auf den Auspufftopf gelegt.«

»Und?«, fragte Schafmann.

»Was, und?«

»Was lernen wir daraus? Dass vierundzwanzig Augen weniger sehen als zwei?«

»Kommt zumindest vor«, sagte Schwemmer.

Es klopfte, und Frau Fuchs kam herein. Sie legte diskret einen

Zettel vor Schwemmer auf den Schreibtisch. »St. Benoît im Hotel Maximilian, 19:30 Uhr, 2 Personen«, las Schwemmer.

Er nickte Frau Fuchs freundlich zu, sie errötete und ging stumm wieder aus dem Zimmer.

»Acht Uhr in München, morgen früh«, sagte Schwemmer, aber Schafmann schüttelte den Kopf.

»Weißt du was? Fahr da mal schön allein hin. 'ne Leich vorm Frühstück ist kein Problem für mich. Aber um die Zeit eine Stunde mit dir im Auto: nein danke. Und wenn einer fragt: Ich hab's am Magen.«

Er stand auf und ließ Schwemmer allein. Der kratzte sich am Kopf. Vielleicht hatte er die Toleranz seines Kollegen in letzter Zeit wirklich etwas über Gebühr strapaziert.

Er zuckte die Schultern und griff nach den Akten des Tagesgeschäfts.

***

Punkt sechs stand Andi wieder im Foyer, und Magdalena verabschiedete sich eilig in ihr Apartment. Eine Stunde Vorbereitung für ein Essen in einem Sternerestaurant war knapp bemessen. Sie duschte kurz und cremte ihren Körper ein. Dabei zwang sie sich, nicht in den Spiegel zu sehen. Sie mochte ihre muskulöse Statur nicht, wäre gern etwas mädchenhafter gewesen. Tatsächlich fand sie sich zu dick, obwohl es kaum Fett an ihr zu entdecken gab. Vor Jahren hatte ein Liebhaber sie einmal als »kräftig« bezeichnet. Er hatte das als Kompliment gemeint, sagte er zumindest, aber in Magdalenas Ohren hatte es geklungen wie »Gewichtheberin«. Sie hatte den Mann nie wieder getroffen.

Während sie Make-up auflegte, kreisten ihre Gedanken unablässig um ihre Garderobe. Für eine vernünftige Frisur fehlte ohnehin die Zeit. Sie steckte die dunkelblonde Mähne einfach in einem wilden Knoten nach oben. Wenigstens ihre Haare taugten zu etwas.

Schließlich der Moment der Wahrheit vor dem Kleiderschrank. Er enthielt in erster Linie strenge Kostüme mit angedeuteten Trachtenapplikationen, ihre Arbeitskleidung. Die schied natürlich aus.

Dann waren da drei wirklich schöne Kleider, die aber für die Jahreszeit zu luftig und für den Anlass zu bunt waren. Sie versuchte sie mit einem Jackett zu kombinieren, aber das war albern.

Tatsache war: Sie besaß nichts, was mit den Maßanzügen Kants auch nur annähernd mithalten konnte. Trotzig schob sie das Kinn vor und begann die Suche erneut.

Diesmal unter dem Aspekt »Flucht nach vorne«.

Kant lehnte am Empfangstresen und unterhielt sich mit Andi, als sie exakt getimt um neunzehn Uhr sechs die Treppe hinunterschritt.

Andi öffnete stumm den Mund, als er sie sah. Kants Gesichtsausdruck changierte zunächst ein wenig, blieb dann aber anerkennend.

»Gibt's zu der Jacke auch ein Motorrad?«, fragte er.

»Ich hab leider nicht mehr genug Zeit dafür. Früher hatte ich eine Moto Guzzi.«

»Schick«, sagte Kant. »Wollen wir?«

»Gern.«

Er wies zur Tür. »Ihnen den Arm anzubieten wäre angesichts Ihrer Garderobe wohl unpassend.«

»Das seh ich auch so«, sagte Magdalena. Ihre Cowboystiefel klackten hart auf dem Marmorboden des Foyers.

Sie drehte sich zu Andi und zwinkerte ihm zu. Er musste erst den Blick von ihrem Hintern in der knackengen Jeans lösen, bevor er zurückzwinkerte.

Als sie auf den Maserati zugingen, hielt Kant ihr den Autoschlüssel hin. »Mögen Sie?«, fragte er.

Sie sah ihn überrascht an. »Gern«, sagte sie und nahm den Schlüssel. Sie öffnete die Fahrertür und hielt kurz inne.

»Zurück fahren *Sie* aber«, sagte sie.

Kant lachte. »Wie Sie wünschen.«

Sie startete und spielte ein wenig mit dem Gaspedal. Der Motor grollte verheißungsvoll.

»V8«, sagte Herr Kant. »Vierhundert PS. Für den Anfang rate ich zu ein wenig Vorsicht.«

Sie ließ den schweren Wagen langsam anrollen. Im Ort war sie noch etwas nervös, aber als sie auf der Bundesstraße Richtung Norden rollten, tat sie sich schon schwer mit der Geschwindigkeitsbegrenzung.

»Gefallen tät der mir schon«, sagte sie. »Aber nur mit vollem Tank«, sagte sie.

»Kein Kommentar«, antwortete Kant schmallippig.

Zu ihrer Freude war zwischen Oberau und Ettal kaum Verkehr. Hinter der ersten Serpentine stieß sie einen Juchzer aus. Der Wagen glitt wie auf Schienen die Straße hoch und reagierte auf das Gaspedal, als wäre es ihm völlig egal, wie schnell Magdalena ihn fahren wollte: Er würde es einfach tun.

»Kann man das Kloster in Ettal von der Straße aus sehen?«, fragte Kant.

Magdalena lachte. »Wenn man nicht aufpasst, prallt man dagegen.«

Am Ortseingang zwang sie sich auf fünfzig runter.

»Beeindruckend«, sagte Kant, als sie an der Mauer des wuchtigen Barockklosters entlangrollten, deren eine Ecke tatsächlich fast bis auf die Bundesstraße ragte.

Magdalena steuerte den Maserati nun gesittet weiter bis nach Oberammergau. Es machte ihr Spaß, lässig an dem Schild »Vorfahrt nur für Hotelgäste« vorbeizurauschen und den Wagen direkt vor dem Eingang des Fünf-Sterne-Hotels abzustellen.

Als sie ausgestiegen war, warf sie dem heraneilenden Empfangsbediensteten lässig den Schlüssel zu.

Kant lachte.

»Das wollte ich immer schon mal machen«, sagte sie.

***

»Himmel, bin ich denn hierfür gut genug angezogen?«, fragte Burgl, als der Kellner sie zu ihrem Tisch geleitete.

»Absolut«, antwortete Schwemmer. Er lächelte. Die Wiedergutmachung war gelungen.

Stühle und Wände des Restaurants waren mit schwarzem Leder bezogen, die Tische großzügig verteilt. Kaum mehr als zwanzig Plätze zählte Schwemmer.

Der Kellner brachte die Karten und bot Aperitifs an, was Burgl erschrocken ablehnte. Burgls Augen weiteten sich, als sie die Preise sah. Schwemmer ergriff ihre Hand.

»Vergiss es. Wir leisten uns das heute einfach mal.«

»Aber Hausl …«

»Schhhh«, sagte er und lächelte sie an.

Sie errötete wie frisch verliebt. »Na schön«, sagte sie leise. »Aber kein Menü. Und ich fahre.«

Sie entschied sich für den Werdenfelser Gamsrücken im Schwammerlmantel mit geschmorten Kopfsalatherzen und ließ sich leicht widerstrebend zu einem Glas Spätburgunder überreden.

Schwemmer nahm Seezunge mit Zitronen-Kapern-Butter, Bamberger Hörnchen und Buchenpilzen, dazu entschied er sich für einen 2006er Sancerre.

Nachdem der Kellner den Wein serviert hatte, hielt Burgl Schwemmer ihr Glas hin, und es gab einen satten Glockenklang, als sie anstießen.

»Wenn das die Folgen sind, könnt ich damit leben, wenn öfter mal ein Toter in der Klamm läge«, sagte sie.

***

»Ich kann mich nicht entscheiden«, sagte Magdalena. Kopfschüttelnd studierte sie die Karte und nippte zwischendurch an ihrem Martini-Cocktail.

Sie saßen an einem wunderbaren Tisch in einer Ecke und konnten den Raum überblicken, ohne selbst allzu sehr im Blickpunkt zu sitzen.

»Wenn ich einen Vorschlag machen dürfte ...«

»Bitte«, sagte sie.

»Wir nehmen jeweils das große Menü und lassen alles gelassen auf uns zukommen.«

Magdalena lehnte sich zurück und hob ihr Glas. »Dann mal los«, sagte sie.

Langsam fiel die Anspannung der letzten Tage von ihr ab. Herr Kant war ein angenehmer Unterhalter. Er erzählte von Opernbesuchen in Venedig und New York, von einem Segeltörn, bei dem er fast in einem Orkan ertrunken wäre, und dass er kein Golf spiele, was sie positiv überraschte.

Nach dem Martini gab es einen Sherry, und als die Entenstopfleber mit Chicorée und Datteln serviert wurde, fühlte sie fast schon einen kleinen Schwips.

Es gelang ihr, den Abend, das Essen, den wunderbar ausgesuchten Wein zu genießen, bis, während sie nach dem Steinbutt auf den Zwischengang warteten, Herr Kant fragte:

»Und wie geht es Ihrem Hund?«

Magdalenas Schultern sackten herab. Sie griff nach dem Weinglas.

Es war fast leer, und Kant machte eine Geste zum Kellner, der sofort herankam und ihr nachschenkte.

»Ich möchte nicht drüber sprechen«, sagte Magdalena. »Nicht jetzt.« Dann sah sie ihn misstrauisch an. »Wie kommen Sie überhaupt darauf?«

»Heute Morgen, an Ihrem Wagen, sagten Sie, es sei etwas mit dem Hund passiert. Erinnern Sie sich?«

»Ich dachte, Sie hätten das nicht gehört«, murmelte Magdalena.

»Ich persönlich hatte nie einen Hund. Aber ich weiß, dass die meisten Menschen eine starke emotionale Bindung zu ihnen aufbauen. Ich respektiere das. Und auch, dass Sie nicht drüber sprechen wollen.«

»Ach, schon gut …« Mittlerweile tat ihr ihre schroffe Reaktion schon wieder leid. »Er hat wohl Rattengift gefressen. Er ist in der Tierklinik.«

»Passiert so etwas häufiger? Auf dem Land, meine ich?«

»Häufiger als in der Stadt, will ich annehmen. Mein Großvater …« Sie brach ab.

»Ihre Frau Mutter war auf Besuch wohl nicht eingestellt, heute Morgen«, sagte Kant beiläufig, und sie war dankbar für den Themenwechsel.

»Ja. Überhaupt mag sie keine Überraschungen.«

»Ich wollte nicht aufdringlich wirken. Aber der Hof interessiert mich schon.«

»Wieso?« Sofort wurde ihr Misstrauen wieder wach.

»Ich bin kein Experte, aber wäre in der Lage ein Gasthof nicht rentabler?«

Magdalena lachte auf. Sie nahm noch einen Schluck von dem Sancerre und sah erleichtert den Kellner mit dem Glühweinsorbet herankommen.

***

»Ich glaube, ich geh noch mal kurz ums Eck, bevor das Essen kommt«, sagte Schwemmer und stand auf. Einer der Kellner wies ihm mit einer diskreten Handbewegung den Weg. In einer Nische entdeckte er überrascht Magdalena Meixner mit einem gut aussehenden Mann, den er nicht kannte und der ihm nicht recht geheuer vorkam. Schwemmer hatte Jacketts mit diesem Schnitt schon gesehen. Der Mann erwiderte seinen Blick desinteressiert. Magdalena bemerkte ihn nicht, was ihm ganz recht war. Er verschwand auf der Toilette, und zurück wählte er den Weg durch die Hotelhalle.

»Das Meixner Lenerl sitzt dahinten«, sagte er, als er Burgl wieder gegenübersaß. »Es freut mich, dass sie sich das hier leisten kann.«

»Wie meinst du das denn? Jeder kleine Polizeibeamte kann sich das hier leisten.« Sie lachte.

»Ihr ist gestern einer stiften gegangen. Mit einer Viertausend-Euro-Rechnung.«

»Ach, die Arme ... Sie hat sich aber wirklich auch genug aufgeladen mit dem Hotel. Und dann der alte Maiche da oben auf seinem Hof. Ich beneide sie nicht. Hoffentlich geht das gut ...«

»Was?«, fragte Schwemmer irritiert.

»Gestern im Hofladen hat die Verkäuferin erzählt, die Aschenbrennerin, also die Nachbarin vom Meixner-Hof, hätte erzählt –«

»*Die* kauft da ein? Das ist doch ewig weit weg von denen.«

»Die kauft da nicht, die liefert da ihre Eier hin, Hausl. Jedenfalls hieß es, es hätte wieder Ärger zwischen den Meixners und den Schedlbauers gegeben.«

»Na servus«, stöhnte Schwemmer. »Dann ist der Herr dahinten wahrscheinlich Lenerls Leibwächter.«

»Lenerl sitzt mit einem Herrn da? Eigentlich sollte ich ihr grüß Gott sagen.«

»Lass mal. Sie schien sich ganz gut zu unterhalten.«

»Aha. Ist er ein Netter?«

»Burgl, woher soll ich das wissen?«

»Durch deine professionelle Intuition vielleicht?«

»So was gibt's nicht«, brummte Schwemmer.

Er erwähnte nicht, dass der Mann seiner Meinung nach eine Waffe unter der Schulter trug.

***

»Wieso haben Sie nach meinem Großvater und den Schedlbauers gefragt?«

Sie waren beim Filet und Schaufelstück vom Almochsen mit Knollensellerie und Petersilienkartoffeln angelangt, und der dazu kredenzte Spanier, von Herrn Kant zielsicher ausgesucht, hatte Magdalenas Mut beflügelt.

»Was wollen Sie, Herr Kant?«

Herr Kant säbelte mit prüfendem Blick ein dünnes Stück von dem zartrosa Filet.

»Ich bin einfach neugierig«, antwortete er. Er steckte das Fleisch in den Mund und nickte anerkennend.

»Aber was hat Sie auf diese Fragen gebracht? Woher wissen Sie, dass mein Großvater ... wie haben Sie es formuliert?«

»Dass er einen starken Charakter hat?«

»Nein, das andere. Dass er ein harter Bursche sei.«

Kant schnitt eine weitere Scheibe Filet ab. »Essen Sie. Sonst wird es kalt. Und das wäre wirklich schade.«

Magdalena säbelte ein Stück ab und spülte es mit einem großen Schluck des Ribera del Duero hinunter. Tatsächlich nahm sie fast nichts von dem Geschmack wahr, sie war viel zu abgelenkt und angespannt. Und mittlerweile auch zu beschwipst.

»Das war keine Antwort«, sagte sie mit halb vollem Mund.

»Sie haben keine gute Zeit im Moment«, sagte Kant. »Kann das sein?«

»Geben Sie mir gefälligst eine Antwort!« Sie warf die Gabel hin und schlug mit der Hand auf den Tisch.

Ihr Kellner kam zum Tisch. »Alles nach Ihren Wünschen?«, fragte er mit dem professionellen Lächeln, dessen Bedeutung Magdalena sofort erkannte.

»Alles ist wunderbar«, antwortete sie leise. »Alles ist gut. Entschuldigen Sie bitte.«

Der Kellner empfahl sich mit einem angedeuteten Diener. Kant schob den Teller weg.

»Jemand hat mir davon erzählt«, sagte er. »Jemand, den Sie nicht kennen und mit dem Sie nichts zu tun haben. Jemand, der selbst nichts mit der Geschichte zu tun hat. Nur dass dieser Jemand wiederum ein Mitglied der Familie Schedlbauer kennt. Und von diesem die Geschichte gehört hat ... Hilft Ihnen das in irgendeiner Weise?«

»Nein«, sagte Magdalena und griff nach ihrem Weinglas. »Vor allem seh ich nicht, was *Sie* die Sache zu interessieren hat.«

»Ich mag einfach gute Geschichten ...«

»Pfff«, machte Magdalena. Sie wandte sich ab, ließ den Blick schweifen und entdeckte Burgl Schwemmer, die gerade an ihrem Tisch vorbeiging. Sie schien sie nicht bemerkt zu haben, und Magdalena war darüber durchaus erleichtert.

Sie mochte Burgl. Aber im Moment reichte ihr der rätselhafte Düsseldorfer als Gesellschaft vollkommen.

Reiß dich zusammen, Lenerl, dachte sie und räusperte sich. »Also, was wollen Sie wissen?«, fragte sie.

Kant zog die Brauen hoch. »Soll das heißen, ich frage, und Sie antworten?«

»Von mir aus.« Sie griff nach ihrer Gabel und probierte die Knollensellerie.

»Was wissen Sie über Rosemarie Schedlbauer?«, fragte Kant.

»Die Mirl?« Magdalena lachte auf. »Alles Schlechte.«

Kant lächelte. »Ich meinte *wissen*, nicht *zutrauen*.«

»Wissen …« Magdalena schüttelte den Kopf. »Sie muss so Ende sechzig, Anfang siebzig sein. Seit der Konrad tot ist, ist sie die Clanchefin. Sie hält den Laden am Laufen.«

»Es ist ein großer Laden, oder?«

»Gemischtwaren, könnte man das nennen. Zwei Skischulen hier, eine in Mittenwald, einen Lift am Hausberg, zwei auf dem Platt, einen am Luttensee. Das Wirtshaus Höllentaler in Partenkirchen, wo jeden Abend Musi ist. Dutzendweise Ferienwohnungen von Grainau bis Ammergau. Und eine Immobilienagentur. Die Schedlbauers sind schon wer im Werdenfelser Land.«

»Und die Meixners?«

»Sind Bauern.« Nun schob auch Magdalena ihren Teller fort. Die Vorstellung, dass noch zwei Gänge folgen sollten, beunruhigte sie etwas. »In den letzten Wochen hört man Gerüchte«, sagte sie. »Die Mirl hätt sich verspekuliert, aber, na ja, das haben andere ja auch in diesen Zeiten. Und neuerdings gehen die Schedlbauers im Meixner-Wald spazieren.«

Sie errötete. Was reitet dich denn?, dachte sie. Erzähl ihm doch gleich, dass der Maiche um sich schießt.

»Und was bedeutet das?«, fragte Kant.

»Das wüsste ich auch gern. Bis jetzt ärgern sie damit nur meinen Großvater.«

***

Schwemmer sah beiläufig zu Lenerl Meixners Tisch hinüber. Gerade war sie etwas laut geworden, nicht übertrieben, wahrscheinlich hätte er nicht aufgesehen, wenn Burgl ihn nicht für einen Moment allein gelassen hätte. Er war sich sicher, dass das nicht nötig gewesen wäre, aber sie wollte unbedingt die Toiletten sehen und natürlich Lenerls Begleitung. Als sie wieder am Tisch saß, beugte sie sich vor.

»Was für ein *gut* aussehender Mann«, sagte sie.

»Wenn *du* das sagst.« Er nippte an seinem Sancerre. »Mit solchen kennst du dich ja aus.«

»Genau. Es wird aber auch langsam Zeit für das Lenerl, findest du nicht?«

»Zeit wofür? Für einen Mann?«

»Ja natürlich. Und der da hat ja nun wirklich Klasse.«

»Das kannst du einfach so erkennen?«

»Natürlich. Frauen können so was.«

»Wieso braucht sie denn unbedingt einen Mann? Das Lenerl ist selbstständige Unternehmerin, die hat mehr im Kopf und …«, zwischen den Beinen, hätte er beinah gesagt, »… jedenfalls als die meisten Männer im Ort. Und der Typ, mit dem sie da hockt, das ist ein Windhund, das sag *ich* dir.«

Burgl sah ihn mit amüsiertem Erstaunen an. »Und woher weißt du *das* jetzt?«

»Professionelle Intuition«, antwortete Schwemmer patzig.

»Die gibt's nicht«, sagte Burgl.

Schwemmer sah seine Frau an, sah das freche Funkeln in ihren Augen und liebte sie.

»Wie war das Essen?«, fragte er.

Als Antwort drehte sie selig die Augen nach oben.

»Und der Wein?«

Diesmal senkte sie genießerisch die Lider und sagte: »Zu wenig.«

»Du *wolltest* fahren … Noch einen Nachtisch?«

Sie schüttelte den Kopf. »Ich möchte nach Hause«, sagte sie. »Mit dir.«

Balthasar Schwemmer küsste seine Frau auf den Mund und verscheuchte energisch jeden Gedanken daran, dass er um acht Uhr in München sein musste.

***

Magdalena war noch nie mit dem Taxi von Oberammergau nach Hause gefahren. Mit dem Fahrrad, das schon, in einem warmen Sommer, als sie wenig über zwanzig gewesen war. Aber ein Taxi hatte sie sich noch nie geleistet.

»Und Ihr Wagen?«

Herr Kant zuckte lässig die Schultern. »Schaun mer mal. So sagt man doch hier, oder?«

»Es gibt solche Leute«, sagte Magdalena.

»Die Nachspeise war exquisit«, sagte Herr Kant. »Auch wenn der Name das nicht unbedingt erwarten ließ.«

»Sesam-Baba«, sagte Magdalena und lachte in sich hinein.

»Ich habe mal eine Frage als Preuße«, sagte Herr Kant. »Es gibt eine Sache, die mich irritiert: Immer wenn ich hier zu jemandem ›Grüß Gott‹ sage, um mich integrativ zu geben, antwortet man mir mit ›Guten Tag‹. Und umgekehrt. Immer. Anfangs hielt ich das ja für eine kleine Boshaftigkeit, aber ich habe bemerkt, dass ich es mir nur *vornehmen* muss. Also wenn ich denke, jetzt werde ich gleich ›Guten Tag‹ sagen, schon werde ich mit ›Grüß Gott‹ begrüßt. Und wiederum umgekehrt. Wie machen Sie und Ihre Landsleute das?«

Der Taxifahrer lachte. Er wirkte orientalisch, ein Iraner vielleicht.

»Können Sie ihm das erklären?«, fragte Magdalena.

»Nein. Es ist etwas Metaphysisches«, sagte er mit einem leichten Akzent. »Dieses Land ist ungeheuer metaphysisch. Das Problem ist, dass gleichzeitig niemand hier weiß, was Metaphysik ist.«

Magdalena lachte unterdrückt. Der Mann hatte recht.

»Und Sie wissen, was Metaphysik ist?«, fragte Herr Kant.

»Nein. Wozu auch? Ich bin ja kein Bayer.«

Nun platzte Magdalenas Lachen heraus. Sie hatte keine Ahnung, was der Mann meinte, aber es klang superlogisch.

»Ich habe das Gefühl, mich der Erklärung zumindest anzunähern«, sagte Herr Kant.

***

Es war nicht wirklich schwer gewesen, Herrn Kant noch zu einem Drink an die Hotelbar einzuladen. Andi schien sich tatsächlich zu freuen, sie zu sehen. Der Kölner und die Russin verabschiedeten sich gerade, und sie hatten die kleine Bar für sich.

»Sagen Sie mal, Herr Kant, heißen Sie wirklich Jo mit Vornamen?« Sie grinste. Jetzt stellte *sie* mal die Fragen.

»Nein«, antwortete Kant und schob ihr den Fernet-Branca zu, den Andi ungefragt eingeschenkt hatte.

»Puh«, sagte Magdalena, stieß mit ihm an und kippte das Glas hinunter. »Sondern?«

»Ich würde es begrüßen, wenn wir es bei Jo belassen könnten.«

»Alles klar, Jo. Ich bin das Lenerl. Gib uns noch einen zum Anstoßen, Andi, mein Schatz.«

Andis Miene war nun ein bisschen besorgt. »Wieder so einen?«, fragte er.

»Nein, geben Sie uns was anderes. Vielleicht etwas Leichteres. Wie wär es mit einem Glas Champagner?«, sagte Herr Kant.

»Nö«, sagte Magdalena. »Andi: Fernet!«

Andi tat wie ihm geheißen. Magdalena rammte ihr Glas gegen Jos und kippte es hinunter.

»*So* misslungen war der Tag doch eigentlich nicht«, sagte Jo.

»Nein, nein. Nur ein vergifteter Hund, eine hysterische Mutter und ein schießwütiger Großvater. Passt schon. Dafür aber ein super Essen. Das kann ich nicht anders sagen. Ein *su-per* Essen. Ich hab mich noch nicht bedankt, oder?« Sie richtete sich auf ihrem Hocker auf und drückte Jo einen Kuss auf die Wange. »Danke. Ein super Essen. Fandst nicht auch?«

»Das ›Schiffchen‹ war es nicht. Aber ganz okay«, sagte Jo und drückte sie sanft auf ihren Sitz zurück.

»Was zum Teufel ist das ›Schiffchen‹?«

»Ein Restaurant in Düsseldorf. In Kaiserswerth, um genau zu sein.«

»Düsseldorf«, sagte sie und machte eine abfällige Bewegung. »Habts ihr da Berge?«

Das Telefon läutete, und Andi meldete sich.

»Immerhin einen ganz ansehnlichen Fluss«, sagte Herr Kant.

»Na ja.« Magdalena hob ihr Glas, aber es war leer. Dann fing sie Andis Blick auf. Er reichte ihr das Telefon.

»Dein Bruder«, sagte er.

Magdalena verzog das Gesicht. »Entschuldige bitte«, flüsterte sie Jo zu. Sie grinste ein wenig albern und drehte sich demonstrativ von ihm fort. »Hallo, kleiner Bruder! Wie schmeckt der Äbbelwoi?«, brüllte sie in den Hörer.

»Lenerl, Gott sei Dank, dass ich dich erreiche!«

»Ah, wusst ich's doch, du brauchst Geld!« Sie kicherte.

»Ja …« Wastl zog die Nase hoch. »Kannst du reden?«

»Nein.«

»Reserl … Ach Scheiße …« Er brach ab. »Wie geht's denn Mutter?«

»Frag sie halt selbst. Sie hat Telefon«, antwortete sie. »Was *willst* du?«

»Ich … hab Probleme.«

»Na endlich mal was Neues.« Sie drehte sich zu Kant um, aber der unterhielt sich mit Andi, und die beiden hörten ihr so betont nicht zu, dass sie aufstand und mit dem Mobilteil aus der Bar ins Foyer ging und sich dort an den Empfangstresen lehnte. »Was ist los? Jetzt kann ich reden.«

»Ich hab einen Fehler gemacht«, sagte Wastl.

»Einen? Hundert würd ich schon zusammenbekommen, wenn ich bloß einen Moment nachdenke.«

»Magdalena … bitte!« Er nannte sie Magdalena. Das tat er sehr selten. Nur wenn es ernst war.

»Okay. Was ist los?«

»Ich brauche Geld. Viel. Und schnell.«

»Wastl, tut mir leid. Gestern hat mir einer viertausend Euro geklaut. Ich weiß nicht mal, wie ich am Monatsende die Gehälter zahlen soll! … Wie viel ist es denn?«

Es entstand eine Pause. »Fünfzigtausend«, sagte Wastl endlich. »Bis Sonntag.«

Aus Magdalenas Kehle kam ein röchelndes Geräusch. Eine Mischung aus Unglauben, Entsetzen und hysterischem Lachen. Sie hatte das Gefühl, schlagartig wieder nüchtern zu werden.

»Fünfzigtausend bis Sonntag«, sagte sie. »Na, dann viel Glück.«

»Magdalena, ich brauch Hilfe. Es ist wirklich dringend.«

Sie sah zur Bar hinüber, Herr Kant drehte ihr den Rücken zu, aber Andis fragendem Blick konnte sie nicht ausweichen.

»Ich ruf dich nachher zurück«, sagte sie. »Bist du zu Hause?«

»Ja«, antwortete ihr Bruder. »Noch ein bisschen.«

Er legte auf.

Magdalena starrte das Telefon an. »Fünfzigtausend«, sagte sie. »Ich glaub es nicht.«

Sie holte tief Atem und ging zurück in die Bar. Auf Andis »Alles in Ordnung?« antwortete sie mit einem Achselzucken.

»Probleme?«, fragte Herr Kant.

»Nur das Übliche.«

»Noch einen Fernet?«

»Lieber nicht.«

»Ihr Bruder studiert?«

»BWL in Frankfurt.« Sie war erleichtert, dass er nicht auf dem ihm eben noch aufgedrängten Du bestand. »Ich hab aufgehört, die Semester zu zählen.«

»So hat manche große Karriere angefangen«, sagte Herr Kant.

»Dann wird es aber langsam Zeit. Er wird bald neunundzwanzig.«

»Und Sie finanzieren ihn?«

»Ha. Das hätt er wohl gerne … Ich nehme an, meine Mutter steckt ihm genug zu.«

»Er hat halt ein teures Hobby«, sagte Andi.

»Das kann man wohl sagen«, sagte Magdalena resigniert.

»Autos«, sagte Andi erklärend zu Herrn Kant.

»Dafür kann man viel Geld ausgeben. Da bin ich Experte.« Kant lächelte ironisch. »Und jetzt ist er pleite?«

»So in der Art.«

Herr Kant sah sie von der Seite an. »Ist es viel?«

Magdalena winkte ab. »Peanuts.«

»Peanuts ist relativ. Gerade in Frankfurt.«

»Es braucht fünfzigtausend. Bis Sonntag.«

»Respekt«, sagte Herr Kant.

Andi sah sie mit großen Augen an. »So viel? Wofür?«, fragte er.

»Das weiß ich nicht. Aber es scheint dringend zu sein. Gib mir *doch* noch einen, Andi«, sagte sie, »oder lieber doch nicht …«

Andi warf ihr einen skeptischen Blick zu, dann schenkte er das Glas halb voll.

»Danke«, sagte Magdalena.

»Ich will nicht indiskret sein, aber: Haben Sie das Geld?«, fragte Herr Kant.

Magdalena stieß ein höhnisches Lachen aus. »Da werd ich wohl mal kurz zur Bank müssen. Nur fünfzigtausend, Frau Meixner? Darf's nicht ein bisschen mehr sein? Jeden einzelnen Euro für den Hotelausbau musst ich denen rausbetteln, den Verbrechern. Wenn ich da jetzt wegen fünfzigtausend ankomm ... Ich könnt's ja auch gar nicht zurückzahlen.« Sie starrte auf die polierte Bar. Dann nahm sie das Glas und nippte daran.

»Sie mögen Ihren Bruder sehr«, stellte Herr Kant sachlich fest.

»Ist halt mein Bruder.«

»Sie sorgen sich um ihn.«

»Ja und?«

»Obwohl Sie wissen, dass er Sie ausnutzt.«

»Was wollen Sie eigentlich? Ja, ich sorge mich um meine Familie! Auch wenn sie weiß Gott nicht aus Heiligen besteht. Ist das so verwunderlich?«

Sie sah Kant trotzig an, sein Blick war forschend und doch freundlich.

»Nein«, sagte er nach einer Weile. »Ich glaube, das ist überhaupt nicht verwunderlich. Ich hab es nur oft anders beobachtet.«

»Beobachtet?«, fragte Andi leise. »Sorgen *Sie* sich nicht um Ihre Familie?«

Herr Kant lächelte. »Um mich geht es ja nicht«, sagte er. Er stand auf und nahm Magdalenas Hand. »Ich darf mich nun empfehlen? Es war ein sehr angenehmer Abend, Frau Meixner. Und eine reizende Unterhaltung. Ich danke Ihnen.«

Er deutete einen Handkuss an. Dann wünschte er ihnen eine gute Nacht und ging hinaus.

Sie sahen ihm verblüfft nach.

»Das war aber ein plötzlicher Abgang«, sagte sie.

»Musst du dir merken. Über Familie sprechen, dann haut er ab«, sagte Andi.

Magdalena gestand sich ein, dass sie es nicht darauf angelegt hatte, dass Herr Kant abhaute. Ganz und gar nicht. Dagegen bemerkte sie einen ziemlichen Ärger darüber, dass er ihr nicht mal die Gelegenheit gelassen hatte, ihm einen Korb zu geben.

»Das ist aber auch ein arroganter Kerl«, sagte sie und nippte noch mal an ihrem Glas.

»Kann sein, er kann es sich leisten«, sagte Andi leise.

Nach dem überreichen Essen war es eine Erleichterung, die enge Jeans zu öffnen, aber sie hatte ziemliche Mühe, aus den Cowboystiefeln herauszukommen. Als sie sie endlich von den Füßen hatte, ließ sie sich rücklings auf ihr Bett fallen, schloss die Augen und atmete ein paarmal tief durch. Dann nahm sie ihr Handy und rief Wastl an.

Er meldete sich sofort.

»Also was ist los?«, fragte sie.

Er druckste herum, fing die Geschichte in der Mitte an, wie es seine Art war, ein ums andere Mal musste Magdalena nachfragen, sich Namen erklären lassen, Orte und Zeiten. Es dauerte, bis sie ein Bild der Situation hatte, und die war nicht schön.

Wastl arbeitete seit einiger Zeit schwarz in einer Karosseriebauwerkstatt, in der offenbar auch krumme Geschäfte gemacht wurden. Wastl blieb da vage, aber Magdalena musste ihre Phantasie nur wenig bemühen, um sich vorzustellen, worum es da ging.

Und in ebendieser Werkstatt hatte ein Kunde seinen Wagen für eine Speziallackierung abgegeben.

Einen Aston Martin DBS.

Und Wastl hatte nicht widerstehen können.

»Ein Traum, dieses Auto, wirklich, Lenerl. Und ich hatte den Schlüssel …«

Er hatte sich den Wagen ausgeliehen. Nach Feierabend. Ohne jemanden zu fragen, natürlich.

Und leider war es ihm nicht gelungen, ihn in demselben Zustand wieder zurückzubringen, in dem er ihn mitgenommen hatte.

Streng genommen hatte er ihn gar nicht zurückbringen können, sondern ihn auf dem Dach liegend neben der A 5 zurücklassen müssen.

Ihm selbst war übrigens nichts passiert. Nur einen steifen Nacken hatte er zurückbehalten.

Magdalena schlug ein Kreuz und schickte einen Dank nach oben, als ihr kleiner Bruder das erzählte, ganz beiläufig, so als sei das der unwichtigste Teil seiner Geschichte.

Der wichtige Teil war, dass der Aston Martin einem gewissen Herrn Orlowsky gehörte und dass dieser Herr seinen Wagen sehr liebte.

Zudem war es so, dass Herrn Orlowskys Schuldner ihre Raten pünktlich zu zahlen pflegten. Denn taten sie das nicht, wusste er Mittel anzuwenden, die Zahlungen jederzeit sicherstellten.

»Das ist ein richtiger Gangster, Magdalena. Verstehst du? Kein kleiner Hundsa wie Berni Schedlbauer. Der verkauft Drogen und Frauen. Der hat Leute mit Knarren. Das hier ist Großstadt!«

»Dann geh zur Polizei!«

»Ich bin doch nicht blöd. Meinst du, die packen den an? Der hat die Hälfte von denen in der Tasche.«

Magdalena wusste nichts zu sagen. Alles, was ihr durch den Kopf ging, begann mit »Warum hast du« oder »Wie konntest du«. Aber alle Vorwürfe nutzten jetzt nichts. Ihr Bruder brauchte Hilfe.

»Komm doch heim«, sagte sie endlich.

»Heim! Ich kann mich in der Stadt besser verstecken. Die wissen doch, wo ich herkomme. Obwohl, auf dem Hof, da gibt's wenigstens den Großvater mit seiner Schrotflinte.«

Magdalena stöhnte auf. »Jetzt red bitte keinen Unsinn.«

»Ich weiß nicht, was ich tun soll, Lenerl.«

»Hör zu, Wastl: Uns wird etwas einfallen. Irgendwas. Rechtzeitig. Ich bin für dich da.«

»Danke«, sagte Wastl leise. »Aber du sagst der Mutter nichts, oder?«

»Wo denkst du hin?«

»Danke«, sagte er wieder.

»Ich hab dich lieb.«

»Ich dich auch.« Ihr Bruder zog die Nase hoch, dann legte er auf.

DREI

Sie saß mit hängenden Schultern vor ihrem Müsli. Der Schnellkaffee war noch zu heiß, und sie hatte sich die Zunge verbrannt.

In ihrem Hirn drehten und mahlten Sorgen, Gegrübel und der Kater, den sie am Vorabend so liebevoll großgezogen hatte. Sie senkte den Kopf und rieb sich lange den Nacken. Und versuchte, nachzudenken.

Es gab schon ein paar Menschen, die sie als Freunde bezeichnete. Aber wen konnte sie um fünfzigtausend Euro fragen? Wen konnte sie fragen, der nicht angesichts der Zahl die Fassung verlieren würde? Und der anschließend den Mund hielt? Denn was sie überhaupt nicht gebrauchen konnte, waren Gerüchte im Ort über Schwierigkeiten bei den Meixners.

Solche Gerüchte würden binnen Stunden auf dem Meixner-Hof ankommen. Und Reserl würde in Verzweiflung versinken und Großvater sich mit der Schrotflinte gen Frankfurt aufmachen.

Fast hätte sie über die Vorstellung gelacht. Sie sah zur Uhr und zögerte, aber dann beschloss sie, dass der Morgen ausreichend alt war, um jemanden anzurufen. Sie navigierte durch das Telefonbuch ihres Handys und wählte.

Das Freizeichen flötete, bis der Anrufbeantworter sich meldete.

»Vinz Schedlbauer, grüß Gott. Ich bin nicht daheim. Hinterlassts eine Nachricht.«

Magdalena drückte bedächtig die rote Taste. Der Kaffee war nun trinkbar, sie nahm einen Schluck, kaute ein paar Löffel Müsli, dann stand sie auf, um zur Arbeit zu gehen.

Der Blick in den Spiegel an der Tür bestätigte ihre schlimmsten Befürchtungen.

»Wird schon. Muss halt«, sagte sie sich und ging hinunter.

***

Schwemmer machte sich nichts vor: Schafmann hatte recht.

Um sieben Uhr morgens mit ihm in einem Auto zu sitzen war eine Zumutung. Er schraubte die Thermoskanne auf und goss

Kaffee in den Plastikbecher, während er den Wagen mit dem Knie lenkte.

Wenn ich jemanden bei so was erwische, kriegt der mindestens einen Punkt in Flensburg, dachte er, während er irgendwie den Stopfen wieder auf die Kanne drehte. Wenn mir der Becher jetzt in den Schritt fällt, verbrüh ich mich *und* bau einen Unfall.

Aber er bekam es hin und nippte an dem schwarzen Gebräu, das Burgl ihm abgefüllt hatte.

Sein Leben lang schon litt er darunter, früh aufstehen zu müssen. Er war immer der Einzige gewesen, der gerne Nachtschichten gemacht hatte. Aber als Chef der Kriminalpolizeistation Garmisch-Partenkirchen wurde ihm Schichtdienst natürlich nicht zugemutet. Wenn nichts Besonderes anlag, durfte er am Nachmittag pünktlich Feierabend machen.

Nur musste er dafür morgens eben auch pünktlich da sein.

Es ist halt nicht alles Gold, was glänzt, hatte Burgl dazu gesagt und ihm damit überhaupt nicht weitergeholfen.

Und jetzt quälte er sich hier gemeinsam mit Abertausenden Pendlern in die Landeshauptstadt hinein, stritt sich mit ihnen um jeden Meter Asphalt, den man hinter sich lassen konnte, und fand wenige Minuten vor acht tatsächlich einen Parkplatz gegenüber der Rechtsmedizin.

Schwemmer stieg aus. Die Straßenbäume zeigten erstes, frisches Grün, und selbst hier, mitten in der Stadt, war der kommende Frühling zu erriechen.

Er holte tief Luft, denn der Geruch, in dem er die nächste halbe Stunde verbringen würde, hatte ganzjährig überhaupt nichts von Frühling.

Dr. von Pollscheidt begrüßte ihn in seinem Büro mit dem gewohnten Überschwang, Frau Isenwald war natürlich schon da.

Sie strahlte Schwemmer an und sah aus, als habe sie bereits eine halbe Stunde gejoggt, kalt geduscht und dann ausgiebig gefrühstückt. Und Schwemmer war sich sicher, dass sie genau das getan hatte. Er begrüßte sie mit einem Nicken.

»Geht es Herrn Schafmann besser?«, wollte sie wissen.

»Ich hab ihn heut noch nicht gesprochen«, antwortete Schwemmer. »Aber gestern Abend musste man sich Sorgen um ihn machen.«

»Der Arme. Und Sie! Sie mussten heute schon wieder so früh raus.« Frau Isenwald legte bedauernd den Kopf zur Seite.

»Wenn wir hier fertig sind, lade ich Sie zu einem Kaffee ein, hier ums Eck gibt es einen ganz hervorragenden Latte macchiato«, flüsterte sie ihm zu, während sie von Pollscheidt folgten, der durch die Gänge Richtung Obduktionssaal eilte.

»Kaffee passt scho«, brummte Schwemmer.

»Wie ich Ihnen gestern ja bereits mitgeteilt hatte …«, begann von Pollscheidt, kaum dass die Tür des Saales hinter ihnen zugefallen war, »… handelt es sich bei diesem Fall um eine echte Herausforderung. Männlich, dreißig bis fünfundvierzig Jahre alt, schwarzbraunes, leicht gelocktes Haar, einen Meter vierundsiebzig groß, siebzig Kilogramm schwer. Besonderes Kennzeichen: alte, auffällige Narbe im linken Lendenbereich, vermutlich durch Stichverletzung.« Er deckte mit einer routinierten Bewegung das grüne Tuch von der Leiche auf dem mittleren Tisch des Saales.

»Wir vermuten – und das möchte ich betonen: *vermuten* –, dass der Körper etwa zehn Stunden im Wasser gelegen hat. Die niedrige Wassertemperatur beraubt uns leider einiger Möglichkeiten zur Feststellung des Todeszeitpunktes, sodass wir ihn nicht genauer als auf zwischen zwölf und sechsunddreißig Stunden vor der Bergung terminieren können. Es laufen noch ein paar Untersuchungen, und wir hoffen auf Präzisierung. Und um Ihrer wichtigsten Frage zuvorzukommen: *Nein*, wir kennen die Todesursache noch nicht.«

»Und was mach ich dann hier?«, entfuhr es Schwemmer.

»Mein lieber Herr Schwemmer! *Tot* ist der Mann auf jeden Fall. Das bestätige ich Ihnen gerne offiziell und schriftlich. Und auch, dass er unter Fremdeinwirkung zu Tode kam. Und das sollte doch reichen, Sie als Kriminalisten für den Fall zu interessieren.« Von Pollscheidt freute sich wie ein Schuljunge über seine gelungene Replik.

Schwemmer nahm sich vor, es ihm heimzuzahlen, auch wenn ihm im Moment nichts einfallen wollte. Er verschränkte die Hände hinter dem Rücken und schritt durch den Raum, den Blick zur Decke gerichtet. Burgl wäre begeistert gewesen, weil sie sofort erkannt hätte, dass er Jean Gabin nachmachte. Er hatte sie zu absolutem Stillschweigen verdonnert, nachdem sie darauf gekommen war.

Von Pollscheidt wandte sich seinem Untersuchungsobjekt zu.

Schwemmer hatte schon viele sezierte Leichen gesehen, er kannte den großen Y-förmigen Schnitt, mit dem die Medizinmänner ihre Arbeit begannen, und er wusste, was sie sonst noch so mit ihren gefühllosen Opfern taten. Normalerweise war er nicht beeindruckt.

Aber diese Leiche sah wirklich mitgenommen aus. Natürlich war es vor allem das völlig zerschmetterte Gesicht, das den toten Mann so surreal wirken ließ. Aber auch die Gliedmaßen wirkten unstimmig, als gehörten sie gar nicht wirklich dazu. Offene Brüche, schwarze Flecken überall. Man konnte den Eindruck haben, einen Special Effect aus einer CSI-Serie vorgeführt zu bekommen.

»Ich weiß kaum, wo ich anfangen soll.« Von Pollscheidt winkte sie näher heran. Als sie neben ihm standen, klappte er den Schnitt auseinander. Schwemmer sah die inneren Organe, aber sie sahen anders aus, als er sie in Erinnerung hatte. Er drehte sich in seiner Jean-Gabin-Pose vom Tisch weg und ging zum Fenster des Obduktionssaales.

»Das ist alles wirklich spannend«, sagte von Pollscheidt ungerührt. »Die inneren Organe sind durch stumpfe äußere Gewalt weitgehend und extrem geschädigt.«

Schwemmer entdeckte auf einem Beistelltisch eine halb durchsichtige Plastikdose mit einem unappetitlich wirkenden Inhalt.

»Gehört das hier dazu?«, fragte Schwemmer.

»Was bitte?«, fragte Dr. von Pollscheidt irritiert.

»Das hier?«, fragte Schwemmer. »Was ist das?«

»Oh, das hat meine Frau gestern Abend gekocht. Ich musste ja wegen dieses Falles hier länger arbeiten, und sie meinte, ich solle es mir zu Mittag in die Mikrowelle stellen.«

»Verstehe«, sagte Schwemmer. Er klappte die Dose auf und roch daran »Und was *ist* es?«

»Ich glaube, so eine Art Fischfrikadelle.«

»Lassen Sie uns weitermachen«, sagte Schwemmer und klappte die Dose zu.

»Sehr gern. Wo waren wir ...« Von Pollscheidt konzentrierte sich sofort wieder auf seine Arbeit. »Die inneren Organe sind also weitgehend *so* geschädigt, dass wir eine ganze Reihe weiterer Untersuchungen durchführen müssen, bis wir die Todesursache bestimmen können. Stellen Sie sich vor, der Herr Professor persönlich wird diese Untersuchungen leiten.«

Schwemmer hätte fast »Ja sakra!« gesagt, aber er bemerkte, dass Frau Isenwald tatsächlich beeindruckt war.

»Sicher ausschließen können wir Tod durch Ertrinken, es befand sich nur wenig Wasser in der Lunge. Weiterhin ausschließen können wir den Tod durch Schusswaffeneinwirkung.«

Schwemmers Augenbrauen hoben sich. »An dem Schuss ins Gesicht ist er *nicht* gestorben?«

»Konnte er nicht, weil: Er war schon tot.« Von Pollscheidt strahlte. »Wir geben den Ermittlern gerne auch mal ein Rätsel zurück … Dem bereits toten Opfer wurde mindestens zweimal ins Gesicht geschossen, und zwar mit sogenanntem Postenschrot, dessen einzelne Kugeln einen erheblichen Durchmesser haben, in diesem Fall 8,6 Millimeter, also Größe 00. Man spricht auch von Sauposten.«

»Woher wissen Sie, dass es mehrere Schüsse waren?«, fragte Frau Isenwald.

»Wir haben die Kugeln gezählt. Bei der Größe 00 sind je nach Größe der Patrone maximal zwanzig Kugeln in einer Ladung, in der Regel weniger. Wir haben achtundzwanzig Kugeln gefunden. Man weiß natürlich nicht, wie viele danebengegangen sind.«

Zufrieden schaute er die Leiche auf seinem Tisch an.

»Interessant ist eine weitere Schusswunde am äußeren rechten Oberarm. Es wurde frontal auf das Opfer geschossen, aber er wurde nicht voll getroffen, wir fanden nur sechsunddreißig Schrotkugeln der Größe 6, das heißt von 2,7 Millimeter Durchmesser, in Bizeps und Bindegewebe. Von denen sind natürlich erheblich mehr in einer Patrone als von denen der Größe 00. Ich persönlich tippe übrigens hier auf Geschosse der Marke Rottweil Express. Aber das ist nur meine Meinung als Jäger, nicht als Experte. Da werden Sie noch eine kompetentere Meinung erhalten. Die Kugeln sind sämtlich ins Labor gegeben. Die relativ geringe Penetrationstiefe lässt vermuten, dass der Schuss aus einer Entfernung von über dreißig Metern abgefeuert wurde. Trotzdem war er für das Opfer erheblich unangenehmer als die beiden anderen.« Dr. von Pollscheidt sah Schwemmer verschmitzt an.

»Da lebte er also noch«, sagte Schwemmer.

»Ich schaffe es wirklich selten, den Herrn Hauptkommissar dranzukriegen«, sagte von Pollscheidt lächelnd zu Frau Isenwald.

Sie zeigte Schwemmer unauffällig einen gereckten Daumen. Was ihn dabei beeindruckte, war ihr unbewegtes Gesicht.

»Weiterhin haben wir nicht weniger als …«, von Pollscheidt griff nach einer Kladde, die neben dem Toten auf dem Untersuchungstisch lag, »… nicht weniger als siebenundsechzig Knochenbrüche festgestellt. Was nicht viel ist für jemanden, der in eine Klamm stürzt. Dabei dürfte übrigens auch das Gesicht weitere Verletzungen erhalten haben. Ich würde vermuten, dass er an beiden Seiten mehrmals angeschlagen ist und dann auch noch auf dem Grund.«

»Jaja«, brummte Schwemmer.

»Allerdings war er auch *da* bereits tot … Gut, das ist natürlich nicht wirklich überraschend. Dass ihm jemand ins Gesicht schießt, *nachdem* er in die Klamm gestürzt ist, wäre natürlich schon recht … unwahrscheinlich.«

»Und schwierig«, sagte Schwemmer.

»Das ist also alles nicht überraschend«, wiederholte Dr. von Pollscheidt. »Allerdings sind uns … nun ja, an dieser Stelle möchte ich mir erlauben zu sagen: sind *mir* Einblutungen aufgefallen, die der Bruch des linken Wadenbeines hinterlassen hat. Zu *dem* Zeitpunkt lebte er also noch, und nach der Größe der Einblutungen auch noch eine Zeit lang danach, so etwa sechzig Minuten, würde ich meinen.«

Von Pollscheidt breitete die Hände aus. »Aus pathologischer Sicht wäre das – bis jetzt – alles.«

»Der hat wirklich was mitgemacht«, sagte Frau Isenwald.

»Das kann man sagen«, meinte von Pollscheidt.

»Eine Menge Fakten«, sagte Schwemmer anerkennend.

Dr. von Pollscheidts Morgen hatte er damit auf jeden Fall gerettet.

»Ich fasse also zusammen«, sagte der Doktor strahlend. »Dem Mann wurde in den Arm geschossen. Er hat sich das Wadenbein gebrochen. Die Reihenfolge ist unklar. Etwa eine Stunde später starb er, wir wissen noch nicht, woran. Daraufhin schoss ihm jemand mehrmals ins Gesicht. Und dann stürzte er in die Klamm.«

»Das reicht für einen Tod«, sagte Schwemmer.

»Da geb ich Ihnen recht. Aber abgesehen vom rein Medizinischen …« Von Pollscheidt winkte sie zu sich. Er trat neben die Leiche und nahm ihre beiden Hände. Die Arme des Toten folgten deren Bewegungen, als seien sie aus Gummi.

»Sehen Sie die Fingernägel«, sagte von Pollscheidt.

Schwemmer starrte auf die Hände. Die Fingernägel an der Rechten waren alle beschädigt: eingerissen, abgebrochen, der am Ringfinger fehlte ganz. Die Nägel der Linken waren weit weniger in Mitleidenschaft gezogen, was daran liegen mochte, dass sie sehr kurz gefeilt waren.

»Und?«, fragte Schwemmer.

Dr. von Pollscheidt lächelte selig.

»Jetzt hat er Sie doch drangekriegt, Herr Hauptkommissar«, sagte Frau Isenwald. »Der Mann dürfte zu Lebzeiten ein Saiteninstrument gespielt haben. Achten Sie auch auf die Reste der dicken Hornhaut dort an den Fingerspitzen der Linken.«

»Was ich Ihnen noch anbieten kann, sind Gewebepartikel, die wir trotz allem unter den Fingernagelfragmenten der rechten Hand sicherstellen konnten. Wenn sie menschlich sind, könnten sie aus einem Kampf stammen. Die Auswertung läuft. Weitere Fragen?«

Schwemmer kratzte sich am Kinn. »Im Moment nicht.«

»Nein, ich glaube, das war's«, sagte Frau Isenwald. »Wir werden das aus ermittlungstaktischen Gründen vorerst nicht an die Presse geben. Da sind etliche Dinge passiert, die nur der Täter wissen kann. Wir wollen also unsere Trümpfe erst mal im Ärmel lassen.«

Man verabschiedete sich höflich. Dr. von Pollscheidt wandte ihnen den Rücken zu und beschäftigte sich sofort wieder mit seinem aktuellen Lieblingskunden. Als sie an der Tür waren, zupfte Frau Isenwald Schwemmer am Ärmel. Sie blieb stehen und drehte sich noch einmal um.

»Eine Frage hab ich doch noch, Herr Doktor«, sagte sie. »Könnte er auch vergiftet worden sein?«

Dr. von Pollscheidt straffte sich, bevor er sich zu ihnen umdrehte.

»Wenn Sie einen toxikologischen Befund innerhalb von vierundzwanzig Stunden brauchen, dann wenden Sie sich bitte an die Kollegen vom ›Tatort‹. *Die* können so was. Bei *uns* dauert das zehn Tage, Frau Staatsanwältin Isenwald«, sagte er.

Frau Isenwald nickte höflich und zog Schwemmer mit aus der Tür.

»Wie kommen Sie auf vergiftet?«, fragte Schwemmer.

Die Staatsanwältin unterdrückte ein Lachen.

»Ich wollte nur noch mal diesen Spruch hören«, sagte sie. »Den macht er immer. Ich find das super, wenn der Pollscheidt sich richtig aufregt.«

***

Der Kölner nebst Dame war abgereist, die japanische Familie war früh zu einem Ausflug aufgebrochen, die beiden Amis saßen zufrieden bei ihrer Quiche Lorraine. Die Proktologin hatte sich krankgemeldet und ihren Kräutertee aufs Zimmer geordert. Weitere Gäste und auch Herr Kant hatten sich bisher noch nicht zum Frühstück blicken lassen, so fand Magdalena Zeit, einen kurzen Blick ins Tagblatt zu werfen, den sie bald bereute.

»Rätselhafter Leichenfund in der Partnachklamm« war der Aufmacher des Lokalteils. Sie räusperte sich, um den Kloß im Hals wegzubekommen. Als sie las, dass der Tote von Schrotkugeln getroffen worden war, begannen ihre Hände zu zittern, und sie spürte Gänsehaut am ganzen Körper.

Großvater hatte gesagt, dass der Wilderer in Richtung Klamm geflüchtet war. Aber was, wenn er abgerutscht war, wenn er auf dem nassen, aufgeweichten Waldboden den Halt verloren hatte?

Wenn er in die Klamm gestürzt war?

Sie versuchte, den Artikel noch einmal in Ruhe durchzulesen, aber es gelang ihr nicht, den Sinn der Wörter zu erfassen. Schließlich faltete sie die Zeitung konzentriert zusammen und legte sie wieder in den Ständer im Frühstücksraum. Die Amis bestellten Kaffee nach, und sie war froh, etwas zu tun zu haben.

Herr Kant kam zum Frühstück herunter und begrüßte sie förmlich. Etliche weitere Gäste erschienen im Frühstücksraum, und Magdalena hatte das Gefühl, auf Autopilot zu agieren. Ihr Körper bekam seine Kommandos offenbar aus einer Art Routinespeicher, der auch ein Lächeln auf ihrem Mund hatte festfrieren lassen. Während sie fehlerfrei ihre Aufgaben erledigte, kreisten ihre Gedanken abwechselnd um den Toten in der Klamm, ihren Großvater und ihren Bruder, bis sie das Gefühl hatte, ihr platze der Schädel.

Herr Kant beobachtete sie mit beiläufiger Aufmerksamkeit.

»Ich hoffe, Sie fühlen sich wohl«, sagte er, als sie ihm seine Rühreier servierte.

Sie nickte nur und bemerkte, dass er ihr nicht glaubte. Aber das war ihr egal.

In den Momenten, in denen nichts zu servieren war, stand sie mit betäubtem Geist am Empfangstresen und spürte dem Zittern ihres Körpers nach.

Bin ich nur überlastet, oder ist das schon ein Nervenzusammenbruch?, dachte sie. Das »Ping« der Küchenglocke weckte sie aus dem Stand-by-Modus, und sie setzte sich wieder in Bewegung.

Wenn alle Gäste ihr Frühstück beendet haben würden, würde sie still hinter ihrem Empfangstresen sitzen bleiben. Einfach dasitzen, sich beruhigen, so wenig wie möglich tun. Die Aussicht darauf gab ihr genug Kraft, die nächste Dreiviertelstunde durchzustehen, bis der Frühstücksraum sich geleert hatte und nur noch Herr Kant dort saß, der Morgensonne in den Fenstern den Rücken zuwandte und seine F.A.Z. las.

Magdalena sah zur Uhr. Eine Aufgabe stand noch aus. Noch war es nicht so weit, aber bald würde ihre Mutter sich zu ihrer morgendlichen Brotzeit hinsetzen, zu der sie dann das Tagblatt las. Magdalena wappnete sich gerade innerlich für den Anruf, der ohne Zweifel kommen würde, als die Tür des Foyers aufgerissen wurde und Mirl Schedlbauer hereinrauschte. In ihrem Fahrwasser folgten ihre Tochter Nanni und Christoph Bichlmeier, ihr Neffe, der in Grainau einer Rechtsanwaltskanzlei vorsaß. Die drei bauten sich vor ihr auf.

Magdalena starrte sie mit offenem Mund an, unfähig, sich vorzustellen, was sie von ihr wollen könnten.

»Grüß Gott«, schaffte sie endlich hervorzubringen.

»Guten Tag«, antwortete Mirl Schedlbauer. »Bei dir wohnt an gwisser Kant. I will mit eam redn.«

Magdalena war sekundenlang nicht in der Lage, darauf zu antworten. Herr Kant wollte nicht, dass sein Name erwähnt wurde. Das hieß, dass sie ihn verleugnen würde. Aber Kant saß direkt in Sichtweite im Frühstücksraum. Mirl konnte ihn sehen, doch offenbar erkannte sie ihn nicht. Was konnte sie von ihm wollen?

»Haben Sie verstanden, was Frau Schedlbauer gesagt hat?« Christoph Bichlmeier sah Magdalena auf die glatte, arrogante Art an, die sie immer schon angeekelt hatte. Der Bichlmeier Stoffl, dachte sie. Immer der Unbeliebteste in der Klasse. Zweimal sitzen geblieben. Mundgeruch. Hat es aber irgendwie geschafft. Nannis Blicke schweiften durch das Foyer und saugten Details auf. Ihre gekräuselte Nase sollte überheblichen Ekel ausdrücken, aber Magdalena erkannte, dass es in Wahrheit Neid war.

»Wir pflegen keinerlei Auskünfte über unsere Gäste zu geben«, sagte Magdalena endlich und schaffte es irgendwie, ihr Profi-Lächeln anzuknipsen.

»Wir wissen, dass dieser Herr Kant hier bei Ihnen logiert. Bitte teilen Sie ihm also mit, dass Frau Schedlbauer ihn sprechen möchte«, sagte der Stoffl.

Magdalena schwankte zwischen Ärger und Amüsement über die gestelzten Formulierungen, mit denen der Stoffl seinen oberbayrischen Zungenschlag zu kaschieren versuchte. Dabei fiel der dadurch nur noch deutlicher auf.

»Ich kann nur wiederholen, wir geben keine Auskünfte darüber, wer hier Gast ist.«

Plötzlich sah sie Kant in dem Durchgang zum Frühstücksraum stehen.

»Vielen Dank, Frau Meixner, Ihre Diskretion ist sehr in meinem Sinne. Aber hier wollen wir mal eine Ausnahme machen ... Mein Name ist Kant. Jo Kant«, stellte er sich vor und fixierte den Bichlmeier Stoffl auf eine Art, die diesen scheinbar um einige Zentimeter schrumpfen ließ. »Sie wünschen?«

»Mirl Schedlbauer. I muss mit Eana redn.«

Kant nickte und bat die drei mit einer Geste in den Frühstücksraum.

»Gibt es in diesem Hotel keinen Raum, wo wir ungestört sind?«, fragte Stoffl.

»Ich fühle mich hier keineswegs gestört«, antwortete Kant. Er ging hinein und setzte sich wieder an seinen Tisch, den Rücken zur Wand, den Eingang und den ganzen Raum im Blick. So, wie Magdalena ihn mittlerweile einschätzte, war das kein Zufall.

Mirl Schedlbauer war eine groß gewachsene Frau. Sie straffte sich unter ihrer rot gefärbten, betonhart wirkenden Dauerwelle und marschierte in den Frühstücksraum hinein, als betrete sie Feindesland. Stoffel folgte zögernd. Nanni schoss noch einen hasserfüllten Blick auf Magdalena ab, bevor auch sie hinterherging.

Mirl verteilte ihre Truppe, so gut es die taktische Situation zuließ: Stoffl so, dass er Magdalena im Auge behalten konnte, sich selbst mit dem Rücken zum Durchgang, sodass von dort nur ihr onduliertes Haar zu sehen war, und Nanni so, dass Mirl sie unter Kontrolle halten konnte.

Magdalena blieb hinter ihrem Tresen sitzen. Sie versuchte, nicht allzu auffällig in den Frühstücksraum zu starren und gleichzeitig so viel wie irgend möglich mitzubekommen.

Herr Kant hatte ein Pokergesicht aufgesetzt, und Magdalena war sich sicher, dass er diesen Besuch nicht erwartet hatte – und nicht gewünscht.

Leider verlief das Gespräch so leise, dass sie kein Wort verstehen konnte. Sie versuchte, in Stoffl Bichlmeiers Gesicht zu lesen. Er mochte glauben, ebenfalls ein Pokerface zu besitzen, für Magdalena wirkte er massiv gestresst und besorgt.

»Das ist doch lachhaft«, hörte sie Nanni einmal kreischen, worauf Mirl sie sofort mit einem heftigen »Sei stad!« zur Ruhe brachte.

Herr Kant winkte Magdalena mit einer kleinen Geste zu sich.

»Ich hätte gern noch einen Espresso«, sagte er, als sie an den Tisch trat. »Möchten die Herrschaften auch etwas?«

»Nein«, antwortete Mirl scharf, als Stoffl den Mund für eine Bestellung öffnete.

Magdalena ging in die Küche und machte den Espresso. Sie stellte eine Schale Kekse, Gläser und vier kleine Flaschen Mineralwasser mit aufs Tablett und brachte es an den Tisch.

»Wir hatten nichts bestellt«, zischte Nanni, als sie servierte.

»Eine kleine Aufmerksamkeit des Hauses«, sagte Magdalena lächelnd, was Mirl mit einem abfälligen Knurren quittierte.

Das Telefon am Empfangstresen läutete, und Magdalena zuckte ein wenig zusammen. Ein Blick von Herrn Kant zeigte, dass ihm das nicht entgangen war.

»Wannst fertig bist, lasst uns alloa«, kommandierte Mirl, als rede sie mit einer Angestellten.

»Wenn Herrn Kant das recht ist«, sagte Magdalena freundlich. »Oder haben Sie noch einen Wunsch?«

»Vielen Dank, Frau Meixner. Im Moment habe ich keine weiteren Wünsche.« Sein Ausdruck war unbewegt, aber Magdalena hörte aus seiner Stimme so etwas wie Unterstützung. Sie ging ins Foyer und nahm das Telefon ab.

Zu ihrer Erleichterung war es nicht ihre Mutter. Es war Andi.

»Ich hab vergessen zu sagen, auf Zimmer 8 der Fernseher … Der ist, also irgendwie nicht in Ordnung. Aber im Keller, da sind noch welche. Zwei oder so.«

»Danke«, sagte Magdalena. Zimmer 8 war erst für übermorgen wieder reserviert, und Andi wusste das selbstverständlich. »Und wie geht's dir?«

»Och, mir geht's ganz gut.«

»Du solltest schlafen«, sagte Magdalena.

»Ja schon, aber, na ja … Bei dir alles klar?«

Sie sah zu der Gruppe am Tisch. Stoffl Bichlmeiers Gesicht hatte mittlerweile einen Stich ins Graue. Nanni blickte hektisch hier- und dorthin. Ihr Mund war zu einer beleidigten Kurve zusammengepresst.

»Herr Kant hat Überraschungsbesuch. Von Mirl Schedlbauer mit Anhang.«

»Was wollen *die* denn von dem?«

»Das scheint er auch nicht zu wissen.«

»Ist Nanni auch dabei?«

»Die Erbprinzessin? Na klar.«

»Dass die Zeit hat, zwischen ihren Hochzeitsvorbereitungen.«

»Komisch. Ich bin gar nicht eingeladen«, sagte Magdalena.

Andi lachte. »Der tut mir *schon* leid. Also der Viggerl Allensteiner.«

»Ja«, sagte Magdalena. »Das scheint so ein netter Kerl zu sein, und dann heiratet er diesen Drachen.«

»Wo die Liebe hinfällt«, murmelte Andi.

»Na ja, er wird natürlich auch bald fünfzig. Und ein Schuss ist die Nanni schon.«

»Ein Kopfschuss höchstens«, sagte Andi und brachte Magdalena damit tatsächlich zum Lachen. Es war ein sehr angenehmes Gefühl. Herr Kant sah sie an und bat sie mit einer kleinen Kopfbewegung an den Tisch.

»Ich muss Schluss machen«, sagte sie.

»Alles klar«, sagte Andi sofort und legte auf.

Sie trat an den Tisch, an dem eisiges Schweigen herrschte.

»Frau Schedlbauer ist davon überzeugt, dass ich für die Familie Meixner arbeite«, sagte Herr Kant.

»Äh … als was?«, fragte Magdalena verblüfft.

»Als Berater.«

»Das wäre mir neu …«

»Na toll«, zischte Nanni. »Und was soll das beweisen?«

»Das beweist natürlich nichts«, sagte Herr Kant. »Ich arbeite aber ungern mit verdeckten Karten, wenn es nicht nötig ist. Frau Meixner sollte wissen, was *Sie* über die angebliche Geschäftsbeziehung zwischen ihr und mir denken. Und *Sie* sollten wissen, *dass* sie es weiß.« Er wandte sich an Magdalena. »Danke, Frau Meixner«, sagte er mit einem Lächeln.

Magdalena ging zurück ins Foyer. Die Schedlbauers schienen genug zu haben, jedenfalls erhoben sie sich geräuschvoll und rauschten grußlos an Magdalena vorbei aus der Hoteltür.

Herr Kant kam ebenfalls ins Foyer. »Hat die Bar schon auf?«, fragte er.

Er bestellte einen Florida Bitter. Magdalena presste eine Grapefruit aus und mixte den Saft mit Bittersirup und Eis, seihte das Ergebnis in ein Cocktailglas und füllte mit Bitter Lemon auf.

Als sie neben der Zitrone noch einen Minzezweig als Dekoration an das Glas stecken wollte, sagte Herr Kant: »Lassen Sie das Gedöns bitte weg.«

Eine Weile trank er schweigend. Dann bat er sie, ihm ein Taxi zu bestellen.

»Sie möchten natürlich wissen, was das gerade zu bedeuten hatte«, sagte er, als sie den Hörer wieder aufgelegt hatte. »Aber leider kann ich Ihnen das nicht sagen. Diskretion ist für mich beruflich absolut unabdingbar. Ausnahmsweise, und weil Sie es sind, so viel: Ich habe den Auftrag nicht angenommen.«

»Was für ein Auftrag war das denn?«

»Tut mir leid«, sagte Herr Kant und hob entschuldigend die Hände. »Das werde ich Ihnen nicht sagen.«

»Und wenn *ich* Sie beauftragen wollte?«, fragte Magdalena, einer plötzlichen Eingebung folgend.

»Als was denn?«

»Na, als Berater.«

Herr Kant schüttelte freundlich den Kopf. »Ich fürchte, das würde Ihre finanziellen Möglichkeiten übersteigen, Frau Meixner.«

»Woher wollen Sie das wissen?«

Herr Kant legte den Kopf ein bisschen schräg. »Wie geht es Ihrem Bruder?«, fragte er.

»Wastl …« Magdalena errötete. Natürlich! Sie hatte Kant gestern Abend noch vorgejammert, dass sie keine Ahnung habe, wie sie das Geld beschaffen könne, das Wastl so dringend benötigte. Und was für ein Berater Kant auch immer sein mochte: Wenn er billig war, würde er nicht so ein Auto fahren. Jemand, der nicht für einen Fünfzigtausend-Euro-Kredit gut war, konnte ihn sich nicht leisten.

»Mein Bruder braucht sowieso was anderes als einen Berater«, sagte sie leise. »Er steckt wirklich in Schwierigkeiten, glaub ich.«

Kant nickte ernst, dann sah er auf seine Armbanduhr. »Ich habe leider einige wichtige Dinge zu erledigen«, sagte er. »Unter anderem muss ich meinen Wagen in Oberammergau abholen. Aber über Ihren Bruder sollten wir uns noch mal unterhalten.«

»Taxi!«, rief eine Stimme aus dem Foyer.

»Ich komme«, antwortete Kant. Er warf ihr noch ein ermutigendes Zwinkern zu, dann ging er hinaus.

Magdalena sah ihm nach. Sie mochte und bewunderte die Art, wie er ging. Die Art, sich entspannt und doch kraftvoll zu bewegen. Die Art, wie er seine lässigen Maßanzüge trug. Und die sehr feine Art, bedrohlich zu wirken.

Magdalena war seine Armbanduhr aufgefallen. Es war keine dieser klobigen Austern, die man heute zu tragen hatte, sondern eine sehr flache, dezent goldene, die ihren Preis allenfalls ahnen ließ.

Er hat recht, dachte sie. Ich kann ihn mir nicht leisten. Nicht mal als Berater.

Das Telefon am Empfang läutete, und Magdalena ging zum Tresen. Sie wusste, wer anrief.

»Lenerl, um Gotts willn, hast die Zeitung glesen?«

»Ja, hab ich, Mutter.«

»Was mach ma denn jetzt?«

»Gar nichts, würde ich sagen. Was können wir schon tun?«

»Der Maiche hat doch gsagt, der Wilderer hätt no glebt! Wie kimmt der dann in die Klamm?«

»Mutter, ich hab keine Ahnung …«

»Und dieser varruckte oide Mann …« Reserl brach den Satz ab, als wage sie nicht, weiterzusprechen.

»Was hat er getan?«, fragte Magdalena.

»Der hat dem Aschenbrenner gsagt, dass er an Wilderer wohl doch richtig dawischt hätt!«

»Oh nein ...« Magdalena rieb sich die Stirn.
»Des erfahrt die Polizei doch«, jammerte ihre Mutter. »Die holn eam ab.«
»Mutter, hör zu.« Magdalena straffte sich. »Du weißt von nichts. Hörst du? Egal, wer dich was fragt: Du hast von nichts was gehört!«
»Aber die Aschenbrennerin ...«
»Der sagst du, dass der Maiche kaum noch was sieht und nicht mal mehr unser Scheunentor treffen tät, wenn er wollt. Und wenn sie keine Ruh gibt, sagst halt, der Großvater sei nicht mehr ganz richtig im Kopf.«
»Weißt, was der Maiche ma verzählt, wenn i des sag?«
»Ja, das weiß ich. Aber das hat jetzt er verbockt.«
»Wennst meinst ...« Reserl schluchzte. »I wollt, der Wastl wär da«, sagte sie leise.
»Der fehlt uns grad noch zum Glück«, entfuhr es Magdalena.
»Red ned so über dein Bruder!«
»Jaja«, sagte Magdalena. »Pfüati.«
Sie legte auf.
Nachdenklich kaute sie auf der Unterlippe. Großvaters Gewehr muss weg, dachte sie. Endgültig.

***

Schafmann verzog das Gesicht, als Schwemmer beschwingt in sein Büro trat.
»Was ist los?«, fragte Schwemmer.
»Migräne«, antwortete Schafmann.
Das Büro roch wie ein Kamillenfeld. Schwemmer setzte sich.
»Arme Sau«, sagte er. »So richtig mit Kotzen und so?«
Schafmann nickte.
»Und was machst du dann hier?«
»Wir haben hier doch wohl einen ungeklärten Todesfall. Da bleib ich nicht wegen Kopfschmerzen zu Hause«, sagte Schafmann.
»Aber Migräne ist doch was anderes als Kopfschmerzen.«
»Es geht schon. Das Schlimmste ist auch vorbei. Ich kann schon wieder Flüssigkeit bei mir behalten.« Er wies auf einen Becher. »Frau Fuchs hat mir einen Kamillentee gemacht ... Wie war es in München?«

»Am Ende ging's. Von Pollscheidt hat seinen Auftritt genossen. Und die Isenwald ihren auch.«

»Mit *der* haben wir einen Fang gemacht ...« Schafmann nippte an seinem Tee. »Mit dem Felbermayr wär's gemütlicher.«

»Sie ist gut«, sagte Schwemmer. »Sie geht mir auf die Nerven. Aber sie ist gut.«

»Sieht auch gut aus.«

»Na, na«, sagte Schwemmer.

Schafmann versteckte die Nase in seinem Teebecher.

»Scheint ja wirklich besser zu werden mit deiner Migräne«, sagte Schwemmer, »wenn du schon wieder an so was denken kannst.«

»Muss es auch. Gleich nach Feierabend muss ich meinen Sohn zum Eishockey bringen.«

»Was? Singen *und* Eishockei?« Er sagte »Hockei«, wie er es von seinem Vater gelernt hatte. Der hatte bei den Weiß-Blauen in der 2. Mannschaft gespielt. Noch auf dem Riessersee.

»*Der* Kleine singt, *die* Kleine schreit, der Große spielt Eishockey.«

»Wahrscheinlich auch in Tölz«, sagte Schwemmer. Er lachte über seinen gelungenen Scherz, dass ein Partenkirchener Bub in Tölz Hockey spielt.

»Ja«, sagte Schafmann. »In Tölz.«

»*Was?*« Schwemmer starrte seinen Kollegen mit offenem Mund an. »Wir haben den ältesten Club in Bayern hier, und du karrst deinen Sohn nach Tölz?«

»So kann ich die beiden wenigstens *manchmal* zusammen da hinfahren. Und jetzt schrei nicht, mir tut der Kopf weh.«

»Nach Tölz.« Schwemmer schüttelte fassungslos den Kopf.

Schafmann trank seinen Kamillentee aus. »Hast du schon mal einen Jungen zum Eishockey gebracht?«, fragte er müde.

»Nein. Warum?«

Schafmann massierte seine Schläfen. »Schon mal dabei gewesen, wenn ein Sechsjähriger seine Eishockeytasche packt?«

»Nein ... Aber der Große ist doch älter als sechs, oder?«

»Ja. Jetzt. Jetzt spielt er auch in der Fördergruppe. Mittlerweile kann er das Zeug auch alleine an- und ausziehen. Er kann die Tasche sogar alleine tragen. Das ist schön. Das ist sogar sehr schön ... Weißt du, was das frustrierendste Erlebnis meines Lebens war?«

»Als du den Striezi aus Grünwald hast laufen lassen müssen, den mit der blonden Polin, die …«

Schafmann winkte ab. »Quatsch. Das frustrierendste Erlebnis meines Lebens war, als der Große sechs oder sieben war und ich ihn endlich in dem ganzen Zeug verpackt hatte, alle Schnüre und Schnallen und Wickel zu, Hose an, Trikot an, die Stiefel zu, Helm auf … und er sah so toll aus, wirklich süß, und gleich sollte er spielen, und da hat er gesagt … Weißt du, was er gesagt hat?«

Schwemmer hatte das Gefühl, in eine Falle getappt zu sein. Aber kampflos würde er nicht aufgeben. »Er hat gesagt: ›Papa, ich will viel, viel lieber beim SC Riessersee spielen.‹«

»Nein. Schmarrn. Weiß du, was er gesagt hat, so völlig verpackt und eingeschnürt?«

»Neinkeineahnungsagschon«, murmelte Schwemmer.

»Papa, ich muss mal.« Schafmann sah ihn an wie ein Basset, der sich aufs Ohr getreten hatte. Er hob seinen Teebecher zum Mund, aber der war leer.

Schwemmer versuchte, ernst zu bleiben. Er versuchte es wirklich, aber es war schwierig. Die Vorstellung des kleinen Eishockei-Helden, der mal muss, so wie kleine Jungs eben müssen, und zwar jetzt sofort, nachdem Vater ihn gerade erst mühsam verschnürt hatte … Es war einfach zu komisch.

»Wir können auch arbeiten, wenn dir das lieber ist«, sagte Schafmann.

»Ja«, sagte Schwemmer. »Bitte lass uns arbeiten!«

Aber dann musste er doch lachen. Sehr sogar.

Schafmann schwieg vorwurfsvoll.

Schwemmer beruhigte sich mühsam und gab Schafmann einen Abriss des Vortrages von Pollscheidts.

»Vielleicht ein Gitarrenspieler. Das könnte eine Erklärung für die gefundene Stimmgabel sein«, endete er. »Dräger soll die Gegend noch mal unter die Lupe nehmen, wo sie das Ding gefunden haben. Ich sag ihm gleich mal Bescheid.« Schwemmer griff zum Telefon, das allerdings genau in diesem Moment zu läuten begann. Fast wäre er drangegangen, aber sie saßen ja in Schafmanns Büro. Also schob er den Apparat zu Schafmann hinüber. Der nahm ab, hörte zu, murmelte dann irgendetwas in den Hörer und legte auf.

»Anonymer Hinweis zu dem Toten in der Klamm«, sagte er.

»Telefonisch?«

»Ja.« Schafmann rieb sich mit geschlossenen Augen den Nacken.

»Kommst du mit runter?«, fragte Schwemmer.

»Ich glaub nicht«, sagte Schafmann. »Du erzählst es mir doch, oder?«

»Na klar. Schaffst du es, den Dräger anzurufen?«

»Ich denk schon …«

Schwemmer stand auf und ging so leise wie möglich aus dem Büro.

Unten in der Einsatzleitung winkte ihn einer der diensthabenden Kollegen zu sich.

»Kam vor fünf Minuten«, sagte er und klickte auf ein Feld auf seinem Bildschirm.

Aus den Lautsprechern kam eine männliche Stimme. Der Tonfall war oberbayrisch, die Stimme wirkte verstellt.

»Der Tote in der Klamm. Das war der Meixner-Bauer. Der hat den erschossen. Der schießt auf jeden in seinem Wald.«

»War das alles?«, fragte Schwemmer.

»Ja. Ein Handy. Nummer unterdrückt.« Der Kollege schüttelte den Kopf. »Manchmal fragt man sich schon, was die eigentlich von uns glauben …«

»Die glauben, dass jemand mit einem Lötkolben kommt und eine Fangschaltung einbaut, wenn wir mal eine brauchen. Gucken Sie kein Fernsehen?«

»Wenn *ich* gucke, drücken die ein paar Knöpfe, und dann wissen sie, wo der Anrufer zuletzt auf dem Klo war.«

»Ja, wenn Sie auch nur *amerikanische* Filme gucken … Haben Sie die Daten?«

Der Kollege reichte ihm einen Ausdruck. »Ist auch per Mail an Sie raus«, sagte er.

»Der Mitschnitt auch?«

»Na logisch. Brauchen Sie eine Stimmanalyse?«

»Weiß ich noch nicht. Ich kümmere mich selber drum, danke.«

Schwemmer nahm das Blatt und ging wieder hinauf in den ersten Stock. Behutsam klopfte er an Schafmanns Bürotür. Als er glaubte, jemand habe »Herein« geflüstert, trat er ein. Vor Schafmann stand ein dampfender Teebecher, und es roch noch mehr nach Kamille als vorhin. Schafmann hatte die Lehne seines Stuhles nach hinten gestellt und ein gefaltetes Tuch über den Augen liegen.

»Soll ich später wiederkommen?«, flüsterte Schwemmer.

»Nein, nein. Erzähl«, sagte Schafmann und zog den Lappen von seinem Gesicht.

Schwemmer setzte sich und sah sich das Datenblatt der Einsatzleitung an.

»Der Meixner-Bauer war's, sagt er. Hat ihn erschossen. Anruf kam von einem Handy, Nummer soundso, angemeldet auf die Firma SIS in Murnau. Kennst du die?«

»Schon mal gehört ... aber im Moment ...« Schafmann trank aus seinem Becher und legte sich das Tuch wieder über die Augen.

»Der Anrufer befand sich auf den Koordinaten ... ja Herrschaftszeiten, heiß ich Magellan? Moment ...«, murmelte Schwemmer. »Ach, da steht's ja. Also, der hat aus Murnau angerufen. Ortsmitte etwa.«

»Schedlbauer Immobilien Service«, sagte Schafmann.

»Was?«

»SIS. Das heißt Schedlbauer Immobilien Service.«

Schwemmer stöhnte auf. »Anonyme Anschuldigungen gegen den Meixner Melchior von einem Schedlbauer-Handy. Na servus. Da will wohl jemand das Kriegsbeil wieder ausgraben.«

»Firmenhandy«, sagte Schafmann unter seinem Tuch hervor. »Wie viele werden die haben?«

Schwemmer kratzte sich am Kopf. »Ich weiß nicht mal, wie viele Firmen die haben.«

Schafmann setzte sich auf und legte das Tuch zusammen. »Es nützt ja nichts«, murmelte er. Dann griff er nach dem Telefon und wählte eine interne Nummer.

»Füchschen«, sagte er in den Hörer. »Kannst du uns die Isenwald mal an die Strippe holen? ... Danke.«

»Füchschen ...? Was war das denn?«, fragte Schwemmer.

»Letzte Woche hat sie zu ihrem Geburtstag ein paar Flaschen Prosecco mitgebracht. Und nach Dienstschluss gab's 'nen kleinen Umtrunk.«

»Als ich bei der KPI war?«, fragte Schwemmer. »Kaum bin ich mal aus dem Haus ...«

»War halb so wild. Nur Brüderschaft haben wir halt getrunken.«

»Brüderschaft? Füchschen ...« Schwemmer sah ihn misstrauisch an. »Und wie nennt sie *dich*?«

Zur Antwort zuckte Schafmann nur die Achseln, und Schwemmer konnte zum zweiten Mal heute sein Lachen nicht unterdrücken.

»Ist ja gut …«, maulte Schafmann.

Das Telefon klingelte, und er meldete sich. »Okay, stell durch«, sagte er. »Schafmann, grüß Gott, Frau Isenwald, schön, dass wir Sie so schnell erreichen konnten. Wir haben einen anony–« Er wurde unterbrochen. »Mein Magen«, sagte er dann, »ist viel besser heute … Ja … Leider nein … Migräne …« Er sah Schwemmer hilfesuchend an. »Das habe ich versucht, das hilft *gar* nicht … Nein … Da haben Sie recht …« Schafmann schloss die Augen und rieb sich die Stirn. »Ja … Nein … Das werde ich tun … Bitte? Warum ich Sie ange–? Ach so …« Er straffte sich auf seinem Stuhl und berichtete von dem anonymen Anruf. »Wir brauchen die Verbindungsdaten des Handys, die laufenden und die der letzten drei Monate, würde ich sagen … Ja, Peilung auch. Danke … Danke … Ja, werde ich tun … Kamillentee … Ja … Pfüat Eane, Frau Staatsanwältin.«

Erschöpft legte er auf.

»Ich hätte doch auch mit ihr sprechen können«, sagte Schwemmer.

»Danke«, flüsterte Schafmann. »Das nächste Mal gerne.«

»Was machen wir mit dem Anruf?«, fragte Schwemmer mehr sich selbst als den Kollegen. »Nachgehen müssen wir der Sache schon.«

»Als ob der Meixner-Bauer mit Sauposten auf tote Leut schießen tät …«, sagte Schafmann.

»Ich glaub's ja auch nicht. Aber immerhin wurde der Tote *mehrfach* getroffen. Auch von kleinem Kaliber. Und der Anruf ist im Protokoll, also überprüfen wir das auch. Mit angemessener Skepsis.«

»Du kennst den Meixner, oder?«, fragte Schafmann. »Machst du das also oder lieber nicht?«

»Na, ich mach das schon. Der Maiche ist so ein sturer Hund, dich jagt der glatt vom Hof. Mir wird er vorher wenigstens servus sagen.«

»Ich kann ja mitkommen.«

Schwemmer drehte seinen Stuhl zum Fenster und sah hinaus auf die Friedhofskapelle. Die Sonne spielte auf dem Kupferdach, und die braunen Stellen der Schneeflecken auf dem Grasberg waren wieder ein Stück größer geworden seit gestern.

»Nein, fahr du zu den Schedlbauers«, sagte er.

»Die wohnen in Farchant, oder?«

»Ich glaub schon. Mach dich halt schlau.«

»Wie viele sind das eigentlich, die Schedlbauers?«

»Weiß ich nicht. Chefin ist die Mutter. Witwe. Es gibt erwachsene Kinder. Eine Tochter, die demnächst heiratet, und Söhne hat sie auch, ich weiß aber nicht, wie viele. Einen von denen kennen wir hier von Amts wegen: Bernhard. Den haben sie aus dem Tabledance-Schuppen am Bahnhof rausgeschmissen, und draußen hat er dann randaliert. Noch gar nicht lange her. Die Kollegen haben ihn über Nacht hierbehalten. Ein anderer heißt Vinzenz. Den hab ich mal flüchtig kennengelernt, schien mir damals eigentlich ganz umgänglich für einen Schedlbauer.«

»Vinz Schedlbauer? Der bietet in Partenkirchen Gleitschirmtandemflüge an, oder?«

»Ja, genau.«

»Gut. Ich fahr also nach Farchant, klingel da … und dann?«

»Wenn du die Alte erwischst, also die Chefin, die Mirl, dann frag sie, wer das Handy benutzt. Nur die Mirl, keinen anderen. Und sag ihr nicht, *warum* du fragst.«

»Wieso nicht?«

»Wenn einer aus der Familie ohne ihr Wissen angerufen hat, will ich ihn nicht aufscheuchen. Und wenn *sie* es getan hat, *will* ich sie aufscheuchen.«

***

Hier am Nordhang lag noch Schnee. Magdalena bog von der schmalen Straße ab auf einen wenig genutzten Forstweg. Ihr kleiner Bus kämpfte sich tapfer den Weg hinauf. Als sie außer Sicht der Straße war, stellte sie den Motor ab und stieg aus.

Sie trug ihre schweren Bergschuhe. Es waren zwar nur ein paar hundert Meter, die sie vor sich hatte, aber es war steil, nass und glitschig.

Heute war Gernot Lörracher ans Telefon gegangen, als sie ihn auf der Suche nach einer Ablösung angerufen hatte, und am Ende hatte er nicht Nein sagen mögen. Widerwillig, aber darauf konnte Magdalena momentan keine Rücksicht nehmen.

Sie wollte nicht, dass ihre Mutter sah, wie sie Großvaters Gewehr wegnahm. Der Waffenschrank war verschlossen, und wenn sie Glück hatte, merkte überhaupt niemand, dass es fort war.

So schlich sie sich also an den Hof an, auf dem Weg, den sie gemeinsam mit Wastl gefunden hatte, als sie als Cowboy und Indianer den Hof angegriffen hatten, und den sie auch als Teenager manchmal noch genommen hatte, wenn es abends später geworden war, als die Eltern einer Sechzehnjährigen erlaubt hatten. Damals hatte sie immer ein paar Hundekekse dabeigehabt, um Senta zu bestechen, Sentos Mutter. Aber das würde heute nicht nötig sein. Ihr fiel ein, dass sie ihre Mutter gar nicht nach dem Hund gefragt hatte, aber sie hätte gewiss erfahren, wenn es schlimmer um ihn stünde als gestern.

Sie würde hinter der Scheune herauskommen, und wenn sie dann rechtsherum ging statt links am Misthaufen vorbei, wo der eigentliche Weg war, kam sie mit ein bisschen Glück ungesehen zur Waschküchentür.

Im Hellen war das zwar schwierig, aber dafür war die Chance größer, dass niemand im Haus war. Der Hias und der Großvater konnten natürlich überall sein, da musste sie halt achtgeben, aber ihre Mutter dürfte jetzt unten im Ort sein zum Einkaufen und Ratschen. Abends dagegen würde das Reserl mit Sicherheit in der Stube sitzen und jeden Mucks im und ums Haus hören.

Magdalena kletterte zwischen Fichten und Gebüsch den steilen Hang hoch. Trotz der Bergschuhe rutschte sie mehr als einmal auf nassen Wurzeln und Steinen aus, sodass ihre schwarze Sporthose bald an den Knien durchnässt und dreckig war. Nach hundert Metern merkte sie, dass ihre Kondition nicht mehr dieselbe war wie mit sechzehn, aber mehr als drei Atemzüge Pause gönnte sie sich nicht. Erst als sie die Scheune zwischen den Kiefern erkennen konnte, verschnaufte sie ein paar Minuten. Schließlich schlich sie zum Waldrand und sah sich um. Niemand war zu sehen. Sie setzte ihre Schritte vorsichtig, damit sie nicht auf einen Ast oder Zweig trat. Zwei Hühner kamen um die Ecke, pickend nach Futter suchend, sie beachteten Magdalena nicht.

Plötzlich hörte sie ein wohlbekanntes metallisch-schabendes Geräusch. Es kam durch die Spalten der Scheunenwand neben ihr. Jemand schärfte eine Sense. Sie pirschte weiter und spähte ums Eck auf den Hof. Hier war niemand zu sehen. Großvaters Lada war nicht da, was sie sehr erleichterte, und auch Reserls Fiat fehlte.

Also war Hias in der Scheune. Die Frage war, ob er das Tor offen gelassen hatte oder nicht. Magdalena schlich an der Scheunenwand entlang zum Hof. Das Schleifgeräusch verstummte so plötzlich, wie es begonnen hatte, kurz darauf begann es erneut. Magdalena erreichte die nächste Ecke und lugte auf den Hof.

Der linke Flügel des Scheunentors stand halb offen, der rechte war zu. Das ergab einen Weg zum Haus, auf dem Hias sie nicht entdecken würde, sie musste sich nur weit genug außen halten. Sie wollte gerade losschleichen, als das Schleifgeräusch erneut aufhörte.

»Was schleichst hier ummanand, Lenerl?«, hörte sie Hias' ruhigen Bass fragen.

Magdalena ließ enttäuscht die Schultern sinken.

Verdammt, er *kann* mich nicht gesehen haben, dachte sie. Sie drehte um und betrat die Scheune.

»Durchs Untahoiz bist brocha wia a kranke Wuildsau«, sagte Hias. »Schlimma no ois frira, wennst aufd Nacht hoamkimma bist.« Hias prüfte die Klinge der Sense mit dem Daumen, dann wetzte er sie noch drei-, viermal mit dem Stein, hängte sie zu den anderen an den Balken neben der Leiter und nahm sich die nächste herunter.

»Bist zwegs da Flintn kimma«, stellte er fest und schwang wieder seinen Wetzstein.

»Ja«, sagte Magdalena ärgerlich. Sie fühlte sich wieder wie als kleines Mädchen. »Musst der Mutter nix sagen. Und dem Großvater schon gar nicht.«

»Was host vor?«

»Ich weiß noch nicht. Ich nehm sie mit.«

Hias schüttelte den Kopf. »Sie is scho furt.«

»Fort?« Magdalena verstand nicht. »Wir haben sie doch eingeschlossen!«

»I hob no an Schlüssel ghabt.«

Magdalena verzog den Mund. Es war wohl tatsächlich naiv gewesen, anzunehmen, sie könne hier auf dem Hof irgendetwas bestimmen.

»Und wo ist sie? Hast du sie dem Großvater gegeben?«

»Naa. Furt is halt.«

»Wo?«

»Braucht koana wissn. Du a ned.«

Er prüfte die Schneide der Sense, dann wetzte er weiter. »Schäingg schäingg schäingg« machte der Stein auf dem Metall.

»Du weißt, was passiert ist?«, fragte Magdalena. »Dass sie einen Toten gefunden haben in der Klamm?«

Hias nickte und wetzte.

»Wenn die Polizei hört, dass der Großvater auf jemanden geschossen hat, dann kommen sie her.«

»Se is weg, d' Flintn. Da Maiche finds a ned.«

»Und was sag ich, wenns mich fragen?«

Hias zuckte die Schultern. »Sog halt, da Maiche hod's in d' Klamm gworfa.«

Wieder prüfte er die Schneide, und noch immer war er nicht zufrieden.

»Ich verlass mich auf dich«, sagte Magdalena, und sie wusste, dass Hias darauf nichts sagen würde.

Sie war gerade wieder aus der Scheune heraus, als der Lada ihres Großvaters auf den Hof rollte. Maiche stieg aus und sah sie misstrauisch an.

»Bist zu Fuß droben?«, fragte er.

Magdalena kniff die Lippen zusammen. Schließlich nickte sie.

Maiches Blick wanderte an ihr hinunter.

»Willst mir d' Flintn wegnehmen. Wegn dem Toten in der Klamm.« Er drehte sich um und ging ins Haus. Magdalena folgte ihm widerstrebend in die Küche.

»Ich hab gedacht, es wär besser. Die Polizei kommt gewiss hoch.«

»Und was glaubst, was i dene sag? Dass i koa Flintn hab? Für wie blöd haltst du die? Auslachn tatn die mi doch.«

»Wenn sie kein Gewehr finden, dann können sie auch nichts beweisen«, sagte Magdalena.

»*Was* beweisen? Dass *i* eam umbracht hab? Glaubst, ich schiaß eam ins Gsicht und merk des ned? Der Mann is no glaufen. Außerdem war der mindestens dreißig Meter weg, als i gschossen hab. Glaubst, da bringst oan um, mit Hasnschrot?«

Magdalena setzte sich auf die Ofenbank. Sie lehnte den Kopf zurück und schloss die Augen. »Ich glaub, es wär einfach besser, wenn hier keine Flinte im Haus wär«, sagte sie.

Für einen langen Moment herrschte Schweigen. Dann klopfte Hias von draußen ans Fenster.

»Baur«, rief er. »Mia miassn redn.«

Maiche ging hinaus. Magdalena blieb sitzen. Sie sah Hias vor dem Fenster warten. Ihr Großvater kam und stellte sich vor ihn hin, die Fäuste in die Hüften gestemmt, den Hut in den Nacken geschoben. Er war kräftiger gebaut als Hias, der ihn dafür um mehr als einen halben Kopf überragte. Die beiden alten Männer sprachen leise und sehr ernsthaft. Hören konnte Magdalena nichts, aber keiner der beiden zeigte ein Lächeln oder ein Nachgeben in Miene oder Haltung. Sie standen sich fast reglos gegenüber, sagten abwechselnd ein paar kurze Sätze und dann auch das nicht mehr.

Magdalena kamen die Sekunden endlos vor, die die beiden sich schweigend gegenüberstanden. Es war, als fiele ihr ein Stein vom Herzen, als ihr Großvater endlich nickte. Er zog sich den Hut in die Stirn, dann nickte er noch einmal und wandte sich ab. Hias sah ihm einen Moment nach, dann ging er wieder an seine Arbeit.

Maiche kam nicht in die Stube zurück. Magdalena hörte den Diesel des Lada hustend anspringen und sich entfernen.

Na toll, dachte sie. Er hätte mich ja wenigstens mit runternehmen können. Sie stand von der Ofenbank auf und ging in die hintere Stube, wo der Waffenschrank stand. Sie zog den Schlüssel aus der Hosentasche und schloss auf.

Hias hatte den Schrank ausgeräumt.

Die Flinte war weg, aber auch die Repetierbüchse mit dem Zielfernrohr, die Weltkriegspistole, die Maiche als Fangschusswaffe benutzte, und die ganze Munition. Nur die antike Luntenpistole, von der niemand mehr wusste, welcher Krieg sie in den Familienbesitz geschwemmt hatte, hing noch an ihrem Haken, und die Hirschfänger lagen wie immer in ihrem Fach.

Der Anblick des leeren Schrankes wirkte wie eine Zäsur auf Magdalena.

Wir haben ihn entmündigt, dachte sie. Und er weiß das.

***

Schwemmer ging vom Gas. Er war sich nicht mehr ganz sicher, wo genau der Abzweig von der Bundesstraße kam. Dann entdeckte er ihn in knapp zweihundert Metern Entfernung, als ein Minibus an der Einmündung auftauchte und nach links in seine Richtung abbog. Als er den Wagen passierte, meinte er Magdalena Meixner am Steuer erkannt zu haben, aber er war sich nicht sicher.

Schwemmer bog ab und fuhr ins Bachtal hinunter. Er überquerte die Gleise und genoss die plötzliche Ruhe, die die Landschaft ausstrahlte, hier, gerade mal ein paar Dutzend Meter weg von der Bundesstraße.

Er ließ das Fenster runter, obwohl die Vorfrühlingssonne die Luft noch nicht wärmte. Gemütlich kurvte er die schmale, steile Straße hoch, vorbei an Wiesen und Stadeln, dann in den Wald hinein und wieder hinaus. Er durchquerte den winzigen Flecken aus einigen Höfen, Kirche und Wirtshaus, bog dahinter links ab, vorbei an einem Sackgassensymbol und einem »Anlieger frei«-Schild.

Der Weg wurde noch einmal steiler, der Asphalt noch löchriger. Schwemmer hörte, wie Steine gegen den Unterboden geschleudert wurden. Immer weiter ging es hinauf. Kurve reihte sich an Kurve. Erneut ein Stück dichter Nadelwald, der dann plötzlich wieder zurücktrat. Hier endete der Weg, direkt auf dem Meixner-Hof.

Er entdeckte keine Fahrzeuge. Schwemmer ließ den Passat vor dem Wohnhaus ausrollen und stieg aus.

Hier oben war der Frühling noch nicht so spürbar wie im Tal. Aber er genoss den Geruch nach Heu und Tieren, der ihn umgab.

Seine rechte Hand tastete nach der Sakkotasche.

»Na!«, schimpfte er heftig mit sich selbst.

Dies wäre Ort und Zeit gewesen, sich eine Zigarette anzünden, damals, als er noch geraucht hatte. Leider hatten einige seiner konditionierten Reflexe noch nicht mitbekommen, dass er es sich abgewöhnt hatte: zum Beispiel seine rechte Hand, die immer noch nach der Schachtel suchte, obwohl er doch gar keine Lust auf eine Zigarette haben wollte.

Ein halbes Dutzend dunkelroter und weißer Hühner pickte vor dem Scheunentor herum. Aus dem Stall kam Muhen. Schwemmer klopfte an die Tür des Wohnhauses, und wie erwartet rührte sich nichts. Versuchshalber drückte er auf die Klinke, die Tür war unverschlossen.

»Jemand da?«, rief er hinein, niemand antwortete. Ein Hund war auch nicht zu hören.

Schwemmer sah sich um. Er war froh, es nicht eilig zu haben. Er würde einfach ein bisschen warten und schauen, ob jemand auftauchte.

Das Wettersteingebirge strahlte in der Sonne, nach Norden hin ging der Blick zum Krottenkopf.

»Dass die hier keinen Gasthof aufmachen ...«, sagte er laut zu sich selbst.

Er zog sein Handy aus der Tasche. Das Netz war schlecht, aber er probierte es und rief zu Hause an. Das Freizeichen tutete wacklig etliche Male, aber natürlich war Burgl nicht da. Wahrscheinlich war sie einkaufen. Mit leichter Besorgnis konstatierte Schwemmer, dass wegen seines frühen Aufbruchs nach München die gemeinsame Abendmenüplanung ausgefallen war und Burgl diese heute alleinverantwortlich vorgenommen hatte. Immerhin war Fisch nicht an der Reihe, was das Risiko etwas senkte.

Ein Treckermotor näherte sich, und der Knecht der Meixners lenkte einen alten Renault-Traktor auf den Hof. Schwemmer hatte den Mann schon gesehen, kannte ihn aber nicht mit Namen.

Der hagere Alte warf ihm im Vorbeifahren einen feindseligen Blick zu. Schwemmer hob grüßend die Hand, aber der Mann steuerte den Traktor grußlos um die Scheune herum. Schwemmer ging langsam hinterher. Er hörte, wie der Motor erstarb, doch der Mann tauchte nicht auf. Schwemmer ging weiter und bog um die Ecke. Der Traktor parkte neben dem Misthaufen. Der Knecht stand gebückt neben dem Motorblock und stocherte mit einem Schraubenzieher in einer Öffnung herum.

»Grüß Gott«, sagte Schwemmer.

»Grüß Gott«, erhielt er zur Antwort, aber der Mann gönnte ihm keinen Blick.

»Ich bin der Schwemmer Hausl von der Kripo Garmisch.«

»So«, sagte der Mann.

Er steckte den Schraubenzieher ein und startete den Traktor wieder. Der Motor sprang widerstrebend an, und eine gewaltige Rußwolke entlud sich aus dem Auspuff. Der Mann drückte mit der Hand das Gaspedal runter. Mit der steigenden Drehzahl wurde die Wolke größer. Er schien zufrieden und stellte den Motor wieder ab.

»Wann kommt denn der Bauer heim?«, fragte Schwemmer.

»Woaß i ned.« Der Knecht ging an ihm vorbei und verschwand um die Ecke. Schwemmer folgte ihm und sah ihn in die Scheune gehen. Im Dämmerlicht hier konnte er den Mann zunächst kaum ausmachen, schließlich entdeckte er ihn weit hinten an einer Werkbank, wo er in einer Schublade herumwühlte. Metall klirrte, und der Mann kam mit einem ziemlich großen Schraubenschlüssel in der Hand auf Schwemmer zu. Wieder ging er an ihm vorbei, als sei er gar nicht da, und wieder folgte Schwemmer ihm, zurück hinaus zum Traktor. Schwemmer kannte sich nicht aus mit Traktoren, aber für ihn sah dieser Renault aus, als stamme er aus den Siebzigern.

Der Mann klappte die Motorabdeckung hoch und zog eine Mutter nach.

»Kannst du dem Meixner was ausrichten, wenn er kommt?«

Keine Antwort.

»Anrufn soll er mich.«

»Zwegs wos?«, fragte der Mann.

»Des möcht ich ihm schon selber sagn.«

»Dann sog's eam hoid selber.«

Schwemmer nickte. Er warf einen langen Blick ins Rund, während der Knecht weitere Muttern am Traktor festzog.

»Eine Flintn hat er schon, der Meixner?«, fragte er nach einer Weile.

»Woaß i ned.«

»Er hat doch eine Jagd droben, oder?«

»Woaß a jeder.« Der Mann würdigte ihn immer noch keines Blickes.

»Dann wird er doch auch eine Flintn haben.«

»Kunnt scho sei.«

Schwemmer wollte wissen, wie weit der Mann das Spiel treiben würde, und war auch bereit, dafür Zeit zu opfern.

»Wie heißt denn eigentlich?«, fragte er.

»Hias.«

»Und weiter?«

»Rossmeisl, wennst as scho wissen wuist.«

»Bin immerhin von der Kripo.«

»Bist auf am privatn Grund und Bodn. Sei froh, dass i di ned zum Teifi jag.«

Zum ersten Mal sah er Schwemmer in die Augen. Es war der Blick eines Mannes, der in sich ruhte und daraus alle Kraft der Welt ziehen konnte, wenn er sie brauchte. Und der Blick eines Mannes, der genug erlebt hatte, um keine Angst mehr zu haben.

»Seit wann bist denn beim Meixner, Hias?«, fragte Schwemmer.

»Neinzehnsiebnasechzg«, antwortete der Knecht.

Immerhin, dachte Schwemmer: Er hat geantwortet.

»Wie alt warst du?«

»Sechsazwanzge.«

»Und wo warst vorher?«

Für eine Sekunde wurde sein Blick hart, dann wandte Hias sich wieder dem Motorblock zu. Antwort gab er nicht mehr.

Schwemmer spürte, dass das Gespräch beendet war. Gerade als er sich verabschieden wollte, hörte er einen Wagen ankommen.

Hias arbeitete weiter mit dem Schraubenschlüssel, als habe er nichts mitbekommen. Schwemmer ging zur Ecke der Scheune und sah auf den Hof.

Melchior Meixner stieg aus einem alten dunkelgrünen Geländewagen. Er wirkte nicht mehr so stattlich, wie Schwemmer ihn in Erinnerung hatte.

Zuletzt gesehen hatte er ihn auf der Einweihung des »Lenas«, vorletztes Jahr. Da hatte er in seiner besten Tracht steif in der Ecke gesessen und sich so sichtbar unwohl gefühlt zwischen den vielen Leuten, dass er Schwemmer fast leidgetan hatte – aber das zählte nicht.

Schwemmers Bild des Meixner Maiche war geprägt von einer viel früheren Begegnung. Damals hatte er seine frischgebackene Schwiegermutter vom Meixner-Hof abgeholt, weit vor dem Mauerfall musste das gewesen sein. Sie hatte ihre Freundin, die Meixner Gundl, besucht, die Frau vom Melchior, Magdalenas Großmutter, Gott hab sie selig.

Vielleicht fünfundzwanzig war Schwemmer damals gewesen. Er war aus seinem angerosteten BMW 2002 gestiegen, und der Meixner-Bauer hatte dagestanden mit einer Axt und Scheite gespalten. Die Axt war hinein in den Scheit, als wär's nix, und dann rauf damit und rum und runter auf den Klotz und auseinander, alles in einer fließenden Bewegung und gleich den nächsten. Schwemmer hatte ihn von hinten gesehen, den gewaltigen Rücken eines Mannes, der tat, was eben getan werden musste. Natürlich sah Schwemmer das nicht zum ersten Mal, er hatte selbst schon oft Holz gespalten. Aber die gewaltige Selbstverständlichkeit, mit der Melchior Meixner die Bewegungen wiederholte, war ihm damals überwältigend erschienen.

Nach ein paar Dutzend Schlägen hatte Maiche sich umgedreht, ihn mit einem stummen Nicken begrüßt und dann weitergearbeitet.

Es war ein Moment gewesen, in dem Schwemmer sich verglichen hatte, und er hatte verstanden, dass ihm diese selbstverständliche Kraft auf immer abgehen würde, und er hatte Maiche beneidet.

Aber schon in der nächsten Sekunde war ihm klar geworden: Nichts zog ihn dorthin, wo Melchior Meixner war oder wo er sein wollte. Das einzig Lohnende war, sich auf seine eigenen Stärken zu konzentrieren, seinen eigenen Weg zu verfolgen. Und urplötzlich war ein eigentlich belangloser Moment zu einer wichtigen Erkenntnis katalysiert worden. Und diese Erkenntnis hatte ihn zu einigen wichtigen Entscheidungen ermutigt.

Ohne den Meixner-Bauern würdest du immer noch in Ingolstadt in der mittleren Laufbahn hängen, dachte Schwemmer. Niemals hättest du das Abitur nachgemacht. Klar, das war hypothetisch. Gut möglich, dass es einen anderen Moment von ähnlicher Wirkung gegeben hätte, wer konnte das schon wissen.

Aber über die leuchtende Klarheit jenes Augenblicks freute er sich immer wieder, wenn er sich an ihn erinnerte, und er mochte diese Erinnerung zu sehr, als dass er das alles zu stark hinterfragt hätte.

Nun stand der Meixner Maiche regungslos neben seinem Lada und sah ihm entgegen. Schwemmer ging zu ihm hin.

»Grüß Gott«, sagte er. »Ich weiß nicht, obs dich an mich erinnerst.«

»Bist der Schwiegersohn von der Buchhäcker Elly. Der von der Kripo.«

»Genau«, sagte Schwemmer. »Der Hausl.«

»Und? Was willst?« Maiche ging zur Heckklappe seines Wagens und öffnete sie. Zwei große Rollen Stacheldraht lagen darin. Er zog ein Paar Arbeitshandschuhe über, die neben den Rollen lagen, und hob eine davon ohne sichtbare Anstrengung heraus.

Vielleicht spaltet er keine Scheite mehr, dachte Schwemmer. Aber das Ding hätte *ich* nicht einfach so da rausgeholt.

»Hast das ghört?«, fragte er. »Von dem Toten in der Klamm?«

»Ja«, antwortete Maiche. Er hob die Stacheldrahtrolle hoch und trug sie zur Scheune. Schwemmer trottete hinter ihm her.

»Das ist Meixner-Wald, wo der abgstürzt ist«, sagte er.

Maiche lehnte die Rolle an die Scheunenwand. »Und?« Er ging zurück zu seinem Wagen. Schwemmer folgte. »Wissts ihr scho, wer der Kerl is?«, fragte Maiche und hob die zweite Stacheldrahtrolle aus dem Laderaum.

»Nein … Warum fährst du nicht den Wagen rüber an die Scheune?«, fragte Schwemmer.

»Die paar Schritt?« Maiche warf die Heckklappe zu und trug auch die zweite Rolle zur Scheunenwand. Wieder ging Schwemmer hinterher.

»Wald«, sagte Maiche, als er die Rolle abgestellt hatte. »Da gibt's koan Zaun. Da laft a jeder drin rum. Letzte Woch sogar da Schedlbauer.«

Schwemmer zog die Brauen hoch. »Was meinst damit?«, fragte er.

»Nix. Stolziert in meim Wald rum. Des is alles.«

»Wann war das?«

Maiche schüttelte den Kopf. »Letzte Woch halt … Hias!«, brüllte er plötzlich, und sofort kam der Knecht um die Ecke der Scheune. »Wann war des mit dem Schedlbauer Berni, letzte Woch?«

»Freitag«, antwortete Hias.

»Freitag«, sagte Maiche.

»Hod der di scho noch dera Flintn gfragt?«, fragte Hias.

»Na …« Maiche sah Schwemmer mit zusammengekniffenen Augen an. »Was willst damit?«

»Ich muss sie mitnehma. Du kriegst sie wieder.«

»I hab koa Flintn«, sagte Maiche.

Schwemmer konnte die Überraschung nicht aus seinem Gesicht halten. »Maiche … Du hast eine Jagd. Natürlich hast du eine Flinte.«

»I jag nimmer.«

»Seit wann?«

Erstmals, und nur für einen winzigen Augenblick, wich Maiche Schwemmers Blick aus.

»Seit Freitag«, antwortete er.

»Freitag?« Schwemmer spitzte die Lippen und sah nachdenklich zu Boden. »Schön«, sagte er dann. »Aber Freitag hattest du noch eine Flinte. Und wo ist die jetzt?«

»Der hods in d' Klamm gschmissn«, sagte Hias.

Maiche warf Hias einen kurzen Blick zu. »In d' Klamm«, sagte er dann.

»'s Lenerl war a do«, sagte Hias.

»Das Lenerl?« Wieder sah Schwemmer zu Boden. Er versuchte, aus dem Gehörten schlau zu werden, aber das Naheliegende wollte ihm nicht gefallen. Die beiden alten Männer versuchten, ihn zu verschaukeln. Sollte der anonyme Anrufer recht haben?

»Ihr wisst scho, dass man auf den Mann gschossen hat?«, fragte er. »Mit Schrot. Und dass ein Toter *überhaupt* kein Witz is.«

Er erhielt keine Antwort. Die beiden Männer sahen ihn schweigend an.

»Jemand beschuldigt dich, Maiche. *Du* sollst auf den Mann geschossen haben.«

»*Beschuldigt* mich? Wer? De Schedlbauerin?«

»Maiche, gib mir einfach deine Flinte.«

»Du hast koa Recht, sie mitznehmn!«, brüllte der Bauer.

»Maiche! Stad«, sagte Hias scharf. Dann, ruhig, zu Schwemmer: »Der hods nimma. Und der woaß a ned, wos is.«

Schwemmer sah Hias in die Augen, und etwas sagte ihm, dass der Knecht des Meixner-Bauern die Wahrheit sagte.

Maiche warf Schwemmer einen abschätzigen Blick zu und zog geräuschvoll die Nase hoch. Er drehte sich um und ließ einen Batzen Rotz aus dem Mund fallen, gerade so, dass er nicht dem Schwemmer vor die Füße fiel. Dann verschwand er grußlos im Haus.

Hias ging langsam zurück zu seinem Traktor. Schwemmer blieb noch stehen. Natürlich würde die Isenwald ihm binnen einer Stunde einen Durchsuchungsbefehl besorgen, aber er glaubte nicht, dass es hier etwas zu finden gab.

Sein Blick fiel auf Maiches Rotzbatzen. Er zog eine Packung Papiertücher aus der Sakkotasche und einen der kleinen verschließbaren Plastikbeutel, die er immer dabeihatte, seit er einmal gezwungen gewesen war, ein getragenes Gebiss mit nichts als einem Kugelschreiber sicherzustellen.

Er nahm ein Papiertuch, griff damit beherzt in den Rotz und verschloss es dann sorgfältig in dem Tütchen. Mit einem weiteren Tuch reinigte er seine Finger, dann stieg in den Passat und fuhr vom Hof.

Er rollte den steilen, holprigen Weg hinunter, in Gedanken vertieft, und war überrascht, als er sich auf einmal zwischen den Häusern der kleinen Ansiedlung wiederfand. Schwemmer stoppte abrupt, als er an die kleine Kreuzung vor der Kirche kam. Dann bog er entschlossen ab und parkte beim Wirtshaus.

***

Gernot Lörracher war dankbar zurück nach Hause verschwunden, sobald Magdalena zurückgekehrt war. Sie saß am Laptop und versuchte, sich auf ihre Buchhaltung zu konzentrieren. Das Telefon klingelte und zeigte eine Nummer an, die mit 06 begann.

Es war Wastl, wie sie befürchtet hatte. Wie es klang, rief er aus einem Café an oder einer Bar.

»Wo steckst du?«, fragte Magdalena.

»Tut nichts zur Sache«, sagte er. »Wir müssen vorsichtig sein.«

»Wir?«

»Es heißt, dass Orlowsky jemanden bei der Telekom sitzen hat. Deshalb benutz ich mein Handy nicht mehr.«

»Wie geht es dir?«

»Ach, frag nicht …«, antwortete er weinerlich. »Wie geht's der Mutter?«

»Was interessiert dich *das* auf einmal? Hast du schon irgendwas wegen dem Geld unternommen?«

»Was soll ich schon unternehmen? Ich hab ein paar Leut gefragt, aber keiner hat mir was geben wolln … Ist denn dir vielleicht was eingefallen?«

»Ach Wastl … Nein, es tut mir leid. Bis jetzt nicht. Aber warum gehst du nicht weg aus Frankfurt? Hau einfach ab. Geh nach … Berlin oder was weiß ich.«

»Wieder von vorn anfangen?«

»Von vorn?« Magdalena musste sich zügeln. »Fang doch *überhaupt* mal was an!«

»Lenerl, hör auf … Alle meine Freunde sind hier. Und …«

»Und was? Wenn du Freunde hast, dann sollen sie dir helfen. Aber wen rufst du an, wenn was ist? Das Lenerl. Weil die der Mutter nix sagt.«

»Lenerl, ich … Es sind ja nicht nur die Freunde. Ich hab … also, ich bin auch … verlobt, quasi … neuerdings.«

Magdalena traute ihren Ohren nicht. »Verlobt? Du? Mit wem?«

»Na, mit einer Frau … Du kennst sie nicht. Marija.«

»Maria?«

»Nein, Mari-ja. Sie stammt aus dem Kosovo.«

»Ja Herrschaftszeiten, dann nimm sie halt mit nach Berlin!«

»Das geht nicht so einfach. Sie darf Frankfurt nicht verlassen, weil sie nur geduldet ist. Und da ist ein Onkel, bei dem sie lebt und der auf sie aufpasst. Der lässt sie auch nicht weg. Und dann ist da noch ein Problem …«

»*Noch* ein Problem? Na servus.«

»Ja … Marija ist … schwanger.«

Magdalena stöhnte auf und schlug sich vor die Stirn.

»Ich muss aufhören, mein Kleingeld ist alle«, sagte Wastl. »Wir werden gleich unterbrochen. Ich meld mi–«, war das Letzte, was Magdalena noch hörte.

Langsam legte sie den Hörer auf.

Sie würde also Tante werden. Nicht dass sie sich das gewünscht hätte.

Aber Reserl würde sich gewiss über ein Enkelchen freuen.

Am besten, ich mach das Hotel wieder zu und nur noch Familienkrisenintervention, dachte Magdalena. Wenn ich dafür bezahlt werden würde …

Sie wählte die Nummer von Vinz, aber wieder meldete sich nur der Anrufbeantworter.

***

Schafmann massierte sich den Nacken, dann die Schläfen.

Es geht wieder, sagte er sich. Tief atmen, dann geht es.

Er stieg aus, schloss den Vectra ab und ging über die Straße auf das Haus der Familie Schedlbauer zu.

Das Haus lag am westlichen Rand des Ortes. Nur wenige Häuser standen noch vor dem Ende der Straße. Dort begannen Felder und Wiesen, dahinter stieg der Reschberg an. Das Anwesen machte

Eindruck, allerdings nicht unbedingt einen gepflegten. Das Haus war riesig, wirkte aber düster.

Ein Tor der Doppelgarage stand offen, drinnen stand aufgebockt ein schmutzstarrendes Quad ohne Hinterräder. In der Einfahrt lag ein Bündel rostiger Moniereisen neben einem ebenfalls rostigen Zementmischer. Zwischen den Natursteinplatten vor dem Eingang spross Unkraut.

Für Schafmann sah das Ganze aus, als sei hier jemand zu sehr mit Geldverdienen beschäftigt, als dass er Zeit für seinen Wohlstand gehabt hätte.

Als er vor der Haustür stand, hörte er drinnen Musik laufen. Er kannte das Lied, der Kleine hatte es gerne gehört, als er vier gewesen war. Gerne und oft. Sehr oft sogar. Es gab ein Video dazu, in dem ein animiertes Eichhörnchen mit anderen Tieren sang und tanzte. Schafmanns bis dahin eher wohlwollendes Verhältnis zu Eichhörnchen hatte unter dem Lied arg gelitten.

Als er läutete, donnerte innen ein Big-Ben-Geläut los, und kurz drauf wurde die Musik ausgeschaltet, weiter tat sich nichts.

Schafmann stand unbehaglich vor der Tür und versuchte den Zeitraum abzuschätzen, nach dem ein erneutes Klingeln schon dringlich, aber noch nicht zudringlich war. Er fand das immer schwierig, weil dieser Zeitpunkt ja durchaus auch von der Größe des Hauses, also der bis zur Tür zurückzulegenden Entfernung, abhing.

Schafmann riss sich zusammen.

»Sie sind Polizist, Herr Schafmann«, hatte sein Therapeut gesagt. »Sie *brauchen* nicht höflich zu sein. Manchmal *sollten* die Leute sogar Angst vor Ihnen haben.«

Er hatte sich das zu Herzen genommen. So sehr, dass er einmal nach einer Festnahme eine Anzeige bekommen hatte, die allerdings im Sande verlaufen war. Tatsächlich aber musste er sich immer noch darauf konzentrieren, hart und energisch vorzugehen, denn eigentlich war er viel lieber höflich.

Er klingelte also erneut, und nun hörte er drinnen Schritte. Durch die Bleiglasscheiben der Haustür war eine Bewegung erkennbar.

»Wer ist da?«, fragte eine männliche Stimme durch die geschlossene Tür. Sie klang ängstlich.

Schafmann nannte Dienstrang und Namen. »Frau Rosemarie Schedlbauer würde ich gerne sprechen. Wer sind *Sie*?«

»Der Fonsi«, sagte die Stimme.

Schafmann zog die Brauen hoch. Die Stimme klang nach einem erwachsenen Mann, aber er sprach wie ein Achtjähriger.

»Wäre es möglich, dass Sie die Tür aufmachen?«, fragte er.

»Lieber nicht«, sagte Fonsi. »Kommen Sie wegen dem Vinz?«

»Dem Vinz?«, echote Schafmann.

»Der Vinz ist mein Bruder«, sagte Fonsi. »Mein Lieblingsbruder.«

»Was ist mit dem Vinz?«

»Der Berni ist *nicht* mein Lieblingsbruder«, sagte Fonsi.

»Und was ist mit Vinz?«

»Er ist weg.«

»Aha. Und wohin?«

»Für lange. Aber das geht keinen was an, hat die Nanni gesagt.«

»Und wer ist die Nanni?«

»Meine Schwester. Meine Lieblingsschwester. Weil, sonst hab ich keine.«

»Und die Rosemarie Schedlbauer, das ist deine Mutter?«

»Rosemarie? Nein.«

»Wer ist denn deine Mutter?«

»Wer meine Mutter ist …? Na, die Mirl.«

»Verstehe. Vielen Dank, Fonsi«, sagte Schafmann.

»Pfüati!«, rief Fonsi fröhlich. Schafmann hörte schnelle Schritte, dann begann das Eichhörnchen wieder zu singen.

Schafmann ging zu seinem Wagen zurück. Als er die Tür aufschloss, klingelte sein Handy. Es war Bärbel, seine Frau.

Die Kleine hatte Durchfall. Beim Großen in der Schule gab es schon wieder Kopfläuse. Der Kleine war mit dem Fahrrad gestürzt und hatte sich beide Knie aufgeschlagen. In der Ferienwohnung war das Klo verstopft.

Nichts Besonderes also.

»Klappt das mit dem Eishockey nachher?«, fragte Bärbel.

»Ja. Wenn nicht wieder einer in die Klamm geschmissen wird.«

»Die Keppeler Kati hat mich gefragt, ob du sie mitnehmen und in Benediktbeuern absetzen kannst.«

Schafmann verzog das Gesicht. »Muss ich sie da auch wieder abholen?«, fragte er.

»Gesagt hat die Kati nix, aber annehmen tät ich's schon«, sagte Bärbel.

Was soll's, dachte er. Würde er eben über Benediktbeuern fahren. Die zehn Minuten machten den Kohl auch nicht fett.

»Is scho recht«, sagte er.

Bärbel sagte: »Dank dir«, dann legte sie auf.

Er wollte gerade in seinen Wagen steigen, als eine schwerfällig wirkende Frau von Mitte, vielleicht Anfang fünfzig auf einem beladenen Damenrad in die Einfahrt rollte. Sie stieg mit steifen Bewegungen ab, lehnte das Rad an die Hauswand und lud drei Einkaufstaschen aus dem Korb.

»Verzeihung!«, rief Schafmann über die Straße. Die Frau sah ihn misstrauisch an. Schafmann ging zu ihr hinüber und stellte sich vor.

»Ich würde gern mit Frau Rosemarie Schedlbauer sprechen. Können Sie mir sagen, wo ich sie finde?«

»Mirl ist in München. Den ganzen Tag.« Die Frau musterte Schafmann eingehend, und er hatte den Eindruck, dass das bereits einen großen Teil ihres Intellekts forderte. Sie wirkte ein bisschen verdruckst auf Schafmann, aber trotzdem freundlich.

»Wann kommt sie wieder?«

Die Frau zuckte die Achseln. »Weiß ich nicht.«

»Ich hab nur ein paar Fragen. Sind Sie die Zugeherin?«

»Nein. Ich wohn hier.«

»Dann gehören Sie zur Familie?«

»Ich arbeite bei den Schedlbauers. Schon immer.«

»Immer?«

»Über dreißig Jahre ... pass auf Fonsi auf und alles.«

Schafmann nahm eine Visitenkarte aus der Brieftasche. »Könnten Sie die der Frau Schedlbauer geben, Frau ...?«

»Schimunek, Inge Schimunek. Wenn sie kommt, geb ich sie ihr.« Sie nahm die Karte, sah sie an und hatte offensichtlich keine Ahnung, was sie damit machen sollte. Schließlich steckte sie sie in eine der Einkaufstaschen. »Ich muss rein«, sagte sie und wies auf die Tür.

»Dann gehen Sie nur, Frau Schimunek. Frau Schedlbauer möchte mich bitte anrufen. Vielen Dank und servus«, sagte Schafmann. Er ging zu seinem Wagen und ertappte sich dabei, ein Lied zu summen.

***

Schwemmer saß bei einer Halben und einer Schinkenbrotzeit und dachte schlecht gelaunt über den Auftritt der beiden Alten auf dem Meixner-Hof nach. Die Furnierholzeinrichtung der Gaststube verbesserte seine Laune auch nicht.

Hatte der Meixner-Bauer wirklich etwas zu verbergen, oder war er einfach nur stur?

Dass der Meixner Maiche kein Freund der Polizei war, wusste Schwemmer. Irgendwann in den Fünfzigern hatte er mal ein paar Tage gesessen, nachdem eine Schlägerei mit einem der Schedlbauers für den im Hospital geendet hatte. Trotzdem hatte sein Kontrahent sich damals geweigert, gegen ihn auszusagen. Eine Art Ehrgefühl, das über die Jahrzehnte etwas gelitten hatte, wie der anonyme Anruf von dem Schedlbauer-Handy zeigte.

Schwemmer sah sich im Gastraum um. Er war allein, die Bedienung war in der Küche. Deshalb erlaubte er sich ausnahmsweise einen Anruf mit dem Handy.

Diesmal ging Burgl tatsächlich dran. Er freute sich über ihre Freude über seinen Anruf. Sie kündigte eine klare Ochsenschwanzsuppe und Nudelfleckerln für den Abend an. Schwemmer durfte noch wählen, ob es sie mit Schwarzwurzeln, Spitzkohl oder Rettich und Trüffeln geben sollte. Trüffeln müsste allerdings er mitbringen.

Schwemmer entschied sich für Spitzkohl.

»Und was für Wein?«, fragte Burgl.

»Tegernseer Spezial Spätlese«, antwortete Schwemmer. »Davon ist noch ein Tragerl im Keller.«

»Dann nehm ich den Riesling für die Suppe«, sagte Burgl.

»Auf keinen Fall«, sagte Schwemmer in Erinnerung an den Betrag, den der Krois Ferdl ihm für die beiden Flaschen abgeknöpft hatte. »Aber deshalb ruf ich gar nicht an. Du erinnerst dich doch bestimmt an den Knecht vom Meixner-Hof, den Rossmeisl Hias.«

»Den Hias … ja. Warum?«

»Wo kam der her damals?«

»Da müsst ich schon die Mutter fragen«, sagte Burgl. »Ich war ja noch ein Kind damals. Wir hatten immer Angst vor ihm, oben auf dem Hof. Obwohl er uns nie irgendwas getan hat. Aber er war uns unheimlich. Was ist mit ihm?«

»Ich hab ihn heute kennengelernt. Er ist immer noch unheimlich.«

»Den Hias kennengelernt? Wo?«

»Auf dem Hof droben.«

»Was machst du denn auf dem Meixner-Hof? Ich denk, ihr habt eine Leiche?«

Die Bedienung kam aus der Küche und blieb voll sichtbarer Neugier hinter ihrem Zapfhahn stehen.

»Da reden wir nachher drüber«, sagte Schwemmer. »Kannst du deine Mutter mal anrufen und fragen, ob sie sich erinnert?«

Burgl seufzte. »Das verschiebt das Abendessen mal eben um eine Stunde nach hinten.«

»Ich danke dir, mein Engel«, sagte Schwemmer.

»Ich will aber eine Belohnung«, sagte Burgl und legte auf.

Die Buchhäcker Elly lebte in einem Seniorenwohnheim in Murnau, und Telefonate mit ihr waren immer zeitraubend.

Schwemmer zahlte. Er ließ einen Rest in der Halben und ging hinaus.

***

Magdalena verbeugte sich ein ums andere Mal, während die japanische Familie, die gerade von ihrem Ausflug mit der Zugspitzbahn zurückgekommen war, sich bei ihr für die großartige Organisation bedankte, die darin bestanden hatte, die Tickets und ein Taxi zu besorgen.

Wäre es doch immer so einfach, dachte Magdalena gerade, als das Telefon läutete. Es war ihre Mutter.

Die Polizei war da gewesen, als sie selber grad einkaufen war. Der Schwemmer Hausl von der Kripo. Den kannte Magdalena doch, der Schwiegersohn von der Buchhäcker Elly, Oma Gundl ihrer Freundin. Und er hatte nach der Flinte gefragt. Das tat der doch nicht ohne Grund. Die müssen doch was wissen bei der Polizei. Am Ende hatte der Großvater wirklich den Mann erschossen, der Herr steh uns bei, und was passiert dann?

Der Großvater hatte ihn nicht ins Haus gelassen, den Hausl. Was hätt er auch machen sollen, den Schlüssel zum Waffenschrank hatte er ja eh nicht mehr. Aber vielleicht kam er ja wieder. Mit einem Durchsuchungsbefehl.

»Was soll denn nun werdn, Lenerl?«, fragte sie.

Aber das Lenerl wusste es auch nicht.

»Wir können jetzt gar nichts weiter tun«, sagte sie.

»Kunntn ma die Flintn ned einfach verschwindn lassn?«, fragte ihre Mutter.

»Ich denk drüber nach«, antwortete Magdalena. Dann legte sie auf.

Es kamen einige neue Gäste an, und Magdalena war eine Weile beschäftigt genug, um die Gedanken an ihre Familie zu verdrängen; aber als sie dann wieder hinter dem Empfangstresen saß, wurde das zunehmend schwierig.

Doch dann kam Kant herein, grüßte sie auf seine kühle, freundliche Art, und ihr Herz stolperte kurz.

»Ihr Anzug ist gereinigt, er hängt in Ihrem Zimmer an der Garderobe«, sagte sie so konzentriert wie möglich.

»Das ist schön.« Kant sah sie prüfend an. »Ich hoffe, es geht Ihnen gut? Ohne Ihnen nahetreten zu wollen, aber Sie wirken auf mich ein wenig … abgespannt.«

»Im Moment habe ich sehr viel um die Ohren«, sagte sie. Und dann in einem bemüht heiteren Ton: »Sie wissen nicht zufällig einen guten Rechtsanwalt für meinen Großvater?«

»Wie wäre es mit Herrn Bichlmeier?«, antwortete Kant.

»Das ist doch wohl nicht Ihr Ernst«, entfuhr es Magdalena. Sie funkelte Kant an, als habe er ihr einen unsittlichen Antrag gemacht.

»Selbstverständlich nicht«, antwortete der. »Ich bitte um Verzeihung, aber ich hatte Ihre Frage als Scherz aufgefasst.«

Magdalena schloss die Augen und stöhnte leise. »Entschuldigen Sie. Ich bin wohl tatsächlich … abgespannt.«

»Ich kann Ihnen meinen Anwalt empfehlen, aber der sitzt in Düsseldorf. Und er ist teuer. Weshalb benötigt Ihr Herr Großvater denn einen Rechtsanwalt, wenn ich das fragen darf?«

Sie zögerte, aber es siegte ihr Bedürfnis, endlich jemandem ihre Sorgen erzählen zu dürfen.

»Mögen Sie einen Drink?«, fragte sie.

Nach einem kurzen Blick auf die Uhr nickte Kant und folgte ihr an die Bar. Er legte seinen Mantel sauber zusammengefaltet auf einen der Hocker, dann bat er um einen Whisky und Wasser.

»Mein Großvater«, sagte Magdalena, »ist ein sehr, sehr sturer Mann. Mit sehr, sehr altmodischen Ansichten. Eine dieser Ansichten besagt, dass man zurückschießen darf, wenn jemand auf einen schießt.«

»Altmodische Ansichten sind ja nicht generell falsch«, sagte Kant.

Sie suchte in seiner Miene nach Anzeichen, wie ernst er die Bemerkung gemeint hatte, aber sie wurde nicht fündig.

»Er hat auf jemanden geschossen. Vorgestern Morgen. Und vorgestern Abend haben sie einen Toten aus der Klamm gezogen. Mit Schussverletzungen.«

»Verstehe ... Wer ist der Tote?«

»Das weiß man noch nicht.«

»Er ist also nicht von hier?«

»Das kann keiner sagen. Sein Gesicht muss völlig entstellt sein, stand in der Zeitung.«

Kant kniff ein wenig die Augen zusammen und sah sein Glas an. Er schien nachzudenken.

»Aber wenn das derselbe Mann war, auf den Großvater ...«, sagte Magdalena.

»Das wäre die erste Frage, die man klären müsste«, sagte Kant und sah sie ernst an. »Womit hat er denn geschossen?«

»Mit seiner Schrotflinte.«

»Welche Ladung?«

»Kaninchenschrot, sagt er. Auf dreißig Meter.«

»Na ja ... Wo ist die Flinte?«

»Ich weiß es nicht. Unser Knecht hat sie verschwinden lassen.«

»Ist der vertrauenswürdig?«

»Ja«, antwortete Magdalena spontan, und tatsächlich gab es niemanden, dem sie mehr vertraute als dem alten Hias. »Absolut«, setzte sie hinzu.

»Dann sehe ich fürs Erste keinen Anlass zur Sorge«, sagte Kant. »Selbst wenn die Flinte wieder auftaucht: Als Beweisstück ist sie nur von Belang, wenn die Polizei die Hülsen gefunden hat. Hat sie das?«

»Keine Ahnung. Aber sie waren schon auf dem Hof. Und sie haben nach der Flinte gefragt.«

»Und die ist nicht mehr da ... Ihr Großvater ist schon ziemlich alt, nicht wahr?«

»Fünfundachtzig.«

»Und sehr stur ...« Kant nickte nachdenklich. »Ich kann mir

vorstellen, dass ein Gutachter ihn im Ernstfall als nicht voll schuldfähig einstufen würde. Ich bin zwar kein Jurist, aber wirkliche Sorgen, dass Ihr Herr Großvater eingesperrt wird, brauchen Sie sich meines Erachtens momentan nicht zu machen. Aber wenn Sie möchten, gebe ich Ihnen natürlich gerne die Nummer meines Anwalts.«

»Dass sie ihn einsperren, das wäre furchtbar. Aber eigentlich hab ich viel mehr …«, Magdalena sprach sehr leise, »… viel mehr die Sorge, dass er es tatsächlich *getan* hat. Dass er *wirklich* daran schuld ist, dass der Mann tot ist, wenn Sie verstehen.«

Kant nippte an seinem Whisky. »Ja«, sagte er. »Das verstehe ich.«

»Irgendwie ist das genauso wichtig. Vielleicht sogar wichtiger.«

»Nun, man kann ohne Weiteres sagen, dass soziales Verhalten mehr von der Angst vor Scham als von der Angst vor Strafe gesteuert wird«, sagte Kant.

»Da könnten Sie recht haben.« Magdalena schenkte sich einen Grapefruitsaft ein und deutete ein Anstoßen an. »Danke, dass Sie mir zugehört haben«, sagte sie.

»Keine Ursache.«

»Ich hoffe, Sie hatten einen angenehmen Tag.«

»Er war arbeitsreich … Haben Sie etwas von Ihrem Bruder gehört?«

»Ach, der Wastl …«

Magdalena seufzte. Natürlich, *die* Baustelle gab es ja auch noch. Sie lächelte müde in ihr Saftglas, während in ihrem Hals ein Knoten wuchs, der immer härter und schmerzhafter wurde.

»Entschuldigen Sie«, stieß sie hervor und drehte sich schnell um, damit Kant nicht sah, dass ihr die Tränen in die Augen schossen. Sie zog ein Kleenex aus der Schachtel hinter der Bar und schnäuzte sich.

Kant schwieg höflich, aber sie bemerkte seinen Blick im Spiegel hinter den Flaschen. Sie fing sich und drehte sich wieder um.

»Noch einen Whisky?«

»Danke, ich habe noch.«

»Es ist alles etwas viel im Moment«, sagte sie. »Ich bin eigentlich nicht der Typ, der …« Sie brach den Satz ab.

Kant lächelte sein distanziert freundliches Lächeln. »Ich verstehe«, sagte er. »Sie erwähnten heute Mittag Schwierigkeiten, die Ihr Bruder hat. Was für Schwierigkeiten sind das?«

»Wastl muss das Geld ... diese fünfzigtausend ... bis Sonntag aufbringen. Und der Mann, dem er es schuldet, gilt als ... humorlos.«

»Ihr Bruder ist in Frankfurt, sagten Sie? Frankfurt am Main?«

»Ja.«

»Und wie heißt dieser humorlose Herr?«

»Orlowsky.«

Kants Augenbrauen hoben sich. »*Sandor* Orlowsky?«

»Das weiß ich nicht. Kennen Sie den Mann?«

»Nicht persönlich.«

»Wissen Sie etwas über ihn?«

»Nun ja, er gilt als ... humorlos.«

Kant sah lange auf seine Armbanduhr, als würde er etwas berechnen, dann schüttelte er bedauernd den Kopf.

»Ich bin untröstlich, aber ich muss mich leider verabschieden.« Er stand auf und zog seinen Mantel über.

Genau in diesem Moment flog lautstark die Eingangstür des Hotels auf, und ein vierschrötiger Mann betrat das Foyer. Er war Ende dreißig, bald eins neunzig groß und mochte an die hundertzwanzig Kilo wiegen. Nicht alles davon, aber doch eine ganze Menge, war Muskeln. Er sah sich suchend um, entdeckte Magdalena hinter der Bar und kam hereingestampft.

Magdalena wusste, dass sie den Mann kannte, aber es dauerte eine Zeit, bis ihr dämmerte, wen sie da vor sich hatte.

Berni Schedlbauer trug Arbeitsstiefel, eine grobe Cordkniebundhose voller Zementflecken und einen abgewetzten Lodenjanker. Er warf einen abschätzigen Blick auf Kant und baute sich dann vor dem Tresen auf.

»I muass mit dia redn«, sagte er laut.

»Servus, Berni«, antwortete Magdalena in der Hoffnung, Zeit zu gewinnen. Zeit nachzudenken, was dieser Klotz von ihr wollen könnte. Vier Schedlbauers an einem Tag wie heute waren etwas zu viel für das Meixner Lenerl.

Kant zog den Mantel wieder aus, wie Magdalena aus den Augenwinkeln beobachten konnte.

»I muass mit dia redn«, wiederholte Berni.

»Nicht jetzt. Und nicht hier«, sagte Magdalena, so entschieden sie konnte, was allerdings bei Weitem nicht so entschieden war, wie sie es gerne gehabt hätte.

»I geh ned wieda naus«, sagte Berni. »Ihr Meixners habts uns lang gnua auf da Nosn rumdanzt! Jetzat is Schluss! I geh ned wieda naus!«

»Bitte, Berni. Sei vernünftig. Es ist ein Gast hier.«

Berni drehte sich zu Kant. »Dann schick eam halt ausse. Wuilt doch eh geh, da Preiß.«

»Ich hätte gern noch einen von diesem Malt«, sagte Kant. »Und ein Perrier.« Genau so sorgfältig wie eben legte er seinen Mantel wieder ab und setzte sich erneut an die Bar.

»Sie müssen entschuldigen ...«, sagte Magdalena, aber Kant machte eine beschwichtigende Geste.

»Horch«, sagte Berni zu ihm, »geh hoid. Dann duad si a koana wäh.«

»Ich hätte Angst, was zu verpassen«, sagte Kant.

Berni ging auf ihn zu, und er ging näher heran, als man es schicklicherweise tat.

»An guaden Rat, weilst a Auswärtiger bist: Wenn do bei uns oaner sogt, dasst di schleicha soilst, dann schleich di hoid. Des spart vuil Ärger ... Und i sag: Schleich di.«

»Würde es Ihnen etwas ausmachen, ein wenig zurückzutreten?«, sagte Kant. »Nur ein bisschen, damit ich nicht so beengt sitze.«

Berni wich keinen Zentimeter. »I glab, du host mia ned zughört ...«

»Bitte, Herr Kant«, sagte Magdalena. »Vielleicht wäre es wirklich besser ...« Doch keiner der beiden Männer schien sie zu hören.

Kant saß auf seinem Barhocker, Berni stand dicht vor ihm.

»Wannst di jetzt ned schleichst, nachat ...« Berni ließ das Ende des Satzes drohend hängen.

Kant wandte sich an Magdalena. »Sie denken doch an meinen Malt, Frau Meixner«, sagte er freundlich.

»Na wart!« Berni hob die Hände und griff nach dem Revers seines Gegenübers.

Die Bewegung, die Kant machte, konnte Magdalena nicht genau nachvollziehen, nicht nur wegen ihrer Schnelligkeit, auch weil sie so absurd und elegant gleichzeitig anmutete.

Bernis Linke hatte es tatsächlich bis an Kants Revers geschafft. Die Rechte dagegen hatte Kant mit seiner Linken am Gelenk gepackt und nach außen gedrückt. Mit der anderen Hand hielt er gleichzeitig Bernis rechten Ellbogen fest.

Bernis Gesichtsausdruck war verwirrt, aber nicht beunruhigt.

»Wos soi jetzt des?«, fragte er.

Kant saß ihm unverrückt auf dem Barhocker gegenüber und maß ihn kühl.

»Vielleicht mögen *Sie* ja einmal auf den Rat eines *Auswärtigen* hören«, sagte er. »Bei der geringsten Bewegung Ihrerseits werde ich dafür sorgen, dass sich Ihr Ellbogengelenk in sehr viele, sehr kleine Einzelteile zerlegt. Ich muss dafür nur hier ein bisschen drücken.« Kant drückte Bernis Handgelenk nach unten, während er mit der andern Hand den Ellbogen eisern festhielt. Berni stieß einen erschreckten Schrei aus, und Kant lockerte den Druck wieder.

»Schön, dass wir uns verstehen, Herr Schedlbauer ... Er heißt doch Schedlbauer?«, fragte er Magdalena.

»Ja«, beeilte sie sich zu antworten. »Das ist ... Herr Bernhard Schedlbauer.«

»Bernhard!«, knurrte Berni höhnisch.

»Es ist recht einfach, Herr Schedlbauer: Wenn Sie ein Gespräch mit Frau Meixner führen wollen, dann empfehlen wir, vorher telefonisch einen Termin zu vereinbaren. Und falls Frau Meixner keinen Termin frei haben sollte, können Sie Ihr Anliegen gerne auch schriftlich formulieren und mit der Post senden. Ich gehe zumindest davon aus, dass Sie das können. Außerdem könnten Sie *mir* einen persönlichen Gefallen tun. Ich habe Ihrer Frau Mutter heute Morgen versprochen, über das Angebot nachzudenken, das sie mir unterbreitet hat. Bitte richten Sie ihr doch aus, dass ich nach reiflicher Überlegung zu der Entscheidung gelangt bin, das Angebot abzulehnen. Würden Sie das für mich tun?«

Berni starrte auf seinen Ellbogen und nickte.

»Das ist sehr entgegenkommend von Ihnen«, sagte Kant. »Ich werde also in wenigen Augenblicken Ihren Arm loslassen, und ich möchte Sie dringend bitten, diese Gelegenheit nicht zu irgendwelchen leichtsinnigen Manövern zu nutzen, die mich zwingen könnten, Ihnen ernsthaft wehzutun.«

In Bernis Gesicht arbeitete es. Magdalena konnte darin deutlich lesen, dass er andere Pläne hatte. Sobald dieser dünne Preiß seinen Ellbogen freigab, würden die Karten neu gemischt werden.

Kant nickte nachsichtig. »Ich habe den Eindruck, dass Sie sich nicht klarmachen, was ich mit ›ernsthaft wehtun‹ meine«, sagte er.

»Ich dachte zunächst an eine gebrochene Kniescheibe. Und wenn Sie danach nur ein klein wenig Pech haben, werden Sie zudem ein Auge verlieren.«

Zuerst schien es, als würde Berni höhnisch auflachen wollen, aber dann wanderten seine Augen zwischen seinem Handgelenk, seinem Ellbogen und Kants kühlem Blick hin und her, und letztlich entschied er sich für ein Nicken, das auch Magdalena glaubhaft erschien.

Kant ließ ihn los, und Berni machte ein paar eilige Schritte rückwärts. Als er sich halbwegs sicher fühlen konnte, blieb er stehen, wütend atmend, bis er sich wieder gefangen hatte.

»Wanns des *so* wollts, is ma a recht«, sagte er dann lautstark. »Glabts fei ned, dass de Meixners de Oanzigen san, die a Flintn dahoam ham.«

Er warf Kant noch einen Blick zu, in dem eine Mischung aus Furcht und Hass stand. Dann war er weg.

Erst jetzt bemerkte Magdalena das junge britische Ehepaar, das vorhin erst eingecheckt hatte und das am Durchgang zum Foyer stand. Die beiden sahen Berni nach, der aus der Hoteltür stürmte, dann betraten sie die Bar. Mit einem höflichen Gruß setzten sie sich an den Tresen und orderten einen Lugger und eine Bloody Mary.

»That was rather impressive, wasn't it?«, sagte die Frau zu ihrem Mann.

»Indeed, it was«, sagte er. *»But the slim chap doesn't look genuinely Bavarian, does he?«*

Kant schenkte ihnen ein höfliches Nicken. Er warf einen Blick auf seine Uhr, nahm seinen Mantel und ging mit einer entschuldigenden Geste zu Magdalena hinaus.

Sie sah ihm nach und suchte in ihren rotierenden Gedanken nach dem Rezept für einen Lugger. Gerade noch rechtzeitig, als sie mit der Bloody Mary fertig wurde, fiel es ihr wieder ein.

Das Nächste, was sie aus ihrem erschöpften Hirn kramte, war Andis Telefonnummer.

***

Dräger beschriftete sorgfältig einen weißen Aufkleber und pappte ihn auf das Plastiktütchen, in dem Schwemmer das Papiertaschentuch mit Melchior Meixners Rotz verpackt hatte. Er verstaute es in seinem Aktenkoffer, nahm seinen Notizblock heraus und blätterte ein wenig.

»Der 6er Schrot aus dem Arm des Opfers passt zu den beiden 12/70er Rottweil-Hülsen«, sagte er, als er die richtige Seite gefunden hatte. »Das Kaliber benutzt keiner, der einen umbringen will. Zumindest keinen, der größer ist als ein Fuchs … so in etwa. Man würde eher Postenschrot nehmen, wie den, den wir in dem Baum und im Gesicht des Toten gefunden haben. Stammt aus Remington-Buckshot-Patronen. Hülsen dazu haben wir leider nicht gefunden. Ob die verschiedenen Geschosse aus einer oder aus mehreren Waffen abgefeuert wurden, können wir ohne Vergleichsmöglichkeit nicht feststellen. Die Stimmgabel untersuchen wir noch einmal genauer auf DNS-Spuren.«

Er blätterte weiter in seinem Notizblock.

»Die Fußspuren, die dir aufgefallen sind, stammen von einem Bergschuh der Marke Raichle, Größe 42, wenig getragen.«

»Blöde Größe. Ein kleiner Mann, eine große Frau oder ein Jugendlicher«, sagte Schwemmer. »Bei 45 weiß man wenigstens, wo man dran ist.«

»Für mein Gefühl hast du da jedenfalls die richtige Nase gehabt. Jemand hat dort gestanden und etwas Schweres gestemmt.«

»Da kann auch ein Jäger ein Wildschwein weggetragen haben.«

»Der Jäger da wär der Meixner-Bauer. Der hat gewiss mehr als 42 an den Füßen«, sagte Dräger.

»Ein Wilderer?«, fragte Schwemmer.

»Ah geh! Wilderer!« Dräger winkte ab. »So nah an den Leuten. Da ist das Hotel gegenüber und alles. Wenn ich wildern will, geh ich weiter rauf.«

»Aha«, sagte Schwemmer.

Dräger brauchte eine Sekunde, bevor er verstand und drohend die Augen zusammenkniff.

»Ich hab mir den Hang angeschaut«, fuhr er fort. »Ich denke, man kann von dort einen Körper so werfen, dass er bis in die Klamm rutscht. Um sicherzugehen, wollte ich das mit einem Dummy nachstellen.«

Schwemmer nickte. »Mach das. Was haben die Vernehmungen im Hotel gebracht?«

»Wenig. Dort hört man so oft Schüsse aus dem Wald, das nimmt niemand mehr wahr. Ein Gast, der erst am Vortag angekommen war, meint am frühen Morgen eine Serie von vier Schüssen gehört zu haben. Die Uhrzeit kann er nicht sagen, er glaubt aber, es sei noch nicht hell gewesen. Gesehen hat jedenfalls niemand etwas.«

»Vermisstenanzeigen?«

»Sind europaweit abgefragt. Es gibt drei mögliche Treffer, die hab ich zum Abgleich an von Pollscheidt geschickt. Der hat noch nicht geantwortet.«

Schafmann kam herein und ließ sich in den Besucherstuhl fallen. Sein Blick war verkniffen. Auch wenn sein Gesicht nicht mehr so gelbgrau war wie am Mittag, wirkte er nicht glücklich.

»Alles klar?«, fragte Dräger.

»Hast du Kinder?«, fragte Schafmann.

»Weißt du doch«, antwortete Dräger.

»Schwemmer hat keine, aber *du* kannst mich bestimmt verstehen …« Schafmann sah Dräger mitleidheischend an. »Ich habe ein Lied im Kopf, und ich krieg's nicht los. Das Lied von dem Eichhörnchen.«

»Oh«, sagte Dräger. »Das ›Lulalulalupsa‹-Lied.«

»Genau.« Schafmann summte eine sehr, sehr einfache Melodie.

Dräger summte ein bisschen mit. »Das ist bitter«, sagte er dann verständnisvoll.

Schwemmer sah die beiden an, als hätten sie gerade chinesisch geredet. »Lulalulalupsa-Eichhörnchen?«, fragte er.

»Brauchst nicht so schaun«, sagte Dräger. »Es gibt halt auch Dinge, die du *nicht* verstehst. Ich hoffe nur, der Kollege Schafmann steckt mich damit nicht an. Das kann Tage dauern, bis so was wieder aus dem Schädel ist.«

»Eichhörnchen«, sagte Schafmann, »sind eine völlig zu Unrecht positiv bewertete Spezies. Mit was schießt man die?«

»Am besten mit Sauposten, jedenfalls die singenden. Da bleibt nur der Schwanz über«, sagte Dräger, und so langsam wurde Schwemmer klar, dass die beiden ihn auf den Arm nahmen.

***

»Also«, sagte Burgl. Sie war damit beschäftigt, das Fleisch der Ochsenschwanzstücke von den Knochen zu lösen, was Konzentration erforderte, worunter ihre Erzählung leiden würde. Aber Schwemmer gestand sich ein, dass ihm das momentan völlig egal war. Der Duft des Suds erfüllte die Küche und ließ ihm das Wasser im Mund zusammenlaufen.

Im Wortsinn.

Er trat lässig an seine Frau heran, umfing ihre Hüften und küsste ihr den Nacken.

»Das dauert *schon* noch«, sagte Burgl, während Schwemmer versuchte, ein Stück des abgelösten Fleischs vom Brett zu stehlen. Er erwischte eins, und es gelang ihm auch, dem Hieb mit dem Messerrücken auszuweichen, der auf seine Hand zielte.

»Nun erzähl«, sagte er mit vollem Mund. »Was war mit dem Rossmeisl Hias?«

»Meinst wirklich, ein Bier passt?«, fragte Burgl, und sie stürzte Schwemmer damit in Selbstzweifel.

Natürlich hatte er geglaubt, dass ein Bier passte, aber bei seiner voreiligen Festlegung auf Tegernseer Spezial hatte er seine *eigenen* Rezepte für Nudelfleckerl und Ochsenschwanzsuppe im Kopf gehabt. Er selbst hatte Ochsenschwanzsuppe erst ein Mal gekocht, und die war auch nicht klar gewesen, sondern völlig undurchsichtig und sollte als Grundlage dienen für ein anständiges Besäufnis anlässlich seines Fünfundvierzigsten. Diese Aufgabe hatte die Suppe auch anstandslos erfüllt; Schwemmer waren zumindest keine Klagen zu Ohren gekommen.

Und jetzt dieser Duft.

Er murmelte etwas und verließ unauffällig die Küche.

»Also Mutter erzählt, der Hias wär damals …«, hörte er Burgl noch sagen.

Er ging in den Keller hinunter und fluchte innerlich vor sich hin. Die Wahl war ganz einfach: Ins Auto steigen und zum Supermarkt an der Hauptstraße fahren, dort eine unsichere Wette auf einen mittelmäßigen Wein eingehen oder eben die drittletzte Flasche Comtesse de Lalande aus dem Keller holen.

Er nahm eine der Flaschen aus dem Regal, wickelte sie aus dem weißen Pergamentpapier und sah sie nachdenklich an. Der weiche volle Geschmack des Bordeaux stieg aus seiner Erinnerung auf, und wenige Sekunden später schon war es das unabwendbare Schicksal dieser Flasche, gemeinsam mit Burgls Ochsenschwanzsuppe das Zeitliche zu segnen.

Diese Entscheidung zu treffen fiel leicht.

Weniger leicht tat Schwemmer sich mit der Erkenntnis, dass er selbst noch nicht übermäßig viele Gerichte zubereitet hatte, die ihm diese Entscheidung so leicht gemacht hatten.

Eigentlich waren es nicht nur nicht viele. Es waren, streng genommen, nicht einmal wenige.

Es war genau eines.

Kaninchenrückenfilet, dachte er. Meine Kaninchenrückenfilets. Dazu passt der Comtesse auch. Wenn ich sie nicht zu exotisch würze. Und gutes Fleisch brauch ich, das ist das Allerwichtigste, ein wirklich schönes Stück Fleisch.

Schade, dass der Meixner-Bauer nicht mehr jagt, dachte er grimmig. Kaninchen haben keine Schonzeit. Vielleicht hätte er noch eines aus der letzten Woche dagehabt, wenn er ihn nur gefragt hätte.

Er nahm die Flasche und trug sie mit angemessenem Respekt die Treppe hoch ins Esszimmer, wo er sie entkorkte und auf dem Tisch stehen ließ.

»Und das hab ich auch nicht gwusst«, hörte er seine Frau in der Küche sagen. »Eigentlich unvorstellbar. Wer würd dem Hias heut so was zutraun … Ich denk, jetzt kannst den Tisch decken. Teller sind im Backofen.«

»Wirklich kaum zu glauben«, sagte Schwemmer. »Das musst du mir gleich noch mal erzählen.«

Er griff sich die Topflappen und holte das heiße Geschirr aus dem Backofen. Burgls misstrauischen Blick ignorierte er, denn er wusste, dass spätestens der Anblick des Bordeaux ihn vertreiben würde.

***

Magdalena lag auf ihrem Bett. Als sie sich hinlegte, hatte sie noch nicht gefroren. Oder sie hatte es nicht gemerkt. Doch dann hatte sich dieses Frieren angeschlichen, das stets zunächst unbemerkt kommt, meist wenn man sich der Erschöpfung hingeben möchte, einfach irgendwo liegen und sich erholen will, aber die Anspannung ist so stark, dass der Körper sich nicht gegen die Kälte wehren kann, und es ist keine Decke in der Nähe, unter der man wieder warm würde, und dann friert man eben so lange, bis man es nicht mehr aushält und sich hinsetzt und sich nach einer Wärmflasche sehnt, die einem aber keiner macht.

Irgendwann stand sie auf und stellte sich unter die Dusche. Deshalb hörte sie ihr Handy nicht klingeln. Das ersparte ihr einen Anruf ihres Bruders, der ihr nichts Neues erzählt hätte, zumindest nichts Positives, und einen von Gernot Lörracher, der sich für den nächsten Morgen krankmeldete, was für Magdalena eine zusätzliche Frühschicht bedeutete.

Ganz ohne Absicht sah sie nach dem Duschen nicht mehr aufs Display. Sie war ganz einfach müde, legte sich ins Bett und schlief. Ein paar Träume jagten sie durch die Nacht, doch sie schlief, bis Andis Anruf sie weckte.

Und da war es schon fast acht.

VIER

Schafmann hatte den Wagen in der Von-Brug-Straße abgestellt, und wie er gehofft hatte, war sein Chef ausgestiegen und wortlos hinter ihm hergetrottet. Erst nach hundert Metern war Schwemmer aufgefallen, dass sie offenbar nicht so nah am »Lenas« geparkt hatten, wie es möglich gewesen wäre.

Schwemmer maulte etwas Undeutliches, und Schafmann benutzte das Zauberwort.

»Kaffee?«, fragte er.

»Aber sofort«, antwortete Schwemmer.

Dank Schafmanns strategischer Planung befanden sie sich bereits in der Fußgängerzone, wenige Schritte entfernt von einer modernen Kaffeebar. Schafmann platzierte Schwemmer auf einer der hohen Bänke, die der nur sehr widerwillig mit Hilfe eines der hohen Fußhocker bestieg, von denen zwei unter jedem der Tische standen.

Schafmann bestellte an der Theke, zahlte und balancierte das Tablett zum Tisch. Schwemmer griff nach der Schale mit dem Kaffee und sah Schafmann fassungslos an, als er keinen Henkel fand.

»Wie soll ich das denn trinken?«, fragte er.

»Die Franzosen nennen das *bol*. Man nimmt es in beide Hände.«

»In beide Hände? Das ist brühend heiß! Der Franzos kippt da Milch rein, bis er's anfassen kann. Aber das hier ist Kaffee! Der *muss* heiß sein!«

Schafmann ging zur Theke und besorgte ein paar Servietten.

»Pack's halt mit denen an.«

»Glump«, murmelte Schwemmer, aber er griff nach den Servietten und hob damit das Haferl an den Mund. Einige der Falten auf seiner Stirn verschwanden, während er trank.

Schafmann genoss das Schweigen in den Momenten, die sein Chef brauchte, um langsam zu Kräften zu kommen. Zu den Kräften, die er unbedingt haben musste, um Schafmanns Chef zu sein.

Schwemmer sah auf Schafmanns Glas und beendete das Schweigen.

»Was ist *das* denn?«, fragte er.

»Latte«, sagte Schafmann. »Lebkuchen-Latte.«

Schwemmer wandte sich seinem Haferl zu und trank. Nach ein paar Sekunden fragte er: »Was hast du gerade gesagt?«

»Lebkuchen-Latte«, antwortete Schafmann geduldig.

Schwemmers Blick wurde ungläubig. *»Lebkuchen-Latte?«*

»Latte macchiato halt, mit Lebkuchengeschmack.«

Schwemmer schüttelte den Kopf, aber dann machte sich ein Grinsen auf seinem Gesicht breit, und er begann zu lachen.

»*So* lustig ist das nun auch wieder nicht«, sagte Schafmann.

Schwemmer lachte weiter leise vor sich hin. Er stellte sich vor, wie die Blue Supporters im Stadion »Guantanamera« sangen mit dem Text: »Lebkuchen-Latte, ihr habt 'ne …«

Schafmann nippte verdrossen an seinem Glas. Er hasste es, wenn man über ihn lachte und er nicht wusste, wieso.

Aber es war Schwemmer. Und immerhin lachte er überhaupt um diese Uhrzeit.

»Ich muss heute etwas früher nach Hause«, sagte Schafmann.

»Geht's wieder nach Tölz?«

»Schön wär's. Ich muss mit dem Wagen in die Werkstatt.«

»Was hat er denn?«

»Wildunfall. Gestern auf dem Heimweg. Mir ist ein Wildschwein vor den Wagen gelaufen. Im Steinbacher Hölzl, an der Brücke.«

»Und?«

»Nur Blechschaden.«

»Und das Schwein?«

»Das ist hin.«

»Hast es mitgenommen?«

Schafmann tippte sich leicht an die Stirn. »Ich hatt einen weinenden Jungen im Auto und eine hysterische Nachbarin am Handy, die unbedingt sofort in Benediktbeuern abgeholt werden musste. Da lad ich mir grad noch einen toten Keiler in den Kofferraum. Den hab ich schön den Förster wegräumen lassen. Hat mir eh gereicht, der Ärger. Stehst da bis elfe im Regen auf der Landstraße rum …«

Schwemmer ging in Gedanken seinen eigenen Feierabend durch. Er fand nichts daran auszusetzen und beglückwünschte sich. Zuerst wegen des Feierabends, dann noch einmal wegen der gelungenen Auswahl des Weins und der Ehefrau.

»Ich hab gestern ein paar interessante Geschichten gehört«, sagte er. »Über den Rossmeisl Hias, den Knecht vom Meixner. Kennst den?«

»Nicht dass ich wüsst.«

»Seit über vierzig Jahren ist der droben auf dem Hof. Hat sich nix zuschulden kommen lassen seitdem. Aber vorher hat er gesessen. Beim Franzosen.«

»Wegen was?«

»Es gibt nur Gerüchte. Ich hab die Fuchs auf Aktensuche geschickt, aber ich glaub kaum, dass da viel zu finden ist. Sicher ist nur: Er war Fremdenlegionär. Dann kannst du dir die Gerüchte schon vorstellen. Die Meixner Gundl hat meiner Schwiegermutter damals erzählt, der Hias hätte in Afrika einen Vorgesetzten niedergeschossen, weil der einen Kameraden geschlagen hätt. Aber *wo* in Afrika und was weiter passiert ist, hat der Hias angeblich nie erzählt.«

»Und warum?«

»Warum was?«

»Warum interessiert dich das? Das ist über vierzig Jahre her.«

»Ich hab einen Toten. Also guck ich mich um. Der Mann hat schon auf Menschen geschossen. Und du weißt, dass man damit eine Grenze überschreitet. Und sonst haben wir keinen in der Nähe, von dem wir das wüssten.«

Schafmann nickte. »Schon recht. Kann kein Fehler sein.«

»Und noch was«, sagte Schwemmer. »Dem Meixner seine Flinte, die ist wirklich weg – da bin ich ziemlich sicher. Aber der Maiche hat die nie im Leben in die Klamm geworfen. Nie im Leben. Die hat entweder der Hias entsorgt oder das Lenerl.«

»Oder beide«, sagte Schafmann.

»Oder beide«, bestätigte Schwemmer. Er trank sein Kaffeehaferl leer und nickte entschlossen. »Auf geht's«, sagte er.

***

Magdalena hatte sich einen Becher Tee mit an den Empfangstresen genommen. Sie beschloss, dass es keinen Grund zu Ärger darüber gab, dass sie Gernots Krankmeldung gestern Abend verpasst hatte. Sie hätte wahrscheinlich nur schlechter geschlafen. Zwar fühlte sie sich gestärkt durch den Schlaf, andererseits war sie noch nicht ganz wach, und ein paar Stunden mehr hätten es ausnahmsweise auch mal sein dürfen. Aber für Routine würde es reichen.

Sie wickelte ein paar Check-outs ab, darunter die Proktologin, die unausgesprochen, aber doch offensichtlich Magdalena für ihre Magenverstimmung verantwortlich machte.

Dann wird's im »Lenas« wohl doch keine Tagung von Arschärzten geben, dachte sie. Dass dieser Gedanke ihre Laune hob, machte ihr klar, dass sie ihre nötige Mindestform noch nicht erreicht hatte.

Sie versorgte den japanischen Familienvater mit seiner Zeitung. Sie grüßte die beiden Amerikaner freundlich, die gerade die Treppe herunterkamen. Sie fragte das britische Paar nach ihren Frühstückswünschen.

Alles sah nach einem ganz normaler Morgen aus, bis Kriminalhauptkommissar Schwemmer und sein Mitarbeiter das Foyer betraten und um eine Unterredung baten.

Sie kannte den Schwemmer Hausl als den Mann von der Burgl. Sie selbst hatte bisher nicht mehr als ein paar höfliche Sätze mit ihm gewechselt. Persönlich war er ihr durchaus sympathisch, aber nun war er dienstlich hier.

Und sie hatte einfach keine Zeit.

»Hausl … Herr Kommissar, du siehst, was los ist, oder? Ich muss servieren. Können wir das nicht verschieben?«

Der Hausl sah seinen Kollegen an. Der schüttelte den Kopf.

»Ich will keinen offiziellen Termin draus machen, Lenerl«, sagte Schwemmer. »Deshalb wär's schön, wennst des irgendwie einrichten könntest.«

»Gibst mir denn ein paar Minuten? Ihr bekommt auch einen Kaffee.«

»Siehst, so kann man sich doch einigen«, sagte Schwemmer freundlich. »Ich nehm einen großen Kaffee und der Kollege Schafmann eine Lebkuchen-Latte.«

»Gut. Dann nehmt doch dort Platz«, sagte Magdalena und wies auf den kleinen Tisch im Foyer.

Sie wusste nicht, warum der Schwemmer Hausl sie so verblüfft ansah.

»Ist was nicht in Ordnung?«, fragte sie irritiert.

»Nein, nein … es ist nur … ihr habt tatsächlich Lebkuchen-Latte?«

»Natürlich. Wieso?«

Der Kommissar machte eine undeutliche Geste und wandte sich dem Tisch zu. Das unterdrückte Grinsen seines Kollegen verwirrte Magdalena zusätzlich. Von der Küchendurchreiche kam ein energisches, doppeltes »Ping«, und Magdalena entschuldigte sich mit einem Nicken.

Kant kam die Treppe herab. Er grüßte sie freundlich und warf einen beiläufigen Blick auf die beiden Polizisten. Dann nahm er die F.A.Z. aus dem Zeitschriftenständer und ging in den Frühstücksraum.

Magdalena servierte das »Englische Frühstück« für das britische Paar, dann trat sie an Kants Tisch.

»Ich habe mich noch gar nicht bedanken können für Ihre Hilfe gestern Abend«, sagte sie.

Kant wiegte den Kopf. »Warten Sie noch damit. Ich hoffe, dass sich mein Eingreifen nicht nachträglich als Fehler erweist. Drohungen können sinnvoll sein, aber nur wenn der andere sie auch versteht. Und mit dem Auffassungsvermögen des Herrn Schedlbauer scheint es mir nicht weit her zu sein.«

»Nicht allzu weit, nein«, sagte Magdalena.

»Sehen Sie? Dumme Feinde sind unangenehm, weil sie eben dumme Dinge tun, mit denen man nicht rechnet. Gewinnen können sie so nicht, aber oft wird unnötiger Schaden angerichtet ... Ich nehme Tee heute, Darjeeling, ein Croissant, Honig, Roggenbrot, rohen Schinken, zwei weiche Eier und vielleicht eine Scheibe Lachs ... oder haben Sie geräucherte Forelle?«

»Haben wir.«

»Schön.« Er senkte seinen Blick auf die Zeitung. »Es ist überraschend oft Polizei in Ihrem Hotel«, sagte er leise. »Ich hoffe, die beiden Herrschaften im Foyer sind wegen des Zechprellers hier.«

»Wie meinen Sie das?«

»Nun, sie könnten auch wegen des gestrigen Zwischenfalls hier sein. Oder wegen Ihres Großvaters. Sogar wegen Ihres Bruders.«

Magdalena zuckte innerlich zusammen. An Wastl hatte sie nicht gedacht. »Ich weiß noch nicht, was sie wollen.«

»Ehrlich gesagt glaube ich nicht, dass sie wegen des Zechprellers da sind. Wahrscheinlich ist Ihr Herr Großvater der Grund.« Kant hob den Blick wieder und schenkte ihr sein undurchdringliches Lächeln. »Wie auch immer: Ruhe bewahren ist das Allerwichtigste«, sagte er.

Magdalena nickte. Sie gab an der Küchendurchreiche Kants Bestellung auf, zusammen mit der Bitte an Phong, sie im Service zu vertreten.

Dann ging sie ins Foyer.

***

»Was hältst du von dem?«, fragte Schwemmer. Der Mann, mit dem Lenerl im St. Benoît gewesen war, hatte gerade eine Zeitung aus dem Ständer genommen und betrat den Frühstücksraum.

»Im Gehrock zum Frühstück«, sagte Schafmann. »Darf man das überhaupt?«

»Dies ist ein freies Land«, sagte Schwemmer.

»Ich meinte: in den Kreisen, in denen man Gehrock trägt.«

»Ich habe nicht die geringste Ahnung«, sagte Schwemmer. »Fällt dir sonst nichts auf an dem Kerl?«

Schafmann sah dem Mann mit gekräuselter Stirn nach, bis er im Frühstücksraum aus seinem Blickfeld geriet.

»Mit dem hat man kein leichtes Spiel«, sagte er dann.

»Wobei?«

»Wobei auch immer.«

»Hast du gesehen, wie er uns angeguckt hat, als er die Treppe runterkam?«, fragte Schwemmer. »Mit diesem ›Dahinten sitzen die Bullen, aber ich tu so, als würd ich's nicht merken‹-Blick.«

»Aber er wirkte nicht, als hätte er ein schlechtes Gewissen«, sagte Schafmann.

Aus der Küche kam ein Asiate in einer blütenweißen Schürze und servierte mit freundlicher Verbeugung die Getränke.

Schwemmer freute sich über den Henkel an seinem Kaffeebecher. Er nahm einen Schluck und genoss den Geschmack – irgendein exotisches Gewürz war darin, und es schmeckte entschieden gut; jetzt, so am fortgeschrittenen Morgen. Direkt nach dem Aufstehen wäre es ihm wohl generell eher nicht recht gewesen.

Entspannt lehnte er sich in dem kleinen Sessel zurück.

Schafmann reckte den Kopf, um einen Blick in den Frühstücksraum auf den Mann im Gehrock zu werfen. »Meinst du, der trägt eine Waffe?«, fragte er.

»Ja.«

»Vielleicht erfahren wir ja von Frau Meixner was über den Mann.«

»Glaub ich nicht ...« Schwemmer nippte an seinem Kaffee und versuchte, Schafmanns Latte zu ignorieren, was Schafmann deutlich auffiel.

»Ich hab mal ins Melderegister geschaut«, sagte er. »Alfons – also der Fonsi – ist der älteste von den drei Schedlbauer-Brüdern, vierzig ist er jetzt. Füchschen ... Frau Fuchs«, korrigierte er sich schnell, »kennt ihn schon lange. Stark zurückgeblieben, hat aber eine Statur wie ein Bär. Ihre Schwester hat früher in der Psychiatrie im Klinikum gearbeitet. Da war er wohl ein paarmal, wenn sie es zu Hause mit ihm nicht mehr geschafft haben. Wenn er seine Medikamente kriegt, ist er harmlos.«

»Und wenn nicht?«

»Dann nicht.«

Schwemmer sah sich im Foyer um. Die Farbe des Marmorbodens gefiel ihm. Ein nicht zu dunkles Grau, durchzogen von gelblichen Masern. In Verbindung mit den modernen Messingbeschlägen, den großen, ziselierten Kugellampen und dem Teakholztresen gab das alles dem Raum eine bemerkenswerte Atmosphäre; eine Mischung aus Stil und Gemütlichkeit.

Magdalena kam aus dem Frühstücksraum. Sie gab an der Küchendurchreiche eine Bestellung auf, dann sah sie zu ihnen und bat sie in ihr Büro.

»Büro« war ein großes Wort für den kleinen Raum, dessen Spartanik in sehr augenfälligem Gegensatz zum Ambiente des Foyers stand.

Neben dem schwer beladenen, aber wohlgeordneten Schreibtisch gab es Platz für einen Druckertisch und zwei Ikea-Hocker. Licht kam durch ein kleines Kippfenster oben an der Stirnwand.

»Ich hab grad keinen andern Raum frei«, sagte Magdalena mit einer entschuldigenden Geste.

Sie setzte sich auf den Schreibtischstuhl und bot ihnen die Hocker an. Schwemmer und Schafmann nahmen Platz.

»Wegen dem Zechpreller kommt ihr wohl nicht«, sagte sie.

»Nein. Von dem gibt es leider nichts Neues«, sagte Schwemmer. Er fühlte sich auf dem falschen Fuß erwischt.

»Den kriegen wir schon noch«, beeilte sich Schafmann beizusteuern.

»Den Kerl schenk ich euch. Ich hätt lieber mein Geld.«

»Da kann ich Ihnen keine Hoffnung machen«, sagte Schafmann förmlich.

»Du warst droben, gestern, hat mir die Mutter erzählt«, sagte Magdalena zu Schwemmer.

»Das stimmt. Hast von dem Toten in der Klamm gehört?«

»Freilich. Den hat einer erschossen, heißt's.«

»Wir suchen nach der Waffe«, sagte Schwemmer.

»Hier?«

»Lenerl, sei nicht albern«, sagte Schwemmer. »Du weißt, dass wir die Flinte vom Maiche suchen.«

»Er hat sie in die Klamm geworfen.«

»Warum?«, fragte Schafmann.

Sie zögerte. »Weil er ... weil er nicht mehr recht schauen kann. Er trifft nimmer.«

»Und da wirft er dann die Flinte einfach in die Klamm. Na ja«, sagte Schwemmer.

Magdalena zuckte die Schultern und sah zu Boden.

»Hat er das erzählt, oder haben Sie es gesehen?«, fragte Schafmann. Er zog die Rolle des bösen Cop durch. Ich bin ja gern höflich, sagte er sich bei diesen Anlässen, aber verarschen lass ich mich deshalb noch lange nicht.

»Ich hab's gesehen ... aus der Ferne.«

»Ferne? Was bedeutet das genau?«

»Nun ... er stand am Rand und ich weiter oben ...«

»Also dein Großvater stand am Rand der Klamm«, mischte Schwemmer sich wieder ein. »Und du?«

»Weiter oben.«

»Und wo ungefähr war das, sagen wir mal, im Vergleich zur Eisernen Brücke? Oberhalb? Unterhalb?«

»Oberhalb.«

»Und es war auf eurer Seite? In Maiches Wald?«

Magdalena nickte.

»Gehen Sie öfter mit Ihrem Großvater zur Jagd?«, fragte Schafmann.

»Ab und an ...«

»Wann genau war das, als er die Flinte wegwarf?«

»Ich ... weiß nicht.«

»Wieso nicht?«

»Weiß nicht.«

»Frau Meixner, das muss doch ein einschneidender Moment gewesen sein. Für Sie beide. Daran können Sie sich nicht erinnern?«

»Vor ein paar Tagen halt.«

»Samstag?«

»Ja … ja, Samstag kann sein.«

»Oder doch Dienstag?«

»Ich weiß es wirklich nicht.«

»Welche Schuhgröße haben Sie?«

»Wie bitte?« Magdalenas Blick ging von Schafmann zu Schwemmer.

Schwemmer lächelte begütigend. »Eine einfache Frage, Lenerl.«

»41«, sagte sie.

»Eher knapp oder eher reichlich?«, fragte Schafmann.

»Mit dicken Socken 42. Warum?«

»Mal eine andere Frage, Lenerl«, sagte Schwemmer. »Gibt es eigentlich wieder Ärger zwischen euch und den Schedlbauers?«

»Wie kommst du darauf?«

»Der Maiche erzählte, er hätt den Berni Schedlbauer in euerm Wald getroffen.«

»Ja und?«

»Sonst war nix?«

»Was soll gewesen sein?«

»Weißt, dass jemand den Maiche beschuldigt, den Mann erschossen zu haben?«

»Wer?«

»Anonym«, sagte Schafmann.

»Ich weiß von nix«, sagte Magdalena.

Schwemmer und Schafmann tauschten einen schnellen Blick. Schafmann deutete mit einer kleinen Kopfbewegung zur Tür.

»Eins noch, Lenerl.« Schwemmer lächelte, aber sie sah ihn nicht an. »Du hast da einen Gast. So einen eleganten Herrn, er kam eben zum Frühstück, als wir da beim Kaffee saßen. Kannst du mir etwas über den sagen?«

»Ich red nicht über meine Gäste«, sagte Magdalena.

»Wir können ihn natürlich auch selbst fragen. Aber wir dachten, das macht keinen guten Eindruck, in Ihrem Frühstücksraum«, sagte Schafmann.

Magdalena sah zur Decke und kniff die Lippen zusammen. Schwemmer wusste: Sie würde ihnen nur sagen, was sie ohnehin herausbekämen.

»Er hat sich als Jo Kant aus Düsseldorf angemeldet. Er ist seit drei Tagen da und fährt einen Maserati. Er hat mir erzählt, er arbeitet als Berater. Punkt.«

»Und er isst gern gut«, sagte Schwemmer.

»Du auch, oder?«, konterte sie.

Schwemmer griff also zu einem etwas größeren Kaliber.

»Glaubst du, er hat einen Waffenschein für die Pistole, die er unter der Schulter trägt?«, fragte er.

»Pistole?« Magdalena starrte ihn ehrlich überrascht an.

»Vielleicht können Sie uns einen kleinen Gefallen tun, Frau Meixner«, sagte Schafmann konziliant. »Wenn dieser Herr Kant etwas Auffälliges oder Ungewöhnliches unternimmt oder wenn Ihnen in seinem Zimmer etwas auffallen sollte, würden Sie uns dann kurz informieren? Ganz informell.«

»Was sollte mir denn auffallen?«

»Was auch immer …« Schafmann reichte ihr seine Karte. Magdalena nahm sie und nickte.

»Danke, Frau Meixner«, sagte Schafmann und stand auf.

Schwemmer tat es ihm nach. »Pfüati, Lenerl«, sagte er und reichte ihr die Hand.

Magdalena schüttelte sie, aber es wirkte widerwillig, und Schwemmer versuchte, die Stimmung ein wenig zu entspannen. »Wie geht's eigentlich dem Wastl?«, fragte er. »Den hab ich seit Jahren nicht gesehen. Studiert der noch?«

Aber Magdalena antwortete wieder nur mit einem Nicken. Schwemmer hatte das Gefühl, ihre Hand zittere in seiner. Er bedeutete Schafmann mit einem Blick, sie allein zu lassen.

»Was ist los, Lenerl?«, fragte er, als Schafmann aus der Tür war.

Sie zog die Nase hoch und sagte: »Nix.«

»Vielleicht kann ich dir ja helfen …«

Aber sie schüttelte nur den Kopf.

Schwemmer überzeugte sich mit einem kurzen Blick, dass Schafmann die Tür geschlossen hatte.

»Hör zu, Lenerl. Was ich dir jetzt sage, darf ich eigentlich nicht«, sagte er leise. »Wir werden wohl um offizielle Vernehmungen nicht herumkommen. Passt auf, dass ihr euch dabei nicht um Kopf und Kragen redet. Habt ihr einen Anwalt?«

»Nein …«

»Vielleicht kümmert ihr euch mal drum.« Er drückte ihr sanft die Schulter. »Und pass auf dich auf.«

Dann ging er hinaus. Er zog die Tür zu und blieb einen Moment lauschend davor stehen.

Er hörte Magdalena fluchen. Verdrossen zog er die Schultern hoch, dann folgte er Schafmann, der das Hotel schon verlassen hatte.

Der Kollege stand auf der anderen Straßenseite und telefonierte. Als Schwemmer die Straße überqueren wollte, stoppte er ab, da ein schwarzer Maserati Quattroporte aus der Einfahrt des Hotelparkplatzes bog. Jo Kant am Steuer trug eine sehr dunkle Sonnenbrille. Er hielt vorschriftsmäßig und winkte Schwemmer über die Straße. Schwemmer ärgerte sich ein bisschen über sich selbst, als er sich dafür bedankte. Hinter ihm fuhr der Wagen mit einem beeindruckenden Röhren davon.

Als er Schafmann erreichte, klappte der gerade sein Handy zu.

»Klingt toll, der Motor«, sagte er.

»V8«, sagte Schwemmer. »Ein wunderbares Geräusch. Passt in die Zeit. Zwanzig Liter auf hundert, aber locker … Und? Was sagt deine Frau? Chor oder Eishockei?«

»Das war nicht meine Frau, das war meine Freundin«, entgegnete Schafmann.

»Huh! Dreimal die Woche nach Tölz und dann noch Zeit für so was? Respekt!« Schwemmer zog anerkennend die Brauen hoch.

»So was mach ich doch nebenbei. Während der Arbeit.« Mit dem Zeigefinger zog Schafmann ein Augenlid nach unten. »Das war Frau Fuchs.«

»Was ist passiert, dass du sie wieder siezt?«, fragte Schwemmer.

»Das mach ich nur, wenn du in der Nähe bist.«

»Gott sei Dank. Für einen Augenblick wollte ich mir Sorgen machen.«

»Sorgen worüber?«

»Dass sich in Garmisch Fuchs und Schaf gute Nacht sagen.«

Schafmann suchte nach einer passenden Antwort, aber nach ein paar Sekunden gab er auf.

»Gib's zu: Der war gut«, sagte Schwemmer.

»Na ja. Ganz okay …« Schafmann verzog den Mund. »Also: Ergebnis Kennzeichenabfrage des Maserati: Firmenwagen der JK Financial and Security Consultants GmbH et cetera, Düsseldorf.«

»Gehört wem?«

»Wir arbeiten dran.«

»Wir?

»Die Firma Fuchs und Schaf GmbH et cetera«, sagte Schafmann und stapfte los in Richtung Auto.

Schwemmer ging neben ihm her. Anders, als seine Scherze hätten vermuten lassen, war seine Laune überhaupt nicht gut. Er versuchte nur, es sich nicht anmerken zu lassen.

»Was war das mit der Meixnerin grad?«, fragte Schafmann.

»Sie lügt. Die haben dem Alten die Flinte weggenommen, nachdem sie das von dem Toten in der Zeitung gelesen hatten.«

»Das heißt, seine eigenen Leute trauen ihm zu, dass er auf den Mann schießt.«

»Und sie schützen ihn.«

»Die Schuhgröße passt auch.«

»Das macht mir fast die meisten Sorgen. Der Alte hat geschossen. Der Mann stirbt, wir wissen nicht, wie, aber tot ist er allemal. Warum sollns dann nur das Gewehr in die Klamm werfen? Wenn der Großvater in so was drinsteckt … und der Bauer, bei dem du seit vierzig Jahren im Brot bist? Dann schießt einer dem Kerl ins Gesicht, damit ihn keiner erkennt, und die andere schmeißt ihn in die Partnach.«

»Und wieso macht dir das Sorgen?«

»Was meinst, was ich von meiner Schwiegermutter zu hören krieg, wenn die rausbekommt, dass ich einen vom Meixner-Hof verdächtige? Die war schon wegen der Fragen nach dem Knecht misstrauisch.«

Sie kamen an der Kaffeebar in der Fußgängerzone vorbei, und Schafmann war froh, dass Schwemmer keinen erneuten Stopp einforderte.

»Wenn alles so gewesen wär, meinst nicht, dass die Meixners ihre Aussagen dann ein bisserl besser aufeinander abgestimmt hätten?«, fragte Schafmann.

»Als ich noch in Ingolstadt war«, antwortete Schwemmer, und

Schafmann verzog das Gesicht, »da hat mal eine Studienrätin einen Kleinkriminellen beauftragt, gegen Bezahlung ihren Ehemann umzubringen. Der hat dann Angst vor der eigenen Courage gekriegt und bei uns ausgepackt. *Sie* hat natürlich alles abgestritten.«

»Und?«, fragte Schafmann ergeben.

»Weißt, wie wir ihr's nachgewiesen haben?«

»Nein.«

»Die hatte einen schriftlichen Vertrag mit dem Mann gemacht. Der lag in ihrer Schreibtischschublade. Von ihr unterschrieben.«

»Ah geh!«, sagte Schafmann.

»Wahre Geschichte. Man kann sich nicht darauf verlassen, dass Verbrecher schlau handeln.«

Sie erreichten den Wagen. Schwemmer ging zielstrebig zur Fahrertür und stieg ein.

»Wohin fahren wir jetzt?«, fragte Schafmann.

»Wir haben einen Termin in Murnau. Büro SIS.« Schwemmer startete und fuhr los.

»Einen Termin?«

»Manchmal arbeitet dein Füchschen auch für mich. Ich hoffe, das ist in Ordnung für dich.«

Schwemmer fuhr los.

»Der Mann wird angeschossen«, sagte Schafmann, als sie gerade unter der Bahn herfuhren. »Er bricht sich das Bein, stirbt. Das kann ein ganz einfacher Jagdunfall gewesen sein.«

»Dann hätte aber niemand einen Grund, so einen Aufwand zu betreiben. So was meldet man der Versicherung.«

Schafmanns Handy klingelte, er meldete sich.

»Kannst du das wiederholen?«, fragte er, nachdem er zehn Sekunden zugehört hatte.

»Das muss ich mir notieren«, sagte er dann. Er zog seinen Block aus der Tasche und schrieb.

»Danke dir«, sagte er dann und klappte das Handy zu. »Also der Name von diesem Herrn Kant stimmt … fast.«

»Fast? Was soll das heißen?«

»Er heißt nicht wirklich Jo Kant, sondern Tiberius Josephus Kant von Eschenbach.«

»Tib… Du nimmst mich auf den Arm!«

»*No, Sir*. Und er hat einen Waffenschein.«

Schwemmer stieß ein grimmiges Lachen aus. »Ein adliger Security-Consultant mit Waffenschein. Weißt du was? Ein verdammter Privatdetektiv ist der! Nix weiter. Ein Pflastertreter, ein damischer!«

»Na ja«, sagte Schafmann. »Schon mal einen Privatdetektiv in einem Maserati gesehen?«

»Ja klar«, antwortete Schwemmer. »Gerade eben erst.«

Sie durchfuhren den Kreisel vor dem Tunnel, und Schwemmer gab Gas.

In Murnau dauerte es eine Weile, bis sie einen Parkplatz fanden. Das SIS-Büro war am Untermarkt in den oberen Etagen über einem Laden für Damenunterbekleidung. Als sie an der Tür klingelten, öffnete ihnen eine völlig aufgelöste junge Frau.

»Wir sind mit Frau Schedlbauer verabredet«, sagte Schwemmer freundlich, woraufhin die Frau in Tränen ausbrach.

»Frau Schedlbauer ist im Krankenhaus«, stammelte sie. »Ein Unfall.«

»Was ist passiert?«

»Mit dem Auto. In Mittenwald. Am Lift ...«

»Liegt sie im Kreiskrankenhaus?«, fragte Schafmann.

»Ja. In Partenkirchen. Wie soll das denn hier weitergehen ...?«

»Für den Moment werden *Sie* wohl den Laden schmeißen müssen«, sagte Schwemmer.

»Aber ich bin doch nur Praktikantin ...«

Sie verabschiedeten sich und ließen die junge Frau mit ihren Sorgen allein. Noch im Treppenhaus wählte Schafmann die Nummer der Inspektion in Mittenwald.

Mirl Schedlbauers Wagen war auf dem Weg von ihrem Lift am Luttensee hinunter aus der Kurve getragen worden und gegen einen Baum geprallt. Sie war nicht angeschnallt gewesen, hatte mehrere komplizierte Knochenbrüche davongetragen, war aber vernehmungsfähig. Schafmann notierte die Zimmernummer im Klinikum. Mirl hatte den Beamten vor Ort gesagt, die Lenkung habe versagt. Und dass der Meixner-Bauer sie umbringen wolle.

»*Das* hat sie gesagt?«, fragte Schwemmer ungläubig.

»So hat der Kollege es weitergegeben. Der Bericht ist noch nicht fertig. Der Wagen ist sichergestellt worden. Mal abwarten, was die Schrauber dran entdecken.«

»Was für ein Wagen war das?«
»Audi Q7.«
»Und da fällt die Lenkung aus?«, fragte Schwemmer, als sie ihren Passat erreichten. »Bei einem fast neuen Audi?«
»Warten wir's halt ab. Meistens ist so was doch nur eine Schutzbehauptung, wenn die Leute zu schnell gefahren sind.«

Es ging auf halb zwölf zu, als sie im Klinikum ankamen und sich zu Mirl Schedlbauers Zimmer durchgefragt hatten. Sie klopften und wurden von einer bellenden Stimme hineingebeten.

Mirl Schedlbauer starrte sie wutentbrannt von ihrem Bett aus an.

»Wann kimmt denn Eana Kollege mit de Schmerztablettn?«, blaffte sie.

Dass weder Schwemmer noch Schafmann wie medizinisches Personal gekleidet waren, nahm sie nicht zur Kenntnis.

Mirl Schedlbauers rechter Unterschenkel steckte in einer Gitterrohrkonstruktion und wurde dort von einem halben Dutzend Schrauben komplett fixiert.

Diese Totalfesselung ließ bei Schwemmer Mitleid für Mirl Schedlbauer aufkommen, obwohl sie eher den Eindruck machte, als ob sie sich Sentimentalitäten dieser Art energisch verbäte.

Ihr linker Arm war von der Schulter bis zu den Fingerspitzen eingegipst. Zudem trug sie einen stirnbandartigen Verband, und ihre Brust war dick bandagiert.

Schwemmer war sich nicht sicher, ob ihr Zustand sehr viel Pech oder sehr viel Glück bedeutete. Da sie bei dem Unfall nicht angeschnallt gewesen war, tendierte er mehr zu Glück.

Er grüßte höflich und stellte sich und Schafmann mit Rang und Namen vor. Als er ihr seine Karte reichte, schmiss sie sie auf den Nachttisch, ohne einen Blick darauf zu werfen.

»Und? Wos is mit da Lenkung?«, fragte sie und funkelte sie wütend an.

»Die Ergebnisse stehen noch aus«, sagte Schwemmer.

»Des gibt's ja gar ned! Arbeits bei eich a mal oana? I hab no im Wagn glegen, da hob i dem Wachtmeister scho gsagt, dass die Lenkung nimmer gangen is. Und dass mi wer hat umbringen wolln!«

»Konkret haben Sie Herrn Melchior Meixner beschuldigt«, sagte Schafmann. »Das ist ein schwerer Vorwurf.«

»I saug's mir ja ned aus de Finger!« Sie reckte sich nach ihrer Handtasche, die auf dem Nachttisch stand, aber sie reichte nicht ganz ran.

»Darf ich?«, fragte Schwemmer und gab sie ihr. Sie nahm sie ohne Dank entgegen und wühlte darin herum. Endlich zog sie einen Briefumschlag hervor und reichte ihn Schwemmer.

Schwemmer sah ihn gründlich an. Er war grob aufgerissen und angeknittert, als habe er schon ein paar Tage in der Handtasche verbracht. Er war an Mirl Schedlbauers Privatadresse in Farchant gerichtet. Die Anschrift war mit Tinte geschrieben, in der wackeligen Handschrift eines ungeübten Schreibers. Ein Absender stand nicht auf dem Umschlag.

Schwemmer nahm den Brief heraus und reichte den Umschlag an Schafmann weiter.

»›Halt dich fern von anständige Leut, alte Hex. Nochmals lass ich mich nicht zum Narren halten von dir. Nächstes Mal wird geschossen …‹ Keine Unterschrift«, las Schwemmer vor. »Wann haben Sie den bekommen?«

»Vor drei Tag. Am Tag, nachdem er an Berni mitm Gwahr bedroht hat.«

»Der Meixner hat Ihren Sohn bedroht?«

»Mitm Gwahr hat er auf eam zielt! Weil des angeblich *sei* Wald wär!«

Schafmann warf Schwemmer einen Blick zu. Er hielt den Briefumschlag mit spitzen Fingern. Schwemmer zog einen seiner Plastikbeutel aus der Tasche und reichte ihn dem Kollegen.

»Und seit drei Tagen tragen Sie den Brief in Ihrer Tasche?«

»Ja. Warum?«

»Wer hat den Brief alles in der Hand gehabt?«

»Des woaß i nimmer. Meine Kinder, der Stoffl, der Viggerl … wieso is des wichtig?«

Schwemmer faltete den Brief und steckte ihn in eine seiner Plastiktüten.

»Warum haben Sie keine Anzeige erstattet?«, fragte Schafmann.

»Wieso?« Mirl stieß eine Mischung aus bösem Lachen und bösem Raucherhusten aus. »Was hättst denn ihr dann gmacht?«

»Wir hätten zumindest mal mit dem Mann reden können.«

»Redn! Mitm Maiche! Mit dem *ko* man ned redn!«

»Sagen wir mal so: Ohne Zweifel können *Sie* nicht mit ihm reden«, sagte Schafmann mit einem anzüglichen Lächeln.

»Was grinstn so! Was wissts ihr denn scho? Der Meixner war scho immer a Schläger. Und jetzt schiaßt er auf de Leit. Er hat's doch selber gschriebn!« Sie gestikulierte in Richtung des Briefes, den Schwemmer in dem Tütchen in der Hand hielt.

»Das bleibt noch festzustellen, Frau Schedlbauer. Bis jetzt ist der Brief anonym.«

»Wann i *jetzat* Anzeig erstatt, gegen an Meixner, was machtsn dann?«

»Es ist nicht mehr nötig, Anzeige zu erstatten, Frau Schedlbauer. Wir ermitteln ohnehin wegen eines Offizialdeliktes«, sagte Schafmann.

Schwemmer war sich nicht sicher, ob das eine gute Idee war, aber jetzt war es zu spät.

»Soll des hoaßn, ihr kriegts eam jetzt dran?«

Schwemmer machte eine beschwichtigende Geste. »Wenn er etwas getan hat. Dann ja.«

Mirl hustete böse. »Des werd doch eh wieder nix! Eines Tags bringt der oan von uns um, und ihr habt nix do! Was soll des eigentlich sei, des *Offizialdelikt*?«

Schafmann setzte zu einer Antwort an, aber Schwemmer kam ihm zuvor.

»Erlauben Sie, dass wir uns setzen«, sagte er und deutete auf die typischen graugrünen Krankenhausbesucherstühle, die neben dem kleinen Tisch an der Wand gegenüber dem Bett standen.

»Es machts doch eh, was es wollts.«

Schwemmer nahm in aller Ruhe Platz, Schafmann hatte offensichtlich verstanden und tat es ihm nach.

»Wie war das mit Ihrem Unfall? Die Straße dort ist recht eng und kurvig, nicht wahr?«

»Eng ned, aber sakrisch steil is die. Und auf oamal drah i am Lenkradl, und nix tuat si mehr. I fahr einfach gradaus. I dreh und dreh und denk gar ned ans Bremsen, und dann war's z' spat und rrrums gegen die Bam dort, mit der linken Seit vom Auto, und dann ging's rum und rum, und nachat bin i aufm Dach glegn und konnt mi nimmer rührn vor Schmerzen. Gschrien hab i wia am Spieß! I bin aber auch a Depp! Was schnall i mi ned o! Tua i doch sonst immer!«

»Die Lenkung hat von einem Moment auf den anderen ausgesetzt?«, fragte Schafmann.

»Naa, i woaß ned … A bisserl komisch is ma's scho den ganzen Morgn vorkimma. I hab immer a bisserl mehr drehn müssen ois sonst. Aber i bin von Farchant bis hin zum Luttensee kimma, ohne Problem.«

»Könnte jemand den Wagen –«

Schwemmer fiel Schafmann ins Wort. »Wir werden die Untersuchung an ihrem Wagen abwarten«, sagte er.

Es passte gut, dass in diesem Moment der Pfleger mit den Schmerztabletten im Zimmer auftauchte und den konzentrierten Zorn der alten Dame auf sich zog. Schwemmer wartete die Schimpfkanonade ab, die Mirl auf den rastagelockten Zivildienstleistenden abschoss, und dann noch, bis sie die Tabletten mit Mineralwasser hinuntergespült hatte.

»Wie geht es denn Ihrer Familie?«, fragte er dann.

»Was soll jetzt nachat *de* Frag?«

»Nun, ich hatte *schon* damit gerechnet, hier ein paar mehr der Schedlbauers anzutreffen …«

»Von dena warn gnua da. I habs zruck an d' Arbeit gschickt.«

Ihre Miene war verkrampft. Schwemmer fragte sich, ob das den Schmerzen zuzuschreiben war, denn eigentlich sah es aus wie alarmiertes Misstrauen.

»Ihren Sohn Vinzenz habe ich mal kennengelernt«, sagte Schwemmer. »Es ist aber lange her, dass ich ihn gesehen habe. Macht er noch die Gleitschirmgeschichte?«

»Pah!«, stieß sie hervor. »Da Vinz hat se a Auszeit gnommen, wie de jungn Leut des heut nenna. Er is dann mal weg.« Es klang verärgert. »Ned dass eam jemand brauchen tat do. Dass es was z' tua gab bei dene Schedlbauers. Des ma a paar Firmen am Laufn hoidn miassen. Na. Da Vinz is dann mal weg. Nach Südamerika. Die Mirl schafft des scho.« Sie griff nach dem Plastiknäpfchen, in dem der Zivi ihr die Schmerztabletten gebracht hatte, aber es war leer. »I brauch mehr von dem Zeig«, murmelte sie und drückte den Rufknopf.

»Die brauchen ein bisschen, bis sie wirken«, sagte Schafmann.

»Brich du dir acht Knocha auf amoi, nachat kannst mitredn«, erhielt er zur Antwort.

Mirls Anpfiff hatte gewirkt. Der Zivi stand binnen einer halben

Minute in der Tür. Nach weiteren Schmerztabletten würde er allerdings erst den Stationsarzt fragen müssen. Diesmal war er auch schnell genug und hatte die Tür hinter sich zu, bevor Mirl richtig loslegen konnte.

»Seit wann ist der Vinz denn fort?«, fragte Schwemmer, und Schafmann wunderte sich über seinen nachdenklichen Ton.

»Irgendwann letzte Woch. Der hat a Mail gschickt. Ned amoi angrufen hat er ... Tuts ma an Gfallen und lassts mi alloa. I hab Schmerzn.«

Die Tür ging auf, und Nanni Schedlbauer kam herein, dicht gefolgt von Christoph Bichlmeier, beide trugen Aktenkoffer.

»Tante Mirl«, rief er mit entsetztem Ausdruck und überholte Nanni auf dem Weg zum Bett. »Um Gottes willen, das ist ja schrecklich!«

»Ah geh.« Mirl wehrte die Hand ab, mit der er ihr übers Haar streichen wollte. »Nanni, hast die Papiere?«, fragte sie.

»Ja, Mutter.« Nanni öffnete ihren Koffer und reichte Mirl eine Klarsichthülle. Dann klappte sie die Platte an dem Nachttisch hoch und stellte sie so, dass Mirl darauf schreiben konnte.

»Stift«, sagte Mirl, und Nanni gab ihr einen Kugelschreiber. Mirl setzte ihre Unterschrift auf einige der Papiere und reichte sie ihrer Tochter zurück.

»Wannst de zum Notar bracht hast, fahrst zur Bank und redst mitm ... wie hoaßt der glei?«

»Bartovic«, sagte Nanni.

»Bartovic, und fragst, was er wui. Dann muasst ins Höllentaler, da kimmt oaner weng der neien Zapfanlag. Und dann fahrst auf Murnau. Mia kinna de dumme Gans ned alloa im Büro lassn. Und wennst des nächste Mal kimmst, bringst ma mei Laptop mit ... Die Herrschaften do san übrigens von der Polizei.«

Als hätte er auf ein Kommando gewartet, baute Bichlmeier sich vor ihnen auf.

»Was gedenken Sie zum Schutz meiner Mandantin zu unternehmen?«

Schwemmer forderte Schafmann mit einer Kopfbewegung auf, das Gespräch zu übernehmen.

»Im Moment können wir ihr nur den Rat geben, in Zukunft den Sicherheitsgurt anzulegen«, sagte er.

»Das ist eine Unverschämtheit! Es wurde ein Anschlag auf sie verübt. Frau Schedlbauer hat Anspruch auf Polizeischutz! Ich fordere Sie auf, sie in diesem Zimmer bewachen zu lassen.«

»Sie werden verstehen, dass wir das Ergebnis der technischen Untersuchung des Wagens abwarten, bevor wir darüber entscheiden.«

»Frau Schedlbauer hat einen Drohbrief erhalten! Wenn ihr etwas zustoßen sollte, tragen *Sie* die Verantwortung! Ich fordere Sie erneut auf, ihr Personenschutz zu geben. Außerdem verlange ich im Namen meiner Mandantin die Festnahme von Melchior Meixner.«

»Mit welcher Begründung?«, fragte Schafmann.

»Mordversuch.«

»Herr Bichlmeier, Sie sind doch Rechtsanwalt«, sagte Schwemmer sanft und ließ den Halbsatz so im Raum stehen.

»Da Stoffl macht mehr in Wirtschaft«, sagte Mirl. »Brauchst do ned den großn Maxe machn. Is doch klar, dass de nix tun ohne an Beweis.«

»Sollte sich herausstellen, dass an dem Wagen manipuliert wurde, werde ich einen Mann hier vor die Tür setzen«, sagte Schwemmer ruhig.

Schafmann war gelinde verblüfft über das großzügige Angebot seines Chefs. Bichlmeier auch, seinem Gesichtsausdruck nach zu schließen.

»Äh … danke«, sagte er tatsächlich.

»Brauchst di ned bedankn«, bellte Mirl prompt. »Zu was zoin mia Steuern?«

Schwemmer wandte sich an Nanni. »Ich hatte eben mit Ihrer Mutter über Vinz gesprochen und dass ich ihn lange nicht gesehen habe.«

»Vinz ist in Südamerika«, sagte Nanni so schnell, dass Schafmann aufsah.

»Wo genau ist er denn da?«

»In den Anden. Warum wollen Sie das wissen?«, fragte Nanni.

Und Schafmann fragte sich das auch.

»Haben Sie in den letzten Tagen mit ihm gesprochen?«

»Na«, sagte Mirl.

»Ja«, sagte Nanni.

»Du hast mit eam gredt?« Mirl sah sie empört an. »Wieso woaß i des ned?«

»Gestern Abend erst, da hat er angrufen.«

»Und was verzählt er?«

»Es geht ihm gut. Wir haben nur kurz gesprochen.«

»Und sonst hat er nix gsagt?« Mirl sah ihre Tochter misstrauisch an.

»Nein.«

Es herrschte plötzlich eine Spannung im Raum, die Schafmann mit Händen greifen zu können glaubte. Aber Schwemmer schien davon nichts mitzubekommen, er kritzelte etwas auf seinen Notizblock, riss das Blatt ab und steckte es in die Jackentasche.

»In den Anden ...«, sagte er dann und schien dabei mit sich selbst zu sprechen. »Da hat er bestimmt seinen Gleitschirm dabei. Als ich ihn damals kennenlernte, dachte ich noch, dass er bestimmt Vorteile beim Fliegen hat, mit seiner Statur. Er ist ja eher ein bisschen schmächtig.«

»Ah, er fliegt ja kaum no«, sagte Mirl abfällig. »Hat ja nur no sei Musi im Kopf. Und des in dem Alter ...«

»Musik? Was spielt er denn so?«

»Greisliches Zeig, wannst *mi* fragst. Der macht halt ois mitm Computer. Und am End spuilt er dann auf da Gitarrn dazu. Und singt.« Mirl Schedlbauer klang wirklich wütend. »Aber jetzt ja nimmer. Jetzt nimmt er a *Auszeit*!«

Schafmanns Kiefer war während des Gesprächs ein Stück nach unten geklappt. Er sah zu Schwemmer, der sich gerade erhob.

»Dann wollen wir Sie nicht länger belästigen«, sagte Schwemmer mit einem feinen Lächeln.

Schafmann stand ebenfalls auf.

»Wir wünschen Ihnen gute Besserung«, sagte Schwemmer. Er ließ Schafmann den Vortritt zur Tür, doch dann, Schafmann war schon halb auf dem Gang, drehte Schwemmer sich noch einmal um.

»Eine Frage habe ich noch ...« Er zog den Notizzettel aus der Tasche und reichte ihn an Mirl. »Das ist ein Handy der Firma SIS. Können Sie mir sagen, welcher Ihrer Mitarbeiter das benutzt?«

Mirl las den Zettel mit gerunzelter Stirn. »Warum wollts denn des wissen?«

»Frau Schedlbauer ist nicht verpflichtet, diese Auskunft zu erteilen«, sagte Bichlmeier.

Schwemmer warf ihm einen freundlichen Blick zu. »Natürlich ist sie das nicht. Sie bestehen also auf einem Gerichtsbeschluss?«

»Du brauchst nichts zu sagen, Tante Mirl«, sagte Bichlmeier, aber sie winkte ärgerlich ab.

»I hab koa Zeit für so an Schmarrn«, sagte sie ärgerlich. »Hab grad gnua am Hals.« Sie reichte den Zettel an ihre Tochter weiter »Is des ned des Handy, das dem Viggerl gebn host?«, fragte sie.

»Der Viggerl hat das verloren vor ein paar Tagen«, sagte Nanni hastig, noch bevor sie einen Blick auf den Zettel geworfen hatte.

»Wieso fragen Sie nach diesem Handy?«, fragte Bichlmeier. Aber Schwemmer schien ihn nicht gehört zu haben.

»Viggerl? Sie meinen Ludwig Allensteiner, Ihren Verlobten?«, fragte er Nanni.

»Gnau den«, sagte Mirl mit einem gehässigen Ton in der Stimme. »Hab i mir immer gwünscht, an Schwiegersohn, der fast oid gnua für mi selber war.« Sie sah herausfordernd zu Nanni, aber die hatte ihr den Rücken zugewandt.

»Wann genau hat er es verloren? Gestern?«

Nanni schüttelte den Kopf. »Vor ein paar Tagen. Hab ich doch gesagt.«

»Haben Sie die Nummer sperren lassen?«, fragte Schafmann.

»Der Viggerl wollt sich drum kümmern«, sagte Nanni, ohne jemanden anzusehen.

»Wieso fragen Sie überhaupt?«, insistierte Bichlmeier. Seine Wangen glühten. »Frau Schedlbauer hat ein Recht –«

»Erreichen wir den Herrn Allensteiner zu Hause?«, fragte Schwemmer.

»Er ist in Norddeutschland. Geschäftlich«, sagte Nanni.

»Für die SIS?«

»Gwiss ned«, sagte Mirl.

»Für seinen Vater«, murmelte Nanni.

Schwemmer lächelte freundlich ins Rund. »Dann sagen wir erst mal servus. Sie hören von uns.« Er winkte zum Abschied, und sie verließen das Zimmer.

Schafmann ging ein paar Schritte den Gang entlang, bis sie außer Hörweite der Zimmertür waren, dann blieb er stehen. Er grinste Schwemmer an. »Ein Hund bist scho«, sagte er.

Schwemmer machte eine beschwichtigende Geste und zog seinen Notizblock aus der Tasche. »Wir sind noch nicht fertig. Hast du bei deinem Handy die Nummer unterdrückt? ... Gut. Dann wähl mal.« Er diktierte Schafmann eine Nummer, die er von seinem Block ablas. »Horch nur, wer sich meldet, dann leg auf.«

Schafmann tat, wie ihm geheißen. Nach drei oder vier Freizeichen meldete sich eine Frauenstimme mit »Hallo?«, und Schafmann unterbrach die Verbindung.

»Nanni Schedlbauer«, sagte er. »Kein Zweifel.«

»Das war die Nummer, die zuletzt auf Allensteiners Handy angerufen hat«, sagte Schwemmer. »Heute Morgen. Es wurde zwei Minuten gesprochen. Und unser Handy befand sich in Kaltenbrunn.«

»Da ist die Fabrik vom alten Allensteiner«, sagte Schafmann.

»Genau. Und ich würd sagen, da fahren wir jetzt mal hin.«

***

Magdalena versuchte zu funktionieren, und es gelang ihr auch. Sie hatte einen Termin mit dem Vertreter einer Mietwäschefirma und einen mit dem des Kreisboten, der etwas enttäuscht war, dass das »Lenas« immer noch keinen Online-Auftritt hatte. Sie gab ihm recht, es war ein Problem, aber eines der Kategorie B.

Wastl wollte sich darum kümmern. Und Reserl wollte, dass Magdalena Wastl sich darum kümmern ließ. Und Magdalena hatte Ja gesagt. Natürlich war bis dato überhaupt nichts passiert, und nun hatte sie ein Problem der Kategorie B, das sie nicht benötigte, das sie aber auch nicht loswurde.

Bald, sagte sie dem Mann vom Kreisboten, bald würde die Seite stehen, und dann würde sie sofort eine Online-Anzeige schalten.

Der Mann war nett, aber sie war erleichtert, als er weg war.

So kämpfte sie sich durch den Vormittag, und immer, wenn da ein Moment war, in dem sie nicht von ihrer Arbeit gefordert war, tauchte in ihrem Hinterkopf der Gedanke an Hausl Schwemmers Rat auf, sich einen Anwalt zu besorgen. Und die Drohung einer offiziellen Vernehmung. Vernehmung*en*, hatte er gesagt. Den Großvater auch, hieß das wohl, und den Hias und vielleicht sogar das Reserl.

Und wenn sie nicht an die offiziellen Vernehmungen dachte, dachte sie an ihren Bruder.

Und wenn sie nicht an Wastl dachte, dachte sie an Herrn Kant. An Herrn Kant, der eine Waffe trug.

Und wenn sie nicht an Herrn Kant dachte, dachte sie an Andi.

Und natürlich dachte sie, sie denke an Andi, weil sie hoffte, er würde auch noch *diese* Schicht übernehmen. Aber tatsächlich war sie froh, arbeiten zu können, weil sie sonst nur an offizielle Vernehmungen oder Wastl oder Herrn Kant und seine Waffe denken musste.

Irgendwann merkte sie, dass sie an Andi dachte, nur weil sie froh war, dass es ihn gab.

Aber dann dachte sie an seine beigen Hemden, und dann dachte sie wieder an Herrn Kant, der niemals beige Hemden tragen würde und braune Augen mit kleinen goldenen Punkten hatte.

Und ein Lächeln, das sie immer noch nicht verstand.

Und eine Waffe.

Aber das hielt sie nicht ab, an seine Augen zu denken und das Lächeln und die Art, wie er einfach so dastehen konnte und dabei der Mittelpunkt des Raumes war, ohne irgendetwas zu tun.

Und die Art, wie er Berni Schedlbauer verjagt hatte, ganz ohne Waffe.

Und dann dachte sie doch wieder an Waffen, Flinten, Vernehmungen.

Ich kann nicht mehr, dachte sie, aber dann kam die Weinlieferung, und sie konnte doch noch.

Und als dann kurz nach Mittag Andi hereinkam, Andi, obwohl er erst um sechs am Abend Dienst hatte, war sein Hemd eher hellbraun als beige, und die Krawatte war hellrot.

Und es war der schönste Moment ihres Tages.

Sie ging ihm ein paar Schritte entgegen und drückte ihm einen Kuss auf die Wange.

»Danke«, sagte sie.

Andi sagte nichts. Er war sprachlos.

***

»Was hat dich auf Vinz Schedlbauer gebracht?«, fragte Schafmann, aber der Rasta-Zivi kam mit einer Urinflasche in der Hand aus der Tür direkt neben ihnen, und Schwemmer winkte Schafmann hinter sich her zum Aufzug.

Schwemmer antwortete erst, als sie allein im Lift standen.

»Er ist schmächtig, er hat dunkle Haare, und er ist weg«, sagte er.

»Und wenn er doch in Südamerika ist?«, fragte Schafmann.

»Dann«, sagte Schwemmer und trat aus der auseinandergleitenden Aufzugtür, »hätt ich mich wohl geirrt.«

Sie gingen schweigend nebeneinanderher über den Parkplatz zu ihrem Passat. Als sie den Wagen erreichten, sagte Schwemmer:

»Du fährst.«

Aber als sie eingestiegen waren und Schafmann den Motor starten wollte, sagte er: »Warte noch.«

Schafmann fiel auf, dass Schwemmers rechte Hand seine Jackentaschen abtastete, auf eine Art, als täte sie das ganz von allein. Dann bemerkte Schwemmer es wohl selbst, denn die Bewegung hörte abrupt auf, und er fuhr sein Fenster runter und wieder rauf, als müsse er seinen Fingern was zu tun geben.

»Wenn ich mich *nicht* irre ...«, sagte er langsam, »dann haben wir einen toten Schedlbauer und gleich zwei verdächtige Meixners.« Schwemmer kaute auf der Unterlippe.

Eine ganze Zeit lang schwieg er. »Aber warum sollte die Nanni lügen?«, fragte er dann endlich.

»Wie wär's, wenn wir feststellen lassen, ob auf einem der Schedlbauer-Anschlüsse gestern aus Südamerika angerufen wurde?«, schlug Schafmann vor.

Schwemmer kratzte sich am Kinn. »Was würden wir gewinnen? Wenn es einen Anruf gab, kann das zum Beispiel auch heißen, dass die Nanni gut lügt, und das trau ich ihr zu. Anden: Das ist 'ne Menge Gegend. Sie hat nicht mal das Land genannt. Vielleicht hat sie Bekannte da irgendwo, mit denen sie telefoniert. Und wenn es keinen Anruf gab: Vielleicht hat sie dann gar nicht *uns* angelogen, sondern ihre Mutter.«

»Oder Vinz hat *sie* angelogen.«

Schwemmer sah ihn überrascht an. »Klar! Er hat nur behauptet, aus den Anden anzurufen, und ist in Wahrheit ganz woanders.«

»Ganz woanders hieße aber: auf keinen Fall in einer Kühlschublade in München. Und du hättest dich geirrt.«

»Oder *er* hat zuerst gelogen, als er sich in die Anden verabschiedet hat, *und* Nanni hat über den Anruf gestern gelogen.«

»Puh«, sagte Schafmann. »Also schleppen wir die Familienmitglieder zur Identifikation der Leiche nach München.«

»Na klar. Am besten die Mirl, die kann uns nicht abhauen, die ist ja ans Bett gefesselt ... Wir schieben sie mit ihrem Bett in von Pollscheidts Gruselkabinett, zeigen ihr einen Mann ohne Gesicht und fragen höflich, ob das ihr Sohn ist. Nein ...« Schwemmer machte eine abfällige Geste. »Auf vage Vermutungen hin können wir das niemandem zumuten. Den müsst schon jemand identifizieren *wollen*.«

Schwemmer blickte eine Weile verdrossen vor sich hin, aber plötzlich nickte er entschlossen. »*So* machen wir das«, murmelte er.

Schafmann setzte gerade zur Nachfrage an, als Schwemmers Handy läutete. Er las die Nummer auf dem Display, und seine Stirn legte sich in Falten.

»Ja«, meldete er sich. Er lauschte konzentriert ungefähr fünf Sekunden. »Wie viel?«, fragte er dann, dann sagte er noch einmal: »Ja«, und klappte das Gerät zu.

»Das fehlt grad«, murmelte er.

Die Art, wie er geradeaus starrte, beunruhigte Schafmann.

»Alles in Ordnung?«

»Passt schon. Einen Zopf frischen Knoblauch soll ich mitbringen ... Wenn Burgl jetzt anfängt, mich wegen so was im Dienst anzurufen, werd ich heut Abend wohl mal kurz den Haussegen schief hängen müssen.«

Und wieder läutete sein Handy. Diesmal fiel das »Ja«, mit dem er sich meldete, noch deutlich harscher aus. Wieder lauschte er einige Sekunden, wieder sagte er: »Ja«, und dann noch einmal und klappte das Gerät zusammen.

»Und?«, fragte Schafmann.

»'s Burgl«, brummte Schwemmer. »Den Knoblauch braucht's für Geflügellasagne. Und es soll nicht wieder vorkommen.«

Schafmann nahm erleichtert zur Kenntnis, dass sein Chef in sich hineinlächelte.

»Wie geht's weiter?«, fragte er.

Schwemmer wies mit dem Zeigefinger energisch nach vorn.

»Kaltenbrunn«, sagte er, und Schafmann fuhr los.

Nein, der Herr Allensteiner junior sei nicht im Haus, behauptete die Dame am Empfang tapfer, und nein, sie wisse nicht, ob er heute noch wiederkomme, aber ihr verunsicherter Blick auf Schwemmers Dienstausweis strafte sie Lügen.

Schwemmer reichte ihr seine Karte und bat um Herrn Allensteiner juniors Rückruf.

Draußen standen zwei dunkelblaue E-Klassen mit den Kennzeichen GAP LA 1 und 2 auf den reservierten Parkplätzen der Geschäftsleitung.

»Der Senior heißt Leopold«, sagte Schwemmer. »Dann dürfte die Nummer 2 dem Ludwig gehören.«

Schafmann nahm sein Handy und wählte die Wache an.

»Wo ist das überwachte Schedlbauer-Handy jetzt?«, fragte er. »... Aha. Gab es noch Gespräche? ... Wiederholen Sie die Nummer bitte ... Danke.« Er steckte das Handy ein. »Ein Anruf von Nanni Schedlbauer vor fünfzehn Minuten. Also ganz kurz nachdem wir aus dem Zimmer sind. Seitdem ist es ausgeschaltet.«

»Und wo war es während des Gesprächs?«

»Na hier.«

Schwemmer sah an den Fenstern des alten Bürogebäudes entlang. Hinter einem meinte er einen Kopf zurückzucken zu sehen, als sein Blick sich näherte.

Mit einem Kopfschütteln stieg er in den Passat und stieß ein »Herrschaftszeiten!« aus, als sein Handy schon wieder klingelte. Er meldete sich, und sagte Sekunden später: »Wir sind unterwegs. – Meixner-Hof, mit Blaulicht«, kommandierte er dann, noch während er das Handy zuklappte.

Schafmann fuhr an, sodass die Antriebsräder auf der Asche des Parkplatzes durchdrehten. Schwemmer ließ die Scheibe herunter und steckte das Blaulicht aufs Dach. Mit quietschenden Reifen bogen sie auf die Bundesstraße.

»Was ist los?«, fragte Schafmann.

»Reserl Meixner hat 110 angerufen. Berni Schedlbauer ist auf dem Hof und randaliert. Sie sagt, er sei bewaffnet. Wir sind am nächsten dran.«

Schafmann bog quietschend vor einem entgegenkommenden Getränkelaster links ab. Sie überquerten die Gleise, obwohl der Zug aus Mittenwald schon in Sichtweite war, und hetzten die enge Straße hoch. Schafmann fuhr schnell und sicher, aber hinter einer Kurve kam ihnen plötzlich eine Herde Kühe entgegen. Schafmann brachte den Wagen schlitternd zum Stehen. Die Kühe stockten in ihrem Trott und glotzten das Blaulicht an, unsicher, ob es wohl ein

Grund für eine Panik sei. Schwemmer schaltete es ab, und Schafmann versuchte, den Passat im Schritttempo links an der Herde vorbeizuzwängen. Der Bauer, der hinter dem Vieh herging, schimpfte heftig auf sie ein; Schwemmer schenkte sich die Antwort, die ihm auf der Zunge lag. Als sie endlich an den Kühen vorbei waren, gab Schafmann wieder Gas.

»Hast du deine Dienstwaffe dabei?«, fragte Schwemmer.

»Ach woher«, antwortete Schafmann.

»Ich auch nicht …«

Sie erreichten den Meixner-Hof. Ein schmutziger weißer VW-Pritschenwagen mit der Aufschrift »Schedlbauer Gebäudemanagement GmbH & Co KG« blockierte die Einfahrt.

Als sie gerade aus dem Auto gesprungen waren, fiel ein Schuss.

»Sigst des, Meixner!«, brüllte eine heisere Stimme. »De Schedlbauers ham *a* an Gwahr! Mia kinna *a* schiaßn!«

Schwemmer und Schafmann blieben hinter dem Bulli in Deckung und spähten vorsichtig über die Kante der Ladefläche.

Vor dem Wohnhaus stand Berni Schedlbauer. Er wankte leicht, während er eine doppelläufige Flinte nachlud.

Vor der Scheune entdeckte Schwemmer zwei tote Hühner und ein drittes, das flügelschlagend auf der Seite lag. Die kleinen Körper waren völlig zerfetzt.

Berni reckte mit einer Hand die Flinte in die Luft. Schwemmer nahm an, es sollte triumphierend wirken.

»Und mia braucha koan zuageroasten Preißn ned, der wo uns helft!«

Berni nahm den Schaft an die Wange, zielte über das Haus und schoss in die Luft.

»Kimm scho ausse, Meixner, wennst di traust! Feigling, elendiger!« Bernis Stimme überschlug sich, man hörte den Alkohol darin.

Auf dem Hof standen ein Lada und ein Vierrad-Panda, aber im Haus rührte sich nichts.

»Und Karrn himacha, des kenna mia grad so guad wia du!«, schrie er. Er drehte sich um, zielte auf den Lada und feuerte. Die Windschutzscheibe des Geländewagens zerbröselte.

»Jetzt«, sagte Schafmann und lief auf den Hof. Schwemmer folgte ihm.

Berni hatte den Lauf der Flinte heruntergeklappt, zwei Geschosshülsen lagen zu seinen Füßen. Fahrig versuchte er, neue Patronen aus seiner Westentasche zu fummeln, als Schafmann ihn erreichte. Es gelang ihm, seine Arme unter die Bernis zu schieben und ihn mit den Händen in dessen Nacken zu fixieren. Berni versuchte vergeblich, sich zu befreien, die Flinte fiel ihm aus den Händen, aber sein Gezappel führte nur dazu, dass Schafmann ihn schließlich zu Boden warf, wo er ihn weiter festhielt.

Die Tür des Wohnhauses öffnete sich, und Maiche kam heraus. Seine Schritte waren unsicher und tastend. Reserl tauchte hinter ihm auf und blieb mit verweinten Augen in der Tür stehen.

Ein Martinshorn näherte sich, und eine Minute später saß Berni in Handschellen auf dem Rücksitz eines Streifenwagens.

»Erst mal ausnüchtern«, sagte Schafmann zu den beiden Streifenbeamten. Die nickten nur und stiegen in ihren Wagen.

Schwemmer ging Maiche entgegen.

»Erst vergiftens mein Hund. Und mein Gwahr habns mir a gnomma.« Er rang um Atem. Seine Linke tastete die Herzgegend ab.

Schwemmer griff nach seinem Arm, um ihn zu stützen. Er sah suchend nach einer Gelegenheit, wo er den alten Mann hinsetzen konnte, und führte ihn dann in Richtung der geschnitzten Bank vor dem Küchenfenster.

»Der Sento alloa war mit eam fertig wordn«, röchelte Maiche. »Und wann i mei Flintn no …« Er rang nach Luft.

»Schafmann, wir brauchen den Notarzt!«, brüllte Schwemmer.

Er legte den japsenden Maiche auf die Bank und öffnete ihm die Hemdsknöpfe. Reserl lief ins Haus und kam mit einem Glas Wasser zurück. Schwemmer stützte Maiche ein wenig, und er trank gierig.

»Wenn i mei Flintn no ghabt hätt«, stieß er dann hervor und sank zurück. Er schloss die Augen, sein Atem ging schwer.

»Hast Schmerzen, Maiche?«, fragte Schwemmer.

»'s druckt a bisserl do.« Wieder fuhr seine Hand über die Herzgegend. »Der Sento alloa war mit eam fertig wordn«, wiederholte er.

Reserl standen die Tränen in den Augen.

»Wenn i eam ned zrückhaltn hätt, war er a ohne Flintn nausganga.«

Schafmann kam heran. »RTW rollt«, sagte er. »Wie geht's ihm?«

»Er wird's überleben. Bleib mal grad bei ihm.«

Schwemmer griff sanft nach Reserls Oberarm und führte sie von der Bank fort. Sie suchte in den Taschen ihrer Kittelschürze herum, bis Schwemmer ihr seine Papiertaschentücher reichte. Sie nahm sie, ohne dass sie an eine dankbare Geste hätte denken können; Schwemmer war ihr nicht gram. Er wartete, bis sie sich geschnäuzt hatte.

»Reserl, was ist los? Was passiert da mit euch und den Schedlbauers?«

»I woaß ned! An Berni hat er mitm Gwahr ausm Wald gjagt, und dann war der Hund vergift, und nachat ...«

»Nachat was?«

Reserls Mund spannte sich zu einer schmalen Linie. Sie sah für eine Sekunde von ihm weg, aber dann straffte sie sich.

»Dann habens eam de Flintn gnumma.«

Sie drehte sich zur Bank, auf der Maiche mit geschlossenen Augen lag. Seine Brust hob und senkte sich angestrengt. Schafmann stand neben ihm und ließ ihn nicht aus den Augen.

»Des fehlt no«, sagte sie leise.

»Das wird schon wieder. Der Arzt ist unterwegs.«

Das Papiertaschentuch verschwand in ihrer energisch geballten Hand.

»Kimm«, sagte sie und marschierte zurück ins Haus.

»Du hast noch den Briefumschlag«, sagte Schwemmer zu Schafmann. »Gib mir den mal.«

Schafmann zog den Plastikbeutel mit dem gefalteten Umschlag darin aus der Jackentasche. Schwemmer nahm ihn und folgte Reserl ins Haus. Sie war geradewegs in die Küche gegangen und hatte die untere Tür des Bauernschrankes geöffnet, als Schwemmer hereinkam. Sie holte eine Flasche heraus, gefüllt mit einer klaren Flüssigkeit, jedoch ohne Etikett.

»Eana a?«, fragte sie und nahm zwei Stamperl aus der oberen Tür des Schrankes.

Schwemmer machte eine abwehrende Geste.

»Enzian.« Sie schenkte die beiden Gläser voll und stellte Schwemmer eines auf den Küchentisch. Sie selbst trank ihres auf einen Schlag aus. Schwemmer nahm das Glas vom Tisch und nippte dran. Er hatte das Gefühl, seine Zungenspitze würde angeätzt. Er hielt das Stamperl einfach in der Hand und hoffte auf eine Gelegenheit, es unauffällig wieder loszuwerden. Reserl schenkte ihres wieder voll und trank es zur Hälfte aus.

»I muass 's Lenerl anrufn«, sagte sie.

»Ach Reserl, lass das Mädel doch. Sie kann doch gar nichts tun, oder? Und sie hat wirklich viel um die Ohren in ihrem Hotel.«

»Der Wastl meldt si a ned.« Sie trank das Stamperl leer und sah Schwemmer an. »Nix is mit de Schedlbauern, hörst? Nix is.«

Schwemmer nahm noch einen Schluck von dem Enzian.

»Selbst gebrannt?«, fragte er.

»Des tat i *dir* grad sogn …«

Schwemmer nahm das Tütchen aus der Tasche. Der Umschlag darin war so gefaltet, dass die handgeschriebene Adresse von außen lesbar war. Er hielt ihn Reserl hin, ohne ihn aus der Hand zu geben.

»Ist das die Schrift vom Maiche?«, fragte er.

Sie sah den Umschlag misstrauisch an.

»Was solln des sei?«, fragte sie. »Der Maiche hat der Mirl gschriebn?«

»Also ist das seine Schrift?«

»Des hob i ned gsogt.« Sie sah das leere Glas in ihrer Hand an, aber sie schenkte sich nicht nach.

»Wo ist eigentlich der Hias?«, fragte Schwemmer.

»Im Wald drobn. Dem Herrn sei Dank. Wer weiß, was heit sonst no passiert war …« Sie bekreuzigte sich.

Wieder kam ein Martinshorn aus dem Tal.

»Hörst? Da kommt der Doktor«, sagte Schwemmer. »Der kümmert sich.«

Sie gingen auf den Hof hinaus. Schafmann nickte ihnen beruhigend zu.

»Am besten packst dem Maiche ein paar Sachen. Die nehmen ihn bestimmt mit runter ins Krankenhaus.«

Reserl nickte. Ihre Miene war so bitter, dass Schwemmer ihr die Hand auf die Schulter legte. Aber das merkte sie gar nicht. Sie drehte sich um und ging ins Haus.

Der RTW mit Maiche an Bord war weg und auch Reserl, die ihm in ihrem alten Fiat gefolgt war. Schwemmer saß auf der geschnitzten Bank, auf der der Maiche vorhin gelegen hatte.

Schafmann kam zu ihm und wedelte mit einem Plastikbeutel, in dem sich Bernis Schrothülsen befanden.

»Buckshot 12/70, Größe 00, allerdings von der Firma Federal, nicht von Remington.«

»Gott sei Dank«, sagte Schwemmer. »Sonst müssten wir womöglich noch rausfinden, warum der Berni seinem toten Bruder ins Gesicht geschossen hat.«

»Dann hoffen wir mal, dass Dräger sich nicht vertan hat«, sagte Schafmann.

Er ließ sich neben Schwemmer auf die Bank sinken. Einen langen Moment saßen sie schweigend nebeneinander.

»Schön hier«, sagte Schwemmer irgendwann.

»Dass die hier keinen Gasthof aufmachen …«, murmelte Schafmann.

Schwemmer sah in die Wolken. »Regen kriegen wir.« Er seufzte. »Ich muss dir was sagen. Ich würd es dir gerne schonend beibringen, aber ich weiß nicht, wie …«

Schafmann nickte verständnisvoll. »Dann lass mich dir helfen … Wie wär's *da*mit: Als du noch in Ingolstadt warst …«

»Was?« Schwemmer sah ihn irritiert an, aber Schafmann fuhr ungerührt fort.

»Als du noch in Ingolstadt warst, da hat dein total netter Chef nach so einem Einsatz gesagt: Geh einfach nach Hause, vergiss den Papierkram, den übernehm ich. Aber das waren natürlich die goldenen Zeiten in Ingolstadt. Heute, hier in Garmisch dagegen, kriegt der Chef abends zu Hause Geflügellasagne, und deshalb muss der Kollege Schafmann den ganzen Scheiß leider selbst tippen und kann die Idee, früher Feierabend zu machen, um sein verbeultes Auto in die Werkstatt zu bringen, komplett vergessen …« Er grinste wie Tom Selleck und zog auch so die Brauen hoch. »War es das, was du sagen wolltest?«

»So ungefähr«, brummte Schwemmer.

»Dacht ich's mir. Dabei hatte ich noch nicht mal Mittag.«

»Brotzeit?«, fragte Schwemmer.

»Ich dachte schon, du würdest nie fragen«, sagte Schafmann.

***

Andi tat nicht viel, weil es nicht viel zu tun gab an diesem Nachmittag. Sie redeten auch nicht viel miteinander, aber allein seine Anwesenheit war eine Erleichterung für Magdalena.

Sie ermöglichte ihr zum Beispiel, noch mal nach oben zu gehen und zu duschen, wozu sie am Morgen keine Zeit gefunden hatte.

Sie stand unter der Dusche, genoss es, wie das heiße Wasser in ihren Nacken prasselte. Sie reckte und dehnte sich und drückte einen dicken Klecks Balsamspülung für ihr Haar in ihre Hand, und als extragroßen Luxus hatte sie heute wegen alldem kein schlechtes Gewissen.

Sonst dachte sie während des Duschens immer mindestens einmal daran, dass es auf dem Meixner-Hof immer noch einen Boiler gab, der mit Holz eingeheizt wurde. Dafür war Maiche verantwortlich, wer sonst, denn es war ja sein Hof, und der Maiche kam sein Leben lang schon mit so einem Boiler aus. Und wenn Magdalena in ihrem Bad unter der heißen, dampfenden Dusche stand, dann dachte sie immer an Reserl, die so eine Dusche zu Hause nicht bekommen würde, solange der Maiche zu sagen hatte, und dann tat sie ihr leid, und sie bekam ein schlechtes Gewissen.

Meistens, fast immer, aber nicht heute.

Sie fühlte sich besser. Duftend, gecremt und in einem frischen Kleid ging sie die Treppe hinunter. Aus Gewohnheit warf sie in jedem der beiden Stockwerke einen Blick in die Gänge. Und wie eigentlich immer gab es nichts Ungewöhnliches zu sehen – so wie es in ihrem Hotel eben sein sollte.

Die Perserläufer auf dem Dielenparkett waren perfekt sauber, der Rokokospiegel fleckenfrei. Sie fuhr mit dem Finger oben über den Rahmen der Franz-Marc-Lithographie, und auch hier war kein Stäubchen zu entdecken.

Aber als im ersten Stock ihr Blick auf die Tür von Herrn Kants Zimmer fiel, zögerte sie. Eine ganze Weile stand sie da. Dann klopfte sie und erhielt keine Antwort. Sie zog ihren Generalschlüssel aus der Tasche und schloss auf.

Auf dem Sekretär stand ein Mac-Laptop; aufgeklappt, aber ausgeschaltet. Daneben lag ein Notizblock, dessen oberstes Blatt leer war. Das war alles, was darauf hinwies, dass dieses Zimmer bewohnt war.

Ihr Blick streifte über das gemachte Bett und den sorgfältig gesaugten Seidenteppich und fand nichts auszusetzen an der Arbeit der Zimmermädchen. Sie warf einen Blick ins Bad. Auf der breiten Marmorablage, die sich zwischen Waschbecken und Spiegel über die ganze Wand zog, standen und lagen ein edel aussehendes Rasierset, ein nicht übertrieben teures Rasierwasser, eine elektrische Zahnbürste und ein Hornkamm.

Sie entdeckte nichts, was man in irgendeiner Weise hätte auffällig nennen können. Höchstens dass es hier absolut nichts Auffälliges gab.

Unentschlossen strich ihre Hand über den Edelstahltürgriff des großen Rosenholzkleiderschrankes. Aber endlich gab sie sich einen Ruck und verließ das Zimmer wieder, ohne den Schrank geöffnet zu haben.

Als sie die Treppe zum Foyer hinunterging, hörte sie Andi in der Bar mit dem Shaker arbeiten. Das britische Paar saß dort und bemühte sich um Konversation mit dem Russen, der heute Mittag erst angekommen war und ein ziemlich großes Glas mit einer klaren Flüssigkeit vor sich stehen hatte.

Andi füllte gerade den bläulichen Inhalt des Shakers in ein Cocktailglas. Der Russe schob ihm wortlos sein leeres Glas hin, und Andi beeilte sich, es mit Evian wieder aufzufüllen.

Er drehte sich wieder zu seinem Tablett, auf dem die Drinks für die Briten standen: ein roter, wahrscheinlich auf Camparibasis, und der bläuliche, vermutlich mit Blue Curaçao.

Magdalena sah irritiert zu, wie Andi das Glas mit der roten Flüssigkeit verstohlen zur Nase führte und daran roch, bevor er die beiden Gläser servierte. Sie runzelte die Stirn. Die Gäste hatten es nicht bemerkt, aber was immer der Grund gewesen sein mochte, es ging nicht an, die Nase in die Drinks zu halten. Sie würde mit ihm darüber reden müssen.

Als sie am Laptop hinter dem Empfangstresen die Mails checkte, fand sie eine von Wastl dabei.

Er sitze in einem Internetcafé, schrieb ihr Bruder, er habe eine Bleibe, zumindest für die nächsten beiden Nächte, und noch gehe es ihm gut. Er kenne jemanden, der eine Idee habe, wie er seine Probleme vielleicht lösen könne, mal sehen, demnächst mehr. Grüße, Küsse et cetera und nichts der Mama sagen.

Es war nicht die Art Mail, die in der Lage war, eine große Schwester zu beruhigen. Wastls Erwähnung ihrer Mutter brachte sie auf den Gedanken, kurz bei Reserl anzurufen.

Eine Idee, die ihr den Rest des Tages nicht leichter machen würde, aber das wusste sie in diesem Moment noch nicht.

***

Schwemmer und Schafmann betraten das Wirtshaus an der Ludwigstraße. Ein kleiner alter Mann in abgewetzter Tracht, der allein vor einer Halben und einem Stamperl in einer Nische saß, war außer ihnen der einzige Gast.

Sie setzten sich an einen Tisch am Fenster. Die Bedienung kam mit freundlichem Lächeln auf sie zu. Sie trug die langen blonden Haare zu dicken Zöpfen geflochten, füllte ihr Dirndl sehr ansehnlich aus und rollte das R auf diese Art, wie es nur Frauen aus der ehemaligen Sowjetunion können.

Sie bestellten zwei Radler und zweimal Leberknödelsuppe.

Schwemmer sah sich um. Es war sehr lange her, dass er hier gewesen war; und es hatte in seiner Abwesenheit offensichtlich keinen Grund gegeben, irgendetwas an der Einrichtung zu ändern.

Immer noch war da die kleine Bühne, auf der am Abend jemand Zither oder Hackbrett spielte; immer noch zierten Trikots einst ruhmreicher Eishockeyvereine die Wand, von denen die meisten längst insolvent in irgendwelchen Amateurligen verschwunden waren.

Wimpel und Sporttrophäen setzten Staub an, sogar das Foto der zweiten Mannschaft des SC, das, auf dem sein Vater mit drauf war, hing noch da, wo es in Schwemmers Erinnerung immer schon gehangen hatte.

Auf fast allen der unbesetzten Tische standen »Reserviert«-Schilder mit in Bleistift vermerkten Uhrzeiten. Die Zahl der Gäste würde sich im Lauf des frühen Abends dramatisch erhöhen.

Nachdem Schwemmers Blick einmal durch den Raum gestreift war, kam die freundliche Bedienung und brachte ihnen zwei Tassen Suppe. Schwemmer und Schafmann sahen sich verblüfft an.

Die Bedienung lächelte strahlend, verschwand kurz, und Sekunden später standen auch die beiden Halben vor ihnen.

»In der *Küche* hat es offensichtlich eine gewisse Entwicklung gegeben«, sagte Schwemmer.

»Hin zur Mikrowelle?« Schafmann tauchte misstrauisch seinen Löffel in die Suppe.

Die Tür hinter dem Tresen ging auf, und Nanni Schedlbauer kam heraus. Ein Herr im Anzug war bei ihr, die beiden schienen in ernsthaften Verhandlungen. Es war nicht zu verstehen, was sie sagten, aber beide wirkten unfroh.

Als Schafmann Nanni sah, verzog er beleidigt den Mund und warf seinen Löffel auf den Tisch. »Das hätte ich mir doch denken können«, maulte er. »Für einen Moment hatte ich wirklich geglaubt, wir würden hier in Ruhe vespern.«

»Nun probier doch erst mal. Noch sind wir ja nicht dran«, sagte Schwemmer mit halb vollem Mund. »Und *so* schlecht ist die Suppe gar nicht.«

Schafmann aß weiter, aber seine Laune hatte sichtbar gelitten.

Schwemmer sprach weiter, schon wieder kauend. »Kannst dran sehn, wie du aufpasst. Nanni sollte erst zum Notar, dann zur Bank und dann ins Höllentaler wegen der Zapfanlage. Und da sind wir nun.«

Schafmann löffelte in düsterem Schweigen.

Die Verhandlungen zwischen Nanni und dem Herrn im Anzug zogen sich gerade lang genug hin, dass sie ihre Suppe aufessen konnten. Dann reichte der Herr Nanni die Hand und verabschiedete sich mit einer Miene, als hätte er lieber mit ihrer Mutter verhandelt, was sich Schwemmer allerdings nicht wirklich vorstellen konnte.

Der Mann war noch nicht aus der Tür, als Nanni schon ihr Handy in der Hand hatte. Die beiden Polizisten hatte sie noch gar nicht bemerkt, und ihr Blick war nicht erfreut, als Schwemmer sie ansprach, bevor sie ihr Telefongespräch beginnen konnte.

Er bat sie höflich, doch einen Moment bei ihnen Platz zu nehmen. Schafmann zupfte eine Serviette aus dem Steinkrug mit dem Besteck und tupfte sich den Mund ab.

»Ich hoff, den Herrschaften hat's geschmeckt«, sagte Nanni in einem Ton, der zweifellos das Gegenteil bedeutete.

»Es war großartig. Vielen Dank«, sagte Schwemmer lächelnd. Er warf einen Blick zu dem kleinen Alten, aber der saß weit genug entfernt und starrte in sein Bier. Trotzdem sprach er betont leise weiter.

»Ich wollt Ihnen die Frage heute Morgen nicht stellen in Gegenwart Ihrer Frau Mutter«, sagte er. »Und bitte glauben Sie mir: Sie ist nicht als Unverschämtheit gemeint ... Aber ist es möglich, dass Sie sich irren, was den Aufenthaltsort Ihres Bruders angeht?«

In Nannis Gesicht begann es zu arbeiten, minimal nur, aber es war zu bemerken.

»Anders gefragt«, fuhr Schwemmer fort, »haben Sie *wirklich* gestern noch mit ihm telefoniert?«

»Sonst hätt ich's ja nicht gesagt«, fauchte sie.

Schwemmer machte eine begütigende Geste. »Sie sind also sicher, ich meine: *absolut sicher*, dass Ihr Bruder Vinzenz gestern Abend ... noch lebte?«

»Was soll das?«, fragte sie. Sie war blass geworden.

Schwemmer warf wieder einen kontrollierenden Blick zu dem Alten und der Bedienung, beide waren weiterhin außer Hörweite.

»Wir haben eine nicht identifizierte männliche Leiche, bei der es sich möglicherweise, hören Sie?, *möglicherweise* um Ihren Bruder handeln *könnte*. Es mag gute Gründe geben, zu behaupten, er sei in den Anden, obwohl er es *nicht* ist. Möglicherweise gehen uns diese Gründe auch gar nichts an. Aber wenn Sie nicht *absolut* sicher sind, dass es Ihrem Bruder gut geht, sollten Sie uns dabei helfen, auszuschließen, dass es sich bei dem Toten um Vinzenz handelt.«

Nanni starrte mit verkniffenem Mund die hölzerne Tischplatte an. Die Bedienung kam lächelnd an den Tisch, um zu fragen, ob alles recht sei.

»Scher dich fort!«, keifte Nanni sie an, und die junge Frau verschwand mit erschrockenem Gesicht.

Schwemmer hob ruhig sein Glas zum Mund und nahm einen Schluck von dem Radler. Sie warteten geduldig.

Schließlich sah Nanni auf ihre goldene Armbanduhr. »Ich muss nach Murnau«, sagte sie.

»Ich weiß«, sagte Schwemmer. »Werden Sie uns helfen?«

»Ich muss nach Murnau«, wiederholte sie, als habe sie Schwemmer gar nicht gehört.

Auch Schwemmer sah auf seine Uhr. »Heute würd es sowieso ein bisserl knapp werden. Wir müssen ja nach München. Wie wäre es morgen?«

»Ich ruf Sie an«, sagte Nanni. Dann stand sie auf und verließ den Gastraum durch die Küchentür.

»Sie ist *nicht* sicher«, sagte Schafmann.

»Und sie ist *nicht* sicher, was sie tun soll«, ergänzte Schwemmer.

Er lockte lächelnd die eingeschüchterte Bedienung heran und orderte die Rechnung.

»Und was bedeutet das?«

»Warten wir's ab.«

Schwemmer zahlte und stand auf. »Auf in den Kampf«, sagte er. »Berichte wollen geschrieben sein.«

***

Es war kurz nach acht, als Schwemmer endlich seine Haustür aufschloss, exakt in dem Moment, als ihm einfiel, dass er den Knoblauch vergessen hatte.

Burgl stand in der Küche am Herd. Sie sah ihn durch die offene Tür an und sagte:

»Du hast den Knoblauch vergessen.«

»Grüß Gott, lieber Hausl«, sagte Schwemmer freundlich, während er seinen Mantel aufhängte. »Wie schön, dass du endlich da bist. *So* spät ist es geworden im Büro? Hast bestimmt einen harten Tag gehabt, armer Kerl. Magst einen Chantré? … An etwas in *der* Art hatt ich gedacht.« Er ging in die Küche und küsste Burgl auf den Mund. »Aber passt schon.«

Sie erwiderte den Kuss. »Chantré? So schlimm war's?«, fragte sie.

»Immerhin brauchst heute nicht mittrinken. Aber für feine Küche hatt ich heut keinen Kopf.«

Er ging zum Wohnzimmerschrank und schenkte sich einen Weinbrand ein.

»Was war denn?«, fragte Burgl, als er mit dem Glas wieder in die Küche kam.

»Willst die kurze oder die lange Version? Die kurze dauert etwa 'ne halbe Stunde.«

»Dann essen wir erst, und dann erzählst du mir den Director's Cut.«

»Ach weißt du …«, murmelte Schwemmer. »Ist heut nicht Champions League?«

»Nur im Pay-TV. Du wirst dich mit mir und der Lasagne begnügen müssen.«

Er trank den Chantré auf einen Zug aus und atmete tief durch.

Allmählich, mit der abnehmenden Anspannung, drang der Duft nach Kräutern und Gebratenem in sein Bewusstsein. Er sah sich in der Küche um. Der Herd stand voller Töpfe. Burgl füllte gerade die große Auflaufform abwechselnd mit Nudelplatten, Béchamelsoße und der wunderbar duftenden Bolognese. Als die Form voll war, betrachtete sie zufrieden ihr Werk und schob sie in den Backofen. Schwemmer gelang es, unbemerkt den Finger in den Bolognesetopf zu stecken und einen Rest herauszustreichen. Er probierte und musste zugeben, dass es fast so gut schmeckte wie seine Bolognese, die allerdings unabdingbar aus Rinderhack gemacht wurde.

Knoblauch fehlt, dachte er.

»Eine knappe Stunde ab jetzt«, sagte Burgl. »Wein oder Bier dazu? Ich glaub, ich möcht heut ein Bier. Holst welches rauf?«

Schwemmer griff nach dem Plastikkorb und stapfte gehorsam in den Keller. Als er die vier Flaschen Tegernseer auf die Küchenanrichte stellte, klingelte das Telefon.

»Ich bin nicht da«, sagte er.

»Ich auch nicht«, sagte Burgl und hobelte eine Möhre in die Salatschüssel.

»Magst schon ein Bier?«, fragte Schwemmer.

»Och ja«, antwortete Burgl.

Er nahm zwei Steingutkrüge aus dem Hängeschrank und versuchte, das Telefon zu ignorieren. Endlich sprang der AB an. Schwemmer hörte erleichtert, dass niemand draufsprach.

Dann war es auch nicht wichtig, dachte er.

Er schenkte die beiden Krüge voll, reichte Burgl einen, und sie stießen an.

»Auf dass die Verbrecher erst nach deiner Pensionierung aussterben«, sagte sie und trank.

»Wie meinst das denn?« Er sah sie irritiert an.

»Ist mir irgendwie grad so eingefallen.« Sie grinste und gab ihm einen Kuss. »Wahrscheinlich will dich mein Unbewusstes nicht den ganzen Tag im Haus haben.«

»Und was macht dein Unbewusstes dann *nach* meiner Pensionierung?«

»Woher soll ich das wissen? Ist doch mein *Un*bewusstes.«

Schwemmer trank aus seinem Krug und dachte über ihre Antwort nach. Manchmal war es schon eine Herausforderung, mit einer

Psychologin verheiratet zu sein. Als er gerade den Krug wieder ansetzte, klingelte das Telefon erneut.

Betont gelassen setzte er das Bier ab und wischte sich mit dem Handrücken über den Mund.

»Ich bin nicht da«, sagte Burgl, und er las in ihrem Blick, dass sie wusste, dass er jetzt drangehen würde und dass er sich dann ärgern würde und dass sie sich dann auch ärgern würde und dass die Lasagne heute ein Schuss in den Ofen war und dass sie beide nichts dafürkonnten.

Also ging er ran.

Die Nummer war unterdrückt, was nie ein gutes Zeichen war. Entweder wollte einer einem irgendwas andrehen, oder es war Burgls Tante Kati, bei der die Telekom aus unbekanntem Grund die Nummer unterdrückt hielt, oder es war irgendein Spinner, der irgendwie an die Privatnummer des Ersten Kriminalhauptkommissars der Kriminalpolizeistation Garmisch-Partenkirchen gelangt war und ihm nun etwas unaufschiebbar Wichtiges mitzuteilen hatte.

Heute Abend war es irgendein Spinner, der irgendwie an die Privatnummer des Ersten Kriminalhauptkommissars der Kriminalpolizeistation Garmisch-Partenkirchen gelangt war und ihm nun etwas unaufschiebbar Wichtiges mitzuteilen hatte.

»Ich habe Informationen für Sie«, sagte eine Männerstimme, die klang, als habe sich ihr Besitzer für den Anruf viel Mut antrinken müssen.

Tante Kati wäre mir lieber gewesen, dachte Schwemmer.

»Informationen! Toll!«, sagte er laut. »Nehmen Sie einen Umschlag, stecken Sie sie rein, Briefmarke drauf, an die Polizei adressieren und ab dafür. Die veranlassen dann das Nötige.«

Eine Weile atmete die Stimme nur. »Hören Sie«, sagte sie dann. »Ich glaub nicht, dass ich noch mal die Nerven hab … Für mich ist das hart. Entweder Sie wollen sie *jetzt* oder *gar* nicht. Ich *muss* das nicht tun. Über*haupt* nicht.«

»Lieber Mann, warum rufen Sie *mich* an und nicht die *Wache*? Die kümmern sich gern um Sie.«

Das mit dem »gern kümmern« war natürlich ein Euphemismus, aber Schwemmer tröstete sich damit, dass der Mann das Wort wahrscheinlich gar nicht kannte. Er grinste, was ihm wiederum klarmachte, dass er für dienstliche Unternehmungen vielleicht schon ein wenig zu viel getrunken hatte.

»*Sie* stehen nicht auf der Liste«, sagte der Mann.

»Was? Auf welcher *Liste*?« Schwemmer ärgerte sich, als er feststellte, dass er seinen Bierkrug in der Küche hatte stehen lassen. »Von was reden Sie eigentlich?«

»Von der Liste, die ich Ihnen geben will! Welche sonst?«

»Also *ich* stehe *nicht* drauf. Und alle anderen Polizisten stehen drauf, oder was?«

Burgl sah durch die Tür, und er bedeutete ihr gestisch, dass er gern seinen Bierkrug hätte.

»Ich weiß nicht, welche anderen Polizisten draufstehen. Ich kenn doch nicht alle Polizisten mit Namen. Aber ein *paar* kenn ich. Und *die* stehen drauf ... Und *Sie* stehen nicht drauf.«

Burgl brachte ihm den Krug und drückte ihm einen Kuss auf die Wange.

»Und entweder Sie wollen sie oder nicht, ich *muss* das nicht machen!«

»Okay, okay, okay«, sagte Schwemmer. »Was für eine Liste soll das sein? Das müssen Sie mir schon sagen.« Er nahm einen Schluck Bier. Burgl legte die Arme um ihn und schmiegte sich an ihn. Die Stimme schwieg.

»Hallo? Noch da?«

Burgl küsste ihn auf den Mund, da sagte die Stimme am Telefon: »Die Schedlbauer-Liste.«

Schwemmer löste sich so galant wie möglich aus der Umarmung seiner Frau. Er gab ihr einen Klaps auf den Hintern, und sie funkelte ihn so an, dass er wusste, dass er das noch bereuen würde. Sie verschwand in der Küche.

»*Was* haben Sie gesagt?«, fragte Schwemmer.

»Sie haben mich verstanden«, sagte die Stimme.

»Ja, ich hab verstanden. Was für eine Schedlbauer-Liste soll das sein? Die Liste ihrer Skilifte?«

»Ach Mann!« Die Stimme klang genervt. »Es geht um Geld. Um *viel* Geld. Kommen Sie um neun zur Ruine.«

»Zur ... Welche Ruine?«

»Werdenfels«, sagte die Stimme.

Schwemmer nahm kurz den Hörer vom Ohr und verdrehte die

Augen. »Hören Sie mal, Mann. Ich glaub, Sie gucken zu viel Edgar Wallace. Ruine Werdenfels! Es regnet! Haben *Sie* etwa Lust, im Dunkeln da raufzuklettern? Suchen Sie sich was anderes aus!«

»Ja … ich …«

»Parkplatz Eisstadion, wo die Lkws stehen. Da ist's um die Zeit auch schön gruselig.«

»Ja … gut«, sagte der Mann und legte auf.

»Scheiße! Ich hab Feierabend!«, brüllte Schwemmer, den Hörer noch in der Hand.

Burgl kam aus der Küche und lächelte maliziös. »Ich hab den Ofen runtergedreht«, sagte sie. »Das heißt, du hast eine Stunde …«

»Eine Stunde? Das ist knapp. Was, wenn ich es nicht schaffe?«

Sie trat nah an ihn heran, hob den Kopf und schlug provozierend ihre großen Augen auf:

»Es ist ganz einfach«, säuselte sie, »das Schicksal dieser Lasagne liegt allein in *deiner* Hand. Wenn du nicht binnen einer Stunde zurück bist, wird diese Lasagne erledigt sein. Und sag nicht, du wärst nicht gewarnt worden.«

Schwemmer nickte verstehend.

»Baby«, knurrte er, »glaub nicht, du könntest mich mit einem deiner Tricks reinlegen. Eines musst du wissen: *Diese* Lasagne … wird den Abend sowieso nicht überleben. Denn wenn *du* sie nicht erledigst, tu *ich* es.«

Burgl wandte sich mit betroffener Miene ab, und Schwemmer fand es sehr schade, dass er jetzt keine Zigarette zur Hand hatte, die er sich anzünden konnte – nur der Dramaturgie wegen natürlich.

So mürrisch wie möglich drückte er auf die Gabel – Heißt das Ding eigentlich noch Gabel?, dachte er – und wählte die Wache an.

»EKHK Schwemmer«, meldete er sich. »Kollege, ich brauch bitte ganz schnell die Nummer, die gerade hier bei mir privat angerufen hat. Und alles an Infos, was ihr über sie rauskriegen könnt … Schnell?« Er warf einen Blick auf seine Armbanduhr. »Schnell heißt zehn Minuten, maximal fünfzehn. Auf meinem Handy.«

Er legte auf. Beim Hinausgehen griff er nach seinem Mantel und warf ihn über die Schulter. Vielleicht sollte ich ab und an einen Hut tragen, dachte er. Im Vorbeigehen gab er Burgl noch einen weiteren Klaps auf den Hintern, weil, jetzt war's eh egal. Er stellte sich vor, wie sie ein großes Küchenmesser hinter ihm herschleuderte, und zuckte zusammen, als dicht neben ihm ein Kochlöffel an die Wand prallte.

Er zog die Tür hinter sich zu und verschwand in der regnerischen Nacht.

»Verstanden«, sagte Schwemmer. Er klappte sein Handy zu und steckte es ein. Verdrossen starrte er vor sich hin. Der Nieselregen lief ihm in den Mantelkragen. Er lehnte an seinem Wagen, der neben einem Sattelschlepper am äußersten Rand des Parkplatzes stand. Im Stadion summten die Eismaschinen.

Er sah auf die Uhr. Es war drei Minuten vor neun, als ein Wagen langsam auf den Parkplatz rollte. Er blieb fünfzig Meter entfernt stehen und blendete zweimal auf.

»Was für ein verdammter Kindergeburtstag«, murmelte Schwemmer.

Jemand stieg aus und kam auf ihn zu. Der Typ zog etwas aus der Tasche seines Parkas und stülpte es sich über den Kopf.

Schwemmer wartete. Als der Mann näher kam, sah Schwemmer, dass er eine Skimaske trug.

»Grüß Gott«, sagte der Mann.

Schwemmer sah genervt zur Seite. »Hören Sie, ich hab nicht viel Zeit. Was ist das für eine Liste?«

Der Mann sah sich nervös um. »Die Schedlbauer-Liste«, sagte er.

Schwemmer stöhnte auf. »Kommst mal mit was Stichfestem rüber, oder muss ich erst aus mir rausgehen?«

Der Mann sah sich noch mal um, dann zog er einen Umschlag aus der Tasche. Er trat noch einen Schritt näher heran. Schwemmer konnte durch die Maske seine Fahne riechen.

»Sagt Ihnen der Name ISIS was?«, fragte er.

»Ägyptische Göttin«, antwortete Schwemmer.

»Internationale Spezial-Immobilien Schedlbauer. Das ist eine Tochterfirma der SIS.«

»Die kenn ich«, sagte Schwemmer.

»ISIS hat Anlagefonds verkauft wie geschnitten Brot. Aber das waren reine Schneeballgeschäfte«, sagte der Mann. »Die Schedlbauerin macht das seit Jahren. Und jetzt fliegt ihr alles um die Ohren, weil immer mehr ihre Einlagen zurückhaben wollen.«

»Um wie viel geht es?«

»Alles in allem ist sie jetzt bei sechzehn Millionen.«

»Und was steht auf dieser Liste? Die Anleger?«

»Ja. Namen und Beträge. Sie verspricht 8,5 Prozent. Aber seit Jahren ist keiner der Fonds über drei Prozent hinausgekommen. Einige sind sogar schwer ins Minus gerutscht. Sie finanziert die Rendite mit den neuen Einlagen.«

»Seit Jahren? Und wieso kommen Sie *jetzt* damit?«

Wieder sah der Mann sich um. »Wegen diesem Schnüffler. Ich weiß nicht, *was* der alles weiß. Aber er hat die verdammt richtigen Fragen gestellt.«

»Schnüffler? Dieser Kant?«

»Weiß nicht. Er hat sich nicht vorgestellt.«

»Sie reden mit Leuten, die sich nicht vorstellen?«

»Er hatte Argumente ...« Der Blick des Mannes huschte hin und her.

»Hatte Argumente ... Herrschaftszeiten, jetzt drehens sich doch nicht dauernd um. Nach was suchen Sie denn da?«

Der Mann gehorchte. Er zog die Schultern hoch und sah Schwemmer brav an.

»Woher haben Sie die Liste?«, fragte Schwemmer.

Auf diese Frage war der Mann vorbereitet. Er straffte sich und sagte tapfer: »Das brauch Sie nicht interessieren.«

Schwemmer zuckte die Achseln. »Na schön. Ich kann's mir auch so denken, Herr Bartovic.«

Der Mann ließ die Schultern sinken und glotzte ihn an. Mit offenem Mund, vermutete Schwemmer, aber das war wegen der Skimaske nicht zu erkennen.

»Die stammt aus der Anlageabteilung der Bankfiliale, in der Sie stellvertretender Leiter sind. Und weiter könnte ich mir vorstellen, dass der Posten Ihres Chefs neu besetzt werden muss, wenn die Liste bekannt wird. Und dann wären *Sie* gern erste Wahl.«

Bartovic zog die Maske vom Kopf. Er war siebenundzwanzig, wie Schwemmer wusste. Seine Haut war glatt und frisch, aber seine Augen wirkten enttäuscht und müde und alt. Und ängstlich.

»Woher wissen Sie das alles?«, murmelte er.

»Herr Bartovic, ich bin die Polizei. Wir sind nicht *ganz* blöd. Und wir haben Möglichkeiten. Rufen Sie das nächste Mal nicht von zu Hause an, wenn Sie was zu verbergen haben. Und gehen Sie morgen früh als Allererstes zu Ihrer Revisionsabteilung. Das könnte Ihre Karriere vielleicht noch retten.«

Bartovic nickte mit gesenktem Blick. Dann drehte er sich um und schlich durch den Regen auf seinen Wagen zu.

»Kommen Sie«, rief Schwemmer. »Ich fahr Sie nach Haus. Sonst muss ich Ihnen auch noch den Lappen abnehmen.«

FÜNF

»Was erwarten Sie denn von einem Sohn, auf dessen Mutter ein Mordanschlag verübt wurde?«, fragte Rechtsanwalt Bichlmeier. Seine Wangen glühten.

»Dass er sich an Gesetze hält zum Beispiel.« Schwemmer war sauer, und wenn Bichlmeier ihn besser gekannt hätte oder wenn er nur ein bisschen empfänglich gewesen wäre für die Stimmung anderer Menschen, er hätte den Versuch, seinen Cousin Berni aus dem Polizeigewahrsam zu holen, anders angefangen. Oder gleich auf Nachmittag verschoben.

Jedenfalls hätte er nicht um halb acht morgens vor Schwemmers Büro gewartet.

»Nach Einschätzung unseres Arztes ist der Herr Schedlbauer Bernhard …«, Schwemmer sah auf seine Armbanduhr, »… in frühestens zwei Stunden nüchtern genug für eine Vernehmung. Und ob in zwei Stunden jemand hier dafür Zeit hat, bleibt abzuwarten. Ich empfehle Ihnen, heute Nachmittag wiederzukommen. Aber nicht zu früh.«

Bichlmeier presste die Lippen zusammen und verließ grußlos den Raum.

»Schlechte Nerven hat der Junge«, murmelte Schwemmer.

Er nahm sich die Liste vor, die ihm den gestrigen Abend verdorben hatte. Bartovic hatte sich nicht geirrt. Nicht weniger als vier Kollegen standen auf der Liste – was keinesfalls ehrenrührig für die bayerische Polizei war.

Im Gegenteil: Wenn Schwemmer sich die anderen Namen auf der Liste ansah, schien die Polizei hier geradezu unterrepräsentiert.

Es gab mehrere Stadträte, Gastronomen in großer Zahl, Landwirte, Einzelhändler, zwei Künstler, einen Schriftsteller (bei dem Schwemmer nicht klar war, wie der die aufgeführte Summe aufgebracht hatte), Lehrer, Beamte aller Art im Dutzend et cetera. Fast wunderte Schwemmer sich, dass er selbst nicht auf der Liste stand.

Schafmann übrigens auch nicht.

Frau Fuchs schon, das machte die Situation ein wenig pikant.

Noch pikanter war die Tatsache, dass mit Kriminalrat Gollas der für Vermögensdelikte zuständige Dezernatsleiter der KPI in Weilheim auch auf der Liste stand.

Die Summen differierten. Die Spanne reichte von viertausend Euro, was die Mindestsumme zu sein schien, bis hinauf zu zweihundertfünfundachtzigtausend von Herrn Allensteiner senior.

Senior, dachte Schwemmer und markierte den Namen mit gelbem Leuchtstift. Er blies die Wangen auf und lehnte sich in seinem Stuhl nach hinten. Nachdenklich sah er aus dem Fenster auf den Wank. Er verglich die Aussicht mit der aus Schafmanns Büro. Er fand Schafmanns Blick auf die Friedhofskapelle etwas reizvoller, dafür hatte der die B 2 vor der Nase.

Ich mach jetzt nicht auf dem Dienstweg die Pferde scheu, dachte er. Er musste in den nächsten Tagen sowieso nach Weilheim. Da würde er mit Gollas unter vier Augen reden. Dann konnte der entscheiden, was unternommen wird.

»Wird das Beste sein«, murmelte Schwemmer, aber er war unzufrieden.

Es klopfte. Frau Fuchs kam herein.

»Ein Fax für Sie«, sagte sie.

Er nahm ihr das Blatt aus der Hand.

»Wo steckt eigentlich Schafmann?«, fragte er.

»Er kommt später. Muss zum Arzt.«

»Was hat er denn jetzt schon wieder?«

»Er hat sich an der Hand verletzt«, sagte Frau Fuchs fröhlich und ging hinaus.

Schwemmer sah sich das Fax an.

»Sehr geehrter Herr Schwemmer«, stand da. *»Da ich von meinem Bruder Vinz Schedlbauer gestern Nacht eine E-Mail aus Ecuador erhalten habe, in der er mir sein Wohlsein versichert, sehe ich keinen Anlass, daran zu zweifeln. Hochachtungsvoll, Anna Schedlbauer«.*

Schwemmer verzog den Mund. Wenn Nanni *wirklich* Anrufe und Mails gekriegt hatte, war es nachvollziehbar, dass sie keine Lust hatte, sich einen entstellten Toten anzuschauen.

Er legte das Fax in den anschwellenden gelben Aktendeckel, auf den er mit dickem schwarzem Filzstift »KLAMM« geschrieben hatte. Dann zog er das Eingangskörbchen zu sich heran. Zuoberst lag ein Bericht von Dräger über seine Dummy-Versuche oberhalb der

Klamm. Schwemmer hatte ihn in der gestrigen Hektik nach hinten sortiert, was er schon während der Lektüre bedauerte.

Entgegen Drägers Vermutung war es in mehreren Versuchen nicht möglich gewesen, einen Dummy von siebzig Kilo von der Fundstelle der verdächtigen Fußabdrücke aus bis in die Klamm zu schleudern. Vielmehr war die Plastikpuppe bei zwei von fünf Versuchen an jeweils der gleichen Stelle zu liegen gekommen, in deren unmittelbarer Umgebung dann nicht nur Blutspuren und Fußabdrücke der Schuhgröße 45 gefunden wurden, sondern auch Schrotkugeln der Größe 00.

Bei weiteren Versuchen war es dann ein Leichtes, den Dummy von dieser Stelle aus in die Klamm zu werfen.

Schwemmer kratzte sich am Kinn. Konzentriert versuchte er, die neue Spurenlage zu einem Gesamtbild zusammenzusetzen, und ärgerte sich sehr, als das Telefon läutete.

Es war eine Kollegin von der Wache unten.

»Hier ist ein Herr ... Wie war noch mal der Name?«

»Kant von Eschenbach«, hörte Schwemmer eine entfernte Stimme sagen.

Schwemmers Brauen rutschten nach oben. »Was will er?«, fragte er.

»Sagen Sie ihm bitte, es ginge um die Liste, die Herr Bartovic ihm gestern Abend gegeben hat«, sagte die entfernte Stimme zu der Kollegin.

»Es ist wegen –«

»Ich hab's gehört. Bringen Sie ihn rauf. Aber erst in fünf Minuten.«

Er legte auf. Dann nahm er seinen Notizblock und kritzelte sein bisheriges Tagwerk darauf, denn langsam verlor er den Überblick. Als er auf die Uhr sah, wurde ihm klar, warum.

»Frau Fuchs!«, schrie er die Tür zum Vorzimmer an, und tatsächlich öffnete sie sich. Frau Fuchs sah ihn entgeistert an, und er setzte das netteste und mitleidheischendste Gesicht auf, das er im Repertoire hatte.

»Kaffee. *Bitte*. Einen großen. Haben Sie einen fertig?«

»Jawohl«, sagte Frau Fuchs, wobei ihr Thüringisch das o ziemlich, aber nicht sehr, in Richtung ö drehte.

Schwemmer massierte seine Schläfen und versuchte sich auf seinen adligen Düsseldorfer Besucher vorzubereiten. Aber das Einzige, was ihm einfallen wollte, war dessen Maserati. Frau Fuchs brachte ihm seinen Becher mit Kaffee und wenig Milch.

Er dankte mit einer Verbeugung, aber es würde wohl etwas dauern, bis sie ihm den Schrei von eben verziehen hätte.

»Wissen Sie, wann Schafmann hier aufkreuzen wird?«, fragte er.

»Nein«, sagte Frau Fuchs und schloss die Tür von außen.

Zwei Minuten später klopfte es, und der Security Consultant trat ein. Er trug einen schwarzen Kamelhaarmantel über einem locker fallenden grauen Anzug, dazu einen schwarzen Hut mit nicht allzu breiter Krempe. Das sah entschieden gut aus.

Vielleicht sollte ich wirklich ab und an Hut tragen, dachte Schwemmer.

»Kant von Eschenbach«, stellte der Mann sich vor. »Aber ich nehme an, das wissen Sie bereits.«

»In der Tat«, sagte Schwemmer. »Grüß Gott. Legen Sie ab und nehmen Sie Platz, Herr Kant von Eschenbach«.

»Oh bitte, nennen Sie mich nur Kant, wenn es recht ist. Mein voller Name ist so umständlich ... Ich benutze ihn eigentlich nur bei offiziellen Anlässen wie einer einführenden Vorstellung bei der Polizei.«

Er hängte Hut und Mantel sorgfältig an die Garderobe hinter der Tür. Dabei streifte er wie unabsichtlich das Revers seines Jacketts beiseite und zeigte Schwemmer so, dass er kein Schulterholster trug.

»Was kann ich für Sie tun, Herr Kant?«

Kant setzte sich auf einen der Besucherstühle und strich sich mit dem Ringfinger über eine Augenbraue, was Schwemmer ziemlich affektiert fand.

»Ich habe einige Fragen, und mir ist klar, dass Sie nicht verpflichtet sind, mir darauf zu antworten. Ich werde also keinesfalls beleidigt sein, wenn Sie es nicht tun. Aber möglicherweise können wir uns gegenseitig helfen.«

Schwemmer machte eine auffordernde Geste. »Ich höre«, sagte er, doch dann unterbrach er sich. »Möchten Sie vielleicht einen Kaffee?«

Kant warf einen undeutbaren Blick auf Schwemmers Kaffeebecher. »Vielen Dank«, sagte er dann. »Ich hatte Kaffee im Hotel.«

»Wie Sie meinen.« Schwemmer wiederholte seine Geste.

»Zunächst wüsste ich gerne, was Sie mit der Liste vorhaben, die Herr Bartovic Ihnen gestern Abend übergeben hat«, sagte Kant.

»Sie haben den Mann also beschattet«, sagte er. »Er muss Sie bemerkt haben. Er hat sich dauernd umgedreht.«

Kant wiegte zweifelnd den Kopf »Dass er mich bemerkt hat, kann ich mir kaum vorstellen. Immerhin haben nicht einmal *Sie* mich bemerkt. Allerdings hatte ich ihm gesagt, dass er keinen unbeobachteten Schritt mehr tun würde. Was natürlich eine Übertreibung war, um ihn ein bisschen aufzuscheuchen.«

»Verstehe. Zu Ihrer Frage: Bevor ich darüber nachdenke, sie zu beantworten, müssten Sie mir sagen, wer Sie beauftragt hat.«

»Das dachte ich mir, und das führt direkt zu meiner zweiten Frage: Wer ist der Tote aus der Klamm?«

»Wissen wir nicht«, sagte Schwemmer.

Kant nickte nachdenklich. »Das hatte ich befürchtet«, sagte er leise. »Aber Sie haben eine Vermutung.«

»Was vermuten *Sie* denn?«, konterte Schwemmer.

Kant breitete die Hände aus. »Ich stecke da gewissermaßen in einem Dilemma, Herr Schwemmer. Der Tote könnte mein Auftraggeber sein. Wenn ich Ihnen den Namen nenne, und er ist es *nicht*, habe ich Klientenverrat begangen.«

»*Sie* könnten ihn für uns identifizieren.«

»Da muss ich Sie enttäuschen. Ich habe den Mann nie gesehen.«

»Wie ärgerlich«, brummte Schwemmer. »Sie arbeiten für Leute, die Sie nie gesehen haben?«

»Ich arbeite für Leute, die mich bezahlen«, antwortete Kant kühl.

Schwemmer nickte, trank aus seinem Becher und versuchte, seine Situation einzuschätzen. Schafmann wäre ihm jetzt eine große Hilfe gewesen, aber jammern nützte nichts.

»Wie wär es mit folgendem Modus Operandi«, sagte er endlich, »beide Parteien sprechen nur über Vermutungen. Und wenn diese sich als Irrtum herausstellen, vergessen beide Parteien, was sie gehört haben.«

»Wenn ich Sie richtig verstehe, Herr Schwemmer, reden Sie von gegenseitigem Vertrauen«, sagte Kant mit einem kleinen Lächeln.

»Genau«, sagte Schwemmer. »Aber ich bräuchte einen *Grund*, Ihnen zu vertrauen.«

»Ich arbeite seit neun Jahren in Düsseldorf. Überwiegend im

Bereich Betrug, aber es waren auch Kapitalverbrechen dabei.« Er wies auf den Telefonapparat. »Null zwei elf acht sieben null null«, sagte er. »Wenn Sie möchten, lass ich Sie allein, während Sie telefonieren.«

»Tun Sie das bitte«, sagte Schwemmer.

Kant stand auf und ging aus der Tür.

Schwemmer zog das Telefon zu sich heran und wählte die Nummer.

Wie er erwartet hatte, war es die Zentrale des Polizeipräsidiums in Düsseldorf. Er ließ sich mit dem K1 verbinden, fragte sich durch und landete bei Kriminalhauptkommissar Dönecke, der ihm bestätigte, Herrn Kant von Eschenbach zu kennen, und zwar ein wenig besser, als ihm lieb war.

»Ehrlich gesagt, Herr Kollege, find ich's toll, dass Sie den bei sich aufgenommen haben. Noch glücklicher wären wir hier, wenn Sie ihn behalten würden. *›A pain in the ass‹* nennt der Ami so einen.«

»Sie raten mir also von einer Zusammenarbeit ab?«, fragte Schwemmer.

Dönecke stieß ein dröhnendes Lachen aus. »Kommt drauf an«, sagte er.

»Auf was?«

»Kommt drauf an, was Sie vorhaben. Wenn er Ihnen helfen soll, gibt es keinen Besseren. Aber wenn Sie ihm ans Bein pinkeln wollen, ihm oder seinem Klienten …« Dönecke schnaufte vernehmlich.

»Was dann?«, fragte Schwemmer.

»Dann lassen Sie es lieber bleiben. Dann wird er eklig … Eigentlich kann ich mich über Kant gar nicht beklagen. Er hat mir zu meinem Job verholfen.«

»Wie denn das?«

»Er hat dafür gesorgt, dass mein Vorgänger im Knast sitzt.«

Schwemmer brauchte ein paar Sekunden, um das zu verdauen.

»Klingt nicht so, als könne ich dem Mann vertrauen«, sagte er endlich.

»Doch«, sagte Dönecke. »Sie dürfen nur nicht versuchen, ihn reinzulegen.«

Schwemmer dankte und legte auf. Er dachte eine Minute nach, bevor er aufstand, um Kant wieder hereinzubitten.

»Wen haben Sie erreicht?«, fragte Kant freundlich.

»Hauptkommissar Dönecke.«
»Oje.« Kant lachte in sich hinein.
»Er sagte, Sie seien vertrauenswürdig.«
»Sonst nichts?«
»Er benutzte ein amerikanisches Schimpfwort, das ich nicht wiedergeben möchte.«
»Oh, das benutzt er gern. Er hat es mir schon ins Gesicht gesagt. Mehrmals.«
»Und er hat mich davor gewarnt, Sie reinlegen zu wollen. Klingt nach einem Kompliment.«
»Danke. Heißt das, wir einigen uns auf Ihren Modus Operandi?«
»Ja.«
»Dann fangen Sie mal an«, sagte Kant.
Schwemmer hob die Brauen.
Kant auch.
Schwemmer begann zu verstehen, was der Düsseldorfer Kollege gemeint haben könnte. In seiner Stadt hätte er auch keinen Bedarf an so einem arroganten Schlauberger.
Aber er gab nach.
»Wir vermuten, dass es sich bei dem Toten um Herrn Vinzenz Schedlbauer handelt«, sagte er. »Wir sind aber absolut nicht sicher.«
Kant nickte. »Vinzenz Schedlbauer hat mich engagiert«, sagte er.
»Und wie lautete Ihr Auftrag?«
»Nachzuweisen, dass seine Mutter betrügerische Anlagepapiere verkauft.«
»Er verdächtigt seine eigene Mutter des Betrugs?«
Kant hob die Hand. »Sie erinnern sich an unsere Verabredung: Sollte der Tote jemand anders sein, vergessen Sie alles, was ich hier erzähle.«
»Schon recht«, sagte Schwemmer.
»Er ist Eigentümer der ISIS, aber nur als Strohmann. Seine Mutter ist Geschäftsführerin, aber *er* trägt die juristische Verantwortung. Er wollte nichts ohne stichhaltigen Beweis unternehmen. Ein gemeinsamer Bekannter hat mich ihm empfohlen. Und da bin ich.«
»Und Sie haben ihn nie getroffen?«
»Wir haben telefoniert und hatten ausführlichen Mailverkehr. Für den Tag meiner Ankunft waren wir verabredet, aber er hat kurz-

fristig per Mail abgesagt, ohne einen neuen Termin zu nennen. Ich habe mich entschlossen zu warten. Aber er hat nichts mehr von sich hören lassen. Wirklich stutzig gemacht hat mich erst der Besuch der Damen Schedlbauer und ihres … *Consigliere*, oder wie nennt man das hier?«

Schwemmer entwickelte langsam Mitgefühl für den Kollegen Dönecke. »Die wissen also von Ihrem Auftrag?«, fragte er beherrscht. »Woher?«

»Die Damen müssen sich irgendwie Zugang zur Korrespondenz meines Auftraggebers verschafft haben, denn außer ihm wusste niemand, dass ich überhaupt in der Stadt war. Schon gar nicht, in welchem Hotel.«

»Was ist mit diesem gemeinsamen Bekannten?«

»Der wusste das auch nicht. Er heißt Wilkinson, ein prominenter Politologe. Er war Schedlbauers Professor in Tübingen. Ich kenne ihn von seiner Düsseldorfer Zeit her. Aus meinem Bridgeclub.«

»Bridgeclub?«, fragte Schwemmer.

»Ja. Ist das ein Problem?«

»Nein, nein … Könnte dieser Herr Wilkinson den Toten identifizieren?«

»Das mag sein, aber er lebt mittlerweile in Seattle.«

Schwemmer sah aus dem Fenster und verfluchte den Morgen. Dass es nach Burgls Speiseplan heute Abend Zander mit Graupen geben sollte, war eigentlich schon genug für den Tag gewesen. Aber heute setzte es Schlag auf Schlag. Er hoffte, dass dieser adlige Schnösel der negative Höhepunkt sein würde, aber irgendwie hatte er kein gutes Gefühl.

Schlimmer geht immer, dachte er.

»Herr Kant, warum sind Sie eigentlich hier?«, fragte er, entschlossen, das Gespräch wieder unter Kontrolle zu bringen.

»Ich habe vorgestern Abend in einem Gespräch mit Frau Meixner von dem Toten in der Klamm erfahren. Das machte mich nachdenklich. Ich habe deshalb gestern mit meiner Arbeit begonnen, ohne auf Herrn Schedlbauer zu warten. Er hatte mir Herrn Bartovic als potenziellen Mitwisser genannt, und er hatte recht. Allerdings ist der nur das letzte Glied in der Kette. Er hat mir die Liste gegeben, die natürlich nichts beweist.«

»Warum hat er das getan?«

»Ich habe ihn darum gebeten.«

»Und er hat sie Ihnen einfach so gegeben?«

»Ihnen doch auch, oder?«

Du aalglatter Sack, dachte Schwemmer. »Bartovic sagte, Sie hätten ›Argumente‹ gehabt.«

»Oh, ich kann sehr überzeugend sein, wenn es nötig ist«, sagte Kant, ohne eine Miene zu verziehen. »Und Bartovic' Reaktion zeigte mir, dass der Verdacht meines Auftraggebers nicht aus der Luft gegriffen war. Was mich aber letztlich zu dem Entschluss brachte, meinen Wissensstand mit dem Ihren abzugleichen, war Herrn Bartovic' Frage, ob *ich* versucht hätte, Frau Schedlbauer umzubringen.«

»Und? Haben Sie?«, fragte Schwemmer.

»Dass sie noch lebt, spricht dagegen«, antwortete Kant ohne sichtbare Regung. »Haben Ihre Techniker schon etwas herausgefunden?«

»Leider nicht. Aber ich rechne jederzeit mit dem Vorbericht.«

»Bei einem so neuen Auto versagt nicht einfach die Lenkung«, sagte Kant.

»Richtig. Deshalb tippe ich auch auf Fahrfehler.«

»Die Leute auf der Liste verdächtigen Sie nicht? Oder die Familie Meixner?«

Wie kommt er auf die Meixners?, dachte Schwemmer, aber die Antwort lag auf der Hand. Der Mann kannte Lenerl. Er würde einiges aus ihr herausbekommen haben. Schwemmer versuchte einen Ausfall.

»Ich hab Sie vorgestern in Oberammergau in diesem Restaurant gesehen«, sagte er.

»Ich Sie auch«, antwortete Kant und machte auch diesen Punkt.

»Wie kommen Sie auf die Meixners?«, fragte Schwemmer.

»Professor Wilkinson erzählte mir von einer Semesterarbeit, die das Unterhaltsamste gewesen sei, das seine Studenten ihm je geliefert hätten. Sie stammte von Vinzenz Schedlbauer und behandelte die Geschichte der Meixner-Schedlbauer-Fehde. Aber Wilkinson hatte natürlich eine entspannte Perspektive«, fügte Kant entschuldigend hinzu. »Für die Ordnungskräfte vor Ort wird sich diese Sache wohl als wenig amüsant dargestellt haben.«

»Das Wesentliche hat sich *vor* meiner Zeit hier abgespielt.«

Das Telefon auf dem Schreibtisch begann zu läuten. Schwemmer war froh über die Unterbrechung und zögerte nur höflich, bevor er abnahm.

Aber was er zu hören bekam, forderte eine Menge Selbstbeherrschung, denn eigentlich hätte er gerne laut und herzhaft darüber geflucht. Aber er bewahrte die Contenance, die ein »von und zu«-Klugscheißer wie sein Gast von ihm erwarten durfte.

»Herr Kant von Eschenbach«, sagte er, nachdem er wieder aufgelegt hatte, »ich möchte Ihr Vertrauen nicht über Gebühr auf die Probe stellen.«

***

Magdalena betrat ihr Hotel, vorsichtig, um nicht aufzufallen, weil sie das Gefühl hatte, hier, an diesem schönen Ort, ein Störfaktor zu sein. Sie fühlte sich hässlich – ausgebrannt, erschöpft, über ihre Grenzen hinaus belastet.

Es saßen Gäste im Frühstücksraum, aber niemand sah her. Sie schlich durchs Foyer zur Treppe. Nur Andi nahm sie wahr.

»Ich komm gleich«, flüsterte sie ihm zu.

Aber Andi machte eine heftig abwehrende Geste. »Komm erst mal *zu* dir«, flüsterte er zurück.

Sie schüttelte den Kopf und stieg die Treppe hinauf. Großvater hatte schrecklich ausgesehen in seinem Krankenbett, die Haut ganz grau, die Augen glasig, die Stimme heiser und kaum zu verstehen.

Magdalena war von sechs am Morgen an bei ihm gewesen, weil er spätestens da wach wurde, und als sie um neun sagte, sie müsse nun zur Arbeit ins Hotel, aber das Reserl komme bald, hatte der Maiche nur genickt, ohne sie anzusehen.

Sie zog sich aus und ließ die Sachen einfach auf den Boden ihres Apartments fallen. Im Bad drehte sie die Dusche auf, stieg hinein und ließ das heiße Wasser über ihren Körper laufen, aber eigentlich nahm sie es gar nicht wahr. Sie stand starr, und irgendwann merkte sie, dass sie weinte. Dass die Tage schwer waren, dass zu viele Dinge, zu viele Menschen zu viel Beachtung, Zeit und Kraft von ihr forderten, dass sich alles nicht zu lohnen schien: Das konnte sie vielleicht ertragen.

Aber nicht das Gefühl, einsam zu sein. Und deshalb weinte sie.

Ein schlanker, großer, kühler, gefährlicher Mann spukte in ihrem Kopf herum. Und hier unter der heißen Dusche überfiel sie das Unglück, dass dieser Mann sie nicht wollte. Zu wollen schien. Eventuell. Denkbar, dass. Nicht sicher, aber vielleicht doch. Noch lange nicht zu Ende, die Geschichte. Ein paar Asse würden in ihrem Ärmel schon noch zu finden sein, wenn sie nur richtig suchte. Auch wenn er nur bis morgen reserviert hatte. Sie duschte die Tränen aus ihrem Gesicht und drehte das Wasser ab.

Gerade als sie halbwegs trocken war, klingelte jemand an der Tür ihres Apartments. Für einen Moment war sie konsterniert, weil sie das Geräusch gar nicht richtig erkannte. Sie hatte die Klingel beim Einzug ein paarmal ausprobiert, aber im wahren Leben drückte niemand auf den Knopf neben ihrer Tür. Wenn es unten Probleme gab, riefen sie an. Aber sie kamen nicht rauf.

Sie streifte ihren Bademantel über, ging barfuß zur Tür und öffnete sie einen Spalt. Andi stand davor, ein Tablett mit einer Thermoskanne und einem ansehnlichen Frühstück in den Händen. Er lächelte verlegen.

»Sekunde«, sagte Magdalena. Sie drehte sich um und besah die Unordnung in ihrer Wohnung. Für einen Moment überlegte sie, einfach alles, was sie packen konnte, ins Bad zu werfen. Aber dann dachte sie: Was soll's? Es ist Andi.

»Komm rein«, sagte sie also. »Aber es ist nicht aufgeräumt.«

»Ist egal. Oder?« Andi trug das Tablett herein. »Von Phong. Ein Morgengruß, hat er gesagt. Und dass der Frühling bald kommt.«

Sie sah ihn verwirrt an und fragte dann das Wichtigste, das ihr durch den Kopf ging: »Wer ist unten?«

»Gernot«, sagte Andi.

»Ich dachte, Gernot ist krank?«

»Ja ... ich hab ... das war okay, hoffe ich, für dich ...«

»*Was* jetzt?«

»Ich hab ihn ... angerufen halt. Und gesagt, krank sein geht nicht. Nicht heute.«

Magdalena starrte ihn verständnislos an. »Einfach so?«

»Na ja. Ich wüsst nicht, wie anders ... Martine macht Spät, Pino Nachtschicht. Kann ich das ...?« Er stand immer noch da, das Tablett in den Händen.

Magdalena fasste sich halbwegs und schob alles an Zetteln, Broschüren und gebrauchtem Geschirr auf ihrem kleinen Tisch so weit beiseite, dass Andi das Tablett daraufstellen konnte.

»Frühstück«, sagte Andi.

Sie setzte sich an den Tisch und griff nach der Kaffeetasse. Andi drehte die Kanne auf und schenkte ihr ein.

»Kennst du das?«, fragte sie leise. »Wenn irgendwie gar nichts mehr zusammenpasst? Wenn du in Stücke zerlegt wirst von den Dingen? Und überhaupt nicht weißt, was du machen sollst?«

»Klar«, sagte Andi.

Sie trank von ihrem Kaffee. Phong hatte dieses vietnamesische Gewürz dazugemischt, das sie mochte, das sie ihm aber verboten hatte, in den Kaffee der Gäste zu mischen, weil sie fürchtete, es sei zu exotisch.

Es schmeckt wirklich toll, dachte sie. Ich muss das auf die Karte setzen.

Erst dann fiel ihr Andis Antwort auf.

»Was meinst du mit ›Klar‹?«, fragte sie.

Andi sah sie mit einem traurigen Lächeln an. »Ja, *klar* eben. Kenn ich. Also wenn du in Stücke zerlegt wirst. Von Dingen. Und keine Ahnung hast, was du machen sollst … Hast du doch gefragt, oder?«

Sie nickte. Und trank ihren Kaffee. Andi stand verloren neben dem Tisch.

»Nun *setz* dich doch«, sagte sie genervt und räumte die Zeitschriften von dem zweiten Stuhl auf den Boden. Aber Andi blieb stehen.

»Setz dich!«, entfuhr es ihr, viel heftiger als beabsichtigt, und Andi setzte sich.

»Eigentlich«, sagte er zögernd, »eigentlich mag ich das nicht so. Wenn du so … redest.« Er sprach leise, aber er sah ihr auf eine Art in die Augen, die sie völlig überraschte. Fordernd.

»Entschuldigung«, war alles, was ihr einfiel. Sie griff nach dem Croissant und der Butter und begann zu essen. Andi sagte nichts, und sie war nicht sicher, ob er beleidigt war oder nur einfach so nichts sagte, wie er eben oft einfach so nichts sagte. Sie trank von ihrem gewürzten Kaffee und aß von dem Croissant und sah immer wieder zu Andi, und einen Moment lang war der größte Teil ihrer Sorgen aus ihren Gedanken verschwunden.

Aber es war nur ein Moment.

»War unten irgendwas Wichtiges?«, fragte sie.

»Nein. Nur Herr Kant hatte was, das soll ich ausrichten. Er wollte Danke sagen wegen dem Schrank. Also, weil du nicht reingeguckt hast. Sagt er.«

Magdalena sank auf ihrem Stuhl zusammen.

Woher wusste er das? Wie konnte er wissen, dass sie da gewesen war, dass sie vor seinem Schrank gestanden hatte? Und dass sie ihn *nicht* aufgemacht hatte? Es war entwürdigend. Sie wünschte sich, den Schrank *doch* aufgemacht zu haben. Vielleicht wäre ja irgendwas darin zu entdecken gewesen, für das sich diese Demütigung gelohnt hätte.

Sie kaute auf dem Mundvoll in Kaffee eingeweichtem Croissant herum und hätte am liebsten gekotzt.

»Du hast gefragt«, sagte Andi.

Sein Handy klingelte, und er zog es mit einem unsicheren Blick auf sie aus der Tasche. Er meldete sich, hörte kurz zu, dann fuhr sein Blick zu Magdalena, und alles, was sie darin las war: Alarm.

»Nein«, sagte er, »ich werd es ausrichten«, dann klappte er das Handy zusammen und wich ihrem Blick aus.

»Was ist los?«, fragte Magdalena.

»Deine Mutter. Sie hat angerufen. Unten.« Er griff nach der Thermoskanne und rückte sie zurecht.

»Jetzt sag schon!«, fauchte sie, und er sah ihr wieder auf diese neue Art in die Augen, dass sie entschuldigend die Hand hob und fragte: »Was ist los?«

»Euer Hias«, sagte Andi. »Er war da im Krankenhaus. Bei der Frau. Der alten. Der andern.«

»Grundgütiger«, entfuhr es ihr. »Was ist passiert?«

»Ich weiß es nicht. Sie haben die Polizei gerufen.«

***

Es war schon eine bemerkenswerte Kombination, die Schwemmer im Krankenhaus vorfand: eine gemeingefährlich keifende Mirl Schedlbauer, eine hysterische Krankenschwester, zwei ratlose Streifenbeamte, von denen einer einen Ohrring trug, eine resignierte Lenerl, eine weinende Reserl, ein schweigender Maiche Meixner und kein Hias.

»Wenigstens der Bichlmeier ist nicht da«, murmelte er.

»Der ist auf dem Weg«, sagte der Streifenbeamte ohne Ohrring.

Es dauerte eine Weile, bis Schwemmer ein einigermaßen einleuchtendes Bild der Vorgänge zusammenhatte.

Der Rossmeisl Hias war beim Meixner Maiche im Zimmer gewesen. Laut Reserl hatte er kein Wort gesagt, sondern den Maiche nur angeschaut, worauf der genickt hatte. Kurze Zeit später war er unangemeldet und ohne anzuklopfen in Mirl Schedlbauers Zimmer aufgetaucht, während dieser gerade von einer Krankenschwester »sanitärmäßig geholfen wurde«, wie der uniformierte Kollege sich etwas umständlich ausdrückte.

Statt auf die überaus heftigen Proteste der beiden beteiligten Damen hin das Zimmer wieder zu verlassen, war er ans Bett getreten und hatte mit der flachen Hand an seinem Hals eine Geste des Kehledurchschneidens gemacht.

Mirl behauptete, er hätte gedroht, ihr den Garaus zu machen, sobald er sie alleine erwische. Und er hätte eine Pistole im Hosenbund getragen. Die Krankenschwester hatte sein Oberbayrisch zwar nicht verstanden (sie stammte aus Husum), aber dass er Mirl ernsthaft gedroht hatte, bezweifelte sie nicht. Eine Pistole hatte sie allerdings nicht gesehen.

Hias hatte dann das Zimmer wieder verlassen wollen, traf aber in der Zimmertür auf den rastagelockten Zivi, der, durch das Geschrei der Damen alarmiert, zu Hilfe eilen wollte. Er hatte versucht, die Situation verbal zu deeskalieren, was keine gute Idee gewesen war, da der Zivi aus Aschaffenburg kam und damit dialektal vom Hias ungefähr so weit entfernt war wie die Schwester aus Husum. Es endete unschön, nämlich mit einem Wirkungstreffer, den Hias auf der Leber des Zivi platzierte und der diesen auf die Fliesen des Krankenhausbodens schickte, die ihm zudem noch eine schmerzhafte Prellung des linken Ellbogens zufügten.

Dann war der Hias verschwunden.

»Er war wohl sauer wegen irgendwas«, sagte der Kollege mit dem Ohrring.

»Da könntens schon recht haben.« Schwemmer sah sich auf dem Gang um. »Sehens dahinten die Stühl? Holens einen davon ran und setzens sich da her. Gleich vor die Tür, dass die Frau Schedlbauer Sie sehen kann, wenn die Tür aufgeht. Ich lass Sie rechtzeitig ablösen. Und wenn ich's vergessen sollt … rufens halt auf der Wache an.«

Der Kollege schaute einigermaßen ungläubig, aber er tat, was Schwemmer ihm gesagt hatte.

Schwemmer klopfte an die Tür. Mirl Schedlbauer brüllte: »Kimm eini«, und er öffnete.

Sie drückte sich mühsam auf den Ellbogen hoch. »I hab's Eana direkt gsagt! De Meixner-Bande wuil ma was antun!«, schrie sie Schwemmer entgegen. Ihre rot gefärbten dünnen Haare standen in zwei Richtungen von ihrem Kopf ab, nämlich nach links und nach oben. Ihr Mund war von scharfen Falten umgeben, und wenn sie nicht schrie, bildeten ihre Lippen einen schmalen Strich.

Schwemmer sparte sich jeden Versuch der Beschwichtigung.

»Ab jetzt sitzt eine Wache vor Ihrer Tür«, sagte er stattdessen und hoffte, rechtzeitig aus dem Zimmer zu sein, bevor dieser Anwalt auftauchte, der ihm nur Zeit und Nerven rauben würde.

»Verhaftets den Sauhammel! Ihr habts ja ned gsehn, wia der ma droht hat! De Gurgl will er mia durchschneidn! De wollt mi umbringen! Der Hundskrüppel, da Varreckte. *Der* hat a mein Wagn hingmacht!«

»Geh, das glaubst doch selbst nicht, oder?«, fragte Schwemmer.

»Wer denn sonst, zefix no amal?«

Schwemmer hätte ihr am liebsten Herrn Bartovic' Liste unter die Nase gehalten und gefragt, ob es nicht auch einer von denen sein könnte, der ihr etwas antun wollte. Das verbot sich natürlich von selbst, bei dem Ermittlungsstand, aber er war froh, dass er keine Kopie in der Tasche hatte, sonst hätte er es vielleicht trotzdem getan; spontan, weil der Effekt so schön gewesen wäre.

So sagte er: »Wir nehmen ihn fest, sobald wir ihn gefunden haben.«

»Den brauchts gar ned suacha! Der hockt drobn aufm Meixner-Hof, wo er immer scho ghockt is. Aber passts fei auf, dass der eich ned die Schädel wegschiaßt!«

»Machen Sie sich um uns keine Sorgen«, sagte Schwemmer und verließ das Zimmer.

»Was genau soll ich eigentlich hier machen?«, fragte der Kollege mit dem Ohrring.

»Aufpassen. Einfach nur aufpassen«, sagte Schwemmer und ging den Gang entlang zum Treppenhaus.

Melchior Meixner lag drei Stockwerke höher. Schwemmer konnte nicht genau sagen, warum er zu Fuß ging. Am liebsten hätte er es wegen der Fitness getan, aber in Wahrheit musste er sich abreagieren.

Maiche lag im Bett am Fenster. Er sah Schwemmer nicht an, als er ans Bett trat. In den beiden anderen Betten lagen Männer, die ein gutes Stück jünger waren als der Maiche, die aber wirkten, als hätten sie keinerlei Hoffnung, ihn noch einzuholen.

Reserl und Magdalena saßen am Fußende des Bettes. Sie sahen Schwemmer besorgt an.

»Was werd mitm Hias?«, fragte Reserl leise.

»Wissts, wo er steckt?«

»Wo soll er schon sein? Auf dem Hof, denk ich«, sagte Magdalena.

»Ich schau, was ich tun kann. Aber in Ruh lassen kann ich ihn nicht. Was macht er auch für Sachen … Die Mirl zu bedrohen, vor Zeugen. Und dann noch, wo sie grad auf dem … ihr wisst schon, sitzt. Und den Jungen schlagen! *Der* konnt doch grad für gar nix was.«

Magdalena sah aus dem Fenster. Schwemmer sah ihr an, dass sie auch nichts erklären konnte.

»Dass de den Maiche umbringen tatn, tat er ned zulassn, hod er gsagt«, flüsterte Reserl. Sie kämpfte mit den Tränen. Schwemmer sah zu Maiche, aber der weigerte sich, ihn anzuschauen.

»Was passiert nun mit Hias?«, fragte Magdalena.

»Das entscheidet die Staatsanwaltschaft.« Er beugte sich zu Reserl hinunter. »Lasst mich einen Moment mit dem Maiche allein. Nur ein paar Minuten.«

Magdalena nickte und stand auf. Sie zog ihre Mutter sanft vom Stuhl hoch, und Reserl folgte ihr gehorsam aus dem Zimmer.

Schwemmer ging langsam zum Kopfende des Krankenbettes. Maiche starrte an die Decke. Schwemmer sprach über seinen Kopf hinweg zur Wand, leise, obwohl es ihm ziemlich egal war, ob die beiden in den anderen Betten etwas mitbekamen oder nicht. »Ich muss mit dem Hias reden«, sagte er. »Das weißt.«

Maiche reagierte nicht. Er starrte einfach weiter geradeaus.

»Es ist wichtig, dass er keinen Unfug macht, hörst? Bis jetzt ist alles zu regeln, aber wenn er noch mehr Mist macht, kann ihm keiner mehr helfen. Eigentlich dürft ich nicht mal mehr das Reserl auf den Hof lassen, bis wir da waren, verstehst mich? Aber wir müssen keinen Skandal draus machen, wenn ich mich drauf verlassen kann, dass der Hias vernünftig bleibt. Wennst mir das versprichst, glaub ich's dir. Wenn nicht, fahren wir mit schwerem Gerät da rauf.«

Jetzt endlich kam eine Regung in das Gesicht des alten Mannes. Er sah Schwemmer immer noch nicht an, aber er sagte: »Der werd nix weiter tua. Dafür sorg i scho. Wart nur, bis des Reserl mit eam geredt hat.«

»Gut«, sagte Schwemmer und ging hinaus.

Auf dem Gang standen Reserl und Magdalena. Magdalena sah ihn gespannt an, aber Reserl nahm ihn gar nicht wahr.

Herrschaftszeiten, dachte Schwemmer. Das Reserl ist grad fünf Jahr älter als ich. Aber sie wirkt bald so schwach wie der alte Mann drinnen auf dem Krankenbett. Mit einer Kopfbewegung zeigte er Magdalena, dass er mit ihr reden müsse, und sie folgte ihm in Richtung Treppenhaus.

»Fahrts zusammen rauf zum Hof. Redets mit dem Hias. Dann rufts mich an«, sagte er. »Auch wenn er nicht da ist.«

»Wo soll er schon hin?«, sagte Magdalena.

Schwemmer wusste nicht, wie er sich verabschieden sollte. Ein Handschlag schien ihm genauso unpassend wie ein Schulterklopfen.

»Pfüa Gott«, sagte er endlich und ging zum Treppenhaus.

Er lief die fünf Treppen hinunter bis ins Erdgeschoss. Dass er schwitzte, war ihm egal. Als er aus dem Treppenhaus auf den Gang bog, entdeckte er den Rechtsanwalt Bichlmeier, der mit hochrotem Kopf vor den Aufzügen wartete. Schwemmer ging einfach weiter und rettete sich glücklich, ohne von Bichlmeier bemerkt zu werden, in die Halle. Er lief an den Massagesesseln und dem Guckkasten mit dem Pappdorf vorbei die letzte Treppe zum Ausgang hinunter. Draußen auf dem Parkplatz atmete er tief durch, aber halbwegs gut fühlte er sich erst, als er wieder in seinem Büro saß und Frau Fuchs ihm auf seine höfliche Bitte hin einen Becher Kaffee gebracht hatte.

Als Schafmann endlich in Schwemmers Büro auftauchte, hielt er ein Papier in der Rechten, die Linke war dick verbunden.

»Du hast richtig was verpasst«, sagte Schwemmer. »Was ist mit der Hand?«

»Eishockey«, sagte Schafmann mit Duldermiene.

»Seit wann spielst du Eishockei?«

»Ich hab nur beim Training zugeguckt. Der Große ist gestürzt, blutet aus der Nase. Da bin ich aufs Eis, weil er so schreit, und dabei fährt mich einer von den Kleinen über den Haufen. Wir stürzen umeinander, und irgendwie ist dabei meine Hand unter seinen Schlittschuh geraten. Strecksehne des Mittelfingers angerissen. Nichts weiter.«

»Und dein Sohn?«

»Der Trainer hat ihm ein Papiertaschentuch gegeben, damit er sich die Nase zuhält. Können wir über was anderes reden? Von mir aus sogar über die Arbeit.«

»Das ist ein weites Feld heute. Wo soll ich anfangen ... Wie wär's *da*mit?« Schwemmer warf Bartovic' Liste über den Schreibtisch. »Einhundertundvier Leute, die Grund haben könnten, Mirl Schedlbauer was anzutun.«

»Wer immer es war, er hat sich dabei nicht sehr professionell angestellt«, sagte Schafmann und warf ihm seinerseits das Papier zu, das er in der Hand hielt. »Vorbericht technisches Gutachten. Die Lenkung wurde tatsächlich manipuliert.«

Schwemmer blätterte mit gekräuselter Stirn die Blätter durch. »›Schrauben am Lenkgetriebe gelockert‹«, las er. Er berichtete Schafmann von Hias spektakulärem Auftritt im Krankenhaus.

»Erst ein misslungener Anschlag, dann eine Morddrohung ... Man kann gespannt sein, was die Isenwald dazu sagt«, sagte er.

»Ich weiß nicht«, sagte Schafmann. »Für mich klingt das komisch. Wenn die Schedlbauerin ein bisschen ein vorsichtiger Typ wäre, hätte sie sofort angehalten, als die Lenkung schwammig wurde. Der Täter konnte überhaupt nicht wissen, wo und wann die Schrauben rausfallen. Nicht mal, ob sie das *überhaupt* tun.«

»Sie könnten sogar schon seit Längerem locker gewesen sein«, sagte Schwemmer, und Schafmann stimmte ihm mit einer Geste zu.

»Außerdem fährt sie in der Regel angeschnallt, wenn wir ihr das mal glauben wollen«, sagte er. »Und angeschnallt kannst du in so einem Auto so ziemlich alles überleben.«

»So einen Quatsch würd der Hias oder der Meixner-Bauer auch nicht machen«, sagte Schwemmer. »Wenn *die* sie umbringen wollten, hätten sie's *richtig* gemacht.«

Schafmann runzelte die Stirn. »Klingt mir ein bisschen arg gefühlig, was du da sagst.«

»Ist es auch«, brummte Schwemmer. Sein Telefon signalisierte einen Internruf. Er nahm ab. Es war ein Kollege von der Wache unten. »I wollt nur gsagt ham, die Isenwald is unterwegs zu Eane.«

Schwemmer fragte sich, warum die Staatsanwaltschaft das ausgerechnet der Wache mitteilte. »Schön. Wann wird sie denn da sein?«, fragte er.

»Na, so … jetzat«, sagte der Kollege, und Schwemmer erkannte das Missverständnis im selben Moment, als es an die Tür klopfte.

»Danke«, konnte er noch ins Telefon sagen, da öffnete sich die Tür bereits, und eine heute ganz in frühlingshaftem Gelb gekleidete Staatsanwältin klackerte in sein Büro.

»Grüß Gott miteinand«, sagte sie und strahlte sie an. »Hab ich das richtig ausgesprochen?«

Sie wartete eine Antwort gar nicht ab, denn das Erste, was ihr auffiel, war der Verband an Schafmanns Hand.

»Herr Schafmann! Was ist *Ihnen* denn *da* passiert?«

Schafmann erzählte seine Eishockeyvater-Heldengeschichte noch einmal, was Schwemmer die dankbar genutzte Gelegenheit bot, seine Gedanken und seine Papiere zu ordnen.

Der alte Felbermayr ist noch nie unangemeldet irgendwo aufgetaucht, dachte er. Andererseits war es dem Felbermayr oft genug sogar unangenehm, unangemeldet eine Razzia durchzuführen.

Es gibt immer Vor- und Nachteile, dachte Schwemmer.

»Und der kleine Junge, mit dem Sie zusammengestoßen sind?«, fragte Frau Isenwald.

»Na ja«, murmelte Schafmann, »eigentlich ist ja *er* mit *mir* …«

»Aber wie geht es dem Kleinen?«

»Er konnte weitertrainieren. Am Ende hat er dann beim Trainingsspiel eine Zeitstrafe gekriegt, weil er meinem Sohn ein Bein gestellt hat.«

»Ach, der Arme … Also Ihr Sohn, mein ich jetzt. Ich hoffe, er hat das nicht auf sich sitzen lassen.«

»Nein. Er hat dem Kerl den Schläger auf den Helm gezimmert. Das kann man natürlich nicht gutheißen, aber anderseits kassierte er dafür eine Spieldauerstrafe, und wir konnten früher nach Hause.«

»Ah ja …« Frau Isenwald spitzte die Lippen und hob die Brauen.

Offenbar barg die Welt von Sport und Familie doch auch Abgründe. Mit einem energischen Nicken beendete sie den Exkurs ins Private und klappte ihren Aktenkoffer auf.

»Der Bericht von Kommissar Dräger hat mich ein wenig irritiert«, sagte sie lächelnd, aber Schwemmer hatte mittlerweile gelernt, dass zwischen der gut gelaunt lächelnden jungen Frau und der dienstlich lächelnden Juristin ein Unterschied bestand, der einen Unvorbereiteten sehr konsternieren konnte. Und Worte wie »irritiert« waren ohnehin immer Anlass für erhöhte Vorsicht.

»Ich wäre über Ihre Entscheidung, diese Versuche durchzuführen, gerne informiert worden«, sagte sie.

»Warum?«, fragte Schwemmer.

»Das Verfahren ist aufwendig und fehleranfällig. Und ich bin immer gern in der Nähe, wenn Resultate gezeitigt werden.« Ihr Lächeln bekam für Schwemmers Geschmack einen Stich ins Hinterhältige.

»Dann bleiben Sie am besten bei der Spurensicherung. Da sind Sie am rechten Ort für Resultate. *Wir* sitzen nur rum und denken nach. Und das ist auch der Grund, warum ich Sie über Drägers Dummy-Versuch nicht informiert habe: Ich hatte keine Zeit. Ich musste rumsitzen und nachdenken.«

Frau Isenwald sah Schwemmer misstrauisch an, der den Hörer abnahm und Frau Fuchs anrief.

»Wie weit sind Sie denn mit den Berichten, Frau Fuchs? ... Aber nein, niemand drängelt Sie ... Bringen Sie uns bitte einfach alles, was Sie fertig haben ... Danke.« Schwemmer legte auf und wartete freundlich lächelnd, bis Frau Fuchs einen Stapel Aktendeckel hereintrug.

»Die sind für Frau Isenwald«, sagte Schwemmer, und Frau Fuchs legte sie neben den aufgeklappten Aktenkoffer. Er bestaunte ihre kunstvolle Art, die Staatsanwältin nicht zu ignorieren.

Frau Isenwald legte die Hand auf den Stapel und spielte Daumenkino damit. »Was steht da drin?«, fragte sie mit gespitzten Lippen.

»Nur das, was von gestern Mittag bis zu meinem Feierabend passiert ist.«

»Er hat danach aber noch Überstunden gemacht«, sagte Schafmann.

»Ach ja, stimmt …«, sagte Schwemmer. »Zulasten einer Geflügellasagne. Meine Gattin war nicht erfreut.«

»Das tut mir leid«, sagte Frau Isenwald. »Ich hoffe, es hat sich gelohnt.«

»War eh kein Knoblauch dran«, sagte Schafmann.

»Woher weißt denn *du* das?«, fragte Schwemmer.

»Fiel mir gestern Abend auf dem Weg nach Tölz ein. Dass du das Knoblauch vergessen hast.«

»Den«, sagte Frau Isenwald.

»Was?« Schafmann sah sie verständnislos an.

»*Den* Knoblauch. Knoblauch ist maskulin.«

»Was Sie nicht sagen …«

»Interessant, nicht wahr? Ob das wohl eine Bedeutung hat?«, fragte Frau Isenwald lächelnd.

Schwemmer beschloss, ihr Lächeln nicht mehr hinterhältig, sondern maliziös zu nennen, was besser passte. Nichtsdestoweniger schien sich hinter ihrer Stirn etwas zusammenzubrauen, das ihm nicht gefallen wollte. Sie hatte irgendwas mit ihnen vor.

»Wenn ich mir diesen Stapel Berichte hier ansehe«, sagte sie, »und Herr Schwemmer dann zu alldem auch noch sein Abendessen opfern muss, sollten wir vielleicht darüber nachdenken, die Organisation der Ermittlung zu optimieren«, sagte sie.

Schafmann sah Schwemmer alarmiert von der Seite an. Sie ahnten beide, was gleich kommen würde. Aber sie hatten genug Verwaltungsschlachten geschlagen, um zu wissen, wann Angriff die beste Verteidigung war.

»Wenn Sie wünschen«, sagte Schwemmer, »ziehe ich mich aus der Ermittlung zurück und beschränke mich auf die Koordination.«

Frau Isenwald sah ihn überrascht an. Schwemmer wich ihrem Blick nicht aus. Zwar versuchte sie, ihre Gedanken nicht zu zeigen, aber Schwemmer war sich sicher, dass er ihren Vorschlag vorweggenommen hatte.

Frau Isenwald wollte gerade zu einer Erklärung anheben, als Schafmann ihr zuvorkam.

»Das hättet ihr beide wohl gern, aber das könnt ihr vergessen. Dann lass ich mich krankschreiben. Irgendein Grund wird mir schon einfallen.«

»Aber lassen Sie mich doch erst mal ...«

»Schon klar«, unterbrach Schafmann sie erneut. »Der Chef leitet die Ermittlung, und der Schafmann bleibt am Schreibtisch und diktiert die Berichte. *No way.*«

»Herr Schafmann, es geht hier nicht um persönliche Interessen oder Vorlieben. Es geht darum –«

»– dass der Fall gelöst wird. Und *genau* darum geht es mir auch. Der Herr Erster Kriminalhauptkommissar Schwemmer ist hier der Mann mit dem Plan. Und nur, weil er Sie nicht bei jedem Pups um Erlaubnis bittet, heißt das nicht, dass hier nicht alles *so* gut läuft, wie der Fall es zulässt. Was hat denn der Dräger überhaupt so Sensationelles herausgefunden?«

Schwemmer applaudierte innerlich der rhetorischen Wendung am Ende, mit der Schafmann der Isenwald ermöglichte, ohne Gesichtsverlust aus der Nummer heraus- und wieder auf die Ebene der Ermittlung zurückzukommen.

Und tatsächlich nutzte sie die Möglichkeit.

»Kommissar Dräger hat gestern ermittelt, dass der Tote von jemandem in die Klamm geworfen wurde, der Schuhgröße 45 trägt«, sagte sie.

»Größe 45? Und *des*wegen soll ich an den Schreibtisch ...« Schafmann schüttelte den Kopf.

»Frau Isenwald wollte uns zu Recht daran erinnern, dass wir Teil eines Teams sind«, sagte Schwemmer ruhig. »Und wir nehmen diese Erinnerung aufmerksam und dankbar zur Kenntnis ...«

Frau Isenwald nickte Schwemmer zu. Sie akzeptierte das Ergebnis ihres kleinen Kräftemessens, und Schwemmer schätzte sehr, dass er keinerlei hinterfotzige Gedanken in ihrem Blick las. Sie hat etwas probiert, es hat nicht geklappt, also geht es weiter.

Sie ist gut, dachte er. Sie geht mir auf die Nerven, aber sie ist gut.

»Was haben wir also?«, fragte Frau Isenwald.

»Wir haben uneindeutige Spuren, wir haben immer noch kein abschließendes Autopsieergebnis, überhaupt noch nichts Schriftliches, aber sehr viele Vermutungen. Zudem steht heute Nachmittag noch die Einvernahme eines wahrscheinlich bewaffneten Ex-Fremdenlegionärs auf einem schlecht zugänglichen Berghof an. Wir wissen nicht, ob oder wie der Mann mit dem Todesfall zu tun hat, weil seit gestern eine erhebliche Verbreiterung des Falles vonstattengeht.

Und falls Sie wirklich alles wissen wollen, möchte ich Sie warnen: Es wird dauern.«

Frau Isenwald nickte entschlossen. Sie nahm aus ihrem Aktenkoffer ein einfaches kariertes Spiralheft und eine Federmappe, zog einen der Besucherstühle heran und setzte sich Schwemmer gegenüber.

»Dann fangen Sie mal an«, sagte sie.

Es war halb drei, als Schwemmers Telefon schellte und ein Kollege von unten mitteilte, dass der Herr Rechtsanwalt Bichlmeier wegen des Herrn Schedlbauer Bernhard vorspräche.

»Soll warten«, knurrte Schwemmer und legte auf. Er warf zum wiederholten Mal einen ungläubigen Blick in den Papierkorb unter seinem Schreibtisch, in dem das Einpackpapier zweier Cheeseburger lag, die er tatsächlich gegessen hatte. Frau Isenwald hatte sechs davon aus einer der benachbarten Bratereien auf der Münchener Straße besorgen lassen, als sie während ihrer Strategiesitzung Hunger bekam. Am peinlichsten an dem Ganzen war Schwemmer, dass sie ihm geschmeckt hatten. Aber er sagte sich, dass auch in einer guten Ehe der Partner nicht *alles* wissen musste.

»Was versprechen wir uns von der Einvernahme des Berni Schedlbauer?«, fragte Staatsanwältin Isenwald.

»Von der Einvernahme nichts. Aber dass wir wissen, wo er ist, ist im Moment ein Wert an sich«, sagte Schafmann.

»Haftbefehl Bernhard Schedlbauer«, notierte Frau Isenwald.

Frau Fuchs kam herein und reichte Schwemmer ein Fax. Auf ihre Frage »Noch Kaffee?« erntete sie nur abwesendes Kopfschütteln. Ein wenig beleidigt ging sie wieder hinaus.

»Der Durchsuchungsbeschluss für den Meixner-Hof«, sagte Schwemmer.

Ihm war nicht wohl beim Anblick des Faxes. Der Maiche stand bei ihm im Wort, was den Hias anging; und Lenerl hatte angerufen und versichert, der Hias würd' keinen Ärger machen, aber von einer Durchsuchung des Hofes war den Meixners gegenüber keine Rede gewesen.

Es war Frau Isenwalds Entschluss gewesen, so wie auch der, den Hias auf der Inspektion zu vernehmen und nicht auf dem Hof. Schwemmer hatte keinen Einwand erhoben, weil ihm klar war, dass sie recht hatte. Und dass er selbst den Beschluss nicht beantragt hatte, zeigte ihm, wie sehr man Gefahr lief, sich in dem kleinen Ort von Beziehungen und Bekanntschaften den Überblick erschweren zu lassen.

»Als ich noch in Ingolstadt war«, sagte er, aber ein Handy begann zu läuten, und Schwemmer brauchte ein paar Sekunden, bis ihm klar wurde, dass es sein eigenes war. Er zog es aus der Jackentasche. Als er auf das Display sah, wurde seine Miene eisig.

»*Was!*«, meldete er sich. Er hörte zu, ohne dass sich sein Ausdruck entspannte. »Ja«, sagte er nach ein paar Sekunden, und dann veränderte sich sein Gesicht. »Ernsthaft?«, fragte er. Er sah nun wirklich verblüfft aus. »Tja ... werd ich wohl ... Schönen Gruß.«

Er klappte das Handy nicht zu.

»Meine Frau«, sagte er. »Dienstlich.« Auf seiner Stirn stand eine steile Falte, während er auf den Tasten herumdrückte.

Schafmann und Frau Isenwald sahen sich an und zuckten die Achseln.

»Schwemmer, grüß Gott, Herr Doktor ... Nein, ich will *nicht* nachfragen. Ich weiß, der Herr Professor und Sie tun, was Sie können ...«

Frau Isenwald verzog das Gesicht in dem Versuch, ein Lachen zu unterdrücken. Sie reckte einen Daumen in die Höhe.

»Aber ich habe ein dringendes Anliegen«, fuhr Schwemmer fort. »Ich brauche sofort ... Ja, Herr Doktor, *sofort* ... Nein, ich meine tatsächlich: jetzt gleich. Sofort eben ... aussagekräftige Fotos von der Narbe im Lendenbereich des Toten ... So viele, wie nötig sind ... Nein, wo denken Sie hin? Als Djäipeck oder PDF ... Schon recht ... Nein, sonst nichts. Aber natürlich warten alle hier sehr gespannt auf Ihren Abschlussbericht ... Ja, Frau Isenwald auch, Herr Doktor. *Besonders* Frau Isenwald ... Das ist schön ... Ebenso. Ade.« Er legte auf.

»Schöne Grüße in die Runde von Dr. von Pollscheidt, man arbeitet mit Hochdruck ... Ich habe gerade vom meiner Gattin eine Information erhalten, die uns zwingt, den geplanten Ablauf ein wenig zu ... modifizieren.«

***

Magdalena saß auf der Bank am Küchentisch und wärmte ihre Hände an einem Teebecher. Reserl saß ihr gegenüber und sah gedankenverloren aus dem Fenster. Es klopfte an der Tür, und der Hias trat ein. Er setzte eine kleine Reisetasche neben der Tür ab.

Als sie auf den Hof gefahren waren, hatte der Hias im Scheunentor gestanden und ihnen entgegengesehen. Magdalena war zu ihm hingegangen.

»Wos hod da Baur gsogt?«, fragte er.

»Hat keinen Sinn, Ärger zu machen, hat er gesagt.«

Das war das ganze Gespräch gewesen. Der Hias hatte nicht einmal genickt. Er hatte Magdalena den Rücken zugedreht und war in seine Stube gegangen.

Jetzt stand er hier in der Küche.

»Hock di«, sagte Reserl, und Hias zog sich einen der Stühle heran. Er setzte sich, ein wenig entfernt vom Tisch, so als gehöre er nicht dazu.

Magdalena stand auf und ging zum Kühlschrank. Sie nahm eine Flasche Bier heraus, öffnete sie und stellte sie Hias hin.

»No arg früa für a Hells«, sagte er.

»Das ist heut grad egal«, sagte Magdalena und schob sich wieder auf die Bank.

»Wer kümmert si denn jetzat um an Hof?«, flüsterte Reserl, ohne jemanden anzusehen.

»Jetzt reg di ned auf. Die wolln doch nur mit dem Hias reden«, sagte Magdalena.

»Und wann ned?«, fragte Reserl.

Hias nahm die Bierflasche und trank. »Geh zum Aschenbrenner«, sagte er dann. »Der solls Viech mit fuadern. Der hat Platz gnua im Stoi. Musst eam hoid zua Hand geh, bis es oan gfundn habts.«

»Was redets denn da?« Magdalena schüttelte den Kopf.

»Geh zum Aschenbrenner«, sagte Hias nur.

»Was moanst, wann die kimma?«, fragte Reserl Magdalena.

»Kann nimmer lang dauern …«

Ein lastendes Schweigen breitete sich in der niedrigen Küche aus.

»Warum hast auch an Buam gschlagn?« Reserl sagte es, ohne den Hias anzusehen, den vorwurfsvollen Blick auf den Herrgottswinkel gerichtet.

»War a Fehla«, sagte Hias.

Magdalena verstand ihn. Der Schlag hatte der Familie Schedlbauer gegolten, und der unglückselige Junge war einfach zur falschen Zeit am falschen Ort gewesen.

»Vielleicht schreibst ihm ein paar Zeilen. Eine Entschuldigung. Ich kann sie ihm bringen«, sagte sie.

»Des werd i scho selber macha.« Er sah aus dem Fenster in seiner entspannten Art von Wachsamkeit, die Magdalena immer schon so beeindruckt hatte. Reserl starrte die Tischplatte an. Auch diese Art kannte Magdalena, aber sie war davon schon lange nicht mehr beeindruckt.

»Do kemmans«, sagte Hias.

Magdalena sah und hörte nichts, was auf ein Auto hingewiesen hätte, aber der Hias wusste, was er sagte. Sonst hätte er nichts gesagt. Magdalena wünschte sich, er hätte seine Fäuste so unter Kontrolle wie seine Zunge. Tatsächlich hörte auch sie bald Motorengeräusch.

»Glei mit zwoa Wogn. Die ham an rechtn Reschpekt vor mia.« Hias grinste und trank die Flasche leer. Er stellte sie ins Tragerl und nahm seine Reisetasche. »Pfüa Gott«, sagte er und trat aus der Tür, grad in dem Moment, als ein ziviler Passat und ein Audi-Streifenwagen auf den Hof rollten.

Magdalena und Reserl sahen den Schwemmer Hausl aus dem Passat steigen und auf Hias zugehen. Aus dem Streifenwagen stiegen ein kräftiger junger Mann, der sich seine Dienstmütze auf den kahl rasierten Schädel zog, und eine eher schmächtige blonde Polizistin. Beide blieben neben dem Wagen stehen und beobachteten Schwemmer und Hias.

»Schau dir die Fuchtl an«, murmelte Reserl. »Da tatst *du* aber a imposantre Erscheinung abgebn.«

Magdalena riss sich zusammen, um ihre Mutter nicht anzuschreien. Sie schwieg. Die Frage, was Reserl so bitter gemacht hatte, konnte sie mittlerweile beantworten. Eine andere Frage, die sie sich seit einiger Zeit stellte, war, ob ihre Mutter nicht doch eine Wahl hatte. Und dass Magdalena nun für Reserls falsche Entscheidung von ihr bestraft wurde.

Ich will nicht so werden, dachte sie, während sie Hias beobachtete, wie er draußen mit dem Schwemmer Hausl redete und dann allein auf den Streifenwagen zuging. Der Hausl sah ihm nach, bis er hinten eingestiegen war und die Polizistin den Wagen vom Hof gesteuert hatte. Dann kam er zur Tür. Er klopfte höflich und blieb an der Tür stehen.

»Dass d' uns *des* otuast, Hausl«, murmelte Reserl.

»Mutter!«, fuhr Magdalena sie an. »Jetzt reiß dich zsamm!« Sie sprang auf, griff nach ihrer Jacke und ging zur Tür.

»Komm halt«, sagte sie zu Schwemmer, und der folgte ihr auf den Hof.

»Tut mir leid wegen der Mutter«, sagte sie und zog die Jacke über. Ein frischer Nordwind vom Loisachtal her war aufgekommen und ließ sie frösteln. Nach den Stunden im Krankenhaus und hier in der Küche sehnte sie sich nach Bewegung.

»Gehn wir ein paar Schritt?«, fragte sie.

»Gern«, antwortete Schwemmer.

Sie stapfte los, den Weg bergan, und Hausl folgte ihr, so gut er konnte. Aber schon nach ein paar Minuten hörte sie ihn schnaufen.

»Lenerl«, sagte er, »sei ein bisschen gnädig mit mir. Ich bin schwerer als du und älter und nicht im Training. Und die richtigen Schuh hab ich auch nicht an.«

Sie drehte sich zu ihm um. Er hatte tatsächlich Schweißperlen auf der Stirn. Er wischte mit einem Taschentuch darüber. Magdalena ging weiter. Sie nötigte sich zu einer etwas gemäßigteren Geschwindigkeit. Als sie den Kamm erreichten, sank Schwemmer auf die morsche Bank dort und schnaufte durch.

»Schad mit den Wolken«, sagte er. »Aber schön ist's hier allemal. Auch wenn grad keine Aussicht ist.«

Magdalena setzte sich nicht. Sie wäre gerne weitergegangen, aber Schwemmer fühlte sich auf seiner Bank offenkundig wohl. Sie wandte ihm den Rücken zu und sah hinunter ins Tal über den Ebenwald hin. Die Wolken hingen niedrig und verdeckten den Wetterstein.

»Läuft nicht gut, im Moment, hm?«, fragte Schwemmer hinter ihr.

»Weiß Gott nicht.«

»Bei einer Sache wenigstens kann ich dich beruhigen«, sagte er. »Dein Gast, dieser Herr Kant, scheint seriös zu sein.«

»Ich hab auch nix gefunden in seinem Zimmer.« Sie starrte über das Tal. Für was bist du eigentlich rein in sein Zimmer?, dachte sie. Für den Schwemmer?

»Hast wirklich nachgeguckt?«, fragte der.

Sie antwortete nicht darauf. »Und seine Pistole?«, fragte sie stattdessen.

»Er hat einen Waffenschein.«

Ein schlanker, großer, gefährlicher Mann. Sie ertappte sich bei dem Gedanken, dass sie es anziehender gefunden hätte, Kant würde seine Waffe unter Missachtung des Gesetzes tragen.

»Weißt eigentlich, wie der wirklich heißt?«

Sie traute ihren Ohren nicht, als sie den Namen hörte.

»Hab ich ein bisschen für üben müssen, bis ich den auswendig konnte«, sagte Schwemmer.

Tiberius Josephus. Und auch noch *von*. Ich kann ihn mir nicht leisten, dachte sie.

»Was macht der Wastl denn nun eigentlich? Du hast es mir gar nicht erzählt, letztes Mal.«

Magdalena wünschte Schwemmer zum Teufel. Statt durch den Wald zu marschieren, stand sie hier, grad ein paar Minuten vom Hof weg, und musste über Sachen reden, die keinen was angingen.

»Der Wastl wird Vater«, sagte sie. »Aber sag's nicht der Mutter.«

»Mei … Alt genug ist er ja.«

Magdalena hustete ein spöttisches Lachen hervor. »Auf dem Papier gewiss«, sagte sie.

Schwemmer schwieg eine Weile, und sie hoffte, er würde endlich aufstehen, damit sie weitergehen konnten. Sie ärgerte sich mehr und mehr darüber, ihn zum Mitkommen aufgefordert zu haben. Sie hatte ihn nur von Reserl fortholen wollen, und nun kam ihr langsam der Verdacht, dass *er sie* von Reserl fortgeholt hatte.

»Weißt noch, die Kati?«, fragte Schwemmer. »Die Buchhäcker Kati? Die Tante von der Burgl?«

Magdalena brauchte einen Moment, bis ihr der Mensch wieder einfiel, der zu diesem Namen gehörte. Vor vielen Jahren waren die Buchhäcker-Schwestern Freundinnen ihrer Großmutter Gundl gewesen, der Mutter ihres Vaters. Maiches Frau.

»Die Schwester von der Elly. Ja … Lebt die noch?«

Schwemmer lachte ein bisschen. »Ich kann dir sagen … Weißt, die Tante Kati, sie ist manchmal schon ein bisserl schrullig. Fast könnt man sagen: wunderlich.« Wieder lachte er so sonderbar, dass Magdalena ihn misstrauisch ansah.

»Was ist mit der Kati?«

»Na … sie erzählt Sachen halt. Dummes Zeug, wahrscheinlich. Aber fragen muss ich dich schon …«

»*Was* fragen?«

»Sie hat erzählt … Jetzt spring mir nicht ins Gsicht, ich frag dich ja nur, ob's stimmt … Sie hat der Burgl erzählt, du und der Vinz … also, der Vinz Schedlbauer, ihr hättet mal was miteinander … also … intim, quasi.«

Magdalena sah den Polizisten fassungslos an. Er war tatsächlich rot geworden. Sie wusste nicht, wohin mit ihren Gefühlen. Am liebsten hätte sie sich einen Prügel aus dem Wald geholt und auf den Schwemmer Hausl eingedroschen. Wegrennen könnte er ja nicht, sie wäre alleweil schneller gewesen als er. Mit dem Prügel auf ihn einschlagen, bis er endlich Ruhe gäbe. Das war ihr erster Gedanke.

Der zweite war: Der verdammte Hund! Der Vinz hat's rumerzählt. Oder war es Daggi, ihre Freundin, gewesen? Oder der Peter, der Freund von der Daggi? Oder hatte sie selbst irgendwann irgendwem …?

Schließlich brachte ihre Vernunft es irgendwie fertig, das Haupt zu heben.

Ist das nach den vielen Jahren nicht völlig egal?, dachte Magdalena. Und der Hausl war der Chef von der Kripo. Der würde ihr nicht hier oben im Wald mit kruden Geschichten kommen, wenn er sich nichts dabei dächt.

Hoffte sie.

Ohne es zu merken, war sie auf und ab gegangen, und plötzlich fiel ihr auf, dass sie mit den Zähnen knirschte.

»Ich hab das nicht ohne Grund erzählt, Lenerl«, sagte der Hausl.

Sie blieb stehen und zwang sich zur Ruhe. Und plötzlich reimte es sich zusammen. Schießwütige Männer, bösartige Frauen, ein vergifteter Hund. Ein Toter in der Klamm.

Und Vinz, der nicht ans Telefon ging.

Sie sah den Schwemmer Hausl an und bekam Angst vor ihm.

»Wenn die Kati sich geirrt hat, dann vergessen wir das Ganze einfach«, sagte der Hausl. »Aber wenn was dran ist, dann solltest du dir das hier mal anschauen.« Er zog einen Umschlag aus der Innentasche und legte ihn neben sich auf die Bank. Einfach so, nicht fordernd oder provozierend; er legte ihn einfach auf die Bank. »Du könntest sehr helfen.«

Er sagte nicht »uns« oder »den Ermittlungen« oder gar »mir«. Nur: »Du könntest helfen.«

Magdalena fröstelte, der Wind kroch in ihre dünne Jacke.

»Mir wird kalt«, sagte sie. »Wir gehn noch ein Stück.«

Der Hausl griff nach dem Umschlag und raffte sich mit erkennbarem Widerwillen auf. Dieses Mal sah sie keinen Anlass zur Rücksichtnahme und ließ ihn hinter ihr her den Kamm entlangstolpern. Und ein immer gleicher Gedanke pumpte im Rhythmus ihres Atems:

Vinz geht nicht ans Telefon.

Sie bog vom Kamm ab, links den schmalen Tritt hinunter, den ihr Vater noch angelegt hatte und den keiner mehr nutzte, außer dem Hias vielleicht. Mitten auf dem Hang blieb sie abrupt stehen. Der Schwemmer Hausl taumelte noch ein paar Schritte weiter, bis er schwer atmend neben ihr zum Stehen kam.

»Gib her«, sagte sie.

***

Der Mann von den Panzerknackern lächelte zufrieden, als er den dunkelgrünen Stahlschrank geöffnet hatte. Mit einer einladenden Geste winkte er Schafmann heran.

Der Schrank war leer, bis auf ein paar Hirschfänger und eine Vorderladerpistole, die wahrscheinlich noch aus dem Dreißigjährigen Krieg stammte.

»Nicht mal Munition«, sagte Schafmann.

»Da hatte Schwemmer schon mal recht«, sagte Frau Isenwald, die ihm über die Schulter schaute. »Die Waffen sind nicht mehr da.«

In der Tür hinter ihnen lehnte mit verschränkten Armen Reserl Meixner. Und sie war wütend. So wütend, dass sie plötzlich auf Schafmann und Frau Isenwald losging, die in dem engen Raum vor dem Waffenschrank hockten.

»Den Hias nehmts mit, hod er gsagt, der Schwemmer, und wiederkommen tat der! Von dem da war koa Red! Und ‘s Lenerl hat er a glei mitgnomma! Lasst mi do alloa mit all de Leit! Verbrecher seids, wissts des? A oide Frau so zu kujonieren!«

Sie sagte tatsächlich ›kujonieren‹. Frau Isenwald richtete sich auf und stand ihr nun direkt gegenüber.

»Welche alte Frau?«, fragte sie sanft.

Schafmann war sehr froh darüber, dass die Isenwald sich Reserls angenommen hatte. Im Wohnhaus der Meixners hatten sie nichts von Belang gefunden. Maiches Schuhe hatten Größe 47. Von Belang waren allenfalls Briefpapier, Umschläge und Briefmarken der gleichen Art, wie sie für den Drohbrief an Mirl Schedlbauer benutzt worden waren.

Schafmann verließ die Wohnung und wechselte hinüber in die kleine Stube des Knechts. Er blieb in der Tür stehen, weil Dräger und einer seiner Kollegen darin beschäftigt waren und so fast den gesamten freien Raum einnahmen. Beide trugen Gummihandschuhe.

Schafmann hatte eigentlich gedacht, dass es so etwas gar nicht mehr gäbe. In dem kleinen Zimmer war die Zeit vor einigen Jahrzehnten stehen geblieben. Er tippte auf die frühen Siebziger. Alles war ordentlich und frisch. Die Wände schienen vor nicht allzu langer Zeit tapeziert worden zu sein, allerdings mit einer so altmodisch bunten Tapete, dass man, wie Schafmann vermutete, in einer Münchener Boutique viel Geld dafür bezahlen müsste.

Es gab keinerlei Wandschmuck.

Nicht einmal ein Kreuz, fiel Schafmann auf.

Auf dem schmalen Bett hatte Dräger eine Folie ausgebreitet. Darauf lag ein erster Fund: ein Paar Bergschuhe.

»Passen die?«, fragte Schafmann.

»Hundertprozentig. Größe 45. Profil und Abnutzungsspuren stimmen. Das *sind* die Schuhe«, antwortete Dräger.

Er kniete auf dem Boden und klopfte mit dem Griff eines Leatherman die Dielen ab.

»Hören Sie das?«, fragte Dräger. Er klopfte abwechselnd auf zwei nebeneinanderliegenden Dielen.

Schafmann hörte keinerlei Unterschied, aber Dräger klappte seinen Leatherman auf, stemmte die Klinge des Schraubendrehers in die Fuge und hebelte das Brett ohne große Anstrengung heraus.

In dem Raum darunter lagen drei Gewehre. Drägers Kollege machte ein paar Fotos von der Fundstelle, dann hob Dräger die

Waffen nacheinander heraus. Er sah sie von allen Seiten an und diktierte:

»Suhler Fortuna Bockdoppelflinte, alt, stark abgenutzt.«

Der Kollege nahm ihm das Gewehr ab, schlug es in Folie ein und klebte ein Etikett darauf.

Dräger nahm das nächste Gewehr. »Bockdoppelflinte der Marke …«, er drehte es hin und her, bis er den Herstellernamen fand, »… der Marke Simson. Alt, aber sehr gut gepflegt.«

Das Prozedere wiederholte sich.

»AKAH Repetierbüchse mit deutschem Stecher, Zeiss-Zielfernrohr. Alt, aber sehr gut gepflegt.«

Unter den Gewehren kamen Munitionsschachteln und eine Pistole zum Vorschein. Wieder wurden Fotos gemacht.

Dräger nahm die Pistole heraus und diktierte. »Walther P38, wahrscheinlich Zweiter Weltkrieg, wenig benutzt, gut gepflegt.«

Die Munitionsschachteln wurden herausgeräumt und sichergestellt. Es waren etliche verschiedene Kaliber und Marken, darunter auch 12/70er Patronen von Rottweil und Remington, gefüllt mit 6er und 00er Kugeln, den beiden Schroten, die den Toten getroffen hatten.

In der untersten Lage des Verstecks fanden sich eine Teedose aus Blech und ein in Wachspapier eingeschlagenes flaches Päckchen.

Dräger öffnete die Dose. Sie enthielt eine von Gummis zusammengehaltene Rolle verschiedener Euroscheine.

Dräger sah die Rolle abschätzend an.

»Das sind ein paar tausend vielleicht«, sagte er und legte die Rolle zurück in die Dose.

Die Ersparnisse eines Lebens, dachte Schafmann.

Dräger nahm das flache Päckchen und wickelte es aus dem Wachspapier. Es enthielt einen Bilderrahmen. Er zeigte ihn Schafmann.

»Kennen wir die?«, fragte er.

Der Rahmen enthielt das Farbporträt eines jungen Mädchens. Keine ausgesprochene Schönheit, eher etwas herb. Sie strahlte eine sympathische Offenheit aus, obwohl ihr Lächeln ein bisschen spröde wirkte. Nach Kleidung und Frisur zu urteilen war das Foto ungefähr so alt wie das Muster von Hias' Tapete.

»Nie gesehen«, sagte Schafmann. »Krieg ich einen Abzug?«

»Klar«, sagte Dräger.

Durch die Gardinen der beiden kleinen Fenster sah Schafmann Schwemmer und Magdalena Meixner den Berg herabkommen. Er ging vors Haus und sah ihnen entgegen. Magdalena schien zu weinen, eine Vermutung, die sich bestätigte, als sie näher kamen.

Schwemmer, der hinter ihr ging, nickte Schafmann ernst zu. Er wusste, was das bedeutete. Sie hatte die Narbe auf dem Foto wiedererkannt.

Magdalena stoppte und sah sich verwirrt um, offenbar wurde ihr gerade erst klar, dass auf dem Hof etwas Ungewöhnliches vorging. Hilfesuchend wandte sie sich an Schwemmer, doch der vergrub seine Hände in den Hosentaschen und sah zu Boden.

»Das kann nicht dein Ernst sein, Hausl«, sagte sie heiser. »Was machts ihr hier? Nach was suchts ihr überhaupt?«

Reserl Meixner kam aus dem Wohnhaus und stürmte auf ihre Tochter zu.

»Ois habens aufn Kopf gstellt. In mein Küchenschrank sans neikrocha, als gab's da was woaß i drin zum Entdecka!«

Magdalena nahm sie in den Arm und starrte stumm vor sich hin.

Schwemmer ging langsam zu den beiden Frauen.

»Tut mir leid«, sagte er leise.

»Das hättst mir sagen müssen. Und dem Maiche auch«, sagte Magdalena.

»Hättst dann geholfen?«

»Na, gwiss ned.«

»Sigst«, sagte Schwemmer. Er blieb dort stehen, obwohl keine der beiden ihn ansah. Für Schafmann sah es aus, als leiste Schwemmer eine Art Buße ab.

Frau Isenwald kam zu Schafmann. »Das mit den Schuhen macht er aber nicht auch noch«, sagte sie in leisem Kommandoton.

»Schon klar, ich kümmer mich«, antwortete Schafmann ebenso leise und sah die Staatsanwältin überrascht an, als sie sagte:

»Nein. *Ich* mach das.«

Schwemmer verabschiedete sich mit einem leisen »Ade« von den beiden Meixner-Frauen und ging zu seinem Wagen. Er sah niemanden an, als er einstieg und den Passat langsam vom Hof rollen ließ.

Schafmann blickte ihm nach. Er ahnte, wie Schwemmer sich fühlte. Er hatte niemanden angelogen, niemandem geschadet und niemanden bevorzugt.

Nur seine Integrität hatte Schaden genommen.

***

Schwemmer saß an seinem Schreibtisch und grübelte über das weitere Vorgehen. Der Rossmeisl Hias hatte seinen Namen und seine Anschrift genannt und kein weiteres Wort gesagt. Normalerweise hätte er den Mann wieder nach Hause geschickt, sogar nach dem Fund des Waffenversteckes in seiner Stube, aber Frau Isenwald hatte das verhindert und angekündigt, einen Haftbefehl zu beantragen.

So saß der Hias unten in der Zelle neben der von Berni Schedlbauer, dessen Einvernahme durch zwei Kollegen von der Wache auch keinen Anlass geboten hatte, ihn vorschnell wieder laufen zu lassen, allen angekündigten Eingaben des Bichlmeier Stoffl zum Trotz.

Frau Isenwald hatte sich noch Magdalenas Bergschuhe zeigen lassen. Lenerl hatte keine Lust mehr auf Spielchen gehabt und der Staatsanwältin ihren Schuhschrank gezeigt, obwohl es ihr sehr widerstrebt hatte.

Sie hatte drei Paar Bergschuhe Größe 42, aber keines, dessen Sohle zu den Abdrücken über der Klamm passte. Frau Isenwald hatte sich höflich mit bewundernden Worten über das »Lenas« verabschiedet und Magdalena in einen trostlosen Abend verabschiedet.

Die gute Nachricht für Schwemmer war: Frau Isenwald musste morgen bei Gericht plädieren und wusste noch nicht, ob sie würde kommen können, aber sie versprach für den Morgen ein Fax mit dem Durchsuchungsbeschluss für Vinzenz Schedlbauers Wohnung.

Schwemmer sah auf die Uhr. Am liebsten wäre auch er nach Hause gegangen. Es war spät genug, und er war erschöpft.

Aber auch schlecht gelaunt, und das wollte er Burgl ersparen.

Es gab auch noch genug zu überdenken. Zu vieles passte nicht zusammen an dem Szenario, das die Spuren darstellten.

Jemand – verdächtig hier: der Meixner Maiche – hatte auf Vinz Schedlbauer geschossen und ihn am Arm getroffen.

In der Nähe des Schützen war ein Schuss eingeschlagen, vom gleichen Kaliber und Fabrikat wie dem, mit dem Vinz Schedlbauer ins Gesicht geschossen wurde.

Schwemmer kritzelte auf einem Notizzettel herum. Warum wurde dieser Schuss abgefeuert? Und von wem? Hias besaß entsprechende Munition, aber dass er auf Maiche geschossen hatte, war undenkbar.

Schwemmer kritzelte weiter, ohne es überhaupt zu bemerken. Er griff nach dem Telefon und wählte Drägers Nummer an. Er war keineswegs überrascht, dass der Kollege noch im Büro war. Dafür war Dräger unter seinen Mitarbeitern berüchtigt.

»Wie sicher seid ihr, dass das Schrot in dem Baum das gleiche ist wie das, mit dem auf das Opfer geschossen wurde?«

Dräger dachte einen Moment nach. »Fünfundachtzig Prozent«, sagte er.

»Die Kugeln könnten also aus unterschiedlichen Patronen stammen?«

»Durchaus. Es stehen aber noch metallurgische Untersuchungen an. Danach sind wir dann bei fünfundneunzig Prozent etwa.«

»Aber nicht hundert?«

»Hundert geht nicht, weil einige Patronen unter verschiedenen Markennamen vertrieben werden.«

Schwemmer dankte und legte auf. Der angeschossene Vinz lag also da, mit gebrochenem Bein, wehrlos. Nun kam ein kleiner Mann oder eine große Frau mit Schuhgröße 42 und warf ihn den Hang hinunter, wo er recht knapp oberhalb der Klamm liegen blieb. Zumindest das Letztere konnte Schwemmer wegen der Blutspuren als gesichert annehmen.

Aber war er da schon tot? Oder hatte man ihn noch lebend den Hang hinuntergestürzt?

Schwemmer versuchte in seinem Kopf das Bild der Situation herzustellen, derweil fuhr der Kuli in seiner Hand immer wieder über das kleine Blatt vor ihm auf dem Schreibtisch.

Vinz Schedlbauer hatte also dort gelegen, wie lange, war unklar, und dann hatte jemand mit Schuhgröße 45 – nach Lage der Dinge war das der Rossmeisl Hias gewesen – dem mittlerweile wie auch immer verstorbenen Vinz mindestens zwei Mal ins Gesicht geschossen und ihn dann in die Klamm geworfen.

Schwemmer sah sich seinen Notizzettel an. Es war bedeckt mit Schraffuren und Ornamenten, die fünf Buchstaben umwucherten.

»WARUM« stand da.

Er stand auf und reckte sich. Es knackte in seinem Rücken, als er die Arme nach hinten schwang.

Warum?, dachte er.

Dann kam ihm eine Idee. Er setzte sich wieder an den Schreibtisch und weckte seinen Computer aus dem Stand-by-Modus. Als das Gerät wach war, ging er ins Netz, rief Google auf und gab »Wilkinson Politologe Seattle« ein.

***

Als Schwemmer die Tür aufschloss, war das Haus dunkel. Er hängte seinen Mantel auf und trottete in die Küche.

Wenn gestern Champions League im Pay-TV war, dachte er, dann hätte er heute das andere Spiel gucken können. Wenn es nicht schon abgepfiffen gewesen wäre. Er verspürte Hunger, die beiden Cheeseburger hatten das wenige getan, was sie konnten, und nun war Zeit für etwas Anständiges. Er befürchtete, Zander und Graupen zum Aufwärmen vorzufinden. Stattdessen stand ein kleiner Suppentopf auf dem Herd, an dessen schwarzem Kunststoffgriff ein gelber Klebezettel pappte. Er zog ihn ab und las, was Burgl in ihrer kleinen, blauen Handschrift darauf geschrieben hatte.

»Das Beste für einen müden Menschen ist eine gute Suppe«, stand da. Und: *»I.l.d.«*

Er lupfte den Topfdeckel. In der von Fettaugen bedeckten klaren Brühe schwammen frisches Gemüse und zwei Mettwürste.

Er drehte die Platte an und öffnete den Kühlschrank und entdeckte zwei Flaschen Tegernseer. I.l.d.a., dachte er, als er eine Flasche herausnahm und öffnete.

Er nahm einen Schluck aus der Flasche und stellte sie auf den Küchentisch. Dann ging er zur Garderobe und zog den großen Umschlag aus der Manteltasche. Auf dem Rückweg zum Küchentisch zog er einen Packen bedruckter Blätter heraus. Er setzte sich neben die Bierflasche und legte den Packen auf den Tisch.

Professor Wilkinson hatte anfangs weder höflich noch kooperativ auf den Anruf eines deutschen Kriminalpolizisten reagiert. Doch als Schwemmer ihm von dem ungeklärten Tod Vinzenz Schedlbauers berichtete, hatte sich das schlagartig geändert. Es hatte weniger als zehn Minuten gedauert, bis Schwemmer eine Datei in seinem Maileingang fand, und dann fast eine halbe Stunde, bis sein Dienstdrucker damit fertig gewesen war.

Er las, während die Suppe warm wurde. Er las, während er sie aß, was weder die Suppe noch Burgl verdient hatten; er las, während er die zweite Flasche Bier trank und auch während der dritten, die er sich noch aus dem Keller holte.

Als die Küchentür aufging und eine vom Schlaf zerknautschte Burgl hereingeschlichen kam, sah er auf die Uhr. Es war Viertel vor zwei. Sie schob sich neben ihn auf die Bank und trank aus seiner Bierflasche. Dann drückte sie ihm einen Kuss auf die Wange.

»Was liest denn da?«

»Nix für Ratschhaferl«, sagte er.

»Ha!«, sagte sie und schnappte sich den Stapel gelesener Blätter, bevor Schwemmer irgendwie reagieren konnte. Sie drehte den Stapel um.

»›Zwei Familien. Eine Fehde im geschichtlichen Kontext. Von Vinzenz Schedlbauer‹«, las sie. »Oha. Wenn's das ist, was ich denk, hast allerdings recht …« Sie begann zu lesen.

»Wolltest mich nicht fragen, wann ich ins Bett komm?« Schwemmer versuchte, ihr die Blätter aus der Hand zu ziehen, was sie mit einer raschen Bewegung verhinderte.

»Geh du nur«, sagte sie. »Ich muss ja nicht früh raus.«

Ihr Lächeln und der Kuss, den sie ihm gab, veranlassten Schwemmer, ihrem Vorschlag tatsächlich zu folgen. Ein bisschen Müdigkeit spielte auch eine Rolle. Und zweieinhalb Flaschen Tegernseer.

»Wenn ich was Wichtiges find, mach ich Klebezettel rein«, rief Burgl ihm noch hinterher, aber da war er schon oben durch die Schlafzimmertür.

Du hast dir die Zähne nicht geputzt, war das Letzte, das er dachte, nachdem sein Kopf das Kissen berührt hatte.

***

Magdalena saß auf dem Fußboden ihrer Diele, gegenüber ihrem Schuhschrank, und fror. Als ihr Handy klingelte, reagierte sie nicht darauf, ließ es durchklingeln, wie sie es noch nie gemacht hatte, jedenfalls konnte sie sich nicht erinnern.

Ihren Schuhschrank für diese Staatsanwältin zu öffnen hatte am Ende des Tages gerade noch gefehlt. Sie hatte den Blick genau bemerkt, mit dem sie all die flachen Slipper angesehen hatte. Was wusste die kleine Schickse schon davon, einsachtundsiebzig groß zu sein? Wie Männer sich erschraken, schon wenn man flache Schuhe trug. Die war bestimmt acht Zentimeter kleiner, die konnte leicht mit ihren High Heels auftrumpfen. Aber solange kein Bernie Ecclestone in Sicht war, würde Magdalena lieber flache Absätze tragen. Dirk Nowitzki würde auch gehen. Oder dieser russische Boxer.

Sie lachte ein wenig.

Gut, dachte sie. Ich lebe also noch.

Der Großvater wird wieder, hatte der Arzt gesagt. Aber ein bisschen langsamer wird er machen müssen.

Der Hias ist bald wieder da, hatte der Schwemmer gesagt. Aber jetzt hatten sie die Flinten unter seinen Dielen gefunden.

Er hat einen kennengelernt, der eine Idee hat, was er machen könnte, hatte der Wastl gesagt.

Danke, dass Sie nicht in den Schrank geschaut haben, hatte Herr Kant gesagt.

Eigentlich mag ich das nicht, wenn du so redest, hatte Andi gesagt. Sie wunderte sich erst, dass ihr ausgerechnet das nun einfiel, aber Andi hatte sie so anders angeschaut als sonst.

Der Schwemmer Hausl wollte, dass sie mit ihm nach München kam, um ihn sicher zu identifizieren. Er hatte ihr ja nur die Fotos von der Narbe an der Lende gezeigt. Aber sie würde nicht mitgehen, nicht freiwillig.

Sie hätte gar nichts gesagt, wenn sie gewusst hätte, warum sie den Hias wirklich mitgenommen hatten. Nicht weil er 's Mirl bedroht hatte und den Jungen niedergeschlagen.

Sie glaubten, dass er den Vinz erschossen hatte.

Auch wenn's keiner ausgesprochen hatte, der Schwemmer nicht und die Staatsanwältin auch nicht. Was mit ihr selbst passiert wäre, wenn sie die entsprechenden Schuhe im Schrank gehabt hätte, konnte sie nur ahnen.

Die Narbe, dachte sie. Ich lebe noch. Der Vinz ist tot.

Sie hatte sich erst geniert, den Vinz danach zu fragen, damals. Aber er hatte ihren Blick bemerkt und mit einem Lächeln erzählt, wie er und Berni gestritten und auf dem Heuboden gerauft hatten, damals, als die Schedlbauers den Hof noch hatten. Und wie dann irgendwie die Mistgabel umgefallen war und die beiden raufenden Buben in die Zinken rollten.

Ihre Frage, ob das Bernis Absicht war, hatte Vinz einfach ignoriert. Ein paar Zentimeter weiter rechts, hatte er stattdessen gesagt, und wir hätten heut viel weniger Spaß gehabt.

Und damit hatte er recht gehabt.

Wieder läutete das Handy, und diesmal meldete sie sich.

Es war Wastl. Er klang atemlos. »Hör zu«, sagte er. »Es ist etwas passiert. Aber ich weiß nicht, was.«

Magdalena schwieg in das Handy hinein. Langsam war sie schlechte Nachrichten gewohnt.

»Ich weiß nicht, was, aber irgendwas *muss* passiert sein«, fuhr Wastl fort. Er hätte gar nicht gemerkt, wenn sie das Gerät einfach irgendwo hingelegt hätte, und sie war drauf und dran, es zu tun.

»Erst war da dieser Typ. Scheiße, dabei hab ich so aufgepasst! Den hab ich noch nie gesehen, keine Ahnung, wie der mich gefunden hat und wieso und was der eigentlich wollte, und als der weg war, haben sie mich erwischt, gerade eben erst. Zwei von Orlowskys Schlägern. Ich kam vom Klo in dem Laden, wo ich halt war, da kommen die mir entgegen, und ich dachte, jetzt ist es vorbei, ich konnt ja nirgendwo mehr hin, aber dann haben die mich einfach vorbeigelassen. Als wär gar nix. Als kennten sie mich gar nicht. Einfach so. Irgendwas muss passiert sein!«

»Wastl«, sagte Magdalena. »Der Großvater hatte einen Herzanfall. Er liegt im Krankenhaus. Den Hias hat die Polizei mitgenommen. Sie haben den Hof durchsucht, weil der Vinz Schedlbauer tot ist, und sie glauben, dass wir das getan haben. Die Mutter weiß nicht weiter. Komm heim, Wastl. Bitte. Hilf mir.«

Ein paar Sekunden herrschte Schweigen am anderen Ende.

»Oh«, sagte ihr Bruder dann. »Ja dann … komm ich halt.«

Er legte auf.

Magdalena starrte das Handy ungläubig an.

Wastl kommt? Das glaub ich erst, wenn er da ist, dachte sie.

Sie raffte sich auf und stellte sich unter die Dusche.

Als sie nach langen, langen Minuten wieder herauskam, hatte sie eine Nachricht auf der Mailbox.

Von Wastl.

Ober er Marija mitbringen dürfe?

Ihr Onkel hätte nichts dagegen, weil sie ja jetzt verheiratet seien.

***

Das Mobiltelefon auf Schwemmers Nachttisch weckte ihn aus einem schweren Traum, in dem eine weinende Frau und ein Zander die Hauptrolle spielten. Er kämpfte sich aus seinem verknoteten Plumeau und schaltete die Nachttischlampe an. Einigermaßen erstaunt stellte er fest, dass das Bett neben ihm leer war.

Er nahm das Gespräch an, ohne aufs Display zu schauen. Um diese Zeit war's die Wache. Jeder andere würde die volle Härte des Gesetzes zu spüren bekommen.

Es war die Wache.

»Mei, entschuldigens scho, der Herr EKHK. Aber mir ham do oan do, der wuil an Mord gstehn.«

»KDD«, murmelte Schwemmer.

»Ja scho, aber des bin ja i. Aber i bin alloa do, weil die andern, die san zum Raubiberfoi in da Ludwigstraß, und i hob denkt, weil weng dem Doden in da Klamm, des tat Eane scho intressiern.«

Schwemmer rubbelte sich heftig über den Kopf, um irgendwie wach zu werden. »Wen haben Sie denn da?«, fragte er.

»Den Allensteiner Ludwig. An Junior von der Kunststofffabrik.«

»Ist er nüchtern?«, fragte Schwemmer.

»I fürcht scho, der Herr EKHK«, antwortete der Kollege vom Dauerdienst.

Der Kriminaldauerdienst war ausgelastet. Allensteiner war nüchtern. Es gab also keinen Grund, seine Selbstanzeige vorerst abzulehnen. Es war Viertel nach zwei.

»Dann passens auf, dass er Ihnen nicht wegläuft. Wenn ich gleich komm, und er ist nicht mehr da, dann …«

»I versteh scho, der Herr EKHK.«

Schwemmer stand auf. Zweieinhalb Flaschen Tegernseer, dachte er. Dann nahm er das Telefon, um sich ein Taxi zu rufen. »Scheiße«, sagte er, nachdem er aufgelegt hatte.

Er wiederholte das Wort etliche Male, bevor er angezogen vor Burgl in der Küche stand.

Sie hob den Blick von dem Papierstapel vor ihr und sah ihn an. »Oh«, sagte sie. »So dringend?«

»Ja.« Er sah sie unter dem Tisch ihre nackten Füße aneinanderreiben. »So spannend, dass du dir nicht mal Pantoffeln anziehst?«

»Ja. Das ist wirklich nix für Ratschhaferl«, sagte sie.

Er sagte nichts: Der Blick, den er ihr zuwarf, musste reichen, ihre Lippen zu versiegeln. Andere Mittel standen ihm nicht zur Verfügung. Und eben deshalb *würde* er auch reichen.

***

Magdalena lag im Bett, warm zugedeckt, das Fenster stand auf Kipp und ließ kalte Luft und das Rauschen der Loisach ein. Manchmal auch ein Geräusch von Maschinen oder Menschen, ein Hupen, ein Quietschen, ein Lachen. Sie schaute nicht auf die Uhr, aber sie spürte, dass die Nacht abnahm. Sie schlief nicht, aber sie war so erschöpft, dass sie es einfach hinnahm, was wahrscheinlich das Beste war, das sie tun konnte.

Als ihr Handy klingelte, zuckte sie zusammen. Sie tastete nach dem Gerät und nahm das Gespräch an. Es war Andi, der vom Empfang aus anrief.

Magdalena runzelte heftig die Stirn. »Ich dachte, Pino macht Nachtschicht?«

»Pino kann nicht. Ist was dazwischengekommen. Ich wollt sagen, dass der Herr Kant in die Bar gekommen ist gerade. Er hat nach dir gefragt. Da dachte ich …«

»Danke, Andi. Ich komme. Sag ihm das. Bitte.«

Sie blieb noch ein paar Sekunden liegen und versuchte, ein Gespür für ihren Körper zu bekommen. Zunächst fühlte sie Verspannungen im Rücken, dann die Falten des zerknitterten Bettlakens, dann den Schweiß auf ihrer Haut.

Es war genau dieses Gefühl, das sie aufspringen ließ. Sie wollte nicht verschwitzt sein. *Noch* nicht jedenfalls, war ein Gedanke, den sie mit einer wütenden kleinen Geste verscheuchte. Sie eilte ins Bad, warf sich kaltes Wasser ins Gesicht und unter die Arme, wusch sich eilig, aber sorgfältig, rubbelte sich trocken. Sie griff nach dem Mundwasser und gurgelte damit. Mit ihren Haaren machte sie den Knotentrick, dann rannte sie zum Kleiderschrank und griff irgendwas, das irgendwie zusammenpasste. Dann zog sie die Schuhe mit den höchsten Absätzen an, die sie hatte, und ging zur Tür hinaus.

Andi und Herr Kant waren in ein erkennbar ernsthaftes, aber nicht humorfreies Gespräch vertieft und registrierten zunächst nicht, dass sie die Bar betrat.

Herr Kant bemerkte sie als Erster und sah sie mit einem Blick an, als habe er früher mit ihr gerechnet.

Andi lächelte sie an.

***

Schwemmer kniff immer wieder die Augen zusammen, um den Schlaf zu vertreiben. »Wollen Sie nicht lieber einen Anwalt hinzuziehen, Herr Allensteiner?«, fragte er.

Allensteiner schüttelte den Kopf. »Ich bekenne mich schuldig.«

Schwemmer seufzte. »Herr Allensteiner, ich *bitte* Sie. Dies ist keine Gerichtsverhandlung. Wenn Sie mir zuerst mal erzählen, *wessen* Sie sich schuldig bekennen, würde uns das schon einen Schritt weiterbringen.«

»Ich bekenne mich schuldig des Mordes an Vinzenz Schedlbauer.«

»Wie kommen Sie darauf, dass Vinz Schedlbauer tot ist?«, fragte Schwemmer.

»Ich habe ihn ermordet.« Allensteiner sah trotzig geradeaus.

Schwemmer rieb sich den Nacken. Jetzt hatte er einen Ex-Fremdenlegionär, der nichts außer seinem Namen sagte, und einen Fabrikantensohn, der ohne erkennbaren Grund einen Mord gestand.

Und beides binnen zwölf Stunden.

In Garmisch-Partenkirchen.

Vielleicht hätte ich doch in Ingolstadt bleiben sollen, dachte er, was ein schlagender Beweis seiner Müdigkeit war.

»Na schön.« Er schaltete das Aufnahmegerät ein, das zwischen ihnen auf dem Tisch des Vernehmungszimmers stand, und sprach die einleitenden Formeln, wobei er sehr betonte, Herrn Allensteiner auf das Recht auf einen Anwalt und das der Aussageverweigerung hingewiesen zu haben.

»Dann fangen Sie mal an, Herr Allensteiner«, sagte Schwemmer.

»Ich habe Vinz Schedlbauer ermordet«, sagte Allensteiner.

Schwemmer wartete, aber Allensteiner beließ es dabei.

»Können Sie mir vielleicht Details verraten? Wie, wo, wann, zum Beispiel?«

»Ich habe Vinz Schedlbauer ermordet«, antwortete Allensteiner.

»Das sagten Sie bereits. Ich wüsste gern etwas über die Umstände.«

»Ich habe Vinz Schedlbauer ermordet.«

»Aber bei Ihrem Anruf hier haben Sie doch behauptet, der Meixner-Bauer hätte es getan.«

Eine kleine Verunsicherung wurde spürbar, aber Allensteiner fing sich rasch wieder.

»Ich habe Vinz Schedlbauer ermordet«, sagte er.

Jetzt dürfte eigentlich nur eine Schreibtischlampe brennen, dachte Schwemmer, und er sollte derjenige sein, der Rauch in das gelbe Licht blies. Und einen Hut trug.

Stattdessen saß er im bleichen Licht der Deckenlampen und hätte sich am liebsten vor Müdigkeit die Augen gerieben – aber das ging natürlich überhaupt nicht.

Also drehte er sich lässig in seinem Stuhl zur Fensterbank und nahm den obersten Aktendeckel vom Stapel aus dem Plastikkörbchen, das er dort abgestellt hatte. Er drehte sich genauso lässig wieder zurück, schlug den Aktendeckel auf und nahm ein Blatt heraus.

»Und nachdem Sie behauptet haben, Melchior Meixner hätte es getan, haben Sie noch mehrfach …«, Schwemmer fuhr mit dem Finger die Liste aller Anrufe des überwachten SIS-Handys hinunter, »… meiner überschlägigen Zählung nach etwa zwölfmal in der Wohnung Ihres Opfers angerufen. Warum, wo Sie doch wussten, dass er tot ist?«

Schwemmer lächelte, aber es war ihm klar, dass es gequält wirkte. Es *war* gequält.

Ludwig Allensteiner sah ihn jedenfalls an, als hätte er ihn nicht richtig verstanden, und Schwemmer ahnte, dass es genau so war.

»Also?«, fragte er. »Irgendein Kommentar?«

»Ich habe Vinz Schedlbauer …«

Schwemmer drückte auf die Stopptaste des Aufnahmegerätes und griff zum Telefon.

»Blutprobe und einlochen«, sagte er, als der Wachtmeister die Tür öffnete. »Den Papierkram mach ich morgen. Und rufen Sie mir bitte ein Taxi.«

***

Sie hatte sich von Herrn Kant zu einem Malt-Whisky überreden lassen, dessen schweres Aroma zunächst half, ihre Schläfrigkeit zu vertreiben. Sie ahnte, dass sich das bald ins Gegenteil verkehren würde.

»Wie war Ihr Tag?«, fragte sie.

»Anstrengend. Ich war lange auf der Autobahn.«

»Wo waren Sie denn?«

»In Frankfurt«, sagte Herr Kant und nahm einen Schluck Whisky. »Ich habe mich mit Herrn Orlowsky getroffen.«

»Was?« Sie sah ihn verständnislos an.

»Es gibt eine Securityfirma in Wiesbaden, mit der ich gelegentlich kooperiere. Man hat in unserer Branche Kontakte; zwangsläufig auch in Bereichen, die man nicht unbedingt seriös nennt. Die Kollegen kennen Orlowsky und haben mir den Termin vermittelt.«

»Ja, aber … worüber haben Sie denn gesprochen?«

»Über Ihren Bruder natürlich. Ansonsten haben Herr Orlowsky und ich nur wenig gemeinsame Interessen.«

»Aber wieso …?« In Magdalenas Gehirn rauschte es. Sie griff nach ihrem Glas.

»Ich habe Orlowsky klargemacht, dass es besser für ihn wäre, Ihren Bruder mit Respekt zu behandeln. Das hat er mir auch zugesichert. Ihr Bruder kann sich also wieder aus seinem Versteck herauswagen.«

Magdalena versuchte zu erfassen, was sie gerade gehört hatte. »Aber das Geld«, sagte sie.

»Ja, das Geld. Orlowskys Respekt bedeutet natürlich nicht, dass Ihr Bruder seine Schulden nicht bezahlen muss. Ich war so frei und habe eine Umschuldung ausgehandelt.«

»Umschuldung …?«

»Ich denke, es sind für beide Seiten akzeptable Bedingungen. Statt fünfzig bis Sonntag sechzig mal tausend in den nächsten fünf Jahren. Tausend im Monat also. Ihre Familie sollte das hinkriegen.«

»Aber Sie können doch nicht einfach ... Ich meine, das ist natürlich ... Ich weiß nicht ... Tausend im Monat sind ... Ja, das wird gehen, solange nichts Unvorhergesehenes ... Was ist, wenn wir es *nicht* hinkriegen? Was wird Orlowsky dann tun?«

»Nichts.«

»Nichts? Er wird einfach *nichts* tun?«

Kant nahm einen weiteren großen Schluck aus seinem Glas. Er zeigte unauffällig darauf, und Andi kam mit der Flasche herbei. Er und Kant tauschten einen Blick, der Magdalena irritierte: respektvoll, nicht bewundernd, von Mann zu Mann. Und Kant schien das für selbstverständlich zu halten.

»Ich sprach von einer Umschuldung«, sagte Kant. »Sie haben keine Schulden mehr bei Orlowsky. Sie haben Schulden bei *mir*.«

»Wie kommen Sie dazu, so etwas zu tun? Sie hätten mich wenigstens fragen müssen!«

»Da verstehen Sie etwas falsch, Frau Meixner. Ich habe Orlowsky eine Forderung abgekauft. Es gibt niemanden, den er oder ich hätten um Erlaubnis fragen müssen.«

Magdalena sprang von ihrem Hocker und ging aus der Bar. Es war zu viel. Sie machte ein paar Schritte auf den Empfangstresen zu, ihr Refugium, ihr Reich, wo sie sich so sicher fühlte wie sonst nirgends, aber natürlich wäre es jetzt albern, sich dahinterzusetzen. Sie blieb stehen, mitten im Foyer, dann ging sie auf die Toiletten zu, aber sich dort zu verstecken war noch lächerlicher. Also ging sie ein paarmal auf und ab und schließlich wieder in die Bar.

Andi und Kant redeten genauso ernst miteinander wie eben. Sie griff nach ihrem Glas, trank es aus und atmete dann tief durch. Dann knallte sie das Glas auf die Theke.

»Gut«, sagte sie. »Was wollen Sie?«

»Tausend Euro«, sagte Kant.

»Nur tausend?«

»Im Monat. Für die nächsten fünf Jahre.«

»Also sechzig.« Eine misstrauische, steile Falte teilte ihre Stirn.

»Betrachten Sie die zehntausend als ... Stilmittel.«

»Stilmittel?«

»Ich möchte Ihnen helfen. Nicht Sie beschämen. Wenn ich das Geld auch nur *leicht* ergebnisorientiert anlege, verdiene ich mehr. Mit weniger Aufwand. Und weniger Risiko.«

»Und warum tun Sie das?«

Kant sah sie mit seinem rätselhaften Lächeln an. »Ich bin eben … Kantianer.«

»Sehr witzig«, sagte Magdalena böse.

Kants Lächeln veränderte sich nicht. »Ich meine das ganz ernst, Frau Meixner. Für meinen Namen kann ich nicht viel. Wenn ich zum Beispiel Kepler hieße, würden Sie auch nicht meinen Glauben daran bezweifeln, dass die Erde sich um die Sonne dreht.«

»Natürlich nicht«, sagte sie.

»Ich bin wirklich ein Anhänger des kategorischen Imperativs. Und ich kann sagen: Das ist in meinem Beruf mitunter schwierig. Und frustrierend. Und manchmal … lappt es ins Dialektische.«

»Ich weiß nicht, ob ich das verstanden habe«, sagte Magdalena.

Andi stand von ihnen abgewandt und polierte Gläser, aber sein Rücken in dem altrosafarbenen Hemd war angespannt.

»Was ist, wenn wir nicht zahlen können?«, fragte Magdalena.

»Ich habe mehr Humor als Orlowsky«, antwortete Kant. »Aber ich kann genauso unangenehm werden wie er, wenn ich das Gefühl habe, dass jemand versucht, mich zu veralbern.«

»Das glaub ich Ihnen aufs Wort«, sagte Magdalena.

Andi drehte sich um. Er und Kant tauschten einen Blick, während Andi stumm weiter das Glas polierte. Kant nickte beschwichtigend, bevor er sich wieder Magdalena zuwandte.

»Orlowsky hat mir zu verstehen gegeben, dass er erfreut wäre, wenn er Ihren Bruder nicht so bald wiedersähe«, sagte er. »Er sollte also möglichst umgehend aus Frankfurt verschwinden. Das ist Teil der Abmachung.«

»Ja. Gut. Das wird er tun.«

»Ich weiß«, sagte Kant. »Ich habe es ihm selbst gesagt.«

SECHS

Als Schwemmer Schafmanns Büro betrat, stand der Kollege mit schräg gelegtem Kopf am Fenster und sah auf die Straße. Er drückte den rechten Zeigefinger ins Ohr, dann zog er ihn wieder heraus. Die Bewegung wiederholte er ein ums andere Mal.

Schwemmer setzte sich und sah ihm schweigend zu, bis Schafmann sich zu ihm umdrehte.

»Tinnitus«, sagte er. »Unangenehm. Es piepst. *Un-un*-terbrochen.«

Die Art, wie Schafmann »ununterbrochen« sagte, ließ Schwemmer an ein Gedicht über einen Kühlschrank denken, aber er hielt es für ratsam, es nicht zu zitieren.

»*Sehr* unangenehm«, fuhr Schafmann fort. »Man denkt, es käme von draußen ...«, er zog den Finger aus dem Gehörgang, »... aber wenn man sich das Ohr zuhält ...«, er steckte den Finger wieder hinein, »... dann merkt man: Es ist *im* Ohr. Wirklich unangenehm.«

»Und seit wann hast du das?«

»Seit dem Aufwachen.«

»Als ich noch in Ingolstadt war«, sagte Schwemmer, »da gab es einen Kollegen, der hatte das auch. Der fand das absolut unerträglich.«

»Und?«, fragte Schafmann.

»Hat sich aufgehängt.«

»Ach komm!« Schafmann sah ihn aufgeschreckt an.

»Aber erst nach dem Mittagessen.«

Schafmann zog beleidigt den Finger aus dem Ohr.

»Der Allensteiner sagt immer noch nur den einen Satz«, sagte er. »Und er will immer noch keinen Anwalt.«

Schwemmer rieb sich die Augen und gähnte. »Immerhin der Erste, der zugibt zu wissen, dass Vinz Schedlbauer tot ist.«

»Tot schon, aber sonst will er *nichts* wissen. Und wenn ich je einem *keinen* Mord zugetraut hat, dann ist es dieser Dünnbrettbohrer.« Schafmanns Finger wanderte wieder zum Ohr, aber als er Schwemmers Blick auffing, zuckte er zurück.

»Ich hatte eine interessante Lektüre heut Nacht.«

Schwemmer warf Vinz Schedlbauers Semesterarbeit auf den Tisch. Schafmann nahm den Stapel auf. Als er den Titel las, zog er die Brauen hoch.

»Viele Fakten«, sagte Schwemmer. »Aber nicht nur. Vinz hat auch Legenden und Gerüchte gesammelt. Und das ziemlich rücksichtslos.«

Schafmann blätterte langsam den Papierstapel durch.

»1973 hat sich in Grainau ein Mädel aufgehängt, angeblich schwanger. Die Mutter hat behauptet, ihre Tochter habe vor dem Selbstmord Max Schedlbauer beschuldigt, sie vergewaltigt zu haben. Das war Vinz' Großonkel. Die Schedlbauers haben sie wegen übler Nachrede angezeigt. Und recht bekommen. ... Klebt ein gelber Zettel dran.«

Schafmann blätterte interessiert hin. »›Eine junge Frau aus dem Umfeld der Familie Meixner ...‹«, las er. »Was soll das heißen?«

»Weiß ich nicht. Aber Onkel Max hatte man Monate vor dem Selbstmord tot aus der Partnachklamm geholt. Offizielles Untersuchungsergebnis: Abgestürzt.«

»Oha«, sagte Schafmann und blätterte weiter.

»Hast du einen Kaffee?«, fragte Schwemmer.

»Nein«, sagte Schafmann. »Kaffee ist nicht gut bei Tinnitus.«

»Hinten sind auch Fotos ...«, sagte Schwemmer und griff zum Telefon, um Frau Fuchs um einen Kaffee zu bitten, aber sie ging nicht ran.

Schafmann las weiter, plötzlich begann er, hektisch hin und her zu blättern. »Abbildung 12«, murmelte er. Schließlich legte er Schwemmer ein Blatt aus dem Anhang hin. Es waren ein halbes Dutzend Fotos darauf, in grober Auflösung, aber doch gut erkennbar. Schafmann tippte auf ein Porträt am unteren Rand. »Hier haben wir das ›Umfeld der Familie Meixner‹: Das ist das Bild aus Rossmeisls Versteck.«

Schwemmer sah sich das Foto der jungen Frau genauer an. »Wann exakt war das alles?«

»Das Mädchen hat sich im Januar '73 umgebracht, Max Schedlbauer ist ...«, Schafmann blätterte erneut hin und her, »... im September '72 in die Klamm gestürzt.«

Erneut griff Schwemmer zum Telefon und wählte Frau Fuchs an. Wieder nahm niemand ab.

»Wo steckt die Fuchs denn?«

»Die ist mal kurz nach Hause«, murmelte Schafmann.

»Nach Hause? Wieso das?«

»Sie wollt da was holen ... So ein ... Naturheilmittel. Soll gut sein.« Schafmann sah angestrengt aus dem Fenster.

Schwemmer stöhnte auf. »Lass mich raten, gegen was.«

»Ich hab sie nicht zurückhalten können«, sagte Schafmann entschuldigend.

»Selbst wenn du gewollt hättest!«

Das Telefon läutete. Es war Dräger. Das Fax mit dem Durchsuchungsbeschluss war um sechs Uhr eingegangen, um halb sieben war Dräger in Vinz Schedlbauers Wohnung gewesen.

»Wir waren leider nicht die Ersten hier«, sagte er. »Hier hat schon jemand ganz schön gewühlt.«

»Das war zu erwarten«, sagte Schwemmer. »Irgendein Hinweis, wann der Bewohner das letzte Mal da war?«

»Nur der Anrufbeantworter. Da sind fünf Nachrichten drauf, die älteste ist sieben Tage alt und war noch nicht abgehört.«

»Geben die Nachrichten was her?«

»Kaum. Zwei Bitten um Rückruf von einer Lenerl, die klingen privat, und drei von einem Herrn Kant, die klingen geschäftlich. Ihr kriegt 'ne Kopie.«

»Danke. Fehlt was?«

»Laptop und Bargeld, sonst scheint alles da zu sein. Dem ersten Eindruck nach wurden hier nur Unterlagen gesucht. Und alles, was man *einfach* finden konnte, hat man schon gefunden. Aber *wir* finden ja auch die Sachen, die *nicht* einfach zu finden sind.«

»Schon gut, Dräger. *Ja*, ihr *seid* großartig. Was ist es?«

»Tagebücher. Sechs Kladden. Steckten hinter einem Wandpaneel.«

»Das ist toll. Wie aktuell sind die?«

»Letzter Eintrag vor drei Wochen. Der erste vor zwei Jahren.«

»Schick sofort jemanden damit her. Der Kollege Schafmann kümmert sich drum.« Er legte auf.

»Kümmern um was?«, fragte Schafmann.

»Strafarbeit. Wegen eigenmächtiger Entfernung von Frau Fuchs aus dem Dienst. Tagebücher von zwei Jahren lesen.«

»Ja, ja«, sagte Schafmann. »Ich kümmer mich drum.« Er stellte sich ans Fenster und sah hinaus, sodass er Schwemmer den Rücken zudrehte. Dann hielt er sich das rechte Ohr zu. Das Piepsen hatte kein bisschen nachgelassen.

»Lass das«, sagte Schwemmer, aber Schafmann ignorierte das tapfer. Schließlich war es *sein* Tinnitus.

»Sag mal, der Dräger«, sagte Schwemmer. »Wieso ist der zwölf Stunden jeden Tag im Einsatz? Ich denke, der hat Kinder?«

»Schon, aber nicht daheim. Die sind bei seiner Ex.«

»Aha«, murmelte Schwemmer. »Was 'n Scheiß.«

Unten auf der Straße hielt ein Taxi. Der Fahrer stieg aus, ging um den Wagen herum und öffnete die Beifahrertür. Er beugte sich hinunter und wollte seinem Fahrgast beim Aussteigen helfen, aber der alte Mann wehrte das mit einer wirschen Geste ab. Er zog sich an der Tür hoch und ging mit unsicheren Schritten auf den Eingang zu.

Schafmann nahm den Finger aus dem Ohr. »Wir kriegen Besuch«, sagte er.

Schwemmer trat ebenfalls ans Fenster. Sie sahen zu, wie Maiche Meixner auf die Inspektion zuging, als müsse er sich Schritt um Schritt abringen.

»Ich bin gespannt, was der hier will«, sagte Schafmann.

»Ich auch«, sagte Schwemmer. Ein ungutes Gefühl grummelte in seinem Magen. Der Alte würde sich hintergangen fühlen von ihm. Mit Recht. Sein Freund würde er nicht mehr werden.

Umso mehr fragte er sich, warum der Meixner Maiche sich aus seinem Krankenbett gequält hatte. Denn eine Quälerei war es für den Alten – erkennbar.

»Ich geh runter«, sagte Schwemmer.

»Soll ich mitkommen?«

»Bei dir piept's doch!«

Schwemmer nahm das Blatt mit den Fotos vom Schreibtisch und ging hinaus.

***

Magdalena stellte das Tablett ab und verteilte das Frühstück auf dem Tisch.

Herr Kant wies in den leeren Frühstücksraum. »Vielleicht mögen Sie sich ein wenig zu mir setzen, solange sonst noch niemand da ist.«

Ein bisschen zögerlich und mit einem etwas verlegenen Lächeln nahm sie Platz.

»Ich werde heute abreisen«, sagte er.

»Oh …« Mehr fiel ihr nicht ein. Warum auch? Er würde verschwinden. Ein Satz von Vinz fiel ihr ein, er hatte ihn damals in Tübingen gesagt, während sie in der Studentenkneipe gemeinsam betrunken wurden. »Wenn einer nicht glaubt, was er weiß, ist ihm eben nicht zu helfen.« Sie hatte gewusst, dass Kant irgendwann – bald – verschwinden würde.

Aber sie hatte es aus ihren Gedanken verbannt.

Hatte es nicht geglaubt.

Ihr war eben nicht zu helfen.

»Ich mach Ihnen die Abrechnung fertig«, sagte sie.

»Lassen Sie sich bitte Zeit. Ich habe noch eine Verabredung heute Mittag.«

»Bleiben Sie, solange Sie wollen«, sagte Magdalena.

»Das geht leider nicht. Mein Auftraggeber hier wird mich aller Voraussicht nach nicht bezahlen.«

»Natürlich«, sagte Magdalena leise.

»Sie haben ein schönes Hotel aufgebaut, Frau Meixner. Es ist überaus … *angenehm* hier.«

So wie er das Wort »angenehm« aussprach, war es wohl ein großes Lob.

»Schön, dass es Ihnen gefallen hat.« Mehr fiel ihr nicht ein. Er würde heute noch abreisen. Ihr Lächeln verkrampfte ein bisschen.

»Und Sie haben eine tolle Crew. Herr Weidinger hat mich sehr beeindruckt, er macht seine Arbeit so locker und dabei immer souverän. Der richtige Mann im richtigen Job.«

Magdalena sah ihn verwirrt an. Sprach er tatsächlich über Andi?

»Ja … natürlich«, sagte sie. »Nur manchmal ist Andi schon eher so … *gar* nicht souverän.«

Herr Kant nickte und schien ein Lachen zu unterdrücken.

»Ich möchte jetzt nicht so hoch greifen und den Namen Heisenberg ins Spiel bringen, aber es ist *schon* so, dass der Beobachtende das beobachtete Objekt beeinflusst.« Am Ende des Satzes lachte er wirklich ein bisschen, aber er fing sich rasch wieder.

Magdalena hatte keine Ahnung, was er meinte. »Sie machen sich über mich lustig«, sagte sie.

Herr Kant wiegte den Kopf. »Ein kleines bisschen …«

Sie schwieg. Vom Foyer ertönten Stimmen. Gäste kamen die Treppe herunter zum Frühstück. Magdalena erhob sich rasch.

»Eines noch«, sagte sie.

Herr Kant machte eine abwehrende Geste. »Glauben Sie mir«, sagte er, »Sie haben mir gestern Nacht genug gedankt.«

»Nein, nein.« Sie sah etwas verlegen zur Seite. »Ich wollte Sie etwas fragen.«

Herr Kant machte eine auffordernde Bewegung, während er in sein Croissant biss.

»Woher wussten Sie, dass ich … Ihren Schrank nicht aufgemacht habe?«

Herr Kant schüttelte kauend den Kopf. Er nahm einen Schluck Kaffee und tupfte sich mit der Leinenserviette den Mund ab, bevor er antwortete.

»Ich bin in der Sicherheitsbranche, Frau Meixner. Ich würde mich doch lächerlich machen, wenn ich mein eigenes Hotelzimmer nicht überwachen könnte. Es war aber nur sehr *basic.* Die Kamera des Laptops, weiter nichts.«

»Und wenn ich den Laptop geklaut hätte?«, fragte sie mit einem Lächeln.

»Aber Frau Meixner … Mittlerweile haben schon Rasenmäher einen GPS-Transponder.« Kant lächelte ebenfalls.

Immerhin, dachte Magdalena.

»Was hätte ich denn gefunden, in dem Schrank?«

»Anzüge, Hemden, Krawatten … Es ist ein Kleiderschrank.«

»Und warum haben Sie sich dann bedankt?«

Herr Kant sah sie mit leichter Verblüffung an. »Die beiden Polizisten hatten Ihnen doch gewiss nahegelegt, mein Zimmer zu durchsuchen. Von daher war es einfach eine … schöne Geste.«

Er sah sie ernst an und nickte. »Einfach eine schöne Geste«, wiederholte er.

***

Maiche Meixner stand im Flur und redete durch das Schiebefenster der Wache mit einer Kollegin. Schwemmer bedeutete ihr, ihn einzulassen.

»Habt ihr einen freien Raum hier unten?«, fragte er. Er wollte dem Alten die Treppe in den ersten Stock ersparen.

»Im Moment nur den da.«

Die Kollegin zeigte auf die Tür des Vernehmungszimmers. Maiche folgte ihm wortlos hinein. Er zögerte, als Schwemmer ihm einen Platz anbot. In der körperlichen Verfassung von vorgestern wäre er wahrscheinlich stehen geblieben, aber heute war er genötigt, das Angebot anzunehmen.

»I mecht mitm Hias redn«, war das Erste, was er sagte.

»Warum?«, fragte Schwemmer.

»Geht di gar nix an.«

Schwemmer ließ einige Augenblicke verstreichen, bevor er antwortete.

»Ich versteh schon, was du meinst«, sagte er dann. »Aber es stimmt nicht. Was den Hias betrifft, gibt es grad gar nix, was mich nix angeht.«

Jetzt war es der Maiche, der mit der Antwort wartete.

»Was habts vor mit eam?«, fragte er.

»Das entscheidet die Staatsanwaltschaft.«

»Is nimmer so wie frira, als man mit der Polizei noch hat redn könn«, sagte Maiche.

»Wenn's noch so wär wie früher, würd ich dich gleich *mit* einsperren. Wegen Falschaussage. Das sind *deine* Waffen, die wir beim Hias gefunden haben. Die du angeblich in die Klamm geworfen hast.«

Maiche sah ihn regungslos an. Seine Haut wirkte immer noch papieren und grau, aber seine Augen waren klarer und wacher als gestern im Krankenhaus.

»Weißt, wer der Tote ist?«, fragte Schwemmer.

»Na.«

»Wirklich ned?«

Maiche würdigte Schwemmers Nachfrage keiner Antwort.

»Der Vinz Schedlbauer«, sagte Schwemmer.

Maiches Überraschung war echt, da war Schwemmer sich sicher. In dem sonst so beherrschten Gesicht ließ sich plötzlich lesen wie in einem Buch. Der anfängliche Unglaube wurde abgelöst von Unverständnis und dann vom allmählichen Erfassen der durchweg unangenehmen Konsequenzen.

»Warum hast du der Mirl den Brief geschrieben?« Schwemmer wartete geduldig die Antwort ab, die wieder auf sich warten ließ.

»Weils wieder angfangn ham«, sagte Maiche endlich.

»Kannst dir vorstellen, was das für ein Bild abgibt? Zusammen mit dem toten Vinz? Ein Drohbrief und ein toter Schedlbauer!«

Dieses Mal erhielt er gar keine Antwort.

Es klopfte an der Tür, und einer der Uniformierten schaute in den Raum. Schwemmer machte eine abwehrende Geste, aber der Mann wedelte mit einem Fax, das er ihm auf den Tisch legte, bevor er leise wieder hinausging und die Tür hinter sich zuzog.

Schwemmer nahm das Blatt und überflog es. Es stammte aus dem Labor, und was er las, machte Maiches Situation noch ein Stück unangenehmer.

»Wir haben zwei Schrothülsen gefunden bei dir im Wald. Der gleiche Schrot steckte im Arm vom toten Vinz. Und hier steht, dass die Schlagbolzenabdrücke darauf von der Simson-Flinte stammen, die der Hias versteckt hatte … Wer hat damit geschossen? Der Hias oder du? Oder noch wer anders? Lenerl vielleicht?«

»Na. Ned 's Lenerl«, sagte Maiche.

»Immerhin. Aber verstehst mich jetzt? Es gibt nix, was mich nix angeht. Wenn du mit dem Hias redst, bin ich dabei. Oder du redst nicht mit ihm.«

Maiche nickte schweigend, was aber keinen Rückschluss auf seine Entscheidung erlaubte. Schwemmer ließ ihm noch einen Moment, bevor er das Blatt mit den Fotos aus Vinz' Semesterarbeit vor ihn hinlegte. Er tippte mit dem Stift auf das Bild des Mädchens.

»Kennst du die?«, fragte er.

Maiche starrte auf das Bild. Dann nahm er das Blatt und sah die anderen Fotos an. »Wo habts des her?«

Schwemmer gab ihm keine Antwort darauf. »Also kennst du sie?«, fragte er stattdessen.

»Ja«, sagte Maiche. »'s Vrenerl. De hod se derhängt.«

»Wegen dem Schedlbauer Max?«

Wieder entstand eine Pause. Endlich sagte Maiche: »Lass mi mitm Hias redn. Kannst a dabeihocka, wannst unbedingt wuist.«

»Gut«, sagte Schwemmer. »Wart hier.«

Er ging aus dem Zimmer, um einen der Wachmeister zu beauftragen, den Festgenommenen Rossmeisl Matthias ins Vernehmungszimmer bringen zu lassen. Dann griff er sich ein Telefon und rief Schafmann an.

»Wie sieht's aus? Ist was anzufangen mit den Tagebüchern?«

»Es stehen ein paar spannende Sachen drin. Ob sie uns was nutzen, weiß ich noch nicht. Am interessantesten wäre natürlich der Band über die letzten Wochen, aber der fehlt ja. Und bei dir?«

»Weiß ich noch nicht. Er will mit Hias reden. Könnte *auch* spannend werden.« Er legte auf.

Auf der Fensterbank der Wache gab eine Kaffeemaschine gerade die letzten Röchler eines neuen Aufgusses von sich.

»Tut mir leid, Kollegen, aber die Kanne ist beschlagnahmt«, sagte Schwemmer.

Es gab maulenden Widerspruch, aber Schwemmer belud ungerührt ein Tablett mit Tassen, Zucker, Milch und der Kanne.

»Und ich will da drin nicht gestört werden! Von keiner Frau Schwemmer und auch von keiner Frau Isenwald. Von *der* schon gar nicht.«

»Und wer soll die aufhalten im Zweifelsfall?«, fragte eine junge Kollegin spöttisch.

»Immer der, der fragt.« Schwemmer schenkte ihr ein maliziöses Lächeln. »Sie sind mir persönlich dafür verantwortlich, Frau Polizeiobermeisterin Erkenschwick. Und wenn Sie das nicht hinkriegen, sorge ich höchstselbst für Ihre Versetzung. Nach Ingolstadt.«

In seinem Rücken erhob sich vielstimmiger Protest. »Das geht zu weit … Oh Gott, die Arme … Lieber eine Haftstrafe … Genfer Konvention …«

»Das hab ich *alles* gehört«, sagte Schwemmer und balancierte das Tablett in den Vernehmungsraum. Er hatte es gerade auf dem Tisch abgestellt, da wurde Hias in den Raum geführt. Schwemmer entließ den Wachmeister mit einem freundlichen Kopfnicken.

Hias blieb gerade und stur stehen, aber als Maiche mit einer Kopfbewegung auf den freien Stuhl wies, setzte er sich doch.

Er sah sich mit wachen Augen um, und bald blieb sein Blick auf dem Blatt mit den Fotos hängen.

»Schaug dirs ruhig o«, sagte Maiche ernst und schob ihm das Blatt zu.

Hias nahm es und starrte es an.

Schwemmer schenkte Kaffee ein. Eigentlich hatte er die Runde damit ein wenig auflockern wollen, aber die beiden alten Männer saßen schweigend und reglos da. Es passte einfach nicht, ihnen Kaffee anzubieten.

Endlich hob Hias den Blick von den Fotos und sah Maiche an.

»Des mit da Vreni … des wissens a?«, fragte er.

»Weißt, wer der Tote in der Klamm war?«, fragte Maiche statt einer Antwort.

Hias' Blick ging zu Schwemmer und wieder zu Maiche. »Ja«, sagte er dann.

»Woher?«, fragte Maiche.

»Des wuist ned wissn.«

Maiche schüttelte den Kopf. »Des hat koan Sinn ned. Sag halt d' Wahrheit.«

Hias machte eine abfällige Geste in Schwemmers Richtung. »D' Wahrheit glabn de eh ned«, sagte er.

»Mog sei. Aber des andere glaubens a ned.«

Die beiden sahen sich ernst an. Dann nickte Hias.

»Wiast mogst, Baur«, sagte er. »D' Wahrheit. Nix ois d' Wahrheit.«

***

»Des war's«, sagte Hias und schwieg.

Maiche nickte zustimmend, und Schwemmer schaltete das Aufnahmegerät ab. Für die Abschrift würde Frau Fuchs einen Dolmetscher brauchen.

»Kann der Hias jetzt gehn?«, fragte Maiche.

»Red kein Schmarren, Maiche.«

»'s Reserl braucht eam droben.«

»Das wusstet ihr vorher.«

»Aber er hat ois verzählt.«

Die Sturheit des Alten ging Schwemmer auf die Nerven. Er schlug mit der flachen Hand auf den Tisch.

»Was glaubst, wo ihr hier seid? Im Beichtstuhl? Fünf Ave-Maria und nach euch die Sintflut? Weißt was? Einer von den Kollegen fährt dich jetzt wieder ins Krankenhaus.«

»I fahr mitm Taxi.«

»Nein. Ich will nämlich sicher sein, dass du *wirklich* wieder in die Klinik fährst, weil da gehörst hin. Und da bleibst erst mal in deinem

Bett liegen, und der Rest wird sich finden! Und der Hias, der bleibt hier, bis die Staatsanwaltschaft entscheidet. Host mi?«

Schwemmer hatte sich in Rage geredet, und sein ehrlicher Zorn hatte sogar Maiche beeindruckt. Er tauschte ein ernstes Nicken mit dem Knecht, dann hievte er sich von seinem Stuhl hoch und verließ das Zimmer.

Schwemmer folgte ihm aus der Tür und rief einen Kollegen aus der Wache herbei, der Hias wieder in seine Zelle bringen sollte und dann Maiche ins Krankenhaus.

»Bringen Sie ihn aber bis auf die Station und geben Sie ihn bei einer Schwester ab, sonst ist er gleich wieder fort«, sagte er.

Als er gerade die Kanne zurück zur Kaffeemaschine gebracht hatte, betrat ein soignierter älterer Herr den Flur draußen vor dem Schiebefenster. Schwemmer schätzte ihn auf Mitte siebzig. Als Polizeiobermeisterin Erkenschwick ihn begrüßte, hörte Schwemmer, dass er sich mit »Leopold Allensteiner« vorstellte.

»Lassen Sie den Herrn herein, Frau Kollegin«, sagte er und winkte Allensteiner senior hinter sich her.

Herr Allensteiner trug einen hellen Lodenmantel, einen Hut mit Gamsbart und einen Peter-Gauweiler-Schnäuzer. Er sah überhaupt aus wie Peter Gauweiler, nur größer und schlanker. Das betonte er mit einem fein polierten Knotenstock, den er beim Gehen elegant schwingen ließ. Er folgte Schwemmer die Treppe hinauf in sein Büro, wo er ziemlich raumgreifend Platz nahm. Dann faltete er die Hände auf dem Knauf des Stockes und stützte sein Kinn darauf.

»Es geht –«, hob er an.

»Um Ihren Sohn Ludwig«, unterbrach ihn Schwemmer und ließ sich in seinen Drehstuhl fallen.

Allensteiner hob den Kopf von dem Stockknauf und richtete sich in seinem Stuhl auf. »Soll das heißen, Sie wissen, wo er ist?«

»Leider ja«, antwortete Schwemmer. »Aber lieber als *wo* wüsste ich *was*. *Was* zum Teufel mit ihm los ist.«

»Geht es etwas deutlicher?«, fragte Herr Allensteiner. Auf einmal hielt er den Stock in der Rechten und wies mit dem Knauf in Schwemmers Richtung.

»Gerne. Er sitzt in einer Zelle im Stockwerk unter uns und bezichtigt sich des Mordes.«

»Mord?«, brüllte Allensteiner. Für eine Sekunde sah es aus, als würde er den Stock auf die Schreibtischplatte schmettern wollen, aber er fing sich noch einmal. »Mord«, sagte er leise. »So weit ist es also …« Seine Kiefer mahlten.

Schwemmer stand auf und ging um seinen Schreibtisch herum.

»Geben Sie mir bitte Ihren Stock«, sagte er.

»Wie bitte? Das ist *mein* Stock.«

»Und das ist *mein* Büro.«

Allensteiner sah ihn an, seine Augen verengten sich. »*Das* … bin ich *nicht* gewohnt«, sagte er scharf.

»Ich auch nicht«, sagte Schwemmer und entwand ihm den Stock mit einem schnellen Griff. Er ging zu seinem Stuhl zurück und ließ sich wieder hineinfallen. Sehr betont. Den Stock stützte er neben sich auf.

Allensteiner presste die Lippen zusammen und sog schnaubend Luft durch die Nase ein. Irgendwie wirkte er nun mehr wie Lee Van Cleef denn wie Peter Gauweiler, und Schwemmer war sich nicht sicher, was er weniger mochte.

»Ihr Sohn behauptet, Vinzenz Schedlbauer ermordet zu haben. Er verzichtet ausdrücklich auf anwaltliche Unterstützung. Ende der Geschichte.«

»Wieso wurde ich nicht unterrichtet?«, fragte Allensteiner senior mühsam beherrscht.

»Dem Augenschein nach ist Ihr Sohn seit gut dreißig Jahren volljährig. Und bei einem solchen Alter ist die Unterrichtung der Eltern anlässlich einer Festnahme nicht mehr üblich.«

»Wie reden Sie eigentlich mit mir?« Allensteiner gestikulierte fahrig, offenbar war er es nicht gewohnt, ohne seinen Stock aufzutreten.

»Ich weiß nicht, was Sie von mir erwarten, Herr Allensteiner. Ich bin Polizist. Ich habe einen Toten, ich habe einen geständigen Mörder, damit bin ich gut bedient.«

Allensteiner starrte ihn an. »Meine Anwälte werden Ihnen das Fell über die Ohren ziehen, Sie … Sie Lümmel!«

Schwemmer sah mit amüsiertem Blick zur Decke und erschrak ein wenig, als eine Stimme in seinem Kopf »Hallo« sagte. »Hallo«, sagte die Stimme, und sie klang sehr wie die seiner Frau: »Hallo, mein Großer, das war ein toller Auftritt gerade, aber jetzt komm bitte wieder auf den Teppich.«

Er nickte, ergeben zustimmend.

»Also noch mal von vorn, Herr Allensteiner«, sagte er ruhig und betont freundlich, doch die selbstgewisse Miene des Alten hätte ihn beinahe sofort wieder aus der Kurve getragen.

Jetzt glaubt der Sack glatt, ich hätte Angst vor seinen depperten Anwälten, dachte Schwemmer.

Aber er beherrschte sich. Das würde Burgl was kosten.

»Im Ernst, Herr Allensteiner. Es gibt nichts, was ich für Sie tun könnte. Schicken Sie Ihrem Sohn Anwälte, so viel Sie wollen, vielleicht empfängt er sie ja.«

»*Ich* will mit ihm reden«, sagte Allensteiner.

»Schön.« Schwemmer wählte die Nummer der Wache an.

»Fragts doch bitte mal den Allensteiner, ob er mit seinem Vater reden möcht ... Ja genau, Zelle 3.«

Er hielt den Hörer abwartend ans Ohr und zuckte entschuldigend die Achseln.

Allensteiner sah ihn ungläubig an. »Sie haben mich wohl nicht verstanden«, sagte er. »Ich sagte, *ich will ihn sprechen*! Nicht dass Sie *ihn* um Erlaubnis fragen sollen!«

»Na, der mog ned«, sagte der Kollege im Hörer, und Schwemmer legte mit einem »Danke« auf.

»Ihr Sohn möchte nicht mit Ihnen sprechen. Tut mir leid.«

Allensteiner rang um Fassung. Seine Hände tasteten herum auf der Suche nach seinem Stock.

»Diese verfluchte Schedlbauer-Brut«, presste er hervor. »Eine Natter haben sie mir ins Haus geschmuggelt und mir meinen Sohn gestohlen! Und die Polizei unterstützt dieses Geschmeiß noch!«

»Jetzt mäßigen Sie sich mal!« Schwemmer stieß ärgerlich den Stock auf den Boden. Der Effekt war beachtlich, und er verstand, was Allensteiner daran fand.

Nur Allensteiner war nicht sehr beeindruckt.

»Denen werde ich es heimzahlen! Ihnen allen. Auf Heller und Pfennig. Ich werde diese böse Frau vernichten. Vernichten werde ich sie! Ich werde –«

»Jetzt haltns die Goschn!«, brüllte Schwemmer.

Allensteiner brach urplötzlich ab und wischte sich mit den Fingerspitzen über die Lippen.

»Vinzenz Schedlbauer ist tot, Mirl Schedlbauer liegt im Krankenhaus, nachdem jemand ihr Auto manipuliert hat, und *Sie* kommen hier in mein Büro und stoßen Drohungen gegen sie aus! Wollen Sie, dass ich Sie zu Ihrem Sohn sperre?«

Allensteiner starrte ihn böse, aber immerhin stumm an.

»Sie haben viel Geld beim ISIS-Fonds angelegt«, sagte Schwemmer.

Allensteiner fing sich wieder. »Woher wissen Sie das? Was geht Sie das an? Das ist eine legale Geldanlage.«

»Sie haben zweihundertfünfundachtzigtausend Euro in Mirl Schedlbauers Schneeballfonds gesteckt …«

»Schneeballfonds?« Wenn Allensteiners Überraschung nicht echt war, dann war sie zumindest sehr gut vorgetäuscht. Er war sogar blass geworden. »Was soll das heißen: Schneeballfonds?«

»Ich bin auf der Suche nach Motiven für zwei Verbrechen gegen die Familie Schedlbauer. Und *Sie* liefern mir brav gleich beide: Hass auf Ihre zukünftige Schwiegertochter … und eine Menge Geld.«

Allensteiner stand wortlos auf und strich seinen Mantel glatt. Sein Kopf bewegte sich mit überraschten Bewegungen ruckartig hin und her, als wache er gerade in einer völlig fremden Umgebung auf.

»Meinen Stock«, sagte er und hielt Schwemmer fordernd die offene Hand hin, ohne ihn anzusehen.

»Den geb ich Ihnen am Ausgang«, sagte Schwemmer. »Und bei Ihrem nächsten Besuch lassen Sie ihn bitte zu Hause.«

»Es wird keinen nächsten Besuch geben.«

Schwemmer wiegte skeptisch den Kopf. »Warten wir's ab …«

Allensteiner würdigte ihn keines Blickes mehr. Er schritt schnell und kraftvoll aus und ging vor Schwemmer her die Treppe hinunter.

»Sie können hier hinaus«, sagte Schwemmer und öffnete ihm die Seitentür, die vom Treppenhaus zum Parkplatz ging.

Allensteiner nahm seinen Stock und ging aufrecht und geradewegs auf seinen dunkelblauen Mercedes zu.

Schwemmer blieb in der offenen Tür stehen. Er sah Allensteiner nach und versuchte schlau zu werden aus dem, was da gerade abgelaufen war.

Eines war klar: Er brauchte ein zweites Frühstück und eine ruhige Ecke zum Nachdenken. Und zwar dringend.

***

Es war Schafmann, der Schwemmer in der hintersten Ecke des Drive-in am Ortseingang aufspürte.

»Dein Geschmack entwickelt sich in eine bedenkliche Richtung«, sagte Schafmann.

»Ich hatte der Fuchs verboten, es jemandem zu verraten.« Vor Schwemmer stand ein Tablett mit den Resten eines Maxi-Menüs.

»Du weißt doch, dass Füchschen und ich keine Geheimnisse voreinander haben.« Schafmann stellte sein Tablett mit einer Diät-Cola und einem Salat in einer Plastikschüssel neben Schwemmers.

»Wie war's?«, fragte er.

»Kommt drauf an, was du meinst. Das Maxi-Menü war ein Fehler, die Familie Allensteiner versucht, mich wahnsinnig zu machen, aber die Herren Rossmeisl und Meixner haben geredet. Wenn sie die Wahrheit gesagt haben, sind wir schlauer, aber nicht weiter.«

»Hä?«, fragte Schafmann.

»Maiche war im Wald, als neben ihm der Schuss in den Baum einschlug. Er hat jemanden auf sich zulaufen sehen, die Flinte hochgerissen und beide Läufe auf ihn abgefeuert, geladen mit 6er Rottweil-Schrot. Der Mann hat aufgeschrien, ist den Hang hinuntergelaufen und hinter einem Felsen verschwunden.«

»Passt zur Spurenlage. *Er* hat Schedlbauer in den Arm geschossen.« Schafmann kaute an seinem Salat. »Aber warum hat der Vinz auf den Meixner geschossen?«

»Das ist eine gute Frage, und ich glaube nicht, dass Vinz das war ... Immerhin war der Meixner dann vernünftig genug, es dabei zu belassen. Er ist dem Mann nicht hinterher, sondern zum Auto und nach Hause. Da hat er es dem Hias und dem Lenerl erzählt. Die beiden haben dem Alten dann den Schlüssel zum Waffenschrank abgenommen.«

Schwemmer spielte mit seiner leeren Pommes-frites-Schachtel herum und faltete sie zu einem kleinen Häuschen.

»Dann ist der Hias ohne Wissen der beiden noch mal in den Wald, angeblich weil er sich Sorgen gemacht hat.«

»Sorgen um wen? Um das Opfer?«

»Eher nicht. Um seinen Bauern. Er wollte verhindern, dass der Meixner in Schwierigkeiten kommt. Er hat seine eigene Flinte und Munition mitgenommen, 00er Sauposten von Remington.«

»Warum überhaupt eine Waffe?«

»Der Mann war Fremdenlegionär und kein Pfadfinder. ›Ich geh doch nicht unbewaffnet, wenn der andere bewaffnet ist‹, sagt der mir eben. Er hat den Mann gefunden. Und ihn erkannt. Vinzenz Schedlbauer, tot, unbewaffnet, mit einer Schusswunde am Arm. Der Rossmeisl Hias stand also allein im Meixner-Wald mit einem toten Schedlbauer mit Meixner-Schrot im Körper. Dass Vinz nicht an dem Schuss verreckt war, war ihm wohl klar. Aber tot war er trotzdem. Und da hat der Hias getan, was er für nötig hielt, um seinen Bauern schützen. Er hat dem Vinz das Gesicht weggeschossen und ihn in die Klamm geworfen.«

Schafmann schüttelte den Kopf. »Er kann ihn ebenso gut lebend gefunden haben. Vinz hatte sich das Bein gebrochen und konnte nicht weg. Und weil er auf den Bauern geschossen hatte, hat der Hias ihn totgeschlagen. Und ab da stimmt die Geschichte wieder.« Er drückte den Deckel auf seine noch halb volle Salatschüssel und trank lustlos an der Diät-Cola.

»Mag sein.« Schwemmer riss die Pommesschachtel sorgfältig in zwei Hälften. »Aber der größte Teil der Geschichte fehlt sowieso noch. Frage eins: Wer hat den Schuss abgegeben, der in den Baum eingeschlagen ist? Frage zwei: Auf wen hat derjenige gezielt? Frage drei: Warum? Frage vier: Wie kam Vinz Schedlbauer da unten hin? Nach Spurenlage wurde er hinuntergeworfen. Von wem?«

»Von Ludwig Allensteiner, wem sonst? Der hat doch schon gestanden«, sagte Schafmann, aber Schwemmer las in seinem Gesicht, dass er das selbst nicht glaubte.

»Allensteiner hat Schuhgröße 44 und 'ne Macke ... Da sitzt einer und gesteht, und ich kann ihm die Tat nicht nachweisen. Das hatte ich nicht mal, als ich noch in Ingolstadt war.«

»Herrschaftszeiten, das will was heißen«, sagte Schafmann. »Vielleicht fällt ja der Isenwald was ein zu dem.«

»Sie kann ihm mit einer Einweisung in die Psychiatrie drohen, mal schaun, wie *das* wirkt ... Steht was in den Tagebüchern, was uns schlauer macht?«

»Einiges. Aber die sind entsetzlich zu lesen. Er schreibt nur klein und kürzt alles Mögliche ab. Vinzenz hatte seit über einem Jahr einen Verdacht wegen der ISIS-Fonds. Er hatte im Büro der SIS zufällig Unterlagen gesehen, die nicht für ihn bestimmt waren. Erst hat er nicht geglaubt, was er gelesen hatte, dann hat er sich nicht getraut, etwas zu unternehmen, aber irgendwann sind ihm die Zahlen unheimlich geworden. Sechzehn Millionen sind ja schon ein Grund, sich Sorgen zu machen. Im letzten Eintrag schreibt er, er wolle seinen alten Professor anrufen. Der hat ihm dann ja diesen Düsseldorfer empfohlen … Außerdem ist er regelmäßig in ärztlicher Behandlung, alle vier Wochen, bei einem Dr. Wagner. Er schreibt nicht, weshalb, aber er ist immer erleichtert, wenn es nicht schlimmer geworden ist.«

»Such dir den mal raus. Da wirst du hinmüssen und nachfragen.«

»Schon passiert. Ich hab morgen Mittag einen Termin. Die Praxis ist in Weilheim.«

»Gut. Noch was?«

»Ja. Die Lektüre gibt auch Antworten auf zwei Fragen, die du eben *nicht* gestellt hast: Was hatte er überhaupt da im Wald zu suchen? Und wie ist er da hingekommen?«

»Ja. Das geht mir auch schon seit Tagen im Kopf rum«, sagte Schwemmer.

»Ich kann es dir sagen: Er hat einen alten Stadel okkupiert, den keiner mehr nutzt, und hin und wieder dort übernachtet. ›Sein Refugium‹ nannte er das.«

»Und wo soll der sein?«

»Das hat er leider nicht geschrieben.«

»Na toll. Mehr als tausend von den Dingern gibt's hier bestimmt nicht.«

»Das können wir stark einschränken. Wenn er seit sieben Tagen nicht mehr in seiner Wohnung war, wird er sich wahrscheinlich in dem Ding aufgehalten haben. Und ebenso wahrscheinlich ist es in der Nähe des Tatortes.«

»Na schön. Also sind es nur noch fünfzig. Dann fang mal an zu suchen.«

»Ich nicht«, sagte Schafmann und legte einen durchsichtigen Plastikbeutel auf den Tisch, wie ihn die Spurensicherung benutzte.

Schwemmer verzog leicht angewidert das Gesicht. »Was ist denn da drin? Sieht aus wie getragene Unterwäsche.«

»Das liegt daran, dass es getragene Unterwäsche ist. Von Vinz Schedlbauer. Hab ich mir von Dräger aus der Wohnung besorgen lassen.«

»Und was hast du damit vor?«

»Hundestaffel«, sagte Schafmann. »Die haben mir versichert,

wenn da was ist, dann finden sie es. Trotz des Regens in den letzten Tagen.«

»Sehr gut«, sagte Schwemmer. »Wirklich. Wann können die kommen?«

»Die sind in …«, Schafmann sah auf die Uhr, »in einer knappen Stunde an der Partnach-Alm.«

Gedankenverloren spielte Schwemmer mit den Resten seiner Pommesschachtel. »Allensteiner«, murmelte er.

»Wie bitte?«

»Wenn wir dem Allensteiner die Tat nicht nachweisen können«, sagte er, »dann müssen wir ihm eben ein Alibi verschaffen.«

»Wir?« Schafmann lachte ungläubig.

»Besorg dir eine Geruchsprobe von ihm. Wenn er da oben war, werden die Hunde was finden. Wenn nicht, war er nicht am Tatort.«

»Geruchsprobe? Wie soll ich das denn machen?«

»Na, wie schon? Hast den Stasifilm nicht gesehen?«

»Stasifilm? Ist das dein Ernst?«

Schwemmer verdrehte die Augen. »Natürlich nicht! Nimm ihm halt die Jacke weg.«

»Okay«, sagte Schafmann, leicht verunsichert. »Und wenn er damit nicht einverstanden ist?«

»Dann soll er *bitte* seinen Anwalt anrufen.«

»Verstehe.« Schafmann erhob sich und nahm sein Tablett. »Kommst du mit?«

»Nein …«

»Nicht? Das wird spannend da oben mit den Hunden.«

»Lass mich mal hier. Ich trink noch einen Kaffee. Es gibt hier doch Kaffee?«

»Bestimmt«, sagte Schafmann. »Die Tabletts stellt man übrigens dahinten in das Regal.«

»Ach was?« Schwemmer sah Schafmann noch zu, wie der sein Tablett verstaute.

Dann wandte er sich wieder seiner Pommes-frites-Packung zu.

Er hatte Schafmann nicht alles erzählt von dem Gespräch mit den beiden Alten. Nicht die Geschichte von Vreni. Und die vom Schedlbauer Max. Zwei Geschichten, aber eigentlich nur eine.

Die Vreni und der Max waren verlobt gewesen, aber nicht miteinander. Der Max mit der Tochter eines Großbauern aus Mittenwald, das wusste ein jeder. Und die Vreni mit dem Rossmeisl Hias, aber das wusste niemand damals. Nicht einmal der Meixner-Bauer und auch nicht Vrenis Mutter. Selbst Vinz Schedlbauer hatte es nicht herausgefunden.

Vreni hatte nicht gewagt, ihrer Mutter zu sagen, dass sie einen Knecht liebte, *nur* einen Knecht, wo ihr Vater alles getan hatte, dass sie zur Schule ginge und was Besseres werde; so hart hatte er gearbeitet, dass er grad nur fünfundfünfzig Jahr geworden ist und schon tot war damals.

Und weil es niemand wissen durfte, trafen sie sich im Wald, sooft die Sonne schien. Im Meixner-Wald, unterhalb der Partnach-Alm, weil der Hias sich da gut auskannte und eine schöne versteckte Stelle wusste und weil er den Ort für das Sicherste hielt.

Aber das war ein Irrtum.

Sie waren an diesem Ort, an einem frühen Septemberabend 1972, als wie aus dem Nichts Max Schedlbauer auftauchte. Es ist nie klar geworden, was er dort gesucht hat, aber er überraschte den Hias von hinten und schlug ihn mit dem Gewehrkolben nieder. Als Hias wieder aufwachte, lag er gefesselt auf dem Boden und neben ihm die Vreni. Sie war nackt und blutete zwischen den Beinen. Und sie weinte.

Der Schedlbauer Max war gerade dabei, sich die Hose zu richten, als plötzlich der Maiche dastand und ihm die Mündung seiner Büchse an den Kopf hielt. Er war zur Jagd gewesen und hatte Schreie gehört.

Sie hatten den Hias losgebunden, dann hat der Maiche der Vreni seine Jacke übergelegt und sie fortgebracht.

Und der Hias ist allein mit dem Max dort geblieben, im Wald über der Klamm.

»Und im Winta hods Vrenerl se derhängt.«

So hatte Hias' Erzählung geendet. Kein Wort darüber, wie der Max wohl in die Klamm geraten war. Schwemmer hatte nicht nachgefragt, weil er wusste, dass er keine Antwort bekommen würde, weil sie nicht nötig war.

Totschlag verjährt, dachte Schwemmer und riss einen letzten Pappfitzel von der Pommes-frites-Packung. Dann stand er auf und brachte sein Tablett weg.

Einen Kaffee hatte er dann doch nicht getrunken.

***

Magdalena saß an ihrem Laptop hinter dem Empfangstresen und sah den Mann zunächst nur aus den Augenwinkeln, als er das Foyer betrat. Ein Gast, dachte sie, und dass gar keine Reservierung vorlag. Sie stand auf, um ihn zu begrüßen, und sah irritiert, dass er geradewegs hinter ihren Tresen kam.

»Grüß Gott«, sagte Andi und lächelte sie an.

Magdalena fiel nichts ein. Sie musterte ihn mehrfach von oben bis unten. Das Erste, was ihr auffiel, war ein neuer Haarschnitt. Nicht spektakulär, aber ein schöner frecher Bürstenschnitt.

»Schick«, sagte Magdalena. »Der Anzug ist auch neu?«

Andi breitete die Arme ein bisschen aus, sodass sie den Dreiteiler samt Einstecktuch und dezent gestreiftem blauem Schlips auf dem weißen Hemd bewundern konnte. Und die Budapester Schuhe.

»Schick«, wiederholte sie und lachte verblüfft. »Andi, das sieht … klasse aus.«

Andi räusperte sich und holte Luft. »Ich möchte dich für heute Abend zum Essen einladen«, sagte er.

»Was? Warum?«

Andi sah mit einem etwas gequälten Lächeln zur Seite, und ihr wurde klar, was für eine Frage sie da gestellt hatte. »Ja gerne«, beeilte sie sich also zu sagen. Sie war völlig verwirrt. »Hab ich denn Zeit?«

»Ja. Du hast Zeit«, sagte Andi. »Ich hol dich um sieben ab.«

Er machte eine ernste Verbeugung und ging hinaus. Magdalena sah ihm mit offenem Mund nach.

»Äh … Andi?«, sagte sie, aber er war schon weg.

***

Schwemmer saß vor seinem Notizblock und versuchte, Ordnung in die Geschehnisse des Tages zu bringen.

Er hatte einen geständigen Mörder.

Einen ehrenhaften Bürger, der Drohungen gegen die Familie Schedlbauer ausstieß.

Eine plausible Aussage zum Sachverhalt, wie der Tote in die Klamm gekommen war.

Einen Einbruch in die Wohnung des Toten.

Und nichts passte zusammen.

Schafmann kam rein und wirkte ziemlich zufrieden.

»Die Hunde sind geradewegs hin zu dem Stadel. Steht auf einer Lichtung im Drehmöser Wald. Es gab Vorräte für etliche Tage, Schlafsack, Gitarre, Campingkocher, Gaslampe. Und sein aktuelles Tagebuch.« Er legte eine graue, abgewetzte DIN-A5-Kladde auf den Tisch.

»Großartig«, sagte Schwemmer.

»Von Allensteiner dagegen keine Spur da oben«, ergänzte Schafmann. »Die Hunde konnten einem fast leidtun.«

Schwemmer schlug das Heft auf. Der erste Eintrag war drei Wochen alt.

»keine vernünft. zweifel mehr«, las er. *»system wird von mitarb. d. bank gedeckt. kontakt zu detek. a. düsseld (empf. wilk.).«*

»Der letzte Eintrag ist noch interessanter.«

Schwemmer blätterte nach hinten. *»berni, bewaffnet! sie suchen mich. muss ihn beobachten. wenn er weg ist: sofort quartier-wechsel.«*

Schwemmer griff zum Telefon. »Schafft mir den Schedlbauer ins Vernehmungszimmer«, sagte er.

Dann blätterte er weiter zurück.

»offenes gespr. mit mirl; großer fehler. m hysterisch. droht mir den schädel einzuschl. <u>bis das ding in meinem kopf platzt.</u> wieso weiß sie davon? c. strobl!«, las er.

»C. Strobl … Wer könnte denn C. Strobl sein?«, fragte er halblaut.

»Strobl? Ohne e?« Schafmann zog seinen Notizblock aus der Tasche und blätterte. »Strobl heißt die Sprechstundenhilfe bei diesem Dr. Wagner. Mit der hab ich heut Mittag noch telefoniert.«

»Was ist das eigentlich für ein Arzt?«

»Gefäßmedizin.«

»›Das Ding in meinem Kopf‹«, murmelte Schwemmer. »Wann wolltest du nach Weilheim?«

»Morgen Mittag.«

Schwemmer sah auf die Uhr. »Für heute ist es zu spät«, sagte er. »Fahr morgen früh. Direkt von zu Hause.«

»Ich weiß nicht, ob der Doktor dann Zeit hat.«

»Egal. Hauptsache, Frau Strobl ist da«, sagte Schwemmer.

Es gab einiges, was Schwemmer an seinem Job nicht richtig gefiel. Aber was er wirklich *hasste*, war, wenn gewalttätige Trottel wie

Berni Schedlbauer vor Selbstmitleid zu weinen anfingen. Er saß am Tisch des Verhörzimmers und heulte Rotz und Wasser darüber, dass er seinen eigenen Bruder mit der Flinte in der Hand durch den Wald gejagt hatte.

Einen Schreck hatte er ihm einjagen wollen, verstehen hätt der Vinz doch müssen, dass das nicht anging, die eigene Mutter anzuzeigen, dass es doch um die Familie ging, am End doch auch um ihn selber. Also den Vinz selber, so wie der Berni das sah.

Ein paar von den Ukrainern, die für sie im Holz arbeiteten, hatten ihn gesehen droben, oberhalb vom Hohen Weg. Hatten den Berni gefragt: Ist dein Bruder nicht mehr in den Anden? Und dann war der Berni da raufgestiegen. So, wie die Nanni es ihm gesagt hatte. Die Nanni hatte gesagt, geh da rauf und find ihn und zeig ihm, dass er das mit uns nicht machen kann.

Drei Tage lang war er immer wieder rauf, hatte gesucht und gewartet, einmal hatte ihm sogar der Meixner-Bauer mit der Flinte in der Hand aufgelauert.

Aber am Ende hatte er den Vinz gefunden, ganz klar, denn im Wald machte dem Berni keiner was vor. Bleib stehen, hatte er gerufen, weil, er hatte ja mit dem Vinz reden wollen, dass es nicht angeht, die Mutter anzuzeigen, dass es um die Familie ging und auch um ihn selber, also den Berni. Dass es eben auch sein Geld war, also dem Berni seins. Aber der Vinz hatte nicht mit ihm reden wollen und war stattdessen weggerannt, und er war hinterher, und ja, der Berni hatte dann auch geschossen. Ein Mal. Also ein Mal beide Läufe. Aber er hat ihn nicht getroffen, weil, er wollt ihn gar nicht treffen, aber dann war da schon wieder der Meixner, und *der* hat den Vinz getroffen. Der Berni ist dann weg, war ja dem Meixner seine Sache. *Der* hatte den Vinz getroffen, nicht der Berni, da muss *der* sich auch drum kümmern. Und jetzt ist der Vinz tot, und der Meixner ist schuld, und der Berni muss weinen.

Schwemmer stand auf und ging aus dem Vernehmungszimmer. Auf dem Flur lehnte er sich an die Wand, und als kurz darauf Schafmann herauskam, ertappte er sich dabei, dass er an seinem Daumennagel kaute.

»Ich rauch ja nicht mehr«, sagte Schafmann. »Sonst würd ich jetzt.«

»Rauchen ist schlecht«, sagte Schwemmer.

»Danke, dass du mich erinnerst … Mann, ist das ein unangenehmer Charakter … Sagtest du was?«

Schwemmer knurrte verneinend. Er hatte allerdings so intensiv »Arschloch« gedacht, dass es ihn nicht gewundert hätte, wenn Schafmann es gehört hätte.

»Glauben wir ihm?«, fragte Schafmann.

»Das ist ja das Schlimme. Jedes Wort. Der Kerl jagt ihn durch den Wald, schießt auf ihn, der Meixner steht zufällig in Zielrichtung und schießt zurück. Vinz wird getroffen, stürzt, bricht sich ein Bein. Das passt alles zu dem, was wir wissen.«

»Aber dann …«, sagte Schafmann.

»Aber dann …«, bekräftigte Schwemmer. »Dann, als es wirklich passiert ist, will keiner dabei gewesen sein …«

»Außer dem Allensteiner …«

»… der als Einziger sicher *nicht* dabei war.«

Eine ganze Weile schwiegen sie, beide in Gedanken. Schwemmer schlenderte zum Fenster an der Stirnseite des Flures und sah auf den dunklen Hof hinunter.

»Nanni«, sagte er. »Hat nichts gelernt von ihrer Mutter, als dass Geld wichtig macht. Sie verteidigt ihren Besitz. Um jeden Preis. Weil für sie sonst nichts zählt. Deshalb verteidigt sie ihn rücksichtslos, sogar gegen ihren eigenen Bruder … Ich will sie sprechen.«

»Ich kümmer mich drum«, sagte Schafmann.

Schwemmers Handy morste die Ankunft einer SMS. Er klappte es auf.

»Frau Isenwald bedauert, es heute nicht geschafft zu haben, kündigt aber ihr Erscheinen an für acht Uhr in der Früh«, las er vor.

»Da kann ich nicht«, sagte Schafmann. »Da bin ich beim Arzt.«

SIEBEN

Magdalena wachte ganz langsam auf. Nur allmählich nahmen ihre Sinne einzelne Eindrücke auf und setzten sie Stück für Stück zu einem Gesamtbild zusammen. Ein kühler Hauch auf ihrer Stirn: Das Fenster stand offen. Ein entferntes Zischen, ein Duft: eine Kaffeemaschine. Eine warme, ungewohnt schwere Bettdecke. Ein Geruch darin, den sie mochte. Irgendwas stimmte nicht an diesem Gesamtbild, und sie war noch zu schläfrig, um dahinterzukommen, was es war, bis es sie dann mit einem Schlag hochriss.

Dies war nicht ihr Bett!

Sie stützte sich auf die Ellbogen und sah sich um, dann ließ sie sich wieder auf die Matratze fallen und zog die Decke über den Kopf.

Um Gottes willen, dachte sie. Ich liege in Andis Bett!

Nur nach und nach kam ihr, wie sie dorthin gelangt war, und das lag keineswegs daran, dass sie betrunken gewesen war.

Sie hatte nur so fest geschlafen wie seit ewigen Zeiten nicht mehr.

Sie waren nach dem Essen noch in den Irish Pub am Rathausplatz gegangen, hatten an der Bar gesessen und Guinness getrunken. Hatten den beiden Musikern zugehört. Und geredet. Und geredet. Und dann gewettet, ob »Come Together« auf dem Weißen Album oder auf Abbey Road war. Und weil sie nur Abbey Road hatte, Andi aber auch das Weiße Album (in weißem Vinyl!), waren sie halt zu ihm nachgucken gegangen, und dann hatten sie sich nicht mehr einigen können, wer von ihnen jetzt eigentlich was behauptet hatte.

Und dann hatte Andi noch einen Espresso gemacht.

Ja, dachte sie. So war das. Und jetzt?

Sie zog die Decke vom Gesicht und sah sich um. Andi war nicht zu sehen und nicht zu hören. Die Wohnung sah aus, wie Wohnungen aussehen, wenn spätabends überraschend Besuch gekommen war.

Die Möbel waren schön zusammengestellt. Neu, alt, Ikea, so wie es Andis Einkommen eben ermöglichte, und das kannte Magdalena ja gut genug, um beim Gedanken daran ein schlechtes Gewissen zu bekommen.

Was allerdings herausstach, war die Häufung unangenehmer Farbzusammenstellungen. Kissenbezüge und Sofadecken leuchteten in so feindseligem Verhältnis, dass es dem Auge wehtat.

Sie zog die Decke wieder über den Kopf. Und kicherte.

»Es gibt da etwas«, hatte Andi gesagt, und die Bedienung hatte ihn unterbrochen und die Champagnercocktails serviert, die Andi gegen Magdalenas Willen bestellt hatte.

Sie war sich völlig unsicher gewesen, dort im »Husar«, was Andi vorhatte. Andi, der auf einmal so anders wirkte und noch weniger sprach als sonst. Dass sie dort mit ihm saß, entsprach nicht im Geringsten einer der Standardkrisensituationen, für die sie einen Interventionsplan im Kopf hatte.

Sie stießen an und tranken.

»Es gibt da etwas«, wiederholte Andi dann, »was ich dir sagen muss.«

Er sah sie dabei nicht an, sondern konzentriert auf seine Hände, die er auf dem Tisch ineinander verschränkt hatte. Das wirkte nicht wirklich cool, aber es war in Ordnung.

Magdalena hatte an ihrem Cocktail genippt und sich in ihrem Misstrauen so unwohl gefühlt, wie es die Umgebung zuließ. Sie saßen in dem schönen kleinen Restaurant, an einem schönen Tisch in einer Ecke, die Karte las sich toll, der Cocktail schmeckte wunderbar … aber sie saß mit Andi hier, und es gab da etwas, das er ihr sagen musste.

Sie hatte keine Ahnung, dafür aber sehr viele Befürchtungen. Am ehesten erwartete sie eine anstrengend abzunehmende Beichte über einen unterschlagenen Satz Bettwäsche oder etwas in der Art.

Aber Andi hob plötzlich den Blick, direkt in ihre Augen.

»Ich habe dich angelogen«, sagte er. »Bei meinem Einstellungsgespräch. Du hast das Recht, mir fristlos zu kündigen.«

Magdalena hatte ihren Cocktail angesehen und dann Andi, dann wieder ihr Glas, und plötzlich hatte sie zu verstehen geglaubt, was er vorhatte.

»Du willst weg«, sagte sie. »Ich *soll* dich rausschmeißen! Damit du wechseln kannst. Wohin? Wer will dich abwerben?«

»Äh … nein«, hatte Andi gesagt und den Blick kurz wieder zwischen seine Hände gesenkt, als suche er dort nach einer Antwort, und dann ratlos aufgesehen. Und er hatte auf einmal wieder so nervös gewirkt – so wie sie ihn kannte.

»Nein, nein. Keines…wegs. Ich geh nicht weg. Tu ich nicht.«

Magdalena hatte den Kopf geschüttelt, den Cocktail ausgetrunken und das Glas auf den Tisch geknallt, obwohl das Herrn Kant gestern nicht sehr beeindruckt hatte.

»Herr Weidinger! Zur Sache. Was? Ist? Los?«

Andi hatte den Blick sofort wieder gesenkt und gesagt: »Ich habe über meinen Gesundheitszustand nicht die Wahrheit gesagt.« Und dann, nach einem wirklich starken Räuspern: »Ich bin farbenblind.«

Und jetzt kicherte Magdalena. Sie lag unter der schweren Decke in Andis Bett und kicherte.

Einfach so. Aus Freude.

Andi ist farbenblind.

Eine Erklärung für all die furchtbaren Hemden, die entsetzlichen Krawatten, sogar dafür, dass er an Drinks roch, bevor er sie servierte.

Jetzt lag sie hier und kicherte vor Freude in seinem Bett, aber gestern Abend war das einfach nicht gegangen. Sie hätte ja niemals kichern dürfen auf sein Geständnis hin.

»Farbenblind?«, hatte sie also gefragt, und Andi hatte geantwortet:

»Lachst du über mich?«

Dann waren ihre Wiener Schnitzel vom Milchkalb gekommen und seine Lammhaxn, sodass sie ihm nicht mal mit »Nein« hatte antworten können. Das Essen war dagestanden und hatte geduftet, und Magdalena hatte gesagt:

»Nein. Ich habe nicht über dich gelacht.« Und dann, nach einem Zögern: »Und ich verspreche, dass ich das nie tun werde.«

Dann hatten sie stumm gegessen, ab und zu einen Blick getauscht, es hatte ihnen geschmeckt, und der Zweigelt hatte wunderbar gepasst, und als sie fertig waren, hatte Andi sie angesehen und gefragt, so als hätte er das alles in diesem Moment erst verstanden:

»Du *versprichst* es?«

»Ja«, hatte Magdalena geantwortet.

Und jetzt lag sie in Andis Bett und kicherte vor Freude unter seiner schweren Decke. Aber plötzlich wurde die von ihrem Gesicht gezogen. Sie hatte ihn nicht kommen hören. Immer noch kicherte sie ein bisschen.

»Du hast es versprochen«, sagte Andi ernst.
Sie sah ihm in die Augen. »Ja«, sagte sie.
Es duftete nach Semmeln.

***

»Wo steckt denn unser Herr Schafmann?«, fragte Frau Isenwald und blätterte durch die grauen Kladden mit Vinz Schedlbauers Aufzeichnungen.

»Der ist beim Arzt«, antwortete Schwemmer und trank aus seinem Kaffeebecher.

»Schon wieder?«

»Dieses Mal ... dieses *eine* Mal ... ist es dienstlich.«

»Na so was ...«, sagte sie und ging ohne weitere Überleitungen in medias res. »Glauben Sie tatsächlich, die Schedlbauers bringen ihren eigenen Bruder um? Wegen einer Sache, die über kurz oder lang sowieso rausgekommen wäre?«

»Ob *ich* das glaube? Das ist doch auch *Ihr* Job, jedem alles zuzutrauen ... Als ich noch in Ingolstadt war ...«

Frau Isenwald murmelte: »Davor hatte man mich gewarnt.«

Schwemmer fuhr ungerührt fort: »... da hat ein Mann von Anfang dreißig versucht, seinen zweiundzwanzigjährigen Bruder zu erdrosseln, nur um sein Erbe nicht mit ihm teilen zu müssen.«

»Und?«, fragte Frau Isenwald.

»Die Eltern der beiden waren Mitte fünfzig, kerngesund, wohnten zur Miete, und ihr größter Besitz war ein sechs Meter langes Wohnmobil.«

»Sechs Meter? Das ist nicht besonders groß, oder?«

»Nicht besonders, nein. Und der TÜV war abgelaufen.«

»In der Haut der Eltern möchte man nicht stecken«, sagte Frau Isenwald.

Schwemmer sagte nichts dazu, weil er eigentlich noch nie in irgendjemandes Haut hatte stecken wollen.

»Dass es irgendwann auffliegt, ist bei Schneeballgeschäften von vornherein klar«, sagte er stattdessen. »Aus der Nummer kommt der Täter nie wieder raus. Er *muss* immer weitermachen. Sobald er aufhört, kollabiert alles. Das geht nur, wenn man zumindest partiell die Realität verleugnet. Es geht ja nicht nur um sechzehn Millionen.

Es geht um die Zukunft. Und die kann sich ein Mensch wie Nanni Schedlbauer nur mit Geld vorstellen, mit viel Geld, mit regelmäßig viel Geld, mit Besitz, Macht, Bedeutung. Und jetzt, wo klar wird, dass es nicht mehr weitergeht, ist Nanni Schedlbauer geschäftlich unterwegs, seit gestern, aber in ihren Geschäften weiß niemand, wo. Und ihr Handy ist ausgeschaltet.«

Sein Handy dagegen läutete. Er sah aufs Display und grinste.

»Von Pollscheidt«, sagte er und nahm das Gespräch an. Der Doktor gestaltete seinen Auftritt am Telefon genauso sorgfältig wie in seinem Obduktionssaal. Schwemmer ließ ihn seine Einleitung ausbreiten, der dann als Höhepunkt die Todesursache folgen sollte.

»Und der Herr Professor teilt meine Expertise voll und ganz«, beendete der Doktor das Intro und fügte eine Kunstpause ein, in die hinein Schwemmer sagte:

»Meiner Meinung nach ist er ja an einem geplatzten Hirnaneurysma gestorben.«

Von Pollscheidt schwieg sekundenlang. Dann räusperte er sich und sagte: »Richtig. Das ist richtig. Ruptur eines Aneurysmas im Kleinhirn.« Er klang sehr beleidigt.

»Was ist mit der DNS von dem Gewebe unter seinen Fingernägeln?«

»Diese Untersuchung liegt nicht in meinem Verantwortungsbereich. Das Ergebnis wird in Kürze erwartet und umgehend per Fax an Sie weitergeleitet.«

»Aber Herr Doktor! Seit wann so förmlich?«, sagte Schwemmer fröhlich, aber von Pollscheidt hatte einfach aufgelegt.

Schwemmer klappte das Handy zu.

»Ich beneide Sie«, sagte Frau Isenwald. »Ich wette, er hat geschrien: ›Das hat dir der Teufel gesagt!‹, und sich dann vor Wut in zwei Hälften zerrissen. Hätte ich gern gehört. Aber was bitte ist ein Aneurysma?«.

»Ich habe mich gestern bei einem befreundeten Arzt erkundigt, was Vinz Schedlbauer *da*mit gemeint haben könnte.« Schwemmer blätterte das letzte Tagebuch auf und zeigte auf eine Stelle.

Frau Isenwald las laut vor: »›... mir den Schädel einzuschl...agen, bis das Ding in meinem Kopf platzt.‹ ... Das Ding in meinem Kopf ... sogar unterstrichen ... bis es *platzt.*«

»Er war bei einem Spezialisten für Gefäßerkrankungen in Behandlung. Mein Freund tippte deshalb mit ziemlicher Sicherheit auf ein Aneurysma, das ist eine krankhafte Ausbeulung einer Arterie, die bei stumpfer Gewalt leicht platzen kann. Man kann das überall haben, aber gerade im Gehirn ist es lebensgefährlich.«

»›Wieso weiß sie davon?‹«, las Frau Isenwald weiter vor. »Wieso nicht? Wieso soll seine Mutter nicht wissen, dass er krank ist?«

»Das steht in einem der früheren Hefte: Er hat es absolut niemandem erzählt, weil er Angst hatte, man würde ihm das Gleitschirmfliegen verbieten. Ich weiß nicht, ob man es ihm hätte verbieten können, aber Tandemsprünge hätte gewiss keiner mehr bei ihm gebucht, wenn das bekannt gewesen wäre.«

»Und versichert hätte es erst recht keiner. Und wer ist C. Strobl?«

»Carmen Strobl ist Sprechstundenhilfe bei genau jenem Gefäßdoktor.« Schwemmer suchte kurz in den Papieren auf seinem Schreibtisch, zog ein Blatt heraus und legte es ihr hin. »Sie hat in den letzten sechs Monaten siebenundzwanzigmal mit Mirl Schedlbauer telefoniert. Abgehend und ankommend.«

»Die Mutter wusste es also. Aber wer noch?« Frau Isenwald schloss für einen Moment konzentriert die Augen. »Wenn der Täter glaubhaft machen kann, dass er nichts von diesem ... Aneurysma? ... wusste, dann enden wir bei einer Bewährungsstrafe wegen Körperverletzung mit Todesfolge.«

»Die Bremer hängen keinen, sie hätten ihn denn«, sagte Schwemmer.

»Wie bitte?«

»Wir sollten den Täter erst mal kennen und kriegen, meine ich.«

»Ja, aber das ist *Ihr* Job. Ich sprach von *meinem*.« Frau Isenwald blätterte weiter in dem Heft. »Haben Sie das hier gesehen?«

Sie reichte ihm die aufgeklappte Kladde und wies auf den Falz in der Heftmitte.

»Da fehlen Seiten«, sagte Schwemmer. »Nein, das hatte ich noch nicht gesehen ...« Er blätterte vor und zurück und las die Daten der Einträge. »Das war, kurz nachdem er sich versteckt hatte.«

Er griff zum Telefon.

»Dräger«, sagte er. »Komm doch bitte mal in mein Büro ... Ja, dringend.«

Drägers Büro war zwei Türen weiter, und er stand so schnell in der Tür, dass Schwemmer und Frau Isenwald das Gespräch noch nicht hatten wiederaufnehmen können.

Schwemmer zeigte ihm die Kladde. »Könnte es da auf den benachbarten Seiten Abdrücke vom Stift geben oder was Ähnliches?«

Dräger hielt das Heft waagerecht und sah gegen das Fenster hin darüber hinweg. »Da sind von jeder beschriebenen Seite vorher Abdrücke drauf. Es geht vielleicht, aber ohne Garantie, und es wird dauern«, sagte er. »Stammt das aus dem Stadel, den die Hunde gefunden haben?«

»Ja.«

»Dann hab ich eine bessere Idee.«

»Welche?«

»Das sag ich dir erst, wenn sie wirklich besser war«, sagte Dräger und war schon aus der Tür.

Schwemmer sah ihm hinterher. »Der«, sagte er, »ist der verdammt Beste, den ich hier im Haus hab. Außer Schafmann, wenn er gesund ist.«

»Ich weiß«, sagte Frau Isenwald.

»Woher?«

»Hab ich einen Blick für.«

»Einen Blick?«

»Ja ... Ich steh einfach auf gute Polizisten.«

Schwemmer verdrehte die Augen und trank seinen lauwarmen Kaffee aus. Dann stand er auf.

»Sagen Sie mir, was Sie vorhaben?«, flötete Frau Isenwald.

»Meinen Job machen. Damit Sie Ihren machen können.«

»Danke, das ist lieb von Ihnen«, sagte sie lächelnd.

Schwemmer ging hinaus.

Sie geht mir auf die Nerven, dachte Schwemmer. Sie ist gut, aber sie geht mir auf die Nerven.

Erst dann fiel ihm auf, dass er sein eigenes Büro verlassen hatte, ohne das letzte Wort gehabt zu haben. Er drehte noch einmal um, öffnete die Tür und sagte:

»Und dann geh ich frühstücken. In Ruhe!«

Er zog die Tür schnell wieder zu und ging einigermaßen zufrieden die Treppe hinunter.

***

Magdalena trug Andis Morgenmantel und ein Paar seiner dicken Socken. Sie aßen Semmeln mit Honig und tranken Kaffee, und immer wieder suchten sich ihre Blicke. Irgendwann legte sie ihre Füße auf seine Oberschenkel, und er kraulte ihre Zehen. Sie lächelte.

»Dieser Herr Kant ist schon ein bemerkenswerter Typ«, sagte Andi.

»Er ist ein arroganter Sack«, antwortete sie.

»Hey ...« Andi lächelte begütigend. »Meinst du nicht, dass wir beide ihm ein bisschen dankbar sein sollten?«

»Bin ich ja. Aber ein arroganter Sack ist er trotzdem. Wie kommt er dazu, dich zum Friseur zu schleppen? Und zum Herrenausstatter? Wenn das nicht arrogant ist ...« Ihr Lächeln nahm dem Satz von seiner Schärfe.

»Natürlich. Er hätte höflich schweigen sollen, wie es sich gehört. Dann würde ich immer noch beige Hemden tragen, von denen ich denke, sie seien hellblau ... Und immer noch stammeln, wenn ich mit dir rede. Hat er dir eigentlich von seinem Hobby erzählt?«

»Nur, dass er nicht Golf spielt.«

»Er spielt Konzertharfe.«

»*Was?* Der?« Magdalena lachte ungläubig. »Wieso hast du eigentlich ausgerechnet ihm erzählt, dass du farbenblind bist?«, fragte sie dann.

»Ich hab es ihm nicht erzählt. Er hat es mir auf den Kopf zugesagt ... und dass ich in dich verknallt bin, auch.«

»Und wie will er das gemerkt haben?«

»Ich muss manchmal die Etiketten der Flaschen lesen, weil ich halt die Farben nicht sehe. Und dann hab ich ein paar Cocktails vertauscht ...«

»Ich meinte das andere ...«

Andi ließ ihre Zehen los. Er lächelte noch, aber er wirkte dabei ernster als zuvor.

»Er meinte, ich wäre ein ganz anderer, wenn du dabei bist. Ich würde dann zu ...« Er brach den Satz ab.

»Zu was?«

Andis Lächeln verglomm. »Zu einem stammelnden Würstchen ... so hat er es formuliert.«

Sie stupste ihn mit dem Fuß gegen die Hand.

»He«, sagte sie sanft.

»Das Bittere ist ja: Er hatte recht«, sagte Andi.

»Hast du deswegen gestern so wenig gesagt am Anfang?«

Er nickte. »Ich hatte … nein, das erzähl ich nicht!«

»Doch!« Sie lachte und stupste ihn wieder.

»Nur wenn … Du hast es versprochen«, sagte Andi ernst.

»Ja«, sagte sie, auch ernst.

»Ich hatte einen Spickzettel … Siehst du: Du lachst doch!«

Er hatte recht. Sie stand auf, kniete sich neben ihn und legte den Kopf auf seinen Oberschenkel. »Ich lache nicht über dich«, sagte sie. »*Deshalb* hattest du die Hände immer so auf dem Tisch gefaltet.«

»Mhm«, antwortete er nur.

»Und als ich was anderes gesagt habe als erwartet, musstest du wieder stammeln.«

»Mhm.«

»Wessen Idee war das?«

»Meine. Aber Kant hat mich überredet, es wirklich zu machen.«

»Darf ich ihn sehen?«

»Den Zettel? Bitte nicht. Später mal.«

»Wann später?«

»Wenn er im Museum hängt. Neben dem von Jens Lehmann.«

Jetzt lachten sie beide, lange und herzlich.

»Du hast recht«, sagte Magdalena und kuschelte den Kopf an ihn. »Wir beide sollten Herrn Kant ein bisschen dankbar sein.«

Andi streichelte sanft durch ihr Haar.

»Weißt du was?«, sagte er. »Du bist schön.«

***

»Nehmen Sie Platz, Herr Allensteiner«, sagte Schwemmer, aber Viggerl Allensteiner blieb stehen.

»Kann ich bitte meine Jacke wiederhaben?«, sagte er.

Schwemmer wies auf die Garderobe hinter der Tür. »Bitte bedienen Sie sich.«

Allensteiner sah unsicher zu seiner Jacke. Er zögerte, aber dann ging er hin und nahm sie vom Haken.

»Danke«, sagte er. Er hielt sie in der Hand, als wage er nicht, sie überzuziehen.

»Wenn Sie irgendetwas zu sagen haben, Herr Allensteiner«, Schwemmer machte eine einladende Geste, »jetzt wäre die Gelegenheit.«

»Ich habe Vinz Schedlbauer –«

»Ich meinte: Wenn Sie etwas *Vernünftiges* zu sagen haben.«

»Ich habe Vinz Schedlbauer –«

»Reden Sie, Herr Allensteiner, *bitte*! Aber nicht diesen Blödsinn. *Wen* wollen Sie schützen?«

Allensteiner schüttelte den gesenkten Kopf.

»Was wussten Sie? Wussten Sie, dass Mirl Schedlbauer Ihren Herrn Vater um sehr viel Geld betrügt?«

Jetzt sah Allensteiner auf, und sein Blick wurde fassungslos. »Das ist nicht wahr«, sagte er, aber für Schwemmer klang es wie »Das darf nicht wahr sein«.

»Wussten Sie, dass Vinz Schedlbauer vorhatte, seine Mutter wegen betrügerischer Anlagegeschäfte anzuzeigen?«

»Ich versteh nicht ...«, sagte Allensteiner.

»Ich seh's«, sagte Schwemmer, dem für Allensteiners Gesichtsausdruck kein anderes Wort als »deppert« einfiel.

»Wussten Sie, dass Vinz Schedlbauer krank war?«

Allensteiner starrte ihn an.

»Sie wissen nichts, und Sie verstehen nichts. Langsam glaube ich, Sie wissen nicht mal, warum Sie einen Mord gestehen, den Sie gar nicht begangen haben *können*.«

Allensteiners Mund öffnete sich ein wenig. »Äh?«, stieß er hervor.

»Wir haben uns wirklich bemüht, Herr Allensteiner, aber nicht mal unsere Hunde konnten da oben eine Spur von Ihnen entdecken. Und die Staatsanwaltschaft weigert sich standhaft, einen Haftbefehl auszustellen gegen jemanden, der nachweislich nicht am Tatort war.«

Allensteiner sah zu Boden. Fast schuldbewusst. »Sie meinen ...«, murmelte er, aber er sprach nicht weiter.

»Herr Allensteiner, *gehen* Sie. Da ist die Tür. Hauen Sie ab. *Bitte*.«

Allensteiner nickte mit einem entschuldigenden Lächeln, dann schlich er aus dem Büro.

Schwemmer nahm das Telefon. »Er kommt runter«, sagte er. »Ihr bleibt mit zwei Wagen dran, alles wie besprochen. Beobachtet sein Handy. Wenn eine nicht registrierte Nummer anruft oder angerufen wird, dann peilt sie an.«

»Alles klar. Wie besprochen«, sagte der Kollege und legte auf.

***

Es klopfte, und Frau Fuchs trat ein. Sie reichte Schwemmer ein Fax und ging wieder hinaus.

Das Fax enthielt das Ergebnis der DNS-Untersuchung. Die Aberdutzenden Zahlenkolonnen ergaben absolut keinen Sinn für Schwemmer, und der kurze handschriftliche Vermerk am Ende war nicht zu entziffern.

»Geben Sie mal her«, sagte Frau Isenwald. »Ich kann seine Handschrift lesen.«

»Erstaunlich«, sagte Schwemmer und reichte ihr das Papier.

»Mit *der* Fähigkeit könnte ich mich selbstständig machen«, sagte sie. »Kein Bulle in Oberbayern würde auf meine Dienste verzichten können … Ist was?«, fragte sie, als sie Schwemmers Blick bemerkte. »Na schön: *Polizist*. Jetzt haben Sie sich nicht so … ›Weiblich, älter als dreißig‹ … Ist das alles? Der will uns wohl auf den Arm nehmen.« Sie zog ihr Handy heraus, klappte es auf.

»Vielleicht hätte ich ihn nicht provozieren sollen«, sagte Schwemmer.

»Quatsch«, sagte Frau Isenwald. »Ein bisschen Spaß werden wir ja wohl haben dürfen …« Mit dem Daumen wählte sie eine Nummer aus dem Kurzwahlspeicher. »Isenwald! Herr Dr. von Pollscheidt, wie schön, mal wieder mit Ihnen zu sprechen … Ja genau … Sie haben es erfasst! … Wie bitte? … Ja. Das ist mir auch aufgefallen. Das ist schon ein besonderer Menschenschlag hier … Sie sagen es: ein *ganz* besonderer … Und dann, Herr Doktor: Zu all*dem* ist der Mann ja auch noch Polizist … Ob er gerade …? Aber wo denken Sie hin? Ich rede doch nicht über andere Leute, während sie dabeisitzen …«

Schwemmer saß an seinem Schreibtisch und suchte nach einem angemessenen Gesichtsausdruck.

»Aber ja, Herr Doktor«, plapperte Frau Isenwald weiter. »Natürlich habe ich auch dienstliche Fragen. Und zwar zu dieser DNS-Analyse. Weiblich, über dreißig. Ist das alles, was Sie … *Wahrschein-*

lich über dreißig, aha ... Verstehe ... Können Sie mir denn sagen, in welchem Verwandtschaftsverhältnis diese Dame zum Opfer steht? ... Oh ... Sicher? ... Kein Zweifel? ... Ja dann ... Vielen Dank, Herr Doktor, bis ganz bald. Tschüssi!« Sie klappte das Handy zu.

»Zu alldem auch noch Polizist«, brummte Schwemmer, aber Frau Isenwald sah ihn so ernsthaft an, dass er das Thema nicht vertiefte.

»Keine vollständige Analyse der Gewebefragmente möglich; es gibt Lücken, wahrscheinlich wegen des Aufenthalts im Wasser. Wirklich gesichert ist nur: Frau. Und leider, leider: *nicht* verwandt mit dem Opfer.«

»Oh ...«

»Genau *das* sagte ich eben auch zu Dr. von Pollscheidt«, sagte Frau Isenwald. Sie stützte den Kopf in die Hand. »Wie müssen wir uns den Ablauf dann vorstellen? Berni jagt Vinz durch den Wald, Meixner schießt ihm in den Arm, er bricht sich das Bein, bleibt im Wald liegen. Und dann kommt eine Frau, greift ihn an, er wehrt sich, aber sie gewinnt, was nicht schwer gewesen sein dürfte angesichts seines Zustandes. Sie schlägt ihn tot und wirft ihn den Hang hinab, wo ihn später Hias Rossmeisl findet ... Wer könnte die Frau gewesen sein?«

»Die große Unbekannte. Die hat mir gerade noch gefehlt. Ich hätte wirklich auf Nanni getippt«, murmelte Schwemmer.

»Das Gewebe könnte woanders unter seine Nägel gekommen sein«, sagte Frau Isenwald.

»Wie? Laut Tagebuch war er seit Tagen allein im Wald.« Er sah auf die Uhr. »Wo bleibt eigentlich Schafmann?«

Das Telefon klingelte. Es war einer der Kollegen, die Allensteiner überwachten.

»Er wurde eben von einer Prepaidnummer von München aus angerufen. Jetzt steigt er in seinen Wagen. Wir bleiben dran.«

»Schön«, sagte Schwemmer und legte auf. Vor ein paar Minuten noch hätte er erheblich euphorischer auf die Nachricht reagiert.

»Nanni ist wahrscheinlich in München«, sagte er.

Wieder klingelte das Telefon, diesmal war es Schafmann. Frau Strobl war über den Besuch der Polizei sehr erschrocken gewesen und hatte nach kurzem, halbherzigem Widerstand eingeräumt, Mirl Schedlbauer seit vielen Jahren zu kennen und ihr von der Erkrankung ihres Sohnes erzählt zu haben. Jetzt fürchtete sie um ihren Job, und das, wie Schafmann ihr auch bestätigt hatte, völlig zu Recht.

»Und wo steckst du jetzt?«, fragte Schwemmer.

»Ich bin noch hier in der Praxis. Ich bin gleich dran.«

»Dran?«

»Ja ... ich dachte, wo ich einmal hier bin beim Gefäßdoktor, könnte ich ... wegen meiner Krampfadern, weißt du ...«

»Ich verstehe«, sagte Schwemmer. »Logisch, wo du einmal da bist. Natürlich. Alles klar. Hast du deine Krankenversicherungskarte dabei? ... Dann ist ja alles in Ordnung. Bis dahin. Servus.«

»Schöne Grüße von mir«, sagte Frau Isenwald, aber Schwemmer hatte schon aufgelegt.

Es klopfte, und Dräger kam rein. Er hielt grinsend zwei in Klarsichthüllen steckende Blätter hoch.

»Nichts gegen die Kollegen«, sagte er. »Aber wenn man was sucht, sollte man jemanden fragen, der das gelernt hat. Oder einfach mal ein bisschen im Heu wühlen.«

»Warst du oben in dem Stadel?«

»Genau. Die Blätter steckten zusammengeknüllt in seiner Schlafunterlage. Ich hab sie ein bisschen in lesbare Form gebracht, sie sind aber nicht kontaminiert. Wenn ich für euch noch irgendwelche Spuren darauf finden soll, lasst sie in den Hüllen.«

Er zwinkerte Frau Isenwald zu. »*Du* bist dran heute.«

Sie zog eine Schnute und sagte: »Jaja.«

Dräger warf die Klarsichthüllen lässig auf den Tisch und war so schnell verschwunden, wie er gekommen war.

»*Sie* sind dran? Mit was?«, fragte Schwemmer verständnislos.

»Mit Kochen«, sagte Frau Isenwald.

»Sie *kochen* für Dräger?«

»Herr Schwemmer! Trauen Sie mir nicht zu, kochen zu können? Bloß weil ich in Ihren Augen eine Karrierefrau bin?«

»Nein ... ich meinte natürlich: doch. Es ist nur ... wegen Dräger eben.«

»Wir teilen uns den Haushalt, und bis jetzt läuft das ganz gut.«

»Sie teilen sich den *Haushalt*?«

Frau Isenwald strahlte ihn an. »Ich hab's Ihnen doch gesagt: Ich steh auf gute Polizisten. Und hier gibt's so wunderbar viele davon. *Deshalb* bin ich doch so gern hier bei Ihnen, Herr Schwemmer!«

Schwemmer räusperte sich. Dann griff er so dienstlich wie möglich nach den Klarsichthüllen.

Die Blätter darin waren stark zerknittert, aber lesbar. Vinz' Schrift war größer als in den Kladden, hielt sich nicht an die Linien der Blätter. Außerdem hatte er auf die manierierte Kleinschreibung und Abkürzungen verzichtet. Es sah aus, als ob er sehr erregt gewesen wäre, als er dies schrieb.

Und der Inhalt machte das verständlich.

»Ich glaube, das hier«, sagte Schwemmer, »bringt uns wieder ins Rennen.«

Mirl Schedlbauer sah ihn über den Rand ihrer Lesebrille hinweg an, als Schwemmer ihr Krankenzimmer betrat. Das Bett der alten Frau war übersät mit Papieren. Ihr Laptop stand auf dem Nachttisch. Sie trug eine Lesebrille und hatte sich eine zweite hoch in die strohige rote Frisur geschoben.

»Du störst. Sag, wos d' wuist, und schleich di nacha!«

Schwemmer setzte sich auf einen Stuhl am Fenster.

»Es wird eng, Frau Schedlbauer«, sagte er.

Sie hielt kurz inne, dann blätterte sie weiter, ohne auf seine Bemerkung einzugehen.

»Es ist noch nicht offiziell, aber wir wissen, wer der Tote in der Klamm ist.«

Das Blättern hörte auf. Sie starrte in den Ordner. »Und wos geht des mi o?«

»Der Tote«, sagte Schwemmer, »ist der Vinz.«

Mirls Augen fuhren hin und her, suchten etwas zum Fixieren und blieben schließlich an dem Kruzifix über der Tür hängen.

Wie passend, dachte Schwemmer.

»Da Vinz«, sagte Mirl beherrscht, »da Vinz is in Ecuador.«

»Das hat die Nanni mir auch erzählt«, sagte Schwemmer. »Aber es stimmt nicht …«

Mirl starrte das Kruzifix an.

»Da Vinz is in Ecuador«, sagte sie.

»Der Vinz liegt in München in der Rechtsmedizin. Er ist tot.«

Schwemmer zog eine Fotokopie aus der Tasche, faltete sie auseinander und begann vorzulesen.

»›offenes gespr. mit mirl; großer fehler. m hysterisch. droht mir den schädel einzuschl. *bis das ding in meinem kopf platzt.* wieso weiß sie davon? c. strobl!‹«

Mirls Blick fuhr zu ihm herum. »Wos is *des*?«

»Vinz' Tagebuch.«

»Er hod a Tagebuch?«, schrillte sie.

»Das habt ihr übersehen bei euerm Einbruch.«

»Was für a Einbruch? Wos mechst eigentlich von mia? *Mi* wollt oana umbringa! Guck dir mein Haxn o! Was unternehmts es *da*?« Sie zeigte wütend auf ihren fest verschraubten Unterschenkel.

»Die Idee mit deinem Auto war nicht richtig durchdacht vom Berni«, sagte Schwemmer. »Er hätte dir vorher Bescheid sagen müssen. Aber richtig denken ist seine Sache nun mal nicht, das weißt du ja.«

»Wie kommts es auf des? Wieso grad da Berni?«

»Berni hat versucht, den Verdacht auf Maiche Meixner zu lenken. Nachdem der schon auf den Vinz geschossen hatte.«

»Ja sigst! Sagst 's doch selber. Der Meixner war's!«

»Aber der Berni hat auch auf Vinz geschossen. Vorher. Er hat ihn nur nicht getroffen. Und das hat er dir alles erzählt, als er aus dem Wald wieder daheim war.«

»Wos mechst von mia? Wos glabst eigentlich?«

»Sechzehn Millionen sind sehr viel Geld«, sagte Schwemmer.

»Sechzehn Millionen? Wer redt von sechzehn Millionen.«

»Der Vinz hat von sechzehn Millionen geredet. Und jetzt ist er tot.«

»Mechst sogn, i hätt mein eigner Sohn daschlogn, Stoiratz, drecketer!«, kreischte Mirl.

»Nein. Nicht deinen Sohn.«

Mirl fuhr sich hektisch durch die Haare, dabei wischte sie die Brille weg, die dort steckte. Sie fiel mit einem leisen Klappern zu Boden, und Mirl starrte ihr mit zitternden Lippen hinterher.

Schwemmer stand auf, hob die Brille auf und reichte sie Mirl, die ihn nicht ansah. Ihr Gesicht war verzerrt vor Wut und Hass, vielleicht auch vor Schmerz.

»Es wird gleich ein Kollege zu dir kommen und eine Speichelprobe nehmen«, sagte er. »Für einen DNS-Abgleich.«

»Schleich di«, sagte Mirl tonlos. »I sog gar nix mehr.«

»Das ist auch nicht mehr nötig«, sagte Schwemmer und ging hinaus.

Es war wieder der Kollege mit dem Ohrring, der vor der Tür saß.

»Gut aufpassen«, sagte Schwemmer. »Ab jetzt darf nicht nur keiner rein, es darf auch keiner mehr raus. Obwohl ... wegrennen, wird sie ja eher nicht.«

Schwemmer ging zu den Fahrstühlen und drückte den Knopf. Als die Tür aufging, trat Leopold Allensteiner heraus. Er zuckte zurück, als er Schwemmer erkannte, und hob den Knotenstock, nicht aggressiv, eher als Schutz.

»Grüß Gott«, sagte Schwemmer. »Unterwegs zu Frau Schedlbauer?«

Allensteiner nickte nur.

»Falls Sie sie immer noch vernichten wollen: Ich fürchte, man ist Ihnen zuvorgekommen«, sagte Schwemmer und zog ihn sanft zurück in den Lift zum Ausgang.

***

Frau Schimunek öffnete ihnen die Tür.

»Ach, Sie wieder«, sagte sie, als sie Schafmann erkannte. »Mirl ist im Krankenhaus.«

»Wir wollen nicht zu Frau Schedlbauer«, sagte Schafmann. »Wir möchten zu *Ihnen*.«

»Zu mir?« Frau Schimunek war von der Vorstellung sichtlich überfordert, dass jemand etwas von ihr wollte.

Schwemmer stellte sich vor. »Dürfen wir reinkommen?«, fragte er.

»Ja ... bitte.« Mit einer ratlosen Geste bat sie die beiden Männer ins Haus.

Ein rundes, bleiverglastes Fenster ließ nur wenig Tageslicht in die quadratische Diele. An den Wänden oberhalb der Türen hingen Jagdtrophäen dicht an dicht, ausgestopfte Tiere verschiedenster Arten. Es waren viele Dutzend, und sie verbreiteten eine düstere Atmosphäre.

»Wenn Sie ablegen möchten ...« Sie trat hinter Schwemmer und nahm ihm den Mantel ab. Schafmann beeilte sich aus seiner Jacke, um der Hilfe der Frau zuvorzukommen. Sie hängte beide Kleidungsstücke umständlich auf Bügeln an die Garderobe. Dann endlich ging sie vor ihnen her in die Küche, wo sie ihnen Platz an einem kleinen Resopaltisch anbot.

Es gab eine zweite Tür, wahrscheinlich zum Esszimmer. Sie wurde vorsichtig einen Spaltbreit geöffnet, ohne dass sich jemand sehen ließ.

»Wer ist da?«, fragte Fonsi.

»Ich hab Besuch«, sagte Frau Schimunek.

»Du hast nie Besuch«, sagte Fonsi.

»Heute schon. Geh spielen, mein Schatz.«

Die Tür schloss sich wieder.

»Sie klingen, als stammten Sie nicht von hier«, sagte Schwemmer.

»Ich komme aus Neustadt.«

»Neustadt an der Weinstraße?«

»Am Rübenberge.«

»Aha …«, sagte Schwemmer, der von diesem Neustadt noch nie gehört hatte. »Sie haben dem Herrn Schafmann erzählt, Sie seien schon über dreißig Jahre bei den Schedlbauers. Wie lange denn genau?«

»Bald sechsunddreißig«, sagte sie, ohne zu zögern. »Im Mai.«

Schwemmer nickte. »Können Sie sich vielleicht denken, warum wir hier sind, Frau Schimunek?«

Sie sah ihn unsicher an. »Wegen Mirls Unfall?«

»Nein. Es geht um Vinz.«

»Vinz?« Sie schreckte hoch. »Ist ihm was passiert?«

Schafmann räusperte sich. »Wissen Sie, wo er ist?«

»In den Anden. Fliegen. Ist ihm was passiert?«

Schwemmer holte Luft. »Frau Schimunek, der Vinz … ist tot«, sagte er dann.

Frau Schimunek schloss die Augen. Sie weinte nicht, sie gab keinen Ton von sich, aber ihr Oberkörper sackte nach vorne auf den kleinen Küchentisch und regte sich nicht mehr.

»Frau Schimunek …« Schafmann fühlte ihren Puls.

»Wir sollten sie auf die Bank legen«, sagte Schwemmer, da schlug sie die Augen wieder auf, blieb aber reglos auf dem Tisch liegen.

»Das will ich nicht«, sagte sie. »Ich will nicht, dass Vinz tot ist.«

Schafmann öffnete ein paar der Hängeschränke, bis er Gläser fand, und füllte eines mit Leitungswasser. Als er es neben Frau Schimunek auf den Tisch stellte, richtete sie sich mühsam auf. Sie griff danach und trank gierig. Dann saß sie schweigend da, ihr Kopf pendelte langsam wie ohne Halt hin und her.

Sie ließen ihr alle Zeit.

»Ist er abgestürzt?«, fragte sie endlich.

Schwemmer zog eine Fotokopie aus der Innentasche. Er strich das Blatt glatt und reichte es ihr.

»Das hat der Vinz geschrieben, in sein Tagebuch. Dann hat er es wieder herausgerissen.«

Sie nahm das Blatt und starrte es an.

»Stimmt das, was da steht?«, fragte Schwemmer.

»Das weiß ich nicht«, sagte Frau Schimunek.

»Aber das müssen Sie doch ...«, sagte Schwemmer, doch Schafmann bedeutete ihm mit einer Geste zu schweigen.

»Wenn Sie möchten, les ich es Ihnen vor«, sagte er.

Frau Schimunek nickte nur, ohne ihn anzusehen.

Schafmann nahm ihr sanft das Blatt aus der Hand und las.

»Ein letzter Versuch, mit Nanni zu reden. Sie hat nur geschrien. Verräter und Judas hat sie mich schon oft genannt, aber diesmal hat sie gesagt, ich sei gar nicht ihr Bruder! Ich sei NICHT Mirls Sohn! Der Vater hätte was mit der Inge angefangen, kaum dass sie auf den Hof gekommen war, und ich sei dabei rausgekommen.«

Schafmann hielt inne. »Stimmt das?«

Frau Schimunek zitterte am ganzen Leib. »Ja, das stimmt«, stieß sie hervor. »Und nie hab ich es ihm sagen dürfen! Nie hab ich es meinem Kind sagen dürfen! Meinem eigenen Kind! Und jetzt ist er tot!« Die letzten Worte schrie sie in endloser Verzweiflung heraus.

»Inge!« Die Tür flog auf, und eine massige schwarzhaarige Gestalt stürmte herein. Ein Riese mit einem Kindergesicht, der voller Sorge zu seiner Inge stürmte, ohne auch nur zu bemerken, dass er Schafmann dabei schlicht vom Stuhl fegte.

»Inge! Nicht weinen!« Er zog sie einfach von der Bank hoch und wiegte sie in seinen Armen wie einen Teddy. »Nicht weinen!«

»Nicht so fest, Fonsi, du tust mir weh«, sagte Frau Schimunek sanft, und er setzte sie gehorsam wieder auf die Bank.

»Haben die Männer dir wehgetan?«, fragte er und sah die beiden auf eine Art an, die Schwemmer in erhöhte Verteidigungsbereitschaft versetzte. Auch Schafmann kam betont langsam wieder auf die Füße.

»Nein, Fonsi. Die Männer sind unsere Freunde«, sagte Frau

Schimunek mit einem tränenüberströmten Lächeln. »Sie tun uns nichts.«

»Freunde! Schön!« Fonsi strahlte Schwemmer an und ergriff seine Hand. Schwemmer hatte das Gefühl, in eine Hydraulikpresse geraten zu sein.

»Freunde sind schön«, wiederholte Fonsi. »Dann muss ich nicht aufpassen. Papa hat gesagt, ich muss immer auf Inge aufpassen. Und das tu ich auch. Und Inge passt auf mich auf. Das hat der Papa auch gesagt.«

»Geh wieder spielen, mein Schatz«, sagte Frau Schimunek.

»Aber nicht mehr weinen«, sagte Fonsi und ging aus der Tür.

Sie nahmen wieder Platz. Schwemmer atmete durch. Schafmann strich sich das Jackett glatt.

»Es steht noch mehr hier, Frau Schimunek«, sagte Schafmann. »Was er gedacht hat darüber ... und über Sie und ... einiges mehr. Wenn Sie wollen, les ich das auch vor.«

Aber Frau Schimunek schüttelte den Kopf.

»Nicht jetzt«, sagte sie schwach. »Vielleicht später einmal.« Sie griff nach dem Wasserglas, es war leer. Sie machte Anstalten, aufzustehen, aber Schwemmer nahm das Glas und füllte es an der Spüle wieder auf. Sie trank und stellte es sorgfältig ab. Dann schloss sie die Augen.

»Haben Sie ihn also umgebracht«, sagte sie.

»Wen meinen Sie?«, fragte Schwemmer.

»Die Mirl und die Nanni. Oder der Berni ... oder alle drei. Mirl hat ihn immer gehasst. Vielleicht muss das ja so sein. Ein fremdes Kind zwischen den eigenen, das darf es ja eigentlich nicht geben. Aber sein Vater hat ihn geliebt. Sehr sogar. Und ihn beschützt. Der Vinz war ja ganz anders als der Berni ... und der Fonsi. Konrad hat ihn wirklich geliebt. Aber dann ist er gestorben ...«

»Wann war das?«, fragte Schafmann.

»Vor fünf Jahren. Vinz war da schon aus dem Haus. Und als Mirl kurz darauf zu mir sagte, dass sie Vinz eine eigene Firma verschafft hätten, bekam ich Angst um ihn. Sie wollte ihm doch nie etwas Gutes. Und jetzt ist er tot.«

Sie weinte lautlos.

»Sie waren noch sehr jung damals«, sagte Schwemmer.

»Sechzehn«, sagte sie. »Ich wusste gar nichts. Ich war nur froh, endlich eine Anstellung gefunden zu haben. Ich kann doch nichts, nicht mal lesen. Herr Schedlbauer war immer gut zu mir. Und dann war auf einmal Vinz da. Da konnte ich doch nicht mehr weggehen.«

Sie zog die Nase hoch und rieb sich mit dem Handrücken die Tränen aus den Augen.

»Hatten Sie denn nie Angst um sich selbst?«, fragte Schwemmer.

»Um mich? Ach woher. Sie brauchen mich ja, für den Fonsi ...«

Sie zog ein Taschentuch aus ihrer Kittelschürze und schnaubte sich. Dann atmete sie kräftig aus.

»Ich möchte das Tagebuch«, sagte sie. »Irgendjemand wird es mir vorlesen.«

»Sie werden es bekommen, Frau Schimunek«, sagte Schwemmer. »Sie werden alles bekommen. Schließlich sind Sie seine Mutter.«

»Inge?«, rief Fonsi durch den Türspalt.

»Was ist denn?«, fragte sie.

»Inge, ich muss mal.«

»Ich komme, mein Schatz«, sagte Frau Schimunek. »Ich bin gleich bei dir.«

***

Die Sonne war durchgebrochen und ließ den Frühling endlich auch hier oben spüren. Reserl stand vor der Scheune und fütterte die Hühner, und sie lächelte tatsächlich, als Magdalena auf den Hof bog.

Sie hielt direkt neben ihr an, so, dass die Hühner auseinanderstoben. Sie stieg aus und nahm sie fest in den Arm.

Reserl sah sie überrascht an.

»Kind, wos tuast denn mit mia?«

Magdalena drückte ihr einen Kuss auf die Wange, dann ging sie um den Wagen und öffnete die Heckklappe.

Sento sprang nicht gerade heraus, so fit war er noch nicht wieder. Er kletterte vorsichtig aus dem Laderaum und lief dann schwanzwedelnd auf Reserl zu.

Reserl stellte den Futtereimer ab und kniete sich hin. Sie erlaubte dem Hund sogar, ihr das Gesicht zu lecken.

»Gruß vom Maiche. Er sieht viel besser aus. Der Doktor sagt, er kann in ein paar Tagen heim.«

Reserl grinste sie an. »Mittlerweil komm I guad oahne den sturn Bock zrecht. Der Aschenbrenner kümmert si ums Viech und i um d' Henna. Weißt was vom Hias?«

»Der Schwemmer Hausl hat mir gesagt, dass sie ihn wahrscheinlich morgen rauslassen. Aber einen Prozess wird es wohl geben demnächst.«

»I bin froh, dass se dene de Gwahr weggnumma ham«, sagte Reserl. »Eine Sorg weniger.«

Magdalena griff in den Eimer und streute eine Handvoll Futter vor den pickenden Hühnern aus.

»Schad um den Vinz«, sagte Reserl. »I hätt ja ghofft, des werd wos mit eich zwoa.«

Magdalena fuhr herum. »Wie bitte?«

»Ach Kind, glaubst denn, es gab wos, das de Buchhäcker Kati wüsst und i ned?« Sie lachte. »I leb auf am Hof, ned hinterm Mond!«

Magdalena schüttelte den Kopf. Welche Sorgen sie sich gemacht hatte, dass ihr Wochenende mit Vinz bei den Meixners bekannt würde!

Und nun durfte sie darüber lachen.

Nun, wo Vinz tot war.

Sie sog tief die frische Luft ein und seufzte. »Manchmal würd ich lieber wieder die Hühner füttern, als jeden Tag fremden Leuten das Frühstück zu machen«, sagte sie.

»Red kein Schmarrn. Nach drei Tag wärst wieder auf und davon.«

Magdalena lachte laut, weil sie genau wusste, wie recht ihre Mutter hatte. Sie verteilte eine weitere Handvoll Körner.

»Mama? Ich hab einen Freund«, sagte sie. »Den Andi.«

»Den mit de varruckten Hemdn?«, fragte Reserl.

»Nein, den nicht.«

»Bringst eam mal mit?«

»Ja. Bald.«

»Na vielleicht erleb i ja doch noch, dass i Großmuada werd.«

»Das kann gut sein.«

»Wie meinst jetzt des? Seids es schon *so* weit?«

»Nein. Ich meint den Wastl.«

»Wastl? Hast mit eam gsprochn? Wos verzählt er? Geht's eam guad?«

»Ja«, sagte Magdalena. »Es geht ihm gut. Gott sei Dank.«

»Hod der etwa a Madl?«

»Mehr als das«, sagte Magdalena. »Entschieden mehr als das.«

»Wos meinst jetzt *da*mit?«

Aber bevor sie zu einer Erklärung ausholen konnte, begann Sento zu kläffen und galoppierte schwerfällig zur Einfahrt.

Zum Klang einer quäkenden Hupe rollte ein rostiger Opel Caravan auf den Hof.

»Frag ihn halt selbst«, sagte Magdalena und sah lächelnd zu, wie ihre Mutter auf Wastl und ihre neue Schwiegertochter zulief.

***

Ein Filetsteak. Ein perfektes Stück Fleisch aus dem Hofladen. Kurz kross angebraten, im Ofen sanft auf den Punkt gegart, wunderbar knusprige Bratkartoffeln und Rosenkohl. Sonst nichts.

»Ich hatte das Gefühl, das brauchst du heute«, sagte Burgl.

Schwemmer schwankte zwischen heller Begeisterung und düsterem Misstrauen. »Wo ist der Haken?«, fragte er.

»Jetzt iss erst mal.« Sie schenkte ihm großzügig aus der vorletzten Flasche Comtesse de Lalande ein.

Das Messer glitt durch das Filet, als sei es Butter, und nach dem ersten Bissen stellte er das Misstrauen hintan. Immerhin ein gutes Viertel des Steaks ließ Burgl ihn essen, bis die erste Frage kam, nur leicht getarnt als Bemerkung.

»Ihr habt Glück gehabt mit dem Tagebuch«, sagte Burgl.

»Glück«, sagte Schwemmer mit halb vollem Mund, »hat der Mann, der weiß, wie viel er dem Zufall überlassen darf.« Er spülte mit Bordeaux nach. »Und der die richtigen Leute hat. Hätte Schafmann nicht den Riecher mit dem Stadel gehabt und Dräger nicht die fehlenden Seiten gefunden … Warum reißt der Vinz die Seiten auch raus? Gott sei Dank hat er sie nicht weggeworfen oder verbrannt.«

»Vinz war in einer absoluten emotionalen Ausnahmesituation«, sagte Burgl mit ihrer PsychologInnenstimme. »Er hat das Problem weggepackt. Im Wortsinne. Er konnte es nicht lösen, also hat er es beiseitegelegt. Zur Wiedervorlage sozusagen … Was stand denn *noch* alles auf dem Blatt?«

»Das weiß ich aus dem Kopf nicht«, sagte Schwemmer.

In Wahrheit hätte er den Text sofort komplett aufsagen können. Der letzte Satz lautete: *Wenn das stimmt, schlagen sie mich tot*. Und Schwemmer mochte ihn weder hier noch jetzt aussprechen.

Er nahm einen Schluck Wein, um den Satz aus seinen Gedanken hinauszuspülen. Es gelang nicht ganz, aber es half.

Eine Pause entstand, weil auch Burgl nicht ganz auf Essen und Trinken verzichten wollte, und Schwemmer nutzte sie optimal, sodass er den Mund noch voll hatte, als die nächste Frage kam.

»Nanni Schedlbauers Hochzeit fällt dann wohl etwas weniger … *glamourös* aus als geplant?«, fragte Burgl.

»Meinst, die Nanni nimmt den Viggerl überhaupt noch?« Er schob Burgl sein Glas zu, und sie schenkte nach.

»Wieso sollte sie ihn *nicht* mehr wollen? Er ist doch ihre einzige Chance für später!«

»Der Alte wird den Viggerl aufs Pflichtteil setzen, falls er Nanni heiratet. Wenn sie ihn heiratet, ist er also pleite. Warum sollte sie es dann noch tun? Weil er bereit war, für sie in den Knast zu gehen? Glaubst du, eine Frau wie Nanni Schedlbauer ist *dankbar*?«

»Was wird sie kriegen?«

»Kann zweistellig werden. Kommt drauf an, ob die Richter ihr glauben, dass sie Vinz nur den Hang runtergeworfen hat, nachdem Mirl ihm den Stein auf den Kopf geschlagen hatte. Oder ob sie ihrer Mutter glauben.«

»Dass Nanni auch zugeschlagen hat?«

»Sie war auf jeden Fall dabei. Berni hat ihnen erzählt, wo er Vinz hat liegen lassen; da sind die beiden in den Wald. Mit seinem gebrochenen Bein und der Schussverletzung hat er sich nicht wehren können. Aber Gott sei Dank ist das jetzt Frau Isenwalds Job. Nicht deiner. Und meiner auch nicht. Ich hab nämlich Feierabend.«

Er stieß sein Glas sanft gegen Burgls und sah ihr bittend in die Augen.

»Du möchtest, dass ich die Klappe halte?«

Er nickte, und sie legte den Zeigefinger auf die Lippen. Dann tranken sie und aßen. Schwemmer nahm von den Bratkartoffeln. Sie waren exakt so, wie sie sein mussten, mit einem Hauch Rosmarin.

»Ich hätte nicht gedacht, dass das geht«, sagte er.

»Was?«

»Dass ich dich tatsächlich in manchen Momenten noch ein bisschen mehr liebe als sonst.«

Burgl legte den Kopf schief. »Das könnte ich als Kritik an meinen anderen Gerichten auffassen«, sagte sie.

»Schlag nach bei Watzlawick«, sagte Schwemmer.

»Das sagst du *mir*?«, fragte Burgl, und Schwemmer war froh, dass seine Replik vom wahren Kern ihrer Antwort abgelenkt hatte.

Aber dann sah sie ihn an, und er wusste, dass sie geradewegs in sein Hirn und sein Herz sah.

Sie lachten beide.

***

»Sag mal«, sagte Burgl.

Schwemmer reagierte mit Sich-schlafend-Stellen, obwohl dieser Trick noch nie funktioniert hatte.

Burgl zog ihm das Plumeau vom Kopf.

»Was denn?«, maulte er.

»Eines ist mir grad noch eingefallen … *Wer* hat eigentlich den Hund vergiftet?«

»Ich«, sagte Schwemmer, »habe nicht die geringste Ahnung.«

Dann schlief er ein.

ENDE

Ich danke

Sabine Gammel und Michael Johann Maria Thalhauser fürs Sprachliche, Herrn Rudy Lück für Waffentechnik, Susi, Hubi, Moritz und Valentin Rath für den Knabenchor und das Tegernseer Spezial (und die Migräne – tut mir leid, kleiner Mann), den Herren Maurer und Holzer für bereitwillige Auskunft, Inge DelliSanti für gute Restauranttipps, Werdenfelser Interna und Haarschnitt.
Außerdem: Marie-Louise Buchen und Ulrike Emons für die Fünf-Sterne-Unterbringung, Hejo Emons für den Hund, Lisa McCartney für Britisch und Steffi Rahnfeld für richtige Tipps, die ich leider erst spät und gerade noch rechtzeitig als richtig erkannt habe (sorry); sowie Ernst Jandl für den Kühlschrank, Rainer für die Ruine und Klaus für den Proktologen.
Ein besonderer Dank geht außerdem an den Emons-Verlag, der meinen Roman »Kunstblut«, in dem der harfespielende Snobdetektiv Jo Kant seinen ersten Auftritt hatte, neu aufgelegt hat. Und mein größter Dank gilt Christel. Ohne dich geht's nicht.

Martin Schüller
KUNSTBLUT
Ein Jo Kant-Krimi
Broschur, 208 Seiten
ISBN 978-3-89705-289-5

Jo Kant ist der beste und eleganteste Privatdetektiv der Stadt, und er weiß, was er seinem Ruf schuldig ist. Als eine Leiche gefunden wird – signiert wie ein Kunstwerk -, findet er sich plötzlich im Brennpunkt zwischen Polizei, Gangstern und einem kunstbesessenen Serienkiller wieder – einem ungemütlichen Ort, an dem er nicht begraben sein möchte. Und Kant hat nicht vor, abzuwarten, bis es so weit ist.

Jo Kant ist Hardboiled-Élégance: Ein Schnüffler, der ebenso austeilen wie einstecken kann und dabei weder seinen guten Geschmack noch seinen Humor verliert.

»Wundervoll ironische Seitenhiebe auf kunstbeflissene Schicki-mickis, abgehobene Möchtegern-Kulturpäpste und durchgeknallte Art-in-Progress-Performer.« Solinger Tageblatt

»Schnörkellos sein Schreibstil, kompromisslos sein Handlungs-aufbau.« Rheinische Post

»Brillant geschrieben.« Ratinger Wochenblatt

www.emons-verlag.de